Kevin J. Anderson

AKTE X

DIE UNHEIMLICHEN FÄLLE DES FBI

Ruinen

Roman

Aus dem Amerikanischen von
Christian Rendel

vgs

Erstveröffentlichung bei:
HarperPrism – *A Division of* HarperCollins*Publishers*
10 East 53rd Street, New York, N. Y. 10022
Titel der amerikanischen Originalausgabe:
The X-Files – Ruins
A novel by Kevin J. Anderson. Based on the characters
created by Chris Carter

Die Deutsche Bibliothek – CIP-Einheitsaufnahme
Akte X – die unheimlichen Fälle des FBI. – Köln: vgs
Ruinen: Roman / Kevin J. Anderson. Aus dem Amerikan. von
Christian Rendel. – 1. Aufl. – 1996
ISBN 3-8025-2387-3

5. Auflage 1997

Lektorat: Annekatrin Klaus
Umschlagillustration: © 1996 Cliff Nielson
Umschlagdesign: © 1996 Richard Hasselberger
Umschlaggestaltung: Papen Werbeagentur, Köln
© des Titel-Logos mit freundlicher Genehmigung
von PRO SIEBEN
Satz: Typo Forum Gröger, Singhofen
Druck: Clausen & Bosse, Leck
Printed in Germany
ISBN 3-8025-2387-3

Für Christopher Schelling,
meinen Lektor bei mehreren Büchern,
der stets seine Gelassenheit
und seinen Sinn für Humor bewahrte –
selbst wenn er sich mit einem
Autor auseinandersetzen mußte!

Danksagung

Dieses Buch hätte nicht geschrieben werden können ohne die Hilfe, das Engagement und die Flexibilität der Akte-X-Mannschaft bei Fox Television – Chris Carter, Mary Astadourian, Frank Spotnitz, Jennifer Sebree, Debbie Lutzky und Cindy Irwin – wie auch der Champions vom Lektorat bei HarperPrism: John Silbersack und Caitlin Deinard Blasdell.

Lil Mitchell hat mein Diktat in Rekordzeit transkribiert. Kristine Kathryn Rusch und Dean Wesley Smith stellten mir während des schlimmsten Sturms seit Jahrzehnten ihr Haus zur Verfügung, damit ich einen dringenden Abgabetermin einhalten konnte (mit oder ohne Strom!). Paula Vitaris half mir mit ihren wertvollen Spanischkenntnissen – auch wenn ich es wahrscheinlich trotzdem geschafft habe, ein paar Fehler zu machen. Debbie Gramlich und Chris Fusco lieferten mir dringend benötigtes Hintergrundmaterial. Und schließlich stand meine Frau Rebecca Moesta mit ihrer Liebe und Unterstützung hinter mir, obwohl sie selbst als Autorin tätig ist und einen wichtigen Termin einzuhalten hatte.

1

Ruinen von Xitaclan,
Yucatán, Mexiko
Freitag, 5.45 Uhr

X Selbst nach tagelangen anstrengenden Ausgrabungen hatten sie kaum die Oberfläche der antiken Stadt angekratzt. Doch Cassandra Rubicon hatte bereits genug gesehen, um zu wissen, daß die Ruinen großartige Funde aus der Zeit der Geburt des Maya-Reiches in sich bargen.

Am äußersten westlichen Rand der Yucatán-Halbinsel, wo die Kalksteinebene an vulkanisches Hochland und dampfende Dschungelgebiete grenzt, war die versunkene Stadt mehr als tausend Jahre lang vom Urwald überwuchert gewesen. Die einheimischen Helfer nannten den Ort Xitaclan, und in ihren Stimmen schwang Ehrfurcht und Angst, wenn sie diesen Namen aussprachen.

Cassandra ließ sich das Wort auf der Zunge zergehen und genoß die Bilder, die es heraufbeschwor – Bilder von alten Opferriten, Prunk und Glanz, von Blutpriestern, geschmückt mit Jade und grünen Quetzalfedern. *Xitaclan ...*

Am späten Nachmittag arbeitete sie allein in der Pyramide des Kukulkan und leuchtete mit ihrer Taschenlampe voraus, während sie immer tiefer in das Gebäude eindrang. An diesem Ort wimmelte es geradezu vor Geheimnissen. In der kalkig bitteren Luft konnte sie die Mysterien geradezu schmecken, die nur darauf warteten, von ihr entdeckt zu werden.

Cassandra richtete den Strahl ihrer Taschenlampe geradeaus und fuhr sich mit einer Hand durchs Haar – normalerweise hatte es den rötlich-braunen Schimmer frisch geschälter Zimtrinde, doch nun war es staubig und schweißverklebt. Die Farbe ihrer Augen lag irgendwo in der Mitte zwischen Grün und Braun, wie ergiebiges Kupfererz.

Vor der Pyramide waren ihre Partner von der University of California mit Außengrabungen beschäftigt und verzeichneten den Grundriß der Stadt: mit ihrer zeremoniellen Plaza, ihren Tempeln und ihren monolithischen Kalkstein-Obelisken, den Stelen, in die furchterregende Darstellungen von mythischen gefiederten Schlangen eingemeißelt waren. Auch hatten sie eine von Ranken überwucherte »Ballspiel«-Arena entdeckt, in der die Maya ihre blutigen Wettkämpfe veranstaltet hatten, deren Verlierer oder – je nach historischer Deutung – Gewinner den Göttern geopfert wurden.

Xitaclan, mit seinen unzähligen Ruinen, war so etwas wie eine archäologische Schatztruhe – selbst ein großes Team mit ausreichenden Geldmitteln hätte die versunkene Stadt nicht in weniger als einem Jahr erforschen können. Doch Cassandra und ihre jungen Begleiter würden ihr Bestes tun, solange das bescheidene Universitätsbudget reichte.

Im sie umgebenden Dschungel ragten noch immer zahlreiche moosüberwachsene Stelen an astronomisch bedeutsamen Punkten auf, während andere umgestürzt waren; alle waren jedoch über und über mit faszinierenden Gravuren bedeckt. Christopher Porte, der Epigraphiker ihres Teams, widmete sich voller Begeisterung ihrer Übersetzung und übertrug alle Erkenntnisse sorgfältig in seinen zerfledderten Notizblock, den er ständig bei sich trug.

Das Prachtstück von Xitaclan jedoch war die großartige Stufenpyramide des Kukulkan, die in der Mitte der Stadt lag. Obwohl von Gräsern und Sträuchern überwuchert, war sie sehr gut erhalten. In ihrer Architektur stand sie den großen Zikkurats von Chichén Itzá, Tikal und Teotihuacán in nichts nach – und im Gegensatz zu diesen war sie unangetastet geblieben. Der lähmende Aberglaube der Einheimischen hatte sie vor neugierigen Augen bewahrt. Bis jetzt.

Auf der obersten Plattform der Pyramide standen die vielen

Säulen des »Tempels der gefiederten Schlange« mit ihren erstaunlichen Reliefs und reich verzierten Friesen, die Kalender, Götterbilder oder historische Ereignisse zeigten. Cassandra selbst hatte dem Tempel seinen Namen gegeben, nachdem sie zahlreiche Motive entdeckt hatte, die den weisen Gott Kukulkan und seine gefiederten, reptilienhaften Begleiter oder Wächter darstellten – ein verbreitetes Symbol in der Mythologie der Maya. Die komplexen Basreliefs von Xitaclan jedoch verliehen den Quetzalcoatl/Kukulkan-Legenden der frühen mittelamerikanischen Kulturen eine völlig neue Dimension.

Die Archäologen waren außerdem auf eine unermeßlich tiefe Zisterne hinter der Pyramide gestoßen, einen natürlichen Kalksteinschacht, der mit öligem, schwarzem Wasser gefüllt war und in dessen finsteren Tiefen, wie Cassandra argwöhnte, zahllose Artefakte und Relikte verborgen lagen ... und wahrscheinlich auch die Gebeine von Menschenopfern. Solche Kalksteinbrunnen oder Cenotes waren in den Maya-Städten in Yucatán häufig anzutreffen – doch dieser hier war nie von Schatzsuchern geplündert oder von Wissenschaftlern erforscht worden.

Cassandras Team plante, die Taucherausrüstung innerhalb einer Woche einsatzbereit zu halten, dann würden sie selbst in die Tiefe hinabsteigen; doch im Augenblick hatten sie noch zu viel mit der ersten Bestandsaufnahme zu tun. Noch mehr atemberaubende Entdeckungen, noch mehr Arbeit – aber zu wenig Zeit und zu wenig Geld.

Für den Augenblick konzentrierte sich Cassandra darauf, das Innere der Pyramide zu erkunden. Wenn ihr Team bei seinen ersten Arbeiten in Xitaclan keine hervorragenden Ergebnisse erzielte, würde zweifellos jemand anderes aus dem Kreis der wetteifernden Archäologen hierher kommen – mit einer größeren Expedition, einem großzügigeren Budget und einer leistungsfähigeren Ausrüstung. Und diese Vorstellung hing wie ein Damoklesschwert über den Ausgrabungen.

Die einheimischen Arbeitertrupps, die ihr ortskundiger Führer – Fernando Victorio Aguilar, selbsternannter Abenteurer und ›Forschungsreisender‹ – angeheuert hatte, hatten bereits tagelang schwer gearbeitet, Mahagoni- und Ceibabäume gefällt, mit ihren Macheten wildwuchernde Sträucher und Farne beseitigt und Rankpflanzen ausgerissen, um Xitaclan von seinem Leichentuch, das die Zeit und Mutter Natur über der alten Stadt ausgebreitet hatten, zu befreien.

In dem Moment jedoch, da die Indios die Darstellungen der gefiederten Schlangen erblickt hatten, hatte sich das Entsetzen unter ihnen breitgemacht. Fortan flüsterten sie ängstlich miteinander und weigerten sich, näher an den Ausgrabungsort heranzugehen oder bei der weiteren Freilegung der Ruinen zu helfen – selbst als Cassandra ihnen anbot, ihren mageren Lohn zu erhöhen. Schließlich hatten sie das Weite gesucht, und dann hatte sich auch Aguilar davongemacht und das Team im tiefsten Dschungel zurückgelassen.

Bei ihrer Arbeit hatte Cassandra einheimische Überlieferungen und Vorstellungen stets respektiert – sie gehörten zu der jeweiligen Grabungsstätte wie die Seele zu einem toten Körper –, doch ihre Begeisterung über die Ruinen von Xitaclan war inzwischen so groß, daß sie einen derartigen Aberglauben nur noch als frustrierend empfand: ihre Ungeduld hatte längst die Oberhand gewonnen... Und so setzten die Archäologen ihre Arbeit allein fort. Schließlich hatten sie Vorräte für ein paar Wochen und ein Funkgerät, um Hilfe herbeizurufen, falls ein Notfall eintreten sollte. Im Augenblick allerdings genossen Cassandra und die vier anderen der kleinen Expedition ihre Einsamkeit.

Heute verbrachte Kelly Rowan, der zweite Archäologe des Teams (und seit kurzem der Mann, mit dem Cassandra ihr Zelt teilte), die letzten Stunden des Tages auf den äußeren Stufen der Pyramide und studierte die Hieroglyphen. Christopher Porte stand mit seinem Zeichenblock gebückt neben ihm und versuchte eifrig, die eingemeißelten Schriftzeichen zu übersetzen, während Kelly mit Pinseln und feinen Werkzeugen die Muster von Erde und Staub befreite.

Cait Barron, die Historikerin und Fotografin des Teams,

nutzte das Licht des Spätnachmittags, um ihre Aquarelle zu vervollkommnen. Cait war eine stille Frau, die ihre offizielle Arbeit mittels Kameras und Logbüchern höchst professionell und ohne viel Aufhebens erledigte. Schnell und effizient füllte sie ihre Filmrollen mit Archivaufnahmen – doch sobald dies erledigt war, zog sie es vor, Farbe und Pinsel zu benutzen, um die Atmosphäre eines Ortes wiederzugeben.

Es war unter Yucatán-Forschern von jeher Tradition, alle Einzelheiten und visuellen Eindrücke so präzise wie möglich einzufangen und mehr abzubilden, als es mit schlichten, zweidimensionalen Fotos möglich war. Bisher hatte Cait drei Mappen mit ausdrucksvollen Gemälden gefüllt, die die Geschichte der Maya heraufbeschworen: Diptychen, die auf einem Flügel die Ruinen so zeigten, wie das Team sie vorgefunden hatte, während auf dem anderen die jeweilige Stadtansicht, wie sie sich nach Caits Vorstellung dem Betrachter zu ihrer Blütezeit präsentiert haben mußte, festgehalten war.

Während das Team schweigend, aber in fieberhafter Eile arbeitete, schwoll die Geräuschkulisse des Dschungels mit dem schwindenden Tageslicht an. Tagaktive Tiere suchten Schutz vor der Dunkelheit, während die nächtlichen Räuber munter wurden und sich auf die Jagd nach Beute begaben. Stechfliegen, die in der Tageshitze umherschwärmten, flogen zu ihren Schlafplätzen, während die Moskitos, deren Blutdurst erst in der kühleren Abendluft erwachte, in dichten Wolken aufstiegen.

Tief im Inneren der Pyramide des Kukulkan jedoch war vom Verstreichen der Zeit nichts zu spüren. Cassandra setzte ihre Erkundungen fort.

Seit sie und Kelly gemeinsam die seit Jahrhunderten versiegelte Außentür aufgebrochen hatten – äußerst behutsam, um das Mauerwerk oder die Steingravuren nicht zu beschädigen –, hatte die Expeditionsleiterin den größten Teil ihrer Zeit damit verbracht, das Geröll in diesem Schattenreich zu durchkämmen, vorsichtig immer tiefer in das unterirdische Labyrinth vorzudringen und sich von einer Kreuzung zur nächsten vorzutasten. Tagelang hatte sie sich durch die Kammern und Gewölbe gearbeitet und die verwirrenden Gangsysteme innerhalb des riesigen Steinbaus kartografiert, um das Puzzle zu lösen.

Auch diesen Nachmittag hatte sie in der Pyramide zugebracht und nur gelegentlich eine Pause eingelegt, um nach Kelly und Christopher zu sehen, die an der Entzifferung der mit Hieroglyphen bedeckten Treppe arbeiteten, und nach John Forbin, dem Architekturstudenten und Techniker des Teams, der die anderen halb verfallenen Gebäude studierte. Johns Erkundungen, bei denen er die Standorte der Ruinen auf der zerknitterten Landkarte verzeichnete, die er stets bei sich trug, führten ihn weit in den Dschungel hinein. Als Techniker verschwendete John keine Zeit darauf, seinen Entdeckungen phantasievolle Namen zu geben. Statt dessen beschränkte er sich auf schlichte, numerische Bezeichnungen – Tempel XI oder Stele 17.

Cassandra warf einen Blick auf ihre Kompaßuhr und drang im Schein ihrer leistungsstarken Taschenlampe noch tiefer ins Pyramideninnere vor. Der kalte Lichtkegel wanderte über grob behauene Kalksteinquader und rohe Stützbalken. Scharfe Schatten sprangen die Forscherin mit extremen Einfallswinkeln an, wann immer sie die Lampe bewegte. Sie ging vorsichtig vorwärts und sog die muffige Luft ein. Irgendwo huschte ein dunkler Schemen in einen breiten Spalt in der Mauer.

Cassandra trug einen kleinen Mikrokassettenrecorder in der Hand und einen Bogen Millimeterpapier, auf dem sie ihre Bewegungen verzeichnete. Bisher hatten sich die meisten Gänge, die sie untersucht hatte, als Sackgassen erwiesen, die möglicherweise eigens angelegt worden waren, um Eindringlinge zu verwirren ... ebensogut konnten sich hinter den Kopfwänden aber auch versiegelte Schatzkammern befinden. Aus Sicht einer Archäologin war allerdings die Möglichkeit, daß dort geheime Grabkammern oder Gewölbe, die die so seltenen Maya-Handschriften bargen, liegen konnten, weitaus aufregender.

Wenn es dem Team gar gelang, einen intakten Maya-Codex

zu finden, eines jener herrlich illustrierten, auf Baumbastpapier geschriebenen Manuskripte, würde sich dadurch das Wissen über das mittelamerikanische Großreich um ein Vielfaches erweitern. Bisher waren nur vier erhaltene Maya-Codizes bekannt – die meisten Handschriften waren von spanischen Missionaren in ihrem fanatischen Eifer, jeden heidnischen Glauben auszulöschen, vernichtet worden. Xitaclan allerdings war schon lange verlassen gewesen, als die Konquistadoren die Neue Welt betraten.

Cassandra arbeitete sich weiter vor, das Haar voller Staub, Augenlider und Wangen mit Erde verschmiert. Ihre Arme und Beine waren bleischwer, steif und wund von zu vielen Nächten auf einer unbequemen Iso-Matte, ihre Haut entzündet von unzähligen Insektenstichen. Schon zu lange hatte sie weder ein kaltes Getränk noch eine heiße Dusche genossen.

Doch die wunderbaren Entdeckungen, die sie bereits bis jetzt hatte machen dürfen, waren alle Opfer wert. Archäologie ist eben nichts für Jammerlappen, dachte sie schulterzuckend.

Ihr Vater hingegen war der Meinung, seine Tochter würde ihre Schönheit verschwenden, wenn sie in den Ruinen antiker Zivilisationen herumkroch, aber Cassandra lachte nur darüber. Immerhin hatten sie seine Erfolge als Archäologe überhaupt erst dazu gebracht, diesen Weg einzuschlagen. Der große Vladimir Rubicon hatte sich mit der Erforschung der Terrassensiedlungen amerikanischer Ureinwohner einen Namen gemacht; die einst blühende Zivilisation der Anasazi war sein Spezialgebiet, obwohl er seine Karriere ursprünglich mit dem Studium der Maya begonnen hatte.

Cassandra wollte eigene Spuren in ihrer Disziplin hinterlassen und nicht nur die Arbeit ihres Vaters fortführen. Ihre erste große Leidenschaft war die Geologie gewesen, und sie hatte die Zusammensetzung des Bodens unter den Dschungeln Mittelamerikas untersucht – doch als sie ihre Studien fortsetzte, stellte sie fest, daß sie ebensoviel über die alten Maya wußte wie Kelly, der selbsternannte archäologische Experte des Teams.

Gemeinsam gaben sie ein eindrucksvolles Paar ab, dem es schließlich gelungen war, den Verwaltungsrat der University of California in San Diego zu überreden, eine bescheidene Expedition nach Mexiko zu finanzieren. Das Team sollte sich aus Studenten zusammensetzen, die bereit waren, ausschließlich für entsprechende Zeugnisse zu arbeiten sowie für das Recht, spektakuläre Ergebnisse neuer Forschungen unter eigenem Namen zu veröffentlichen. Mehr als ein Hungerstipendium wurde ihnen dafür nicht gezahlt – ein Fluch, der auf allen Akademikern lastete, überall in der Welt.

Glücklicherweise waren die jungen Wissenschaftler wie durch ein Geschenk des Himmels mit einem ebenso hohen Betrag durch den mexikanischen Bundesstaat Quintana Roo, in dem die Ruinen von Xitaclan lagen, gesegnet worden. Mit dem mexikanischen Geld hatte Cassandra die Taucherausrüstung anschaffen, die einheimischen Arbeiter anheuern und Fernando Victorio Aguilar bezahlen können ... wenn er auch keine sonderlich große Hilfe gewesen war. Bei dem Gedanken an ihren Führer schnaubte Cassandra wütend.

Doch bisher war die Expedition trotz dieser Rückschläge ein Erfolg gewesen, und die Aussichten standen günstig, daß sich das Team dereinst eine ruhmreiche Seite in den Annalen der archäologischen Wissenschaft teilen würde.

Cassandra arbeitete sich tiefer in die Gewölbe vor und diktierte im Gehen eine Beschreibung des Weges in ihr Kassettengerät. Sie fuhr mit den Fingern über die Steinquader, und ihre Stimme zeichnete lauter und leiser werdend – mal feurig vor Begeisterung, dann wieder flüsternd vor Staunen – alles auf, was sie beobachten konnte. Die wundersamen, ineinander verschlungenen Gewölbekonstruktionen der Pyramide des Kukulkan erinnerten sie an das Prinzip der berühmten russischen Holzfiguren – eine in der anderen in der anderen –, und jede davon überforderte ihren Vorrat an Adjektiven.

Plötzlich bemerkte sie im Strahl der Taschenlampe, daß die Wand zu ihrer Linken eine deutlich andere Farbe hatte. Mit wachsender Erregung begriff Cassandra, daß sie auf den inneren Tempel gestoßen war: Dies mußte das ursprüngliche Gebäude sein, auf dessen Grundmauern die Pyramide des Kukulkan errichtet worden war.

Die alten Maya hatten nicht selten größere, eindrucksvollere Tempel über alten Ruinen errichtet, da sie glaubten, an bestimmten Orten konzentriere sich die magische Kraft im Lauf der Zeit immer stärker. Das prachtvolle zeremonielle Zentrum von Xitaclan war das Herzstück aller Rituale an diesem Ort gewesen. Was vor langer Zeit als abgelegene Kultstätte im tiefsten Dschungel seinen Anfang genommen hatte, war schließlich zu einem Magneten der Macht unter den Maya geworden.

Bis ihre Einwohner die Stadt aus unerklärlichen Gründen verlassen hatten... und sie gut erhalten zurückließen, damit Cassandra sie Jahrhunderte später entdecken konnte.

Bemüht um einen langsamem, analytischen Tonfall diktierte Cassandra ihre ersten Eindrücke in den Mikrokassettenrecorder. »Die Steinquader hier sind glatter und sorgfältiger geschnitten. Sie weisen eine leicht reflektierende Oberfläche auf, als ob sie durch äußerst starke Hitze verglast worden seien.« Sie unterbrach sich lächelnd, als sie merkte, daß sie das Gestein mit den Augen einer Geologin statt aus der Sicht einer Archäologin untersuchte.

Vorsichtig ließ sie ihre Hände über die verschmolzene Steinoberfläche gleiten und fuhr mit atemloser Stimme fort: »Normalerweise hätte ich erwartet, Fragmente von Tünche oder Putz vorzufinden, wie sie die Maya verwendeten, um ihre Tempel zu verzieren... aber ich kann keine Farbreste entdecken, nicht einmal Gravuren. Die Wände sind vollkommen glatt.«

Cassandra tastete sich an dem alten Mauerwerk noch tiefer in die Pyramide hinein. Die Luft wurde immer stickiger; sie war seit Jahrhunderten nicht mehr bewegt worden. Als Cassandra niesen mußte, hallte das Geräusch wie eine Explosion durch die Katakomben. Staub rieselte aus den Spalten zwischen den Deckenquadern, und sie hoffte mit klopfendem Herzen, daß die alten Stützbalken halten würden.

»Dies sind offensichtlich die Überreste des ersten Tempels«, diktierte sie und unterdrückte den Hustenreiz, »des innersten Gebäudes, das einst den Kern von Xitaclan bildete … das erste Bauwerk an dieser Stelle!«

Wie in Trance folgte Cassandra der einwärts führenden Spirale und berührte mit ihren Fingerspitzen immer wieder die kühle, glatte Oberfläche der Steine. Sie hielt sich parallel zu der neu entdeckten Wand und fragte sich mit bohrender Unruhe, welche Geheimnisse wohl im Kern der Pyramide verborgen sein mochten.

Nach allem, was sie entdeckt hatte, war die Pracht Xitaclans mehr als nur ein Meilenstein in der Kultur der Maya. Die Erzählungen von der legendären Stadt waren so tief in die Seele der Einheimischen eingegraben, daß sie noch heute von dem Fluch und den bösen Geistern redeten, die an diesem Ort ihr Unwesen trieben. Angeblich waren auch etliche Leute in dieser Gegend spurlos verschwunden, was Cassandra allerdings lokalen Mythen zuschrieb.

Doch was hatte die alten Maya dazu veranlaßt, das Zentrum ihres religiösen Lebens hier zu errichten, in einem uninteressanten Teil des Dschungels, ohne Straßen und Flüsse, ohne Kupfer- oder Goldminen in der Umgebung? Warum ausgerechnet hier?

Vor ihr lag Schutt auf dem Boden und versperrte den schmalen Gang. Cassandra spürte, wie das Adrenalin schneller und schneller durch ihren Körper pulste … sie war ihrem Ziel so nahe. Möglicherweise stand sie an der Schwelle zu einer sensationellen Entdeckung – doch dafür mußte sie ihren Weg bis zum Ende gehen.

Sie verstaute den Kassettenrecorder und das bekritzelte Millimeterpapier in ihrer Hosentasche, dann legte sie die Taschenlampe auf den Boden und arbeitete mit beiden Händen, um den Haufen herabgefallener Kalksteinziegel abzutragen. Die Wolken von Staub und Sand, die sie dabei aufwirbelte, nahm sie gar nicht wahr. Es war nicht das erste Mal, daß sie bei ihrer Arbeit nur wie ein Maulwurf vorwärts kam.

Schließlich hatte sie so viel Geröll beiseite geräumt, daß

eine Öffnung entstand, die gerade groß genug war, um ihre schlanke Gestalt hindurchzuzwängen. Sie erklomm den Zugang und legte die Taschenlampe hinein; dann schob sie ihren Oberkörper in den neuen Korridor, der steil vor ihr abfiel.

Die widerhallende Kammer, die sie nun vor sich hatte, schien viel größer zu sein als die zahlreichen anderen Nischen, die sie in der Pyramide vorgefunden hatte – groß genug, um Dutzende von Menschen aufzunehmen. Ein gewundener Schacht mit einer spiralförmigen Rampe führte von ihr weg, noch tiefer in die Pyramide hinab. Sie ließ den Lichtkegel ihrer Taschenlampe durch den neuen Raum wandern und schüttelte, ohne es zu merken, verblüfft den Kopf. So etwas hatte sie noch nie gesehen.

Cassandras weißes Licht reflektierte von Wänden, die aus sich abschälenden metallischen Platten, verbogenen Tragbalken und kristallinen Paneelen bestanden. Als sie den Lichtkegel bewegte, gaben Teile des neu entdeckten Innenraumes ein unheimliches, blasses Nachleuchten ab.

Nach allem, was sie über antike Kulturen wußte, erschien ihr diese bizarre Ausstattung unmöglich. Von den Maya war nicht bekannt, daß sie jemals irgendein Metall ausgiebig verarbeitet hätten, da für ihre Bedürfnisse Feuerstein und Obsidian ausreichend gewesen waren. Doch hier sah sie unverkennbar Metall vor sich, das so glatt und frei von Verfärbungen war, als wäre es in modernen Schmelzöfen hergestellt worden. Es war eine ungewöhnliche Legierung – keinesfalls jedoch rohes Gold oder Bronze, wie es die alten Maya verwendet hatten.

Voller Staunen starrte sie eine endlose Minute in den Raum hinein, während sie immer noch flach auf dem Bauch in der schmalen Öffnung lag. Sie zog ihr Kassettengerät hervor und wand sich weiter durch das Loch hindurch, bis sie die Taschenlampe in der einen und den Kassettenrecorder in der anderen Hand halten konnte. Sie drückte die RECORD-Taste.

»Es ist unfaßbar«, flüsterte sie und hielt dann einen Augenblick inne, während sie nach Worten suchte. »Ich sehe Metall von silbriger Farbe, aber nicht dunkel wie angelaufenes Silber.

Es schimmert ... weiß – Aluminium oder Platin? Aber das erscheint mir unmöglich, da die Kultur der alten Maya zu diesen Metallen keinen Zugang hatte.«

Cassandra erinnerte sich an Berichte über kostbare Artefakte, die aus ägyptischen Gräbern geborgen worden waren und wie neu geglänzt hatten, obwohl sie Jahrtausende lang unter der Erde gelegen hatten; doch einmal der Luft des postindustriellen Zeitalters mit ihren schwefligen Schadstoffen ausgesetzt, war die Pracht innerhalb weniger Wochen angelaufen und verrottet. »Achtung – wir müssen diese Kammer mit äußerster Vorsicht erforschen«, fügte sie hinzu. »Es scheint ein ganz außergewöhnlicher Fund zu sein.«

Alles in ihr drängte danach, ganz hineinzuklettern, um den prachtvollen Innenraum nach Herzenslust zu erkunden. Doch ihre Vernunft und ihre Erfahrung warnten sie davor.

»Ich habe beschlossen, noch nicht in die Kammer vorzudringen«, diktierte sie und versuchte, ihrer Stimme die Enttäuschung nicht anmerken zu lassen. »Nichts darf angerührt werden, bis das ganze Team hier ist, um mir zu assistieren und zusätzliche Meinungen zu fraglichen Punkten beizusteuern. Ich gehe zurück, um Kelly und John zu holen. Sie können mir helfen, das restliche Geröll zu beseitigen und den Durchgang mit Balken abzustützen. Wir werden Cait brauchen, damit sie die Objekte an Ort und Stelle fotografiert, bevor irgend jemand hineingeht.«

Nach einer langen Pause setzte sie mit kaum verhohlenem Stolz hinzu: »Fürs Protokoll: Ich glaube, wir haben hier ... eine echte Sensation ... ein Riesending.«

Cassandra schaltete den Mikrorecorder aus und schluckte schwer. Nachdem sie rückwärts wieder aus der Öffnung hinausgekrochen war, klopfte sie sich nachlässig die Kleider ab, gab es schließlich auf und ignorierte Sand und Staub. Dann machte sie sich auf den Rückweg, schlängelte sich durch das Labyrinth dem Ausgang entgegen und zwang sich, Ruhe zu bewahren. Sie dachte an ihren drahtigen alten Vater und daran, wie stolz er sein würde, daß seine Tochter Entdeckungen machte, die denjenigen ebenbürtig – wenn nicht überlegen! – waren, die ihm auf dem Höhepunkt seiner Karriere gelungen waren.

Sie beschleunigte ihr Tempo. Ihre Schritte hallten hohl in den steinernen Gängen wider. Als sie den niedrigen Ausgang der Pyramide erreichte, blendeten die hellen Strahlen der untergehenden Sonne ihre Augen wie die Lichter eines entgegenkommenden Zuges. Sie begann zu rennen und stolperte schließlich aus der Pyramide ins Freie. »He, Kelly!« rief sie. »Ich habe was gefunden! Du mußt das Team zusammentrommeln, schnell. Warte nur, bis du das gesehen hast! Es ist irre!«

Schweigen. Niemand antwortete ihr. Cassandra blieb blinzelnd stehen und verharrte einen Moment, um auch ihr inneres Gleichgewicht wiederzufinden.

Die Ruinen schienen verlassen zu sein. Nur die frühabendliche Dschungelgeräuschkulisse war zu vernehmen. Sie spähte zu den oberen Ebenen der Zikkurat hinauf, in der Erwartung, ein paar der Studenten auf den mit Hieroglyphen beschrifteten Stufen zu entdecken ... doch die Pyramide war menschenleer.

Inzwischen verlor der Sonnenuntergang gegen die heraufdämmernde Nacht immer mehr an Kraft – es war die Tageszeit, in der die Schatten blasse Farben annahmen und die Sicht am schlechtesten war. Nur ein schmaler Bogen der schwindenden Sonne war noch über den Baumwipfeln im Westen zu sehen, ein orangefarbenes Feuer, das die Szene in ein unbegreifliches Leuchten tauchte.

Cassandra konnte niemanden entdecken, kein einziges Mitglied ihrer Expedition, keinen der treulosen Indio-Helfer.

»Kelly, John, Christopher ... Cait, wo seid ihr!?«

Sie beschattete ihre Augen und ließ den Blick über die offene Plaza wandern, wo Cait zuvor noch eine Staffelei für ihre Aquarellarbeiten aufgestellt hatte. Jetzt lag das Holzgerüst zerbrochen am Boden. Deutlich konnte Cassandra einen schlammverkrusteten Stiefelabdruck quer auf einem der Bilder erkennen.

Äußerst beunruhigt ließ sie ihren Blick noch einmal über die steile Treppe schweifen, die an der Außenseite der Zikkurat emporführte. Dort hatten Christopher und Kelly sorgfältig die eingemeißelten Glyphen gereinigt und in ihre Notizblöcke übertragen, um die Chronik der mythischen Geschichte Xitaclans festzuhalten.

Kein Kelly, kein Christopher ... keine Menschenseele war zu sehen.

Auf der anderen Seite der Plaza, wo der junge John Forbin die eingestürzten Ruinen eines kleineren Tempels studiert hatte, entdeckte sie die Ausrüstungstasche des Technikers und die kleinen Holzpfähle mit den bunten Bändern, mit denen er die Schnittpunkte seiner Messungen markierte – doch von John selbst fehlte jede Spur.

»He! Kelly? Ich finde das überhaupt nicht witzig«, rief sie. Ihr Magen krampfte sich zusammen. Sie fühlte sich verlassen, ausgeliefert, eingeschlossen von der grünen Hölle des Urwalds. Wie konnte dieser vor Leben wimmelnde Dschungel plötzlich nur so still sein?

»Hey!«

Plötzlich vernahm sie Geräusche hinter sich – Schritte, die aus der Richtung der tiefen Opfer-Cenote an der Rückseite der Pyramide kamen. Sie stieß einen Seufzer der Erleichterung aus und lächelte. Ihre Teamkameraden waren zurückgekommen.

Doch dann tauchten die schattenhaften Silhouetten fremder Männer auf – offenkundig keine Mitglieder ihres Teams. Im trüben Dämmerlicht konnte Cassandra ihre Gesichtszüge kaum erkennen, aber es war nicht zu übersehen, daß sie Waffen trugen. Gewehre.

Und die Männer zielten auf sie.

Einer von ihnen sprach sie auf Englisch mit starkem Akzent an. »Sie werden mit uns kommen, Señorita.«

»Wer sind Sie?« fragte Cassandra schneidend. Wut flammte in ihr auf und ließ ihren gesunden Menschenverstand verstummen. Sie umklammerte ihre Taschenlampe wie eine Keule. »Wo ist mein Team? Wir sind amerikanische Bürger. Wie können Sie es wagen ...«

Einer der Männer riß sein Gewehr hoch und feuerte. Die

Kugel prallte von einem Steinquader ab, kaum fünfzehn Zentimeter von ihrem Gesicht entfernt. Eine Fontäne nadelspitzer Steinsplitter prasselte gegen ihre Wange, während sie für einen Moment reflexartig die Augen schloß – um dann um so schneller zu reagieren.

Mit einem Aufschrei rannte sie zurück in den Tempel, suchte Zuflucht in der jahrtausendealten Finsternis. Als sie den langen Gang entlanglief, ertönte von draußen lautes Gebrüll in spanischer Sprache. Wütende Flüche. Weitere Schüsse. Barmherzige Verwirrung.

Das Herz schlug ihr bis zum Halse, doch sie vergeudete keine Energie mit sinnlosen Überlegungen, wer diese Männer sein mochten und was sie von den Archäologen wollten. Noch weniger wagte sie darüber nachzudenken, was sie vielleicht schon mit Cait, John, Christopher ... und Kelly gemacht hatten. Damit würde sie sich später befassen – falls sie überlebte.

Sie warf einen hastigen Blick über die Schulter und sah, wie die Männer am Eingang des Tempels auftauchten und miteinander debattierten. Einer der Verfolger versetzte einem anderen einen Stoß und schüttelte dann drohend die Faust. Weitere Rufe auf Spanisch.

Cassandra hetzte um eine scharfe Biegung. Der Strahl ihrer Lampe tanzte vor ihr her. Sie hatte vergessen, sie auszuschalten, als sie aus der Pyramide gekommen war ... Vielleicht hatten die mörderischen Fremden keine eigenen Lampen, doch sie konnten den Widerschein ihres Lichtstrahls an den steinernen Wänden für sich nutzen. Rasch schaltete sie die Lampe aus und stolperte blind weiter.

Hinter ihr wurde wieder geschossen. Die Projektile prallten an den Pyramidenwänden ab und heulten ihr schrilles Todeslied. Es waren keine gut plazierten Schüsse, doch ein unglücklicher Querschläger konnte ihr Ende bedeuten.

Cassandra blieb keine Wahl, als weiter blindlings in die dunklen, labyrinthischen Gänge hineinzurennen, immer tiefer in das kaum erforschte Pyramideninnere. Sie bog um eine Ecke, dann um eine weitere, bevor sie es endlich wagte, ihre

Taschenlampe wieder einzuschalten. Immer noch hörte sie die Geräusche der lärmenden Verfolger hinter sich. Als sie sich einmal kurz umwandte, sah sie flackernde, orangefarbene Lichtreflexe an den Wänden und erriet, daß die Männer sich wohl mit Streichhölzern und Feuerzeugen behalfen.

Die Vorteile waren auf Cassandras Seite – vorläufig. Sie war schon einmal hier unten gewesen, sie hatte eine Taschenlampe, und sie hatte eine vage Vorstellung, wohin sie wollte: zurück ins Zentrum der Pyramide.

Doch von dort ging es nicht weiter ...

Wenn sie noch tiefer in das Labyrinth floh, würde sie nur noch fester in der Falle sitzen. Sie mußte nachdenken ... ihren Verstand gebrauchen, um die Unbekannten zu überlisten. Kein Problem.

Sie holte den Mikrokassettenrecorder hervor und spulte ihn zurück – in der Hoffnung, daß ihre akribisch diktierten Beschreibungen ihr helfen könnten, den Weg zurück zu der seltsamen Kammer zu finden. Vielleicht konnte sie sich in jener seit Jahrhunderten schweigenden Halle verstecken, bis die Männer die Suche nach ihr aufgaben.

Sicher. Kein Problem. Oder?

Natürlich konnten die Fremden eine Wache am Ausgang zurücklassen und dann mit besserer Ausrüstung zurückkehren, um sie aufzuspüren. Sie konnten ihre Suche unerbittlich fortsetzen, bis sie Cassandra gefunden hatten, und sie dann in einem finsteren Winkel der alten Ruine niederschießen ... oder sie konnten einfach abwarten, bis sie in ein paar Tagen, vor Hunger und Durst dem Wahnsinn nahe, herausgetaumelt kam.

Doch darüber konnte sie jetzt nicht nachdenken. Erst einmal weg von der Bedrohung, erst einmal überleben. Sie hastete weiter und betätigte im Laufen die PLAY-Taste, um sich die Wegbeschreibungen auf ihrer Mikrokassette anzuhören, doch alles, was sie vernahm, war ein schwaches, knisterndes Rauschen. Ihre Aufzeichnungen waren gelöscht! Irgend etwas hatte das Band magnetisiert.

»Verdammt!« Sie stöhnte und setzte einen weiteren Punkt

auf die Liste der Dinge, die sie nicht begriff, über die sie sich im Moment aber keine Gedanken machen konnte. Und wenn schon ... sie hatte die Route noch gut genug in Erinnerung, um ihren Weg auch ohne Hilfsmittel zu finden.

Sie hatte keine andere Wahl.

Die Korridore der äußeren Pyramide wanden sich in einem steilen Gefälle nach unten, übersät mit herabgefallenen Kalksteinquadern und grobem Schutt. Sie stolperte und zerkratzte sich die Hände an den rauhen Wänden, aber sie blieb in Bewegung. Nur weiter. Wieder hörte sie einen Schuß. Warum verschwendeten diese Kerle so viel Munition? Es war unmöglich, einen gezielten Schuß auf sie abzugeben... doch vielleicht graute ihnen auch nur vor dem Echo ihrer eigenen Schritte. Verängstigte Männer mit Gewehren – eine allzuoft tödliche Kombination.

Schließlich fand Cassandra die glatten, verglasten Wände des inneren Tempels wieder und wußte, daß sie ihr Ziel beinahe erreicht hatte – was sie dort tun würde, stand momentan noch auf einem anderen Blatt.

Sie richtete den Strahl ihrer Lampe nach vorn und fand die kleine Öffnung, die sie vor kurzem freigelegt hatte. Sie erschien ihr wie eine offene Wunde, starrte ihr entgegen wie ein gähnendes Maul...

Nein, herrschte sie sich an, das ist deine letzte Chance.

Keuchend und mit zusammengebissenen Zähnen kroch Cassandra auf den Geröllhaufen und wand sich wie eine Schlange in das Loch hinein. Keine Stunde zuvor war ihr die Öffnung zu schmal und beengend erschienen. Doch nun trieb die Panik sie vorwärts. Sie schürfte sich Ellbogen und Schultern an den Felsen auf, aber sie spürte es kaum.

Cassandra kämpfte sich über die Schuttbarriere hinweg in die abgeschlossene Kammer und ließ sich fallen. Der Aufprall ihrer Füße dröhnte auf dem Boden – einem Boden, der aus unerklärlichen Gründen metallisch war.

Wieder erfüllte bedrückende Stille den Hohlraum.

Ihr Lampenstrahl strich über polierte Flächen, geschwungene Formen und Kugeln von einer geometrischen Perfektion, die weit über die Fähigkeiten der Maya hinausgingen. Plötzlich begann das Licht der Taschenlampe gespenstisch zu flackern, als ließen die Batterien nach.

Eine weitere Gewehrsalve irgendwo hinter ihr durch das Labyrinth, durch meterdicke Mauern von ihr getrennt. Dann wieder waren heisere Rufe zu hören, viel lauter, vielleicht auch näher – doch da konnte sie wegen der Echoeffekte in den gewundenen Gänge nicht sicher sein.

Im Inneren der merkwürdigen Kammer befand sich Cassandra auf völlig unerforschtem Terrain. Sie rannte weiter zu dem letzten abwärts führenden Korridor, der spiralförmigen Rampe genau im Mittelpunkt der Pyramide. Der steile Tunnel sah aus, als bohre er sich bis tief unter die Erde. Ohne zu zögern, folgte sie dem abfallenden Gang, brachte Meter um Meter zwischen sich und ihre Verfolger.

Eine schwache Welle der Hoffnung durchflutete sie. Vielleicht führte diese Rampe zu einem unbekannten Ausgang aus der Pyramide, möglicherweise weit unten in der Wand der Kalksteinzisterne ... Vielleicht kam sie am Ende doch noch hier heraus!

Das scharfe Peitschen eines Gewehrschusses trieb eine Welle ohrenbetäubenden Lärms durch die hallenden Räume. Ihr Verstand sagte ihr, daß ihre Verfolger nicht in der Nähe sein konnten. Sie mußte sie weit hinter sich gelassen haben. Sie *mußte* sie in dem verschlungenen Irrgarten abgehängt haben, doch ihre Furcht trieb Cassandra schneller und schneller den steilen Weg hinunter ... bis der Gang sich in einen weiteren Raum öffnete, einer Grotte der unfaßbaren Wunder, die sie jedoch nur bruchstückhaft zu Gesicht bekam.

Glaspaneele an den Wänden ringsum reflektierten Ansammlungen von Kristallkugeln, schimmernden Formen und Metallstreifen, die sich in geometrischen Mustern über Kalksteinquader zogen. Doch sie erhaschte nur einen flüchtigen Blick auf dieses Feuerwerk aus Licht und Formen – dann erlosch ihre Taschenlampe, als hätte eine unbekannte Macht die Stromversorgung unterbrochen, die Batterien ausgesaugt, so wie auch ihre Mikrokassette auf rätselhafte Weise gelöscht worden war.

Cassandra schluckte schwer. Sie fühlte sich eingeschlossen ... verloren. Blind taumelte sie vorwärts, streckte die Hände aus und tastete nach einem Halt. Ihre suchenden Fingerspitzen fanden eine Öffnung, einen kleinen Durchgang. Sie stolperte hindurch in der absurden Hoffnung, irgendeine Lichtquelle zu finden.

Dann ... umstrahlte sie ein blendendes Gleißen, und sofort erkannte Cassandra, daß sie einen geschlossenen Raum von der Größe eines Schrankes betreten hatte ... oder eines Sarges. Grellweißes Licht strömte aus den glatten, glasigen Wänden.

Zu spät fragte sie sich, ob hier nicht Schlimmeres auf sie wartete als Männer mit Gewehren.

Dann stürzte eisiges, totes Licht wie gefrierendes Wasser auf sie herab – und all ihre Gedanken erloschen.

2

FBI-Hauptquartier,
Washington, D.C.
Dienstag, 9.14 Uhr

Es war stets das gleiche. Wann immer sich Special Agent Dana Scully in das Innerste des FBI-Hauptquartiers hinabwagte, um ihren Partner Fox Mulder aufzusuchen, hatte sie das Gefühl, etwas Verbotenes zu tun – oder zumindest etwas Unkluges.

Sie erinnerte sich, wie sie das erste Mal in das private Heiligtum ihres Kollegen gekommen war, eines frischgebackenen jungen Außendienstagenten, dem man die X-Akten zugewiesen hatte. »Bedaure, niemand zu Hause bis auf den allseits unerwünschten Mr. Mulder«, hatte er ihr zur Vorstellung zugerufen. Damals hatte Agent Mulder sie für ein »U-Boot« ihrer Vorgesetzten gehalten, die seinem leidenschaftlichen Interesse für unerklärliche Phänomene mißtrauten.

Heute, nach drei Jahren Zusammenarbeit, hatten Scully und Mulder Dutzende von Fällen bearbeitet und waren öfter, als sie zählen konnten, auf die Hilfe des anderen angewiesen gewesen. Mulders Glaube an das Übernatürliche und an außerirdische Lebensformen war nach wie vor unerschüttert, während Scully ebenso standhaft nach rationalen Erklärungen suchte. Obwohl sie in ihren Schlußfolgerungen häufig nicht übereinstimmten, arbeiteten sie als Team außerordentlich gut zusammen.

Scully suchte das enge Büro ihres Partners oft genug auf, um das dort herrschende trostlose Durcheinander ständig vor Augen zu haben. Sie wußte genau, was sie vorfinden würde ...

und auch an diesem Morgen wurden ihre Erwartungen nicht enttäuscht.

Mulders Büro war übersät mit den Zeugnissen seiner unkonventionellen Recherchen: Videobänder, DNA-Aufzeichnungen, Krankengeschichten, Nahaufnahmen von Pockennarben auf verwelkter Haut, verschwommene Schnappschüsse, die angeblich Beweise für fliegende Untertassen enthielten. Ein Klumpen verbogenen Metalls, der von einem in Wisconsin gefundenen abgestürzten UFO stammen sollte, lag auf dem Regal. Ein Dutzend ungelöster Rätsel in offenen Aktenordnern warteten darauf, in den unauffälligen schwarzen Dateischränken zur Ruhe gebettet zu werden, die Mulders Lebensaufgabe enthielten: die X-Akten.

Sie klopfte an den Rahmen der offenen Tür, trat ein und fuhr sich unbehaglich mit der Hand durchs Haar. »Ich weiß nicht, Mulder... ob ich so früh am Morgen die Energie aufbringe, mich diesem Chaos hier zu stellen.«

Mulder wirbelte auf seinem Stuhl herum, spuckte die Hülsen eines Sonnenblumenkerns aus und stand auf. »Versuchen Sie es mal mit vorgesüßten Frühstücksflocken – damit bekommen Sie genug Energie, um sich allem zu stellen.« Er grinste sie an.

Ihr wurde nicht wohler, wenn Mulder so diebisch vergnügt war. Es konnte nur bedeuten, daß er seine Aufmerksamkeit auf eine neue unorthodoxe Theorie gerichtet hatte... eine Theorie, die sie höchstwahrscheinlich würde entkräften müssen.

Scully schaute sich um und bemerkte, daß er auf seinem Schreibtisch einen Haufen archäologischer Texte, Bücher über antike Mythologie und detaillierte Landkarten von Mittelamerika aufgeschichtet hatte. Sie versuchte, diese Hinweise mit einem Blick zu erfassen und sich dann für die skurrile Geschichte zu wappnen, die ihr Partner als nächsten Fall zur Untersuchung vorschlagen würde.

»Schauen Sie sich das mal an, Scully«, sagte er und hielt ihr einen Gegenstand von der Größe seiner Faust entgegen, fein ziseliert und poliert, ein Stück fettig schimmernden, weißlichgrünen Gesteins. »Dreimal dürfen Sie raten.«

Sie nahm das schwere Ding und hielt es abwägend in den Händen. Die Oberfläche des Steins war so glatt poliert, daß sie sich wie eingeölt anfühlte. Die Schnitzerei zeigte eine verschlungene Schlangengestalt, eine Art Viper, die große wundersame Federn aufgestellt hatte – gebogene, nadelspitze Zähne ragten aus ihrem Maul und verliehen dem Geschöpf ein furchterregendes Aussehen.

Der Künstler war ein Meister gewesen. Die Darstellung paßte sich genau den unregelmäßigen Konturen des Gesteinsbrockens an. Langsam fuhr Scully mit der Fingerspitze über eine der Rillen und fragte sich, was für einem Test Mulder sie heute unterziehen wollte.

»Was, glauben Sie, ist das?« fragte er prompt.

»Ich gebe es auf.« Sie musterte das Kunstwerk noch einmal, doch es blieb ihr ein Rätsel. »Moderner Weihnachtsbaumschmuck?«

»Weit gefehlt.«

»Okay«, seufzte sie und beschloß, die Frage ernst zu nehmen. »Ich glaube, ich erkenne das Gestein. Es ist Jade, nicht wahr?«

»Sehr gut, Scully. Ich wußte gar nicht, daß im Medizinstudium auch Mineralogie unterrichtet wird.«

»Und ich wußte nicht, daß Mineralogie in Kursen über Verhaltenspsychologie vorkommt«, erwiderte sie und wandte ihre Aufmerksamkeit wieder dem Gegenstand in ihrer Hand zu. »Das Motiv sieht sehr alt aus. Vielleicht irgendeine mythologische Gestalt? Nach den Büchern auf Ihrem Schreibtisch vermute ich, es stammt von den ... Azteken?«

»Von den Maya. Nach Schätzungen von Experten ist dieser Kunstgegenstand etwa fünfzehnhundert Jahre alt. Das Volk der Maya verehrte die Jade. Sie galt als heiliges Gestein, das nur für die kostbarsten Kunstwerke verwendet wurde.«

»Genauso wertvoll wie Gold?« Scully sah Mulder neugierig an. Worauf wollte er hinaus?

»Noch viel wertvoller. Die Maya trugen es als Heilmittel gegen Koliken und andere Krankheiten um die Lenden. Sie steckten sogar ihren toten Adligen ein Stück Jade in den Mund, weil sie glaubten, der Stein würde ihnen im Jenseits als Herz dienen.«

»Ein Herz aus Stein.« Sie drehte das Stück in der Hand. »Ganz offensichtlich hat dieser Künstler viel Mühe und Geschick auf die Herstellung verwendet.«

Mulder nickte und schob eines der Bücher aus dem Weg, um seinen Ellbogen auf den Schreibtisch stützen zu können. »Und es muß auch eine ziemliche Herausforderung gewesen sein. Jade ist außerordentlich hart, so daß die Maya nicht die traditionellen Bearbeitungswerkzeuge aus Feuerstein und Obsidian verwenden konnten. Statt dessen mußten sie Schleifpulver und Dutzende von sich abnutzenden Werkzeugen einsetzen – hölzerne Sägen, Bohrer aus Knochen, Schnüre, die so lange über die Oberfläche gezogen wurden, bis kleine Rillen entstanden waren. Dann polierten sie das Ganze mit Kürbis- oder Schilffasern ... Ein schönes Stück Arbeit.«

»Okay, Mulder, das hier ist also nicht irgendeine Figur, die jemand bloß so zum Zeitvertreib aus einem Holzstück geschnitzt hat. Der Künstler hatte etwas Höheres im Sinn. In diesem Fall vermute ich, daß diese Abbildung eine besondere Bedeutung hat?« Sie betrachtete den Stein noch einmal ganz genau. »Eine Schlange mit Federn. Haben die Maya Schlangen verehrt?«

»Mhm ... eigentlich nicht. Sie werden bemerkt haben, daß das hier keine gewöhnliche Schlange ist. Es ist die Darstellung einer berühmten mythischen Gestalt, die der Gottheit Quetzalcoatl zugeschrieben wird. So haben ihn die Azteken genannt. Die Maya benutzten den Namen Kukulkan für diesen Gott von großer Weisheit. Manchen Quellen zufolge gab Kukulkan den Maya ihr Wissen über das Kalenderwesen und die Astronomie.«

Er bot ihr einen Sonnenblumenkern an. Da sie den Kopf schüttelte, steckte er ihn sich selbst in den Mund.

»Die Priester-Astronomen der Maya stellten so präzise Berechnungen an, daß die Genauigkeit ihrer angeblich primitiven Kalender erst in unserem Jahrhundert übertroffen werden konnte. Sie bauten sogar ineinandergreifende Zahnradgetriebe, um ihre Berechnungen aufgrund von sich überschneidenden Zyklen bis zu zweiundfünfzig Jahren im voraus vornehmen zu können. Kukulkan muß ein ganz außergewöhnlicher Lehrer gewesen sein... oder er besaß ein Wissen, von dem der Rest seines Volkes nichts ahnte.

Auch die mathematischen Fähigkeiten der Maya waren außergewöhnlich – sie waren sogar die einzige antike Zivilisation, die jemals das Prinzip der Null verstand, bis auf den heutigen Tag ein wesentlicher Faktor bei der Kontoführung, wie ich festgestellt habe...«

»Nicht bei mir.«

Mit einiger Mühe fand Scully einen Sitzplatz, indem sie einen Karton mit Gipsabdrücken von riesigen Fußspuren zur Seite räumte. Sie warf einen Blick darauf, beschloß jedoch, sich lieber nicht danach zu erkundigen.

»Das ist ja alles sehr interessant, Mulder«, sagte sie schließlich, »aber was hat ein fünfzehnhundert Jahre alter Klumpen Jade mit dem zugegebenermaßen beeindruckenden Abbild eines Gottes... mit einem unserer Fälle zu tun? Haben einige Leute etwa gefiederte Schlangen in ihren Vorgärten gesichtet? Oder sind sie einer Unstimmigkeit in unserem Kalender auf die Spur gekommen, die nur durch alte Steinschnitzereien der Maya zu erklären ist?«

Sie gab ihm die Jadeskulptur zurück, und er stellte sie behutsam auf den Stapel seiner Nachschlagewerke über Mittelamerika.

»Unter normalen Umständen würde das nichts mit unseren Fällen zu tun haben«, gab er zu, »aber dieses spezielle Relikt wurde kürzlich an der Grenze des mexikanischen Bundesstaates Quintana Roo beschlagnahmt, unten auf der Yucatán-Halbinsel. Der festgenommene Händler behauptet, daß das Artefakt aus den archäologischen Grabungen in einer wiederentdeckten Maya-Stadt tief im Dschungel stammt, einer Ruine namens Xitaclan.

Nach offiziellen mexikanischen Berichten sind in dieser Gegend zahlreiche Menschen auf unerklärliche Weise verschwunden, zum Teil schon vor Jahrzehnten. Und da das Gebiet so abgelegen ist, können Sie darauf wetten, daß es noch etliche weitere Fälle gibt, die völlig undokumentiert geblieben sind.«

»Ich bin mir immer noch nicht sicher, ob ich da einen Zusammenhang sehe, Mulder.« Sie schlug gelassen die Beine übereinander.

»Die meisten Einheimischen wollen nicht in die Nähe des Ortes gehen und behaupten, er sei verflucht, oder heilig... je nachdem, welche Übersetzung Sie bevorzugen. Ihre Legenden erzählen von bösartigen gefiederten Schlangen, dem Gott Kukulkan und den verlorenen Geistern der Menschenopfer, deren Blut einst über die Tempelsteine floß...«

»Ich bezweifle, daß das FBI ein Interesse daran haben könnte, uns auf einen alten Maya-Fluch anzusetzen, Mulder.« Sie begann ungeduldig auf dem alten, staatseigenen Stuhl herumzurutschen.

»Es steckt noch mehr dahinter.« Seine Augen leuchteten auf. »Ein Archäologenteam unter der Schirmherrschaft der University of California in San Diego hatte vor kurzem begonnen, Xitaclan auszugraben. Nach den ersten Berichten ist diese Fundstätte als einzige noch unberührt und stellt vermutlich einen Schlüssel zu vielen Rätseln der Geschichte der Maya dar. Diese Stadt *könnte* das erste größere Bauwerk gewesen sein, das diese Zivilisation überhaupt errichtet hat. Mit Sicherheit ist Xitaclan aber ein Ort, an dem häufig Opfer dargebracht wurden.«

Er lächelte versonnen. »Außerdem haben meine vorläufigen chemischen Analysen dieses Steins ein paar interessante Anomalien zutage gefördert... eine merkwürdige kristalline Struktur, nicht identifizierbare Verunreinigungen, die darauf hinweisen, daß dieses Material nicht aus der Umgebung der Ruinen auf der Yucatán-Halbinsel stammen kann...«

Scully musterte die weiche, grüne Farbe des Steins, während

sie sich ein *Mulder, nicht schon wieder* verkniff. Statt dessen gelang es ihr zu fragen: »Glauben Sie, es stammt... aus dem Weltall?«

Achselzuckend fegte er ein Häufchen feuchter Sonnenblumenkernschalen in den Papierkorb. »Das Archäologenteam ist vor einer Woche spurlos verschwunden. Kein Notruf, kein Anzeichen für Probleme... Nun, Sie und ich dürfen uns auf die Suche nach ihnen machen.«

»Aber Mulder, wäre das nicht normalerweise Sache der mexikanischen Behörden?«

»Darüber hinaus habe ich gestern einen Anruf von Cassandra Rubicons Vater erhalten. Cassandra leitete das Team der UC San Diego, und wie es scheint, ist ihr Vater selbst ein äußerst bekannter Archäologe. Der alte Rubicon hat ein bißchen herumtelefoniert und die FBI-Außenstelle in San Diego kontaktiert. Die haben nur die Worte ›antiker Fluch‹ und ›Maya-Ruinen‹ gehört und den Fall sofort an mich weitergeleitet.« Scully suchte seinen Blick, und er hob die Augenbrauen. »Ich treffe mich heute nachmittag mit Skinner. Sie und ich werden morgen mit Vladimir Rubicon sprechen. Er ist hier in Washington.«

Scully betrachtete die Jadeskulptur, die Bücher über Mythologie und schließlich den faszinierten Ausdruck auf Mulders Gesicht. »Ich schätze, der Versuch, Ihnen das auszureden, ist sinnlos, oder?«

»Sie haben es erfaßt«, lächelte Mulder.

»Tja, wenn das so ist, dann wollte ich wohl schon immer mal nach Mexiko...«

Assistant Director Skinner saß an seinem Schreibtisch und trommelte mit den Fingerspitzen einen nervösen Rhythmus auf die sauber getippten Formulare, die vor ihm lagen. Er stand nicht auf, als Mulder das Zimmer betrat.

Das ist ein schlechtes Zeichen, dachte Mulder. Andererseits hatte Skinner ihn schon so oft überrascht, daß er es aufgegeben hatte, die Absichten seines Vorgesetzten im voraus zu erraten.

Der Mann mit der kahlen Schädeldecke war entweder ein sehr guter Freund... oder ein Feind der schlimmsten Sorte. Skinner wußte vieles, doch er gab die Informationen nur dann an Mulder weiter, wenn er es für wichtig und richtig hielt. Doch hier und heute wollte Mulder seinen Vorgesetzten nicht unnötig mit aufsässigen Fragen verärgern – er und Scully mußten unbedingt nach Mexiko zur Yucatán-Halbinsel.

Skinner musterte ihn durch seine Nickelbrille. »Ich bin mir nicht sicher, ob Ihnen klar ist, was für ein heikles Thema Sie da aufgerührt haben, Agent Mulder.«

Mulder stand in strammer Haltung vor dem Schreibtisch seines Vorgesetzen. Sein Gesicht zeigte keinerlei Regung, als er die gerahmten Fotos des Präsidenten und des Justizministers an der Wand betrachtete. »Ich habe die Absicht, entsprechende Diskretion walten zu lassen, Sir.«

Skinner nickte und ließ erkennen, daß er das als selbstverständlich vorausgesetzt hatte. »Soweit es das FBI betrifft, handelt es sich hier um einen wichtigen Vermißtenfall im Zusammenhang mit möglichen Verbrechen, die an amerikanischen Bürgern begangen wurden. Ich habe Ihnen und Agent Scully den Status von Rechtsattachés verschafft, die außer Landes geschickt werden, um für die Botschaft der Vereinigten Staaten in Mexiko tätig zu werden.«

Er hielt einen Finger empor. »Aber vergessen Sie nicht, wie heikel diese Situation angesichts der gegenwärtigen wirtschaftlichen und politischen Spannungen ist. Die mexikanische Regierung reagiert immer sehr empfindlich auf Einmischungen von US-Beamten in ihre Angelegenheiten – ich muß Sie wohl nicht an die Zahl der DEA-Agenten erinnern, die von Drogenbossen in Mittelamerika ermordet wurden.

Das Gebiet im Staat Quintana Roo, in das Sie reisen werden, ist zur Zeit ein politischer Unruheherd. Die örtliche Regierung ist durch eine militante Separatistenbewegung unter Druck geraten, der von Tag zu Tag zunimmt, da die Rebellen sehr gut ausgerüstet sind... Sie beziehen ihre Waffen aus bisher unbekannten Kanälen.«

»Wollen Sie damit sagen, Sir, daß das Archäologenteam politischen Unruhen zum Opfer gefallen sein könnte?«

»Das erscheint mir wahrscheinlicher als ein alter Fluch der Maya ... Darauf wollten Sie doch hinaus, oder nicht?«

»Vielleicht, vielleicht auch nicht.« Mulder hob vage die Schultern. »Wir müssen jede Möglichkeit untersuchen.«

Skinner griff nach einem Satz Reisegenehmigungen und Spesenformularen und schob sie über den Schreibtisch. Mulder stellte erfreut fest, daß alle Papiere bereits unterschrieben waren.

»Ich erwarte, daß Sie sich strikt an die Vorschriften halten, Agent Mulder! Ich möchte Ihnen in aller Deutlichkeit nahelegen, bei dieser Untersuchung keine der vorgeschriebenen Grenzen zu überschreiten.«

»Ja, Sir.«

»Falls irgendeine übergeordnete Stelle an Ihrer Arbeit Anstoß nehmen sollte, werden Sie sich nicht nur vor dem FBI, sondern auch vor dem Außenministerium verantworten müssen. Das heißt, falls Sie nicht schon vorher in irgendein mexikanisches Gefängnis gewandert sind.«

»Ich werde mein Bestes tun, um das zu vermeiden, Sir.« Mulder nahm die Formulare und klemmte sie sich unter den Arm.

»Eine Sache noch, Agent Mulder.« Skinners Miene war undurchdringlich. »Ich wünsche Ihnen eine gute Reise.«

3

Redaktion des *Lone Gunman*,
Washington, D.C.
Dienstag, 16.40 Uhr

»Wenn er nicht mehr weiter weiß, kommt er zu uns, der Special Agent Mulder«, sagte Byers und lehnte sich genüßlich in seinem Sessel zurück, während er sich Anzug und Krawatte glatt strich und mit einem Finger über seinen gepflegten, rötlichen Bart fuhr.

Mulder schloß die Tür hinter sich. Er war der einzige Besucher im düsteren Redaktionsbüro des *Lone Gunman*, einer Publikation, die allerorten Verschwörungen aufzudecken trachtete und für sich in Anspruch nahm, die offiziellen Wahrheiten hinter tausend geheimen Machenschaften zu kennen, in die die Regierung verwickelt war.

Scully war der Meinung, die drei verschrobenen Macher des Magazins seien so paranoid, wie es in keinem Lehrbuch zu finden sei. Doch Mulder hatte immer wieder die Erfahrung gemacht, daß die Informationen, die die Lone Gunmen jederzeit herbeizaubern konnten, ihn oft in eine Richtung führten, auf die er durch offizielle Nachforschungen niemals gestoßen wäre.

»Hi, Jungs«, grinste Mulder. »Wer reißt denn diese Woche die Weltherrschaft an sich?«

»Ich habe den Eindruck, Mulder möchte uns im Auge behalten«, brummte Langly und schlurfte in seinem gemächlichen Schlendergang durch den Raum. Hochgewachsen, knochig und ohne jegliche Eleganz gekleidet, war er der Typ, der in einer Gruppe von Computerfreaks oder Roadies kaum auffällt.

»Natürlich nur zu seinem eigenen Schutz«, fügte er gespielt grimmig hinzu und rückte seine schwarzrandige Brille zurecht.

Langly hatte strähnige, blonde Haare, die aussahen, als würde er sie im Küchenmixer waschen. Mulder hatte ihn noch nie anders als in einem verlotterten T-Shirt gesehen, auf dem meist das Logo irgendeiner obskuren Rockgruppe prangte.

»Ich glaube, er schätzt einfach unsere Gesellschaft«, murmelte Frohike, der gerade mit den diversen Teilen einer äußerst kostspieligen Kameraausrüstung auf einem der Metallregale herumhantierte. Im Hintergrund schaltete Langly die großen Spulentonbandgeräte ein, um ihr Gespräch auf Band festzuhalten.

»Yeap, ihr seid einfach genau meine Kragenweite ...« Mulder hob mit einem entwaffnenden Lächeln die Hände.

Byers trug stets Anzug und Krawatte. Er war höflich und intelligent, ein Sohn, auf den jede Mutter stolz sein könnte – wären da nicht seine lautstarke Opposition gegen diverse Regierungsbehörden und sein besessener Glaube an UFO-Verschwörungen gewesen.

Frohike mit seiner Brille, dem kurzgeschnittenen Haar und den kantigen Zügen machte nicht den Eindruck, als würde er *irgendeiner* sozialen Gruppe angehören. Er schwärmte seit langem für Dana Scully, doch das war im Grunde nur Show, und Mulder vermutete, daß der Mann zum nervlichen Wrack werden würde, falls Scully sich je bereit finden sollte, mit ihm auszugehen. Dennoch hatte es Mulder gerührt, als Frohike Blumen an Scullys Krankenbett gebracht hatte, als sie nach ihrer Entführung im Koma lag.

Kein Schild markierte die Tür zum Büro der Lone Gunmen, kein Telefonbuch gab Aufschluß über ihre Nummer. Das Trio war bemüht, mit seinem Unternehmen möglichst wenig Aufsehen zu erregen und sich dabei so gut wie möglich abzusichern. Die drei zeichneten jeden eingehenden Anruf auf Band auf und verschleierten sorgfältig ihre eigenen Aktivitäten in und um Washington, D.C.

Schmucklose, zweckmäßige Regale enthielten Beobachtungsgeräte und Computermonitore. Kabel, die sich aus den Wänden hervorschlängelten, sorgten für Verbindungen zu einer Vielzahl von Online-Diensten, Netservern und Datenbanken. Mulder argwöhnte, daß die Lone Gunmen niemals offiziell den Zugang zu vielen dieser Systeme beantragt hatten, doch das hielt sie nicht davon ab, sich mit Vorliebe in jene Informationssysteme einzuhacken, die von Regierungsstellen und Industrieverbänden unter Verschluß gehalten wurden.

Die meisten Stühle im Büro bogen sich unter Kartons voller gepolsterter Versandtaschen mit vorgedruckten Adreßetiketten. Mulder wußte, daß sich auf den Umschlägen keine Absenderanschrift befand.

»Sie kommen zu einem günstigen Zeitpunkt, Mulder«, bemerkte Frohike. »Wir sind gerade dabei, unsere neue Ausgabe zu versenden. Wir könnten jemanden gebrauchen, der uns dabei hilft, sie auf die Ausgangskörbe zu verteilen.«

»Darf ich dafür schon einmal einen Blick auf den Inhalt werfen?« fragte Mulder.

Langly zog eine volle Tonbandspule von einem der Geräte, etikettierte sorgfältig den dazugehörigen runden Metallbehälter und bereitete eine neue Aufzeichnung vor. »Diesmal bringen wir eine Sonderausgabe des *TLG*. Unsere ›Alles-über-Elvis‹-Nummer.«

»Elvis?« wiederholte Mulder überrascht. »Ich dachte, da steht ihr drüber.«

»Keine Verschwörung ist unter unserer Würde.« Byers reckte sich.

»Sieht so aus...«, gab Mulder verwirrt zurück.

Langly nahm seine Brille ab und putzte sie mit einem Zipfel seines T-Shirts, das eine Tournee der Soup Dragons anpries. Er fixierte Mulder mit seinen kleinen Augen. »Sie werden nicht glauben, was wir entdeckt haben, Mulder. Wenn Sie erst unsere historische Retrospektive gelesen haben, werden Sie alles aus einem völlig neuen Blickwinkel sehen. Für diese Ausgabe habe ich die meisten Recherchen selbst durchgeführt und auch den größten Teil geschrieben.

Wir glauben, daß Elvis zu einer Messias-Gestalt aufgebaut wird – von mächtigen Leuten, die wir nicht kennen. Ähnliche Fälle finden sich ja immer wieder in der Geschichte ... Sie wissen schon: der verlorene König, der nach seinem angeblichen Tod wieder erscheint, um sein Volk erneut zu führen. Könnte eine starke Basis sein, um eine heimtückische neue Religion zu stiften.«

»Sie meinen, wie die Legenden von König Artus, der versprach, von Avalon zurückzukehren?« sagte Mulder. »Oder wie Friedrich Barbarossa, der in einer Berghöhle schläft, bis sein Bart um den ganzen Tisch gewachsen ist, um dann aufzuwachen und das Heilige Römische Reich zu retten?«

Langly zog die Brauen zusammen. »Die beiden waren Blindgänger, weil der jeweilige Messias niemals wirklich sein Versprechen einlöste und zurückkehrte. Aber nehmen Sie zum Beispiel Rußland – Zar Alexander II. besiegte Napoleon und kam dabei angeblich ums Leben ... aber noch Jahre später erzählten die Bauern davon, einen wandernden Bettler oder Mönch gesehen zu haben, der behauptete, in Wirklichkeit der Zar zu sein. Das ist eine sehr beliebte Legende. Und natürlich dürfen wir die biblischen Berichte nicht vergessen, wie Jesus Christus starb und zurückkehrte, um seinen Jüngern weiter voranzugehen.

Wir brauchen Sie wohl nicht daran zu erinnern, wie viele angebliche Elvis-Sichtungen täglich stattfinden. Wir glauben, daß sie inszeniert wurden, um den Boden für eine fanatische neue Sekte zu bereiten.«

»Alle wollen eine Zugabe.« Mulder griff nach einer der Versandtaschen und zog das Heft heraus, um Elvis' Konterfei auf der Titelseite zu betrachten. Dann überflog er den ersten Artikel. »Ihr wollt also sagen, daß irgend jemand versucht, den Leuten weiszumachen, die Geburt von Elvis sei in Wirklichkeit die Wiederkunft Christi gewesen ...«

»Sie wissen doch, wie leichtgläubig die Leute sind, Mulder«, erklärte Frohike. »Denken Sie doch mal darüber nach. Manche Songs von Elvis muten geradezu neutestamentlich an. ›Love

Me Tender‹ zum Beispiel ... oder ›Don't Be Cruel‹. Die könnten direkt aus der Bergpredigt stammen.«

Byers beugte sich vor. »Und wenn Sie das in einen modernen Kontext stellen, erreicht jede Hit-Single weitaus mehr Menschen, als es der Bergpredigt je gelang.«

»Aha.« Mulder nickte bedächtig. »Und was wollte Elvis uns in Wirklichkeit mit ›Jailhouse Rock‹ oder ›Hound Dog‹ sagen?«

»Diese beiden haben uns etwas mehr Arbeit gemacht«, gab Langly zu. »Unsere Interpretationen erscheinen in der nächsten Ausgabe. Sie werden überrascht sein.«

»Das glaube ich auch.«

Byers zuckte die Achseln und rutschte auf seinem Sessel herum. »Wir fällen keine Urteile, Agent Mulder, wir berichten nur über die Fakten. Es liegt an unseren Lesern, ihre eigenen Schlüsse zu ziehen.«

»Über euch Jungs oder über die Verschwörungen, von denen ihr berichtet?«

Statt einer Antwort richtete Frohike eine große Kamera auf Mulder und drückte auf den Auslöser. »Für unsere Akten«, grinste er.

Mulder hielt das frisch gedruckte Heft hoch. »Kann ich dieses Exemplar behalten?«

»Ihr Exemplar müßte doch mit der Post kommen«, meinte Frohike.

»Warum bestellen Sie nicht endlich ein offizielles Abonnement, Mulder?« schlug Langly vor. »Verwenden Sie Ihr FBI-Gehalt doch einmal für was Vernünftiges.«

Byers lächelte. »Nein, bei jemandem von Mulders Rang sollten wir es uns nicht nehmen lassen, ihm von jeder Ausgabe ein Freiexemplar zukommen zu lassen ... Außerdem wäre es mir etwas unangenehm, seinen Namen und seine Adresse auf unserer Versandliste zu haben.«

»Was, haben Sie etwa Angst, Sie könnten dann die Adressenliste nicht mehr an die Verrechnungsstelle der Verleger weiterleiten?« witzelte Mulder.

»Unser Leserkreis rekrutiert sich aus einem ganz bestimmten Typ von Personen, Mulder«, erläuterte Byers geduldig. »Nämlich solchen, die vermutlich nicht wünschen, daß ihr Name zusammen mit anderen, die sich ebenfalls für die Verschwörungen interessieren, auf *einer* Liste steht. Wir geben uns große Mühe sicherzustellen, daß unsere Versandliste nicht in falsche Hände kommen kann. Jeder von uns dreien verwaltet ein Drittel der Abonnenten in separaten Dateien unter separaten Paßwörtern auf separaten Computern. Keiner kommt an die Daten der anderen heran. Wir bringen nur die fertigen Versandetiketten mit hierher.«

Frohike fügte hinzu: »Die drucken wir im Copy-Shop aus.«

»Man kann nicht vorsichtig genug sein«, nickte Langly gewichtig.

»Sie sagen es...«, erwiderte Mulder schmunzelnd.

»Also, wir müssen uns jetzt an die Arbeit machen und die Umschläge verschließen.« Langly schlug sich energisch auf die Oberschenkel. »Es wäre uns eine Freude, Sie zur Mitarbeit zu nötigen, Mulder.«

Mulder hob abwehrend die Hände. »Nein, danke. Ich bin nur wegen ein paar Informationen hier, und dann muß ich wieder los.«

»Und wie können wir helfen, unschuldige Bürger vor den ruchlosen Machenschaften der Schattenregierung zu schützen?« fragte Byers. »Zumindest für diesen Nachmittag?«

Mulder räumte einen der Kartons zur Seite und setzte sich. »Was hört ihr so über Mittelamerika, die Yucatán-Halbinsel, insbesondere über ein paar neuentdeckte Maya-Ruinen, die gerade ausgegraben werden? Xitaclan... Ich habe zu bieten: ein vermißtes Archäologenteam und ein dort gefundenes Artefakt, das außerirdischen Ursprungs sein könnte.«

»Lassen Sie mich nachdenken...« Langly warf sein langes Haar zurück. »Archäologie war mein Hauptfach auf dem College.«

Byers sah ihn skeptisch an. »Ich dachte, dein Hauptfach war Politikwissenschaft.«

Frohike zwinkerte hinter seiner Brille. »Mir hast du gesagt, Elektronik.«

»Na und? Ich war eben vielseitig interessiert.«

Byers wurde ernst und wandte sich wieder Mulder zu. »Mittelamerika? Ich habe eine Menge unbestätigter Gerüchte über Vorfälle in der Gegend gehört. In einem der Bundesstaaten auf der Yucatán-Halbinsel ist eine Separatistenbewegung aktiv geworden. Sie nennt sich *Liberación Quintana Roo*. Die Gewalt scheint zu eskalieren – Autobomben, Drohbriefe – und natürlich wissen Sie sicher auch schon von dem US-Militärkomplex, der die Freiheitskämpfer zu exorbitanten Preisen mit Waffen versorgt.«

»Warum denn das?«

»Um politische Instabilität zu schüren. Das ist wie ein Spiel für die«, sagte Byers, in dessen sonst so gelassenem Blick Leidenschaft aufflammte. »Und vergessen Sie nicht, daß sich einige der führenden Drogenbosse dieser Gegend inzwischen selbst auf den Waffenhandel verlegt haben. Sie kaufen Technologie auf... hochgefährliches Zeug, von dem wir vor einem Jahrzehnt noch nicht einmal geträumt hätten.«

»Ich habe davon geträumt«, bemerkte Frohike versonnen.

»Und wie hängt das mit Ihrem speziellen Problem zusammen, Agent Mulder?« fragte Langly.

»Wie ich schon sagte, vor einer Woche ist dort ein amerikanisches Archäologenteam verschwunden. Sie hatten in den Ruinen vermutlich wertvolle historische Fundstücke entdeckt – Artefakte, die jetzt auf dem Schwarzmarkt auftauchen... Die Einheimischen wollen dem Ort nicht zu nahe kommen, offenbar liegt schon seit tausend Jahren ein Fluch über der Stadt. Ganz zu schweigen von den Legenden über die Rache Kukulkans und seiner grausamen Leibgarde aus gefiederten Schlangen.«

»Da ich Sie kenne, Mulder, überrascht es mich, daß Sie nicht auf der Jagd nach antiken Astronauten sind«, stichelte Langly.

»Ich versuche, für alles offen zu sein.« Mulder ließ sich nicht aus der Ruhe bringen. »Es gibt viele Rätsel im Zusammenhang mit der Kultur und Geschichte der Maya, aber ich bin noch nicht unbedingt bereit, irgendeines davon zu übernehmen. Antike Astronauten und der Fluch der Maya... Drogenbosse, Militäroperationen und revolutionäre Bewegungen, von denen Byers gesprochen hat – es scheint ja allerhand los zu sein in Yucatán.«

»Dann fliegen also Sie und Ihre hübsche Kollegin hinunter, um Nachforschungen anzustellen?« fragte Frohike mit einem hoffnungsvollen Unterton.

»Ja, wir brechen morgen nach Cancún auf.«

»Unsere Steuerdollars bei der Arbeit«, schnaubte Langly.

»Ich würde Agent Scully liebend gerne mal mit einer gesunden tropischen Bräune sehen...« Frohikes Blick glitt in unbestimmte Fernen.

»Kommen Sie wieder runter, Frohike«, meinte Mulder und wandte sich zum Gehen. Es war später Nachmittag, und der Verkehr auf dem Beltway würde fürchterlich sein. Er beschloß, ins Büro zurückzufahren und noch ein wenig zu recherchieren. »Danke für die Information.«

»Agent Mulder«, rief ihm Byers nach, erhob sich fast feierlich und rückte erneut seine Krawatte zurecht, »wenn Sie tatsächlich etwas Interessantes herausfinden sollten, lassen Sie es uns wissen. Für unsere Akten.«

»Ich werde sehen, was sich machen läßt«, sagte Mulder ebenso würdevoll und stolzierte davon.

4

Privatvilla von Xavier Salida,
Quintana Roo, Mexiko
Dienstag, 17.01 Uhr

Der alte Polizeistreifenwagen mit den offiziellen staatlichen Insignien rollte die von Bäumen gesäumte Straße entlang und kämpfte sich keuchend bergauf. Der von mächtigen Mauern umgebene Sitz eines der einflußreichsten Drogenbosse von Quintana Roo erhob sich wie eine Festung aus dem dichten Wald.

Der Wagen fuhr langsam über die feuchte Trasse aus gewalztem Kalksteinkies, während der Auspuff in regelmäßigen Abständen ölige Wolken blaugrauer Abgase ausstieß. Der Streifenwagen war erst kürzlich gestrichen worden, jedoch so dilettantisch, daß er immer noch alt und häßlich aussah.

Auf dem Beifahrersitz saß Fernando Victorio Aguilar und täuschte jene Gelassenheit vor, die ihm seiner Erfahrung nach stets half, bessere Geschäfte zu machen. Er rieb sich mit den Fingern über die glatten Wangen. Erst vor einer Stunde hatte er sich rasiert, und er liebte das köstliche, seidig-glatte Gefühl auf seiner Haut. Der scharfe, aber angenehme Duft seines Aftershaves erfüllte den Wagens und überdeckte andere, weniger angenehme Gerüche, die im Laufe seines Tagwerks an Carlos Barreio, dem Chef der Staatspolizei von Quintana Roo, hängengeblieben waren.

Barreio fuhr langsam und steuerte vorsichtig um die Schlammpfützen auf der Straße herum. Er trug eine saubere Polizeiuniform und blähte die Brust wie ein General der Streitkräfte – er war stolz auf seine Stellung, auf die er gern und bei jeder Gelegenheit in vermeintlich subtiler Weise pochte. Aguilar konnte nicht viel Subtiles an Barreio entdecken.

Im Fond saß der junge Pepe Candelaria, Aguilars Assistent, ein wackerer junger Indio, der seine Berufung darin sah, alles zu tun, was Aguilar ihm sagte. Auf dem Rücksitz von Barreios Streifenwagen wirkte Pepe wie ein gefaßter Strauchdieb – doch er hatte nur ein wachsames Auge auf die Kiste mit dem kostbaren Inhalt.

Auch wenn Aguilar und Pepe nach den Gesetzen des Landes eine Festnahme verdient hatten, waren sie sich mehr als sicher, daß Polizeichef Barreio sie niemals in Gewahrsam nehmen würde... Er hatte zuviel zu verlieren.

Der Streifenwagen hielt vor dem reich verzierten, imposanten Eisentor, das die Durchfahrt in der massiven Mauer sicherte. Grunzend kurbelte Barreio die Seitenscheibe herunter und winkte dem schwerbewaffneten privaten Wachmann, der ihn sofort erkannte.

Aguilar starrte durch die Windschutzscheibe und musterte beeindruckt die dicke Schutzwehr, die Xavier Salidas riesige Festung umgab: Steinplatten, bedeckt mit Schnörkeln, Maya-Schriftzeichen und Reliefs, Bildern von Jaguaren und gefiederten Schlangen sowie Darstellungen von Priestern mit ihrem Kopfschmuck aus Quetzalfedern und ihren von Goldplättchen übersäten Lendentüchern. Manche der behauenen Platten waren echt, herausgerissen aus vergessenen und überwucherten Ruinen irgendwo im Dschungel. Andere waren geschickte Fälschungen, die Aguilar selbst in Auftrag gegeben hatte – Xavier Salida hatte den Unterschied nicht bemerkt. Der Drogenboß war ein eingebildeter, wenn auch mächtiger Trottel.

»*Tiene una cita, Señor Barreio?*« fragte der Wächter in schnellem Spanisch. Haben Sie einen Termin?

Carlos Barreio runzelte die Stirn. Auf seiner Oberlippe lastete ein schwerer Schnurrbart, und das dunkle Haar war unter seiner Polizeimütze zurückgestrichen. Über seinen Brauen hatten sich schon deutliche Geheimratsecken gebildet, doch der Schirm seiner Dienstmütze verdeckte diesen Makel.

»Ich glaube kaum, daß ich einen Termin brauche«, dröhnte Barreio. »Exzellenz Salida hat mir gesagt, ich sei in seinem Hause stets willkommen.«

Aguilar lehnte sich schnell zur Fahrerseite hinüber, um eine zeitraubende Konfrontation mit der Wache zu vermeiden. Wieder einmal wünschte er Barreios Arroganz zum Teufel. »Wir bringen eines der antiken Artefakte, die Exzellenz Salida so dringend zu erwerben wünscht«, sagte er durch das Fenster. »Sie wissen doch, wieviel Wert Seine Exzellenz auf diese Dinge legt... und dieses Stück hier ist noch kostbarer als die anderen.«

Er warf einen vielsagenden Blick auf den Rücksitz, wo der Inhalt der Kiste unter ihrem Deckel verborgen ruhte. Pepe Candelaria hielt schützend einen seiner mageren Arme darüber.

»Was ist es?« fragte der Wächter.

»Es ist nur für Exzellenz Salidas Augen bestimmt. Er wäre sehr erbost, wenn seine Wachen sich die Ware ansehen würden, bevor er Gelegenheit hatte, ihren Wert einzuschätzen.« Aguilar zupfte an seinem Schlapphut aus Ozelotfell und ließ ein verheißungsvolles Lächeln aufblitzen.

Der Wächter trat nervös von einem Bein aufs andere, hängte sein Gewehr über die andere Schulter und ließ schließlich das gußeiserne Tor nach innen aufschwingen, so daß Barreio passieren konnte.

Der Polizeichef parkte den Wagen auf dem breiten, mit Steinplatten gepflasterten Kreisel im Inneren der Einfriedung. Hunde bellten und heulten in ihren Zwingern: Salida hielt sich ein halbes Dutzend reinrassiger Dobermänner, die er bei Bedarf zur Einschüchterung einsetzte. Importierte Pfauen stolzierten über das Gelände und sammelten sich in der Nähe des kühlen Dunsts einer hohen Fontäne, die in die schwüle Luft aufstieg.

Aguilar wandte sich dem Fahrer und seinem Assistenten auf dem Rücksitz zu. »Dies ist ein kompliziertes Geschäft, also überlaßt mir das Reden. Wenn wir Salida gegenüberstehen, werde ich die Verhandlungen führen. Da es sich um ein seltenes und ungewöhnliches Objekt handelt, haben wir keine Möglichkeit, seinen wahren Wert zu ermessen.«

»Holen Sie so viel raus wie möglich«, knurrte Barreio. »Waffen kosten Geld, und die *Liberación Quintana Roo* braucht sie dringend.«

»Ja, ja, Sie und Ihre kostbaren Revoluzzer.« Aguilar strich die Vorderseite seiner Khakiweste glatt und rückte seinen gefleckten Hut zurecht, wobei er darauf achtete, daß sein langes, schwarzes Haar säuberlich in einem Pferdeschwanz zusammengebunden blieb. Dann blickte er auf zu der weiträumigen, weiß verputzten Fassade der aus Adobeziegeln erbauten Villa.

Es hatte eine Menge Mühe gekostet, die Werke der Maya aus Xitaclan unter den wachsamen Augen des amerikanischen Archäologenteams herauszuschmuggeln – doch nun war die Sache erledigt. Die Ausländer würden keine Schwierigkeiten mehr machen. Die Kostbarkeit auf dem Rücksitz war eines der letzten großen Stücke, die aus der Pyramide herausgeschafft worden waren, aus der »Kammer der Wunder«, wie sie der Indio mit ehrfürchtiger Stimme genannt hatte ... kurz bevor er wieder im Dschungel verschwunden war, ohne je zu verraten, wo genau er den Schatz entdeckt hatte.

Und jetzt hatten Aguilars Leute Xitaclan wieder fest in der Hand, konnten es in Ruhe erkunden ... und ausbeuten. Nun war endlich die Zeit gekommen, um die Früchte all ihrer Anstrengungen zu ernten.

Aguilar und Barreio stiegen aus dem Wagen, während Pepe die Kiste mit dem Schatz vom Rücksitz zerrte und unter der sperrigen Last unbeholfen taumelte. Der mysteriöse Gegenstand war trotz seiner Größe überraschend leicht, doch der junge Mann war schmächtig, aber weder Aguilar noch Barreio dachten auch nur daran, ihre Hilfe anzubieten.

Sämtliche Balkone im zweiten Stock des Hauses waren mit Blumen bepflanzt, farbigen Kaskaden, die sich zwischen den Geländern und über die leuchtend weiße Lehmziegelfassade ergossen. Auf einem der kleineren Balkone schaukelte eine

Hängematte in der leichten Brise, leere Korbsessel standen auf einem anderen.

Ein Wachmann an der Tür trat vor und hielt das Gewehr über seiner Schulter demonstrativ nach vorne. »Holá!« grüßte Aguilar und zeigte sein einstudiertes Lächeln. »Wir sind hier, um mit Exzellenz Salida zu sprechen.«

»Er hat heute keinen guten Tag«, entgegnete die Wache finster. »Wenn Sie ihn sehen wollen, gehen Sie ein ganz schönes Risiko ein.«

»Er wird uns empfangen!« Aguilar lächelte erneut. »Wenn Sie wollen, daß dieser Tag für ihn besser wird ... dann werden Sie ihn sehen lassen, was wir ihm mitgebracht haben, nicht wahr?«

Der Wächter betrachtete die Kiste und versteifte sich in instinktivem Argwohn. Aguilar kam der Frage des Mannes zuvor: »Ein weiterer kostbarer Fund für Ihren Meister. Noch atemberaubender als die Statue der gefiederten Schlange, die wir neulich geliefert haben. Und Sie wissen ja, wie sehr er diese Skulptur zu schätzen wußte.«

Draußen auf dem Hof erhob einer der Pfauenhähne sein lautes Gezeter, ein rauhes Glucksen, das alle anderen Geräusche der Umgegend für einen Moment übertönte. Aguilar blickte sich um und sah, wie der große Vogel seinen erstaunlichen Schwanzfächer ausbreitete. Er hockte auf einer hohen Stele, einer Steinsäule, die ringsum mit Maya-Glyphen ziseliert war, in deren Mitte ein blutrünstig blickender Jaguarkopf prangte. Die Stele war drei Meter hoch und wog etliche Tonnen. Sie hatte sich leicht geneigt, obwohl Salidas Landschaftsgärtner sie fest im Boden verankert hatten. Dutzende schwitzender Arbeiter hatten sich stundenlang abgemüht, um das Kunstwerk unbemerkt die Kiesstraße hoch in den eingefriedeten Hof des Drogenbosses zu schaffen.

Erneut schrie der Pfau und präsentierte stolz seine Federpracht. Für einen genüßlichen Augenblick dachte Aguilar daran, sie ihm langsam einzeln auszureißen.

Der Wächter führte sie in ein kühles Foyer und dann über

eine breite, geschwungene Treppe in das obere Stockwerk, wo Xavier Salida seine Büros und seine privaten Räume hatte. Sonnenlicht drang durch die schmalen Fenster und glitzerte auf den in der Luft schwebenden Staubpartikeln.

Ihre Schritte erzeugten einen hohlen Widerhall. Das Haus wirkte still und verschlafen ... bis sie das Obergeschoß erreichten. Sie konnten Salidas aufgebrachte Stimme bis in den Flur hören.

Der Wachmann sah die drei Besucher schief an. »Wie ich schon sagte, Señor Salida hat heute keinen guten Tag. Eines unserer kleinen Transportflugzeuge ist hier in der Nähe abgeschossen worden. Wir haben einen Piloten und eine ganze Ladung Ware verloren.«

»Ich hatte nichts damit zu tun«, sagte Barreio abwehrend. »Die DEA?«

Der Wachmann musterte den Polizeichef ohne Regung. »Señor Salida hat seine eigenen Verdächtigen.«

Sie näherten sich dem größten der Wohnräume, dessen reich verzierte Mahagonitüren bis auf einen wenige Zentimeter breiten Spalt angelehnt waren: die wütende Stimme des Drogenbosses drang gut hörbar nach draußen.

»Grobe! Es muß Pieter Grobe gewesen sein. Niemand sonst würde so etwas wagen!« Salida schwieg einen Moment, als höre er jemandem zu. »Ich habe keine Angst davor, den Konflikt eskalieren zu lassen«, fuhr er fort. »Unser Vergeltungsschlag muß ihn doppelt so teuer zu stehen kommen – aber geben Sie keinen Kommentar, keine Drohung. *Tun Sie es einfach.*« Lautstark wurde der Telefonhörer auf die Gabel geknallt, und die nachfolgende Stille legte sich wie ein erstickendes Kissen über die Räume.

Aguilar schluckte, rückte seinen Schlapphut zurecht und schickte sich an vorzutreten. Indem er lächelnd die Initiative ergriff, hoffte er die Stimmung des Drogenbosses zu heben, doch die Wache machte einen Schritt nach vorn und versperrte ihm den Weg. Warnend schüttelte er den Kopf: »Noch nicht. Es wäre nicht klug.«

Einige Sekunden später drang die Melodie einer Oper aus einer großen Stereoanlage im Inneren des Raumes. Eine kreischende Sopranstimme, die beinahe noch durchdringender war als die Schreie des Pfaus, sang in einer fremden Sprache von irgendeinem unvorstellbaren menschlichen Leid. Aguilar wußte, daß der Drogenboß die Worte ebenfalls nicht verstand, doch Salida liebte es, sich den Anschein kultivierter Aufgeklärtheit zu geben. Fünf nahezu unerträgliche Minuten lang war die Oper zu hören, dann wurde sie durch ein wesentlich entspannenderes klassisches Orchesterstück ersetzt.

In diesem Moment nickte der Wächter und zog die schwere Mahagonitür auf der rechten Seite auf.

Aguilar und Carlos Barreio traten nebeneinander ein, doch Aguilar wußte, daß er der Wortführer war. Hinter ihnen mühte sich Pepe mit der mysteriösen Kiste ab.

Xavier Salida wandte sich langsam zu ihnen um, faltete die Hände vor dem Bauch und setzte ein geduldiges Lächeln auf, dessen Wärme beinah echt wirkte. Aguilar war verblüfft, wie schnell sich die Stimmung des Drogenbosses nach der wütenden Raserei nur wenige Minuten zuvor gewandelt hatte.

»Willkommen, meine Freunde«, sagte Salida salbungsvoll. Seine Kleidung war von ausgesuchter Qualität, das Hemd aus weißer Seide, die Hosen maßgeschneidert. Er trug eine schöne Weste, aus deren Seitentasche eine goldene Uhrkette hing.

Aguilar nickte, nahm seinen Hut aus Ozelotfell ab und hielt ihn in der Pose eines Bittstellers vor sich. »Wir freuen uns, daß Sie uns empfangen, Exzellenz«, deklamierte er. »Wir haben ein neues, sehr schönes Artefakt, das wir Ihnen zeigen möchten. Etwas so Wunderbares haben Sie noch nie gesehen.«

Salida schmunzelte. »Fernando Victorio Aguilar, das sagen Sie jedesmal, wenn Sie mir etwas ins Haus bringen.«

Aguilar lächelte höflich zurück und neigte leicht den Kopf. »Und habe ich nicht meistens recht? Kaufen Sie nicht, was ich Ihnen anbiete?« Er winkte Pepe, vorzutreten und die Kiste auf einer Glaskonsole in der Nähe des Schreibtischs abzusetzen.

Carlos Barreio stand in militärischer Haltung da und war

bemüht, in seiner Polizeiuniform möglichst imposant auszusehen, während sich Aguilar beiläufig im Zimmer umsah: die vertraute Sammlung von Kunstdrucken, fachmännisch in schweren, vergoldeten Rahmen aufgezogen, die auf Sockeln stehenden Maya-Skulpturen, einige Stücke präkolumbischer Kunst in Glasvitrinen, andere auf den Fensterbänken. Salida stellte diejenigen zur Schau, die ihm am besten gefielen, denn er hatte keinerlei Ahnung, welche Objekte wirklich wertvoll und welche lediglich hübsche Kinkerlitzchen waren. Ein Weinregal, angefüllt mit den kostbarsten Tropfen, stand in einer Ecke des Raumes.

Aguilar wußte, daß Xavier Salida Analphabet gewesen war, bevor er reich und mächtig wurde. Ein Gerücht besagte, er habe einen Lehrer angestellt, der ihm das Lesen beibringen sollte. Der Mann hatte seine Sache gut gemacht, doch dann hatte sich der Unglückliche in einer Dorfkneipe nach ein paar Tequilas zu Witzen über die mangelnde Bildung seines Schülers hinreißen lassen ... und Salida hatte sich seiner entledigt.

Es folgten weitere Lehrer, die Salida in Kunst und Musik unterrichteten und ihn in einen guten, aufrechten Bürger verwandelten. Fortan bevorzugte Salida teuren Sewruga-Kaviar und edle Weine und lauschte zu alter Musik auf den modernsten Stereoanlagen. Und er sammelte teure Kunstobjekte – ohne so recht zu wissen, was er da eigentlich tat.

Aguilar hatte diese Situation genutzt, indem er Salida schmeichelte und die mangelnde Sachkenntnis des Drogenbosses von vornherein in ihre Geschäfte einkalkulierte. Anstatt sein Unwissen zuzugeben, zog es Xavier Salida in der Regel vor, die Objekte einfach zu kaufen, die Aguilar ihm anbot ... unzählige Originale und Fälschungen hatten auf diese Weise schon für viel Geld den Besitzer gewechselt.

Doch diesmal handelte es sich wirklich um ein besonderes Stück. Daran gab es keinen Zweifel.

Pepe trat schwitzend, schluckend, schlurfend von dem Glastisch zurück. Er wischte sich die Handflächen an der Hose ab und wartete auf weitere Anweisungen.

Der Drogenboß deutete auf die Kiste. »Nun, dann los, Fernando – machen Sie sie auf. Lassen Sie mich sehen, was Sie diesmal aufgetrieben haben.«

Aguilar wandte sich an Pepe und wedelte ungeduldig mit der rechten Hand. Schnell ging der junge Helfer zu der Kiste, bohrte seine Fingerspitzen in einen Spalt und riß die Tackernägel los. Der Deckel löste sich splitternd. Pepe entfernte das Packmaterial und hob den magischen Schatz vorsichtig heraus. Aguilar lächelte selbstzufrieden.

Der Drogenboß hielt den Atem an und trat fasziniert vor. Aguilars Herz klopfte schneller – dies war genau die Reaktion, auf die er gehofft hatte.

Pepe setzte das Objekt auf dem Tisch ab und zog sich zurück, wobei er seine schwitzenden Hände erneut an der Hose trocknete. Das Artefakt war ein vollkommen durchsichtiger, rechteckiger Kasten mit einer Seitenlänge von etwas mehr als dreißig Zentimetern. Im Licht schimmerte es in allen Prismenfarben, als bestünden die Vorrichtungen in seinem Inneren aus hauchdünnen Diamantplatten. Diese inneren Teile muteten merkwürdig und exotisch an: ineinander verzahnte Komponenten, Verbindungen aus Glasfasern, glitzernde Kristalle. Aguilar fand, daß es wie das komplizierteste Uhrwerk der Welt aussah ... mit Rädchen und Federn aus reinstem Bergkristall. In die Seite des durchsichtigen Gehäuses waren winzige Löcher gebohrt, weitere bewegliche Vierecke markierten die Ecken und einen Teil der Oberseite. Eingravierte Symbole, die eine gewisse Ähnlichkeit mit manchen der unverständlichen Maya-Glyphen hatten, bedeckten Teile der klaren Glasseiten. Und nichts von alledem ergab irgendeinen Sinn.

»Was ist das?« fragte Salida gebannt, berührte das Gehäuse und zog rasch die Finger zurück. »Es ist kalt! Selbst bei dieser Hitze ist es eiskalt.«

»Dieses Objekt ist ein großes Rätsel, Exzellenz«, entgegnete Aguilar. »Ich habe noch nie zuvor ein solches antikes Kunstwerk gesehen, trotz all meiner archäologischen Erfahrung.« In Wirklichkeit hielt sich Aguilars archäologische Erfahrung in

Grenzen ... wenn es auch durchaus zutraf, daß er noch niemals auf ein solches Stück gestoßen war. Xitaclan war die Heimat vieler ungewöhnlicher Dinge.

Der Drogenboß beugte sich mit halb geöffnetem Mund näher an das seltsame Objekt heran. »Woher stammt es?« Er wirkte wie verzaubert – und Aguilar wußte, daß ihm dieses Geschäft sicher war. Ein äußerst gewinnbringendes Geschäft.

»Dieses Wunderwerk stammt aus einer geheimen neuen Ausgrabungsstätte namens Xitaclan, einem bisher völlig unberührten Fundort. Wir sind im Augenblick dabei, viele der wertvollsten Stücke abzutransportieren. Ich bin jedoch sicher, daß es nicht lange dauern wird, bis ein neues Archäologenteam eintrifft, um weitere Objekte zu entfernen.«

Carlos Barreios Gesicht verfinsterte sich. »Um genau zu sein, wollen sie Quintana Roo seines Schatzes berauben und ihn aus dem Land fortbringen, in das er gehört.« Aguilar hoffte, der Polizeichef würde sich nicht zu sehr erhitzen und einen seiner endlosen politischen Vorträge halten.

»Ja, aber wir werden vorher *retten*, was wir können, nicht wahr?« sagte Aguilar lächelnd. »Und natürlich sind Sie, Exzellenz Salida, einer der angesehensten Bewahrer unserer Kultur.«

Fernando Victorio Aguilar war auf den Straßen von Mérida aufgewachsen. Seine Mutter, eine Prostituierte, hatte ihm schon früh das Stehlen beigebracht, so daß die Familie ein relativ sorgloses Leben führen konnten. Doch er hatte bald gelernt, daß Diebstahl Diebstahl blieb, ob er nun ein Stück Obst oder einen Mercedes-Benz stahl. Nach seiner Philosophie, so hatte er eines Abends bei einer Flasche Mescal lachend gesagt, sollte man, wenn man es schon auf Mangos abgesehen hatte, lieber gleich die Diamantuhr eines Touristen stehlen und sich von dem Geld ein Leben lang mit Mangos versorgen. Diebstahl war Diebstahl. Warum also nicht gleich das Beste nehmen?

Trotz seiner Herkunft hatte das Stehlen bei Aguilar immer ein gewisses Unbehagen zurückgelassen. Einen Anflug von Schuldgefühl konnte er nicht abschütteln, wenn er in den

Gesichtern der Touristen, die er ausraubte, oder der Ladenbesitzer, die er überfiel, den Zorn, die Verzweiflung und die Angst sah.

Dann allerdings hatte Aguilar zu seinem Entzücken entdeckt, daß das Stehlen kostbarer historischer Schätze eine ganz andere Sache war. Hier nahm er Leuten etwas fort, denen es egal war, Leuten, die schon lange tot waren. Zudem brachte diese Sache sehr viel mehr Geld ein, und sie war auch nicht so riskant wie ein Raubüberfall auf einen Touristen in Cancún. Natürlich nur, wenn nicht gerade ein lästiges Archäologenteam zur falschen Zeit am falschen Ort war...

Als Xavier Salida ein Gebot für das Relikt abgab, war sein erster Preis bereits weit höher, als Aguilar zu hoffen gewagt hatte. Carlos Barreio konnte sich kaum zurückhalten und pumpte hektisch Luft durch seine bräunlichen, schlecht rasierten Wangen, doch Aguilar schaffte es, den Preis noch einmal um fünfzehn Prozent hochzutreiben.

Nach dem Handel führte sie der Wächter wieder zu dem geparkten Streifenwagen hinaus. Alle Beteiligten waren höchstzufrieden. Das Gesicht des Drogenbosses hatte sich sichtlich aufgehellt, nachdem er sein neues *objet d'art* erworben hatte, während Aguilar und Barreio mehr als glücklich mit dem erzielten Preis waren.

Der Polizeichef steuerte seinen Streifenwagen wieder durch das gußeiserne Tor hinaus und die lange Kiesauffahrt hinunter. Als sie die unbefestigte Straße am Fuß des Berges erreichten, forderte Aguilar Barreio auf, den Wagen anzuhalten. Er drehte sich zu seinem jungen Gehilfen auf dem Rücksitz um.

»Du steigst hier aus, Pepe. Ich möchte, daß du sofort nach Xitaclan zurückkehrst. Du hast gesehen, wieviel Geld wir für dieses eine Stück bekommen haben. Es muß noch mehr davon geben... Ich traue niemandem außer dir. Sieh zu, was du in den Ruinen finden kannst – und beeil dich.«

Pepe kletterte zögernd aus dem Fond und langte unter den Sitz nach der alten Machete, die er meistens bei sich trug. »Aber... soll ich denn zu Fuß hingehen?«

Aguilar sah ihn finster an. »Du kannst innerhalb eines Tages da sein. Oder in zwei Tagen, wenn du langsam gehst. Fahr unterwegs ein Stück per Anhalter, aber beeil dich! Oder hast du Angst? Mann, da steckt ein dicker Bonus für dich drin.«

Pepe schluckte schwer und schüttelte dann den Kopf. »Ich werde tun, was Sie verlangen, Señor Aguilar.«

»Du weißt ja, wo du mich findest.« Aguilar griff in seine Reisetasche und zog einen Packen Geldscheine hervor. »Hier, das ist für deine Familie – du wirst noch viel mehr bekommen, aber du solltest es nicht immer alles bei dir tragen, wenn du allein bist. Grüß deine liebe Mutter und deine Schwestern von mir. Vielleicht komme ich sie bald wieder besuchen.«

Stammelnd beteuerte Pepe seine unverbrüchliche Treue und verschwand dann im Dschungel neben der Straße. Aguilar stülpte sich seinen Ozelot-Schlapphut auf den Schädel, löste dann seinen Pferdeschwanz und schüttelte sein offenes Haar. Zutiefst befriedigt sprang er wieder auf den Beifahrersitz des Streifenwagens. Die Welt lag ihm zu Füßen ... und vielleicht würde er sich sogar mit einer weiteren Rasur belohnen.

»Ab nach Cancún«, rief er triumphierend. »Geben wir ein bißchen von unserem Geld aus, was?«

Carlos Barreio hatte ein hartes Grinsen auf den Lippen. »Geben Sie Ihren Anteil ruhig aus ...«

»Das habe ich vor«, antwortete Aguilar und fletschte vergnügt die Zähne. Und sie rollten auf der schmalen, unbefestigten Straße durch die dichten Bäume davon.

5

Museum für Naturgeschichte,
Washington, D.C.
Mittwoch, 10.49 Uhr

Die Augen, aus denen der steinerne Jaguar seine Betrachter anstarrte, waren aus polierter grüner Jade. Reißzähne aus scharfkantigem Feuerstein waren in sein offenes Maul eingebettet; die scharlachrote Farbe auf seinem stilisierten Leib aus geschwungenen Kurven war im Lauf der Jahrhunderte verwittert und verblaßt. Eine Plakette identifizierte die Statue als ein Fundstück aus dem Grab eines Hochkönigs der Maya in der Stadt Uxmal.

»Erinnert mich an die Katze, die meine Nachbarn früher hatten«, murmelte Mulder.

Eine Horde Drittkläßler unter der Führung einer gehetzten Lehrerin stürmte schreiend durch den Ausstellungsraum für präkolumbische Schätze: Die Kinder spielten Fangen trotz der angestrengten Bemühungen der Lehrerin, sie zu Ruhe und Rücksichtnahme anzuhalten.

Figuren in grellbuntem Federschmuck und rituellen Lendenschurzen standen vor farbenfrohen Hintergrundbildern, auf denen kantige Zikkurats und der heranbrandende Dschungel zu sehen waren. Auf einer anderen Wandmalerei erinnerten spanische Konquistadoren, die aus dem Osten über das Meer kamen, in ihren silbrig schimmernden Rüstungen an prähistorische Raumfahrer. Während über Lautsprecher blecherne Trommelschläge vom Band ertönten, Flötensignale, Indio-Gesänge und die Laute der Vögel und Insekten des Dschungels, simulierten farbige Scheinwerfer mittelamerikanische Sonnenuntergänge.

In der Mitte der Ausstellungshalle ragte die Gipsnachbildung einer gemeißelten Kalksteinstele fast bis zu den Deckenbalken empor. Helle Spots strahlten auf die im Relief hervorgehobenen Glyphen und exotischen Schnitzereien, die den Maya-Kalender und astronomische Markierungen darstellten.

Scully beugte sich über eine rechteckige Plexiglasvitrine, um eine hockende Figur mit langem Kinn und Hakennase zu studieren, eine Vogelscheuche, die auf dem Kopf eine Art von Kohlenbecken trug. Zum wiederholten Male warf sie einen Blick auf ihre Uhr und sah dann mit erhobenen Augenbrauen zu ihrem Partner hinüber.

»Archäologen jonglieren mit Jahrhunderten«, sagte Mulder. »Sie können nicht erwarten, daß so jemand es auch nur merkt, wenn er fünf Minuten zu spät kommt.«

Wie auf ein Stichwort erschien hinter ihnen ein hagerer Mann und spähte über Scullys Schulter auf die Skulptur des hakennasigen Männchens hinunter. »Äh, das ist Xiuhtecuhtli, der Feuergott der Maya. Er ist eine der ältesten Gottheiten in der Neuen Welt.«

Die großen, auffallend blauen Augen des Mannes verliehen ihm den eulenähnlichen Ausdruck permanenter Überraschung – als sei er ständig kurz davor, etwas Wichtiges zu sagen, ohne allerdings zu wissen, wie. Eine Lesebrille hing an einer Kette um seinen Hals. Er setzte seinen Vortrag fort.

»Dieser Bursche war der Herr der vergehenden Zeit. Zeremonien zu seiner Ehre spielten besonders auf dem Gipfel eines Zweiundfünfzig-Wochen-Zyklus eine große Rolle. In jener Nacht löschten die Maya in der ganzen Stadt ihre Feuer, so daß es kalt und dunkel wurde. Dann entzündete der Hohepriester eine völlig neue Flamme.« Die Lippen des alten Mannes verzogen sich zu einem dünnen Lächeln. »Dieses besondere Feuer wurde auf der Brust eines Gefangenen entfacht. Das Opfer lag gefesselt auf einem Altar, und das Feuer flammte auf und verzehrte sein noch schlagendes Herz. Die Maya glaubten, daß diese Zeremonie die Zeit weiter vorwärts schreiten ließ.«

»Natürlich«, sagte Scully trocken.

Der Mann streckte seine Hand aus. »Sie müssen die FBI-Agenten sein. Äh, ich bin Vladimir Rubicon. Tut mir leid, daß ich mich verspätet habe.«

Mulder schüttelte die angebotene Hand – der Händedruck des alten Archäologen war stark und fest wie der eines Mannes, der sein Leben lang schwere Steinbrocken gewälzt hatte. »Ich bin Special Agent Fox Mulder. Dies ist meine Partnerin Dana Scully.«

Während Scully Rubicon begrüßte, studierte Mulder seine Haltung und die Details seiner Züge. Der Alte hatte ein schmales Kinn, das durch einen dünnen Spitzbart noch betont wurde. Das Haar hing ihm lang und ungekämmt um die Ohren, und seine weiße Farbe war an den Stellen, wo das ursprüngliche Blond noch nicht völlig ergraut war, von einem bräunlichen Gelb durchsetzt – wie Kaffeeflecken in einem Tischtuch aus vergilbtem Leinen.

»Äh, danke, daß Sie sich Zeit für ein Treffen mit mir genommen haben.« Rubicon trat nervös von einem Bein aufs andere, als wüßte er nicht so recht, wo er beginnen sollte. »Wenn Sie mir irgendwie helfen könnten, meine Tochter Cassandra zu finden und sie zurückzubringen... ich wäre für immer in Ihrer Schuld.«

»Wir werden unser Bestes tun, Mr. Rubicon«, versicherte Scully.

Er machte eine Handbewegung zu der Ausstellung hin. Sein Gesicht wirkte müde, traurig und von Sorgen zerfurcht. »Ich arbeite nachmittags ehrenamtlich im Museum, da ich in diesem Semester nur wenige Vorlesungen und Seminare zu halten habe. Eigentlich habe ich keine Zeit dafür, aber es ist... äh, eine Investition in die Zukunft, bei neuen Studenten das Interesse für Archäologie zu wecken. Nur so können wir alten Schatzgräber unsere Arbeitsplätze sichern.« Er lachte gekünstelt, und Mulder gewann den Eindruck, daß er diesen Witz oft zum besten gab.

»Wir brauchen mehr Informationen über Ihre Tochter, Dr. Rubicon«, kam Mulder zur Sache. »Können Sie uns sagen, was sie an dieser neuen Grabungsstätte entdeckt hat? Wonach hat sie gesucht?«

»Natürlich. Hm, warten Sie…« Rubicons Augen weiteten sich wieder. »Xitaclan ist eine großartige Stadt, nach den Fotos zu urteilen, die Cassandra mir geschickt hat. Der Fund des Jahrzehnts, was präkolumbische Kunst angeht. Ich wünschte, ich hätte dabeisein können.«

»Wenn es eine so wichtige Fundstelle war, Dr. Rubicon, warum wurde dann nur ein so kleines Team hingeschickt?« bemerkte Scully. »Diese Expedition der UC San Diego scheint nicht sonderlich gut ausgestattet oder finanziert gewesen zu sein.«

Rubicon seufzte. »Agent Scully, Sie überschätzen die Bedeutung, die die Universitäten der Entschlüsselung der Vergangenheit zumessen. Ich kann Ihnen sagen, daß es in Yucatán, Guatemala und Honduras noch schätzungsweise eintausend historische Stätte gibt, an denen bisher aus Geldmangel nicht gegraben werden konnte. Dabei stellt dieses Gebiet das Zentrum der Maya-Kultur dar… dort wurden die größten Städte der Neuen Welt erbaut.

Sie müssen sich Yucatán vorstellen wie das alte Griechenland, nur an Ort und Stelle verlassen und kaum angekratzt. In Griechenland sind die alten Stätten seit Jahrtausenden ausgebeutet worden. Alles alte Hüte. In einem großen Teil Mittelamerikas dagegen hat immer noch der Dschungel die Oberherrschaft. Der alles verschlingende Regenwald hat die alten Städte wie eine Schutzdecke unter sich begraben und schirmt sie vor den Augen der Menschen ab.«

Mulder räusperte sich. »Dr. Rubicon, ich habe gehört, daß unter den Indios in dieser Gegend ein paar seltsame Legenden und abergläubische Vorstellungen über Xitaclan umgehen. Ich habe von Maya-Flüchen und mysteriösen Warnungen gehört. Halten Sie es für möglich, daß Ihre Tochter bei ihren Ausgrabungen vielleicht auf etwas… Ungewöhnliches gestoßen ist? Etwas, das sie in Schwierigkeiten gebracht haben könnte? Haben Sie von den zahlreichen Berichten über verschwundene Personen in dieser Gegend Yucatáns gehört?«

Scully atmete hörbar ein, behielt aber ihren Kommentar für sich, während Mulder den alten Archäologen aufmerksam musterte.

Vladimir Rubicon senkte den Kopf, doch dann hob er energisch das Kinn. »Ich weiß Bescheid über die vielen Fälle von verschollenen Personen – und mich erschreckt der Gedanke, daß Cassandra das Opfer irgendeines schrecklichen Schicksals geworden sein könnte. Ich habe in dieser Welt schon viele seltsame Dinge gesehen, Agent Mulder, aber ich, äh, neige eher zu der Vermutung, daß Cassandra ein paar Schmugglern in die Hände gefallen ist, die Maya-Kunstgegenstände auf dem Schwarzmarkt vertreiben. Der Verkauf von Antiquitäten an private Sammler ist ein blühendes Geschäft. Und da meine Tochter und ihr Team eine noch unausgebeutete archäologische Fundstätte erforschten, denke ich, daß das die Schwarzmarkthändler wie die Parasiten herbeigelockt haben muß.«

Er kratzte sich am Spitzbart und sah Mulder mit besorgter Miene an. »Ich habe mehr Angst vor Männern mit Gewehren als vor irgendeinem Mythos.«

Nahe der Wandmalerei mit den Konquistadoren öffnete eins der johlenden Kinder eine Seitentür mit der Aufschrift »Nur Notausgang« und löste einen Feueralarm aus. Während die Sirenen durch den Raum kreischten, zerrte die Lehrerin den heulenden Jungen eilends davon. Die anderen Kinder scharten sich wie verängstigte Küken um sie, als ein Museumswächter mit finsterer Miene im Laufschritt näherkam.

»Manchmal denke ich, es wäre für einen alten Archäologen friedlicher, wieder draußen auf dem Feld zu sein«, sagte Vladimir Rubicon kaum hörbar und spielte mit der Brille, die um seinen Hals hing. Er zwang sich zu einem Lächeln und sah zuerst Scully und dann Mulder an. »Also, wann brechen wir auf? Wie schnell können wir in Xitaclan sein? Ich brenne darauf, meine Tochter zu finden.«

»Wir?« Scully riß die Augen auf.

Mulder legte eine Hand auf ihren Arm. »Ich habe das bereits genehmigen lassen, Scully. Er ist sowohl mit den geographischen Verhältnissen als auch mit Cassandras Arbeitsgebiet vertraut. Er kennt sich mit Maya-Ruinen so gut aus wie der beste Führer, den wir finden könnten.«

»Ich habe einige Ersparnisse. Ich werde meinen Flug selbst bezahlen.« Ein verzweifelter Ausdruck huschte über Rubicons Züge. »Können Sie eigentlich nachfühlen, was ich seit Cassandras Verschwinden durchgemacht habe ... nicht zu wissen, ob sie am Leben oder tot ist und wo sie sein könnte?«

Mulder sah Scully eindringlich an. Sie erwiderte seinen Blick, und plötzlich wurde ihr klar, wie sehr sich ihr Partner mit dem alten Mann und seiner Suche nach der verschwundenen Tochter identifizieren mußte. Vor vielen Jahren hatte auch Mulder jemanden verloren, der ihm sehr nahe stand ...

Mulder schluckte. »Ja, Dr. Rubicon«, sagte er behutsam. »Sie werden es mir vielleicht nicht glauben, aber ich kann genau verstehen, was Sie durchmachen.«

6

Internationaler Flughafen Miami,
Florida
Donnerstag, 13.49 Uhr

Vladimir Rubicon beteuerte immer wieder, es würde ihm gar nichts ausmachen, wirklich überhaupt nichts, den Mittelplatz zwischen Mulder und Scully einzunehmen. Obwohl er von langer, schlaksiger Gestalt war, schien er darin geübt zu sein, sich so zusammenzufalten, daß er mit wenig Platz auskam. Wahrscheinlich liegt es daran, dachte Mulder, daß er sein halbes Leben damit zugebracht hat, sich durch enge Öffnungen zu zwängen, in überfüllten Zelten zu schlafen oder sich im Regen unter Bäumen zusammenzukauern.

Während die Passagiere das Flugzeug bestiegen, setzte sich Mulder wie üblich auf den Fensterplatz, in der Hoffnung, draußen einen Blick auf etwas Interessantes zu erhaschen. Er musterte die Reihen der anderen Fluggäste in der Chartermaschine und sah reihenweise bläulich-weiß schimmernde Haare und Jacketts, die schon so lange aus der Mode waren, daß sie höchstwahrscheinlich morgen schon wieder der letzte Schrei sein würden.

Doch statt nervös und still auf ihren Plätzen zu sitzen wie zu Beginn eines Gottesdienstes, benahm sich diese Gruppe von Rentnern so ausgelassen wie Kinder in einem Schulbus. Jeder von ihnen trug eine selbstklebende Plakette mit der Aufschrift: »Hi! Mein Name ist ____________________«.

Mulder ging all die Fälle durch, die er zusammen mit seiner Partnerin bearbeitet hatte, beugte sich hinüber zu ihrem Sitz am Gang und meinte leise: »Scully, ich kann mich nicht erinnern, je mit einer so beängstigenden Situation konfrontiert gewesen zu sein ... ein gecharterter Seniorenflug nach Cancún!« Er schnallte sich an und machte sich auf eine turbulente Reise gefaßt.

Nachdem sie gestartet waren, führte der Flug sie fort vom klaren, sonnigen Himmel Floridas, über die Keys hinweg und dann nach Südwesten über die Karibik dem wolkenverhangenen Horizont von Yucatán entgegen. Scully nutzte einen Moment der Stille, um sich zu entspannen, lehnte sich zurück und schloß die Augen.

Mulder lächelte versonnen und dachte an ihren allerersten Fall zurück, als sie nach Oregon geflogen waren, um die rätselhaften Tode einiger High-School-Schüler zu untersuchen, die nach Mulders Überzeugung von Außerirdischen entführt worden waren. Während des Fluges war ihre Maschine ins Schlingern geraten und hatte an Höhe verloren. Damals hatte sich Scully an die Armlehnen ihres Sitzes geklammert, während er gelassen und ruhig geblieben war.

Eingeklemmt auf den schmaleren Mittelsitz schob sich Vladimir Rubicon seine Halbbrille auf die Nase und studierte blinzelnd seinen Notizblock. Er notierte sich Namen, Orte und Personen, an die er sich von früheren Expeditionen erinnerte. »Es ist schon lange her, daß ich in Mittelamerika gearbeitet habe, aber die Maya-Kultur ist einer der Grundpfeiler meiner Arbeit«, brummelte er vor sich hin. »Vielleicht werden einige meiner alten Bekannten uns behilflich sein können, hinaus nach Xitaclan zu kommen. Äh, das ist nämlich auf keiner Karte verzeichnet, wissen Sie.«

»Erzählen Sie mir ein bißchen von Ihrer früheren Arbeit, Dr. Rubicon.« Scullys Stimme klang träge, aber interessiert. »Gibt es da etwas, wovon ich gehört haben könnte? Ich fürchte, ich kenne mich in der Archäologie nicht so gut aus, wie ich es gerne möchte.«

Der alte Archäologe lächelte sie an und zupfte an seinem gelb-grauen Spitzbart. »Diese Worte sind Musik in den Ohren eines alten Mannes, meine liebe Ms. Scully!

Mein hauptsächliches Forschungsinteresse liegt im amerikanischen Südwesten, insbesondere in dem Vier-Staaten-Eck von Nord-Arizona, New Mexico, Süd-Utah und Colorado. Die Pueblo-Indianer blicken auf eine spektakuläre Kultur zurück, die bis heute weitgehend rätselhaft geblieben ist.« Seine Halbbrille rutschte gefährlich nah in Richtung Nasenspitze, und er schob sie zurück an ihren Platz.

»Wie die Maya hatten die Anasazi, ebenso wie andere Plateaubewohner im Südwesten, eine pulsierende, blühende Zivilisation – doch unerklärlicherweise verwandelte sie sich von einer lebendigen, aufsteigenden Kultur in eine Ansammlung von Pueblo-Geisterstädten. Andere Volksgruppen in dem Gebiet trieben einen ausgedehnten Handel – die Sinagua, die Hohokam, die Mogollon – und ließen bedeutende Ruinen zurück, die Sie heute als Nationaldenkmäler besichtigen können, besonders in Mesa Verde und dem Canyon de Chelly.

Mein eigener Ruhm – wenn man es so nennen kann – gründet sich auf die Ausgrabung und Rekonstruktion von Fundstätten im nördlichen Arizona rings um Wupatki und den Sunset Crater. Die meisten Touristen in diesem Teil des Landes besuchen nur den Grand Canyon und ignorieren all die historisch interessanten Stätten... was uns Archäologen nur recht sein kann, denn Touristen neigen dazu, äh, lange Finger zu machen, und machen sich oft mit allerhand Fragmenten und Souvenirs aus dem Staub.« Er hüstelte.

»Ich persönlich war besonders vom Sunset Crater fasziniert, einem großen Vulkan in der Nähe von Flagstaff. Der Sunset Crater brach im Winter des Jahres 1064 aus und löschte die blühende Zivilisation der Anasazi aus, riß ihr sprichwörtlich den Boden unter den Füßen weg – ungefähr so wie in Pompeji. Ihre Kultur sollte sich von dieser Katastrophe nie wieder richtig erholen, und als ein Jahrhundert später eine extreme Trockenheit die gesamte Ernte vernichtete... nun, seitdem war von den Anasazi nichts mehr zu hören. Wenn mich meine Erinnerung nicht trügt, wurde die Gegend schließlich nur deshalb zum Nationaldenkmal erklärt, weil irgendein Hollywood-Regisseur den Krater mit Dynamit füllen und für einen Film in die Luft sprengen wollte.«

Scully klappte ihren Tisch herunter, als die Stewardeß mit dem Getränkewagen vorbeikam, und spitzte weiter die Ohren.

»Die amerikanischen Ureinwohner verstreuten sich im gesamten Südwesten, nachdem der Sunset Crater ausgebrochen war... doch andererseits machte die Vulkanasche die Umgebung für die Bauern viel fruchtbarer. Zumindest, bis die Trokkenheit kam.«

Wie Mulder befürchtet hatte, erhoben sich die unternehmungslustigen Senioren von ihren Plätzen, kaum daß der Pilot das ›Bitte-Anschnallen‹-Zeichen ausgeschaltet hatte, unterhielten sich lautstark oder wandelten die Gänge auf und ab und warteten in langen Schlangen vor den sarggroßen Toiletten. Zu seinem Entsetzen hatte eine der Rädelsführerinnen die unsägliche Idee, ein paar *beliebte Schlager* anzustimmen – und zu seiner noch größeren Überraschung kannten die meisten Passagiere tatsächlich *alle* Strophen von »Camptown Races« und »Moon River« auswendig.

Vladimir Rubicon mußte brüllen, um sich über den Gesang hinweg verständlich zu machen. »Meine kleine Cassandra begleitete mich auf einigen meiner späteren Grabungen. Ihre Mutter verließ uns, als sie zehn war, weil sie nichts mehr mit einem Verrückten zu tun haben wollte... einem Verrückten, der seine Zeit damit verbrachte, in den unzivilisierten Gegenden dieser Welt in der Erde herumzubuddeln, mit Knochen zu spielen und zerbrochene Töpfe zusammenzusetzen. Aber Cassandra war davon ebenso fasziniert wie ich. Sie kam begeistert mit. Ich glaube, das war es wohl, was bei ihr den Wunsch auslöste, in meine Fußstapfen zu treten.«

Rubicon schluckte schwer und setzte seine Halbbrille ab. »Deshalb wird die Schuld auf *mir* lasten, wenn ihr etwas Schreckliches passiert sein sollte. Sie hat sich mehr auf die mesoamerikanischen Zivilisationen konzentriert und ist den Spuren der Azteken, Olmeken und Tolteken gefolgt, die sich über Mexiko ausbreiteten, indem eine Kultur die andere ablöste und jeweils die besten Errungenschaften übernahm. Ich war mir nie im klaren darüber, ob Cassandra so ehrgeizig forschte, weil sie die Arbeit selbst liebte, oder ob sie mich beeindrucken wollte ... oder ob sie einfach nur mit ihrem alten Herrn wetteifern wollte. Ich hoffe, ich bekomme noch einmal die Chance, das herauszufinden.«

Mulder runzelte die Stirn, sagte aber nichts.

Nach ungefähr einer Stunde begingen die Senioren eine Tat, die für Mulder einer Flugzeugentführung gleichkam. Ein alter Mann mit einer Golfmütze baute sich vor der Stewardessen-Kabine auf und ergriff das Mikrophon der zentralen Lautsprecheranlage.

»Herzlich willkommen bei Viva Sunset Tours!« brüllte er mit einem breiten Grinsen und tippte sich mit dem Finger an die Golfmütze. »Ich bin Roland, Ihr Reiseunterhalter – sind wir auch dabei, uns schön zu amüsieren?«

Die Rentiers stießen laute Hochrufe aus, die die Innenhülle der Maschine erzittern ließen. Jemand juchzte, während einzelne andere heftige Buhrufe von sich gaben.

»Denken Sie sich einfach, es ist die zweite Kindheit«, murmelte Scully sarkastisch. Mulder schüttelte fassungslos den Kopf.

Sodann verkündete Reiseunterhalter Roland, die Besatzung hätte ihnen freundlicherweise die Benutzung der Lautsprecheranlage erlaubt, damit sie in der letzten Stunde ihres Fluges ein paar Runden Bingo spielen könnten.

Mulder spürte, wie sich sein Magen zusammenkrampfte. Mit angestrengt freundlichen Gesichtern marschierten die Stewardessen durch die Gänge und verteilten Kugelschreiber und mit Zahlen bedruckte Spielkarten, während Roland einen dummen Spruch nach dem anderen zum besten gab.

Nach einer Weile stumpften Mulders Nerven gegen das Geplapper über die Lautsprecher ab, und es wurde zu einem Dröhnen im Hintergrund, das sich leicht ignorieren ließ ... bis eine dickliche alte Frau von ihrem Sitz aufsprang und »Bingo! Bingo!« schrie, als ginge es um ihr Leben.

Mulder starrte aus dem Fenster und sah nichts außer dem blauen Ozean und vereinzelten weißen Wolken. »Ich frage mich gerade, ob wir nicht vielleicht in der Nähe des Bermuda-Dreiecks sind«, murmelte er und grinste.

Hätte Scully neben ihm gesessen, sie hätte ihm mit geübtem Schwung einen Rippenstoß verpaßt – Vladimir Rubicon hingegen kaute gemächlich an einer der Brezeln, die die Stewardeß verteilt hatte, nippte an seinem Pappbecher mit Kaffee und räusperte sich schließlich, um Mulders Aufmerksamkeit auf sich zu lenken.

»Agent Mulder«, sagte er kaum verständlich durch den dröhnenden Hintergrundlärm der Touristenklasse, »mir scheint, daß auch Sie eine tiefe Traurigkeit in sich haben. Haben Sie jemanden verloren, der Ihnen nahestand? Der Schmerz hängt Ihnen immer noch wie ein Mühlstein am Hals.«

»Die gar traurige Weise vom alten FBI-Agenten«, spöttelte Mulder. Doch im Grunde war ihm nicht nach Scherzen zumute, und er sah Rubicon ernst und offen in die Augen. »Ja, ich habe jemanden verloren.«

Rubicon legte Mulder seine kräftige, schwielige Hand auf den Arm. Der Archäologe war feinfühlig genug, um nicht weiter nachzuhaken, und Mulder widerstrebte es, auch nur seine Erinnerungen an das helle Licht zu schildern ... die Entführung durch die Außerirdischen ... wie seine Schwester in die Luft empor und aus dem Fenster hinaus getragen wurde, während er die spindeldürre, fremdartige Silhouette erblickt hatte, die vom lichtdurchfluteten Eingang her winkte.

Mulder hatte diese Bilder lange Jahre vor sich verborgen gehalten und sie erst durch intensive regressive Hypnose wieder rekonstruieren können. Scully vermutete insgeheim, daß Mulders Erinnerung an den Vorfall ihn möglicherweise trog, daß die Hypnosesitzungen nur Visionen verstärkt hatten, an die er selbst glauben wollte ... sie hatte ihren Verdacht jedoch nie offen ausgesprochen.

Denn Mulder mußte seiner Erinnerung vertrauen. Er hatte nichts anderes, woran er sich halten konnte – außer seinem

Glauben, daß seine Schwester Samantha am Leben war und er sie eines Tages wiederfinden würde.

»Die Ungewißheit ist das Schlimmste«, unterbrach Rubicons leise Stimme seine Gedanken. »Das endlose Warten ohne jede Nachricht.«

Hinter ihnen jauchzte wieder jemand »Bingo!«, und Reiseunterhalter Roland machte sich an die Arbeit, indem er gewissenhaft die Zahlen abhakte. Offenbar winkte dem Gewinner jeder Runde ein kostenloses tropisches Getränk im Hotel der Reisegruppe in Cancún.

Mulder hoffte inständig, daß die gesamte Gruppe am Flughafen in einen Doppeldecker-Luxusbus steigen und auf Nimmerwiedersehen in einer der vielen Bettenburgen verschwinden würde – in irgendeinem Hotel, wenn es nur weit genug von demjenigen entfernt war, in dem er, Scully und Rubicon Zimmer reserviert hatten.

Endlich begann die Maschine langsam zu sinken, und Mulder konnte in der Ferne deutlich die Küstenlinie der Yucatán-Halbinsel erkennen, eine geschwungene Kurve, die das türkisfarbene Wasser der Karibik durchschnitt.

»Wenigstens können *Sie* etwas unternehmen, um Ihre Tochter zu finden«, sagte Mulder zu Rubicon. »Sie haben einen Anhaltspunkt.«

Rubicon nickte, faltete sein Notizpapier zusammen und steckte es in die Tasche. »Es tut gut, wieder zu reisen – ein bißchen herumzukommen, meine ich ... Es ist lange her, daß ich zum letzten Mal Feldforschung betrieben habe. Ich hatte gedacht, die Zeit meiner aufregenden Indiana-Jones-Abenteuer sei längst vorüber.«

Er schüttelte den Kopf und sah dabei unendlich müde aus. »Ich habe viel zuviel Zeit damit vergeudet, zu lehren, Vorlesungen über archäologisch bedeutsame Funde zu halten, die jemand anderes entdeckt und in ein Museum gebracht hat. Ich habe mich zu einem alten Knacker erniedrigen lassen, der von seinem vergangenen Ruhm lebt und nichts tut, als *herumzutrödeln.*« Das letzte Wort stieß er mit bitterer Selbstverachtung hervor. »Ich wünschte nur, es wäre nicht so ein ... Ereignis nötig gewesen, um mich aus meinem Trott zu reißen.«

Scully beugte sich zu ihm hinüber. Ihr Blick beschwor den alten Mann. »Wir werden alles tun, um Ihre Tochter zu finden, Dr. Rubicon. Wir werden die Wahrheit herausfinden.«

7

Dschungel von Yucatán,
nahe Xitaclan
Donnerstag abend

Bei Nacht barg der Dschungel tausend Geräusche, tausend Schatten, tausend Drohungen …

Die große Silbermünze des Mondes warf ihr wäßriges Licht wie Regen über das Land, der kaum die geballten Fäuste der hohen Äste durchdringen konnte. Pepe Candelaria fühlte sich wie in einem anderen Universum, einer gefährlich fremden Welt.

Er blieb stehen, um sich zu orientieren. Er konnte die Sterne sehen, doch der Trampelpfad durch das Unterholz war kaum zu erkennen. Aber auch ohne den Pfad kannte er den Weg zurück zu den Ruinen von Xitaclan – sein unbeirrbarer Richtungssinn war eine angeborene Fähigkeit, eine Gabe seiner indianischen Vorfahren, die diese Wildnis mit wachen Instinkten beherrscht hatten.

Dornbüsche rissen an seinen hellen Baumwollärmeln wie die krallenden Hände verzweifelter Bettler. Mit der schartigen Machete seines Vaters hackte er sich den Weg frei und marschierte zügig weiter: Er empfand es als große Ehre, daß sein Freund und Arbeitgeber Fernando Victorio Aguilar solches Vertrauen in ihn setzte. Pepe war Fernandos zuverlässigster Führer und Gehilfe – allerdings bedeutete ein so großes Maß an Vertrauen nur allzuoft, daß Pepe seine Aufgaben ohne jegliche Unterstützung erledigen mußte. Bisweilen glaubte er, daß seine Arbeit von einem Mann allein nicht zu schaffen war, daß Fernando ihn ausnutzte, ihn zu weit trieb – trotzdem konnte

Pepe seinem verehrten Chef nichts abschlagen. Außerdem bezahlte Fernando ihn fürstlich.

Pepe Candelaria hatte vier Schwestern, eine dicke Mutter und einen toten Vater. Auf seinem Sterbebett hatte der Vater, schwitzend und stöhnend unter einem Fieber, das wie Lava unter seiner Haut pulsierte, Pepe das Versprechen abgenommen, sich um die Familie zu kümmern. Und nun nahmen Pepes Mutter und seine Schwestern ihn beim Wort...

Er duckte sich unter einem tiefhängenden Gewirr knorriger Äste hindurch. Als er an die Zweige stieß, fiel ein kleines, vielbeiniges Tier auf seine Schulter. Pepe fegte es mit einer raschen Handbewegung beiseite, ohne die Kreatur zu identifizieren. Im Dschungel mußte man schnell handeln – die Bisse von Spinnen und Insekten waren oft giftig oder zumindest sehr schmerzhaft.

Der Mond stieg weiter, warf jedoch nur wenig Licht durch den Schleier hoher Wolken, die rasch über den Himmel zogen. Wenn Pepe Glück hatte und hart arbeitete, würde er vielleicht vor der Dämmerung wieder zu Hause sein können.

Pepe folgte seinem Instinkt durch den Wald, orientierte sich am verworrenen Netz der alten Pfade, der nirgendwo verzeichneten Straßen, die seit Jahrhunderten von den Nachkommen der Maya und Tolteken benutzt wurden. Unglücklicherweise führte keiner dieser Wege zu den heiligen Stätten in Xitaclan, und Pepe mußte sich mit seiner Machete seinen eigenen Weg freischlagen. Er fluchte lautlos und wünschte, er hätte die Klinge besser geschärft.

Sein Vater war an einer infizierten Wunde gestorben, einem Stich von einem tödlichen, feuerroten Skorpion. Pater Ronald in der Missionsstation hatte es dem Willen Gottes zugeschrieben, während Pepes Mutter unter Tränen erklärt hatte, es sei die Rache der Tlazolteotl, der Göttin der verbotenen Liebe... und ein Hinweis darauf, daß ihr Mann untreu gewesen sei.

Deshalb weigerte sich Pepes Mutter, mit ihrem Mann in einem Raum zu bleiben, während er starb – und dann hatte sie verlangt, daß seine Leiche der Tradition entsprechend unter dem Lehmfußboden ihres Hauses begraben wurde. Danach blieb der Familie keine andere Wahl, als ihre kleine Behausung zu verlassen, so daß Pepe gezwungen war, ein neues Haus für sie zu beschaffen.

Der Bau dieses Hauses war nur die erste der neuen finanziellen Lasten gewesen, die Pepe tragen mußte. Von nun an verließen sich die Mutter und die Schwestern darauf, daß der Bruder sich für sie aufrieb, um für die Schande seines Vaters zu sühnen und sein eigenes Versprechen, das er dem Familienoberhaupt in der bewegenden Stunde seines Sterbens gegeben hatte, einzulösen.

Und Pepe tat es. Er mußte. Auch wenn es nicht immer leicht war.

Das Geld, das er von Fernando Victorio Aguilar bekam, verschaffte ihnen allen genug zu essen, half ihm, das Haus in gutem Zustand zu erhalten, und hatte ihm sogar ermöglicht, seiner kleinen Schwester Carmen einen Papagei zu kaufen. Sie hing an dem Vogel und hatte ihm beigebracht, Pepes Namen zu sagen, was ihn geradezu entzückte ... außer, wenn der Papagei mitten in der Nacht »Pepe! Pepe!« krächzte.

Zwei trockene Blattwedel einer Palme schabten gegeneinander und erzeugten das Geräusch einer gereizten Klapperschlange. Während er gegen die herabhängenden Ranken ankämpfte, sehnte sich Pepe allerdings nach dem Gekrächze des Papageis, wünschte er sich, das leise Atmen seiner schlafenden Schwestern und das tiefe Schnarchen seiner Mutter zu hören. Doch zuerst mußte er nach Xitaclan, um Fernandos Auftrag zu erledigen.

Er wußte nur zu gut, was seine Aufgabe war. Solange Exzellenz Xavier Salida ein interessierter und begieriger Käufer war, brauchte Fernando immer neue Kostbarkeiten aus den alten Ruinen, und Pepe besorgte sie ihm. Fernando brauchte Pepe, um die Gunst der Stunde zu nutzen. Und auch Pepes Taschen würden sich mit Geld füllen ...

Die alte Stadt war verödet, nachdem das amerikanische Archäologenteam verschwunden war. Pepe war besonders froh, daß die Ausländer nicht mehr in den Ruinen herumstöberten – Fernando konnte es nicht zulassen, daß Fremde sich mit seinen Schätzen davonmachten, während Pepe einfach nicht wollte, daß sie die wundersamen Werke seiner Vorväter berührten, katalogisierten und analysierten wie die unterhaltsamen Trümmer einer untergegangenen Zivilisation. Fernandos Kunden wußten die Kleinode wenigstens als das zu schätzen, was sie waren.

Ohne Fernandos Hilfe hätte Pepes Familie sicherlich hungern müssen. Seine Schwestern, selbst die kleine Carmen, wären gezwungen gewesen, auf den Straßen von Mérida als Prostituierte zu arbeiten, und Pepe selbst hätte sich vielleicht auf den Marihuana-Feldern von Xavier Salida, Pieter Grobe oder einem der anderen Drogenbosse verdingen müssen. Die Bergung kostbarer Maya-Kunst aus lange verlassenen Ruinen war da doch die weitaus bessere Alternative. Sie war ehrenhafter ... und einträglicher.

Pepes Mutter verehrte Fernando, flirtete mit ihm, lobte sein Aftershave und seinen Hut aus Ozelotfell. Fernandos Gönnerschaft, behauptete sie, sei ihrem Sohn als Geschenk der alten Götter zuteil geworden ... als Geschenk des Gekreuzigten – je nachdem, ob sie im Augenblick gerade an die Dämonen ihrer Vorfahren oder an Jesus Christus dachte. Pepe erhob keine Einwände: woher sie auch kommen mochte, er nahm eine solche Gunst mit freudigem Herzen an.

Bei den sonntäglichen Gottesdiensten im Dorf fand Pepe manche der phantastischen Geschichten, die Pater Ronald aus der Bibel vorlas, zwar unterhaltsam, bezweifelte jedoch, daß sie eine Bedeutung für sein Leben hatten. Singende Engel und Heilige in weißen Gewändern mochten erbaulich sein für Leute, die ein behagliches Leben führten und klimatisierte Kirchen besuchten, doch hier im dichten Dschungel Yucatáns, im urzeitlichen Schoß der Erde, schienen die älteren ... die ursprünglicheren Vorstellungen größere Glaubwürdigkeit zu besitzen.

Besonders in Momenten wie diesen.

Über ihm knackte ein Ast und sank auf andere Zweige

herab. Blätter flüsterten, als ein Tier ungesehen durch die Baumwipfel huschte ... eine Schlange, eine Affe, ein Jaguar.

Pepe watete durch einen schmalen Fluß, fand ihn auf der imaginären Karte in seinem Kopf und wußte exakt, wo er sich befand und wie nahe er seinem Ziel gekommen war. Xitaclan war nicht mehr fern.

In einem Dickicht aus duftenden Hibiskusbüschen erklang ein heftiges Rascheln. Ein schwerer Körper tauchte spritzend ins Wasser, und Pepe erkannte Reptilienaugen und die geschmeidigen Formen eines in der Nacht jagenden Kaimans – groß und hungrig, nach den Wellen zu urteilen, die über das Wasser pfeilförmig auf ihn zukamen. Pepe stapfte eilig durch den Schlamm, erklomm die Böschung, rannte durch das Unterholz und ließ den Alligator hinter sich zurück.

Über sich hörte er weitere Bewegungen, knackende Äste, herabfallende Blätter. Er hoffte etliche angstvolle Herzschläge lang, daß es keine Raubkatze war, die herabspringen und ihn mit ihren gebogenen Klauen und mächtigen Fängen zerreißen würde ... Erleichtert hörte er das Gezeter einer Horde Affen, die er durch seine Flucht vor dem Kaiman aus dem Schlaf geschreckt hatte. Er seufzte und spürte, wie ihn ein Schauer durchlief. In der alten Religion waren die Jaguare verehrt worden, doch Pepe hätte es kaum als Segen empfunden, einem dieser Dschungelleoparden allein in der Nacht zu begegnen.

Seit Jahrhunderten hatten die katholischen Priester ihr Bestes getan, die immer noch bestehende Macht des alten Glaubens einzudämmen. Im Dorf ereiferte sich Pater Ronald mit Geschichten vom Fegefeuer und von ewiger Verdammnis, wann immer er Anzeichen für rituell vergossenes Blut entdeckte, durch Selbstkasteiung zurückgebliebene Narben oder gar fehlende Finger und Zehen, die mit rasiermesserscharfen Obsidianmessern abgeschnitten worden waren. Die Dorfbewohner entschuldigten sich, taten Buße und zeigten vor den Priestern unterwürfige Scham ... doch ihren Glauben änderten sie nicht. Ihr Denken und Fühlen hatte sich seit dem Kommen der Spanier vor über fünfhundert Jahren nicht verändert.

Manchmal wusch reines Opferblut Flecken ab, die selbst die häufigen Regenfälle der Tropen nicht auslöschen konnten.

Pepe erinnerte sich noch lebhaft daran, wie seine Mutter draußen vor der Hütte hockte, während sein Vater nach dem Skorpionstich im Sterben lag. Sie zog sich eine dornige Ranke durch den Mund, um ihre Zunge aufzureißen, damit sie ihr eigenes helles Lebensblut als Opfer auf die Erde speien konnte. Doch das Opfer hatte nicht geholfen, und Pepe fragte sich, ob die alten Götter vielleicht mehr Blut verlangt hatten, als sie zu geben bereit gewesen war.

In den alten Zeiten hatten die Götter der Maya sich weidlich am Blut gelabt, an den Herzen, die bereitwilligen Opfern aus dem Leib gerissen wurden, an den wehrlosen Gefangenen, die in die heiligen Kalksteinbrunnen neben den großen Tempeln gestürzt wurden. Doch heute waren von dieser Herrlichkeit nur noch Ruinen und kunstvoll behauene Säulen übrig. Vielleicht waren die Götter der Opfer am Ende müde geworden und hatten ihre schützenden Hände von Pepes Vorfahren zurückgezogen...

Pepe schüttelte den Kopf, vertrieb diese Gedanken. Er hatte Wichtigeres zu tun, und nachdem er noch eine weitere Stunde wie ein Dieb lautlos durch die Dschungelnacht geschlichen war, erreichte er schließlich die vergessene Metropole von Xitaclan.

Er teilte die breiten, glatten Blätter eines Bananenbaums und blickte auf die mondbeschienene Lichtung hinaus: auf die groben Trümmer eingestürzter Tempel, die mit Skulpturen bedeckten Mauern, die die hakennasigen Masken des Regengottes Chac zeigten, auf die zahllosen Abbilder gefiederter Schlangen, die nun von Moos und Ranken überwuchert waren, und auf die beeindruckende Pyramide des Kukulkan, die hoch in die Nacht aufragte, wenn sie auch von Pflanzenwerk beinah erstickt wurde.

Einige der mächtigeren Bäume waren gefällt und abtransportiert worden, als das Archäologenteam seine Ausgrabungen begonnen und die Fundstätte vom dichtesten Pflanzenwuchs befreit hatte, den der jahrhundertelange Dornröschenschlaf hinterlassen hatte. Die Furchen und abgehackten Baumstümpfe wirkten wie offene Wunden in der Erde.

Das amerikanische Team war erst seit wenigen Tagen verschwunden, und der Dschungel würde sein Territorium bald wieder zurückerobern. In der Mitte der Plaza von Xitaclan beherrschte die Stufenpyramide die Szene. Die gleichmäßig angeordneten Plattformen waren an einer Seite, wo die Kräfte von Wurzeln und Ranken riesige Steinquader aus dem Mauerwerk gerissen hatten, teilweise abgebröckelt. Doch an der Spitze der Zikkurat stand der immer noch intakte Tempel Kukulkans, des Gottes der Weisheit, flankiert von seinen Leibwächtern in Gestalt gefiederter Schlangen.

Pepe würde ins Innere der Pyramide gehen und durch die schmalen Gänge stöbern müssen, bis er ein paar neue Alkoven fand, die Artefakte aus Jade, unbeschädigte Gefäße oder mit Glyphen bemalte Kacheln enthielten. Später würde sich Fernando Aguilar eine phantastische Geschichte zu den Fundstücken einfallen lassen, um ihren potentiellen Wert zu steigern. Pepe mußte ihm nur die Kleinode bringen und seinen Anteil an dem Geld entgegennehmen.

Mit leichten Schritten trat er auf die Lichtung hinaus – dann riß er den Kopf herum, als er aus dem Augenwinkel eine Bewegung bemerkte, rätselhafte Schatten, die an den schrundigen Stufen der Pyramide herabglitten wie heißes Öl, das über eine Wasserfläche rinnt.

Pepe blieb still stehen, doch die Schatten bewegten sich weiter. Und weiter ... Sie kamen auf ihn zu.

Über ihm raschelte es in den Ästen. Am Waldrand schwankten die großen, federartigen Farne, als ein großes Wesen durch das vielblättrige Unterholz kroch.

Pepes Augen verengten sich zu Schlitzen und huschten hin und her. Er wischte sich den kalten Schweiß von der Stirn und hielt die schimmernde Klinge seiner Machete empor, um sich gegen einen angreifenden Jaguar oder Keiler wehren zu können. Er holte tief Luft, machte einen weiteren Schritt von den

Bäumen weg und vergewisserte sich durch einen raschen Blick nach oben, daß sich kein großes Raubtier auf ihn stürzen konnte.

Der Mond glitt hinter eine Wolke und verbarg sein schwaches, aber beruhigendes Licht. Pepe erstarrte und lauschte mit hellwachen Sinnen – der ganze Dschungel schien in Bewegung zu geraten und voller Lebewesen zu sein, die mit vollkommener Lautlosigkeit auf ihn zu schlichen. In der nun tieferen Dunkelheit sah er ein schwaches Schimmern, das die Umrisse der Pyramide mit einem leuchtenden Nebel umgab, der aus dem dunklen Schlund des Cenote-Schachts aufzusteigen schien.

Pepe schluckte schwer und entfernte sich vorsichtshalber von den herabhängenden Ästen eines hohen Chiclebaums. Wenn er nur wüßte, wo er Unterschlupf finden konnte! Er war weit weg von irgendeinem Dorf oder irgendwelcher Hilfe. Konnte er sich im Inneren der Pyramide verstecken? In der mit Trümmern übersäten Ballspielarena, wo die Sportler der Maya vor jubelndem Publikum ihre gewalttätigen Spiele zelebriert hatten? Oder sollte er zurück in den Wald laufen, weg von Xitaclan? Bei Tagesanbruch würde es im Dschungel viel sicherer sein. Aber nicht jetzt, nicht in der Nacht. Niemals in der Nacht.

Niemals in der Nacht – er hätte es wissen müssen.

Dann sah Pepe zwei lange, geschmeidige Formen über die Steinquader eines eingestürzten Tempels näherkommen. Die Kreaturen glitten mit reptilienhaften, flüssigen Bewegungen dahin, mit einer an Vögel erinnernden Anmut, ruckartig und doch behutsam: es waren die beiden Schatten, die er an den steilen Stufen der Pyramide bemerkt hatte. Sie verströmten einen bannenden, lähmenden, überirdischen Zauber – völlig anders als das drohende, träge Nahen des Kaimans, den Pepe am Fluß im Dschungel gesehen hatte.

Am Rande der Ballspielarena stand eine mit Glyphen geschmückte Stele, ein steinerner Monolith, den die Maya benutzt hatten, um ihren Kalender, ihre Eroberungen und ihre religiösen Feste aufzuzeichnen. Ein dritter Schatten löste sich von der Seite der Stele und glitt geschmeidig auf ihn zu.

Pepe ließ die Machete seines Vaters durch die Luft sausen, in der Hoffnung, die Drohgebärde würde die Kreaturen in die Flucht schlagen. Doch sie kamen nur noch schneller auf ihn zu.

Die hohen, dünnen Wolken teilten sich, das Mondlicht kehrte zurück ... und erfüllte die Düsternis der ausgegrabenen Plaza mit grotesk schimmernden Einzelheiten. Pepes Herz klopfte ihm bis zum Hals, und ein Ausruf der Verblüffung entrang sich ihm. Unbewußt formten seine Lippen die Worte jener Sprache, die seine Mutter und sein Vater noch benutzt hatten: Auf der Plaza vor sich sah er die Dämonen der alten Geschichten, die er als kleiner Junge gehört hatte. Voller Blut und Kraft hatten sie sich aus den Mythen und Legenden erhoben. Sie *lebten*. Und sie kamen immer näher.

Die gefiederten Schlangen bewegten sich mit der Geschwindigkeit tanzender Blitze – sie waren größer als Krokodile, doch sie schienen über eine Kraft und Intelligenz zu verfügen, die der jedes anderen Raubtiers überlegen war. Sie erreichten ihn von drei Seiten, umzingelten ihn, ihrer Beute gewiß.

»Kukulkan!« schrie Pepe. »Kukulkan, beschütze mich!«

Die Schlangen gaben ein Zischen von sich – eiskaltes Wasser, das in loderndes Feuer spritzt. Sie bäumten sich auf und bleckten ihre langen Zähne, die scharf wie Opfermesser im Mondlicht blinkten.

Mit leuchtender Klarheit erkannte Pepe, was er tun mußte.

Erfüllt von einer Ehrfurcht, die selbst sein Entsetzen überstieg, schlitzte er sich den Arm auf, spürte den warmen Strom des Blutes, ohne auch nur den leisesten Schmerz zu empfinden. Zitternd streckte er den Arm aus und bot den Bestien sein Blut als Opfer dar ... in der Hoffnung, die Diener des gütigen Kukulkan mit dieser Gabe zu besänftigen.

Doch statt zu beruhigen, trieb der Geruch der frischen, warmen Feuchtigkeit die Kreaturen zur Raserei. Die gefiederten Schlangen stürmten mit einem tosenden Rauschen – ein Wasserfall über knisterndem Laub – auf Pepe zu. Im Mondlicht sah er gefiederte Schuppen schimmern ... weiße Zähne ... lange Klauen an rudimentären Gliedmaßen.

Heute nacht, dachte Pepe, werden die alten Götter ihr Opfer bekommen. Die Machete glitt ihm aus der Hand. Und die Schlangen waren über ihm.

8

Cancún, Mexiko
Donnerstag, 16.21 Uhr

Amüsiert beobachtete Scully, wie Mulder einen Seufzer der Erleichterung ausstieß, als die Schar der feiernden Senioren die Chartermaschine verließ und in Richtung Gepäckausgabe und Zollstation verschwand. Sie stellten sich an einer Reihe von Schaltern an, wo uniformierte Männer ihre Touristenvisa entgegennahmen und ihre Pässe abstempelten, bevor sie sie zu den Gepäckförderbändern entließen.

Der Mann am Schalter setzte einen Stempel in Mulders Paß, bevor er ihn zurückgab.

»Sollte ich je anfangen, in karierten Hosen herumzulaufen, müssen Sie mir versprechen, daß Sie mich davon abhalten, eine Butterfahrt zu buchen«, scherzte Rubicon grimmig. »Ich glaube, ich werde mich lieber nie zur Ruhe setzen.«

Dutzende von Mexikanern, die ihre Pauschalausflüge an den Mann bringen wollten, mischten sich unter die Touristen und drückten ihnen Broschüren in die Hand. Nachdem sie ihr Gepäck zurückerobert hatte, stürzte sich die Senioren-Reisegruppe auf die Busrampe vor dem Ausgang und kletterte an Bord ihres eigens gecharterten Luxusbusses – ein Haufen entflohener Hühner, der unter lautem Gackern in den Stall zurückkehrt. Junge Männer in ärmlicher Kleidung boten für ein paar Pesos ihre Hilfe beim Verladen des Gepäcks an.

Scully ging als erste durch die Paßkontrollen zur Gepäckabholung, wo sie und ihre Begleiter ihre Reisetaschen an sich nahmen, um ohne Zwischenfall die Zollschranke zu passieren. Dann machten sie sich auf die Suche nach dem Kleinbus, der sie zu ihrem Hotel bringen würde. Weder Scully noch Mulder sprachen Spanisch, doch fast alle Hinweisschilder und Läden ringsum waren auf die Touristen aus dem Land des begehrten Dollars eingestellt. Sobald einer von ihnen auch nur ein ratloses Gesicht machte, erschienen zwei oder drei freundlich lächelnde Mexikaner und boten ihre Hilfe an. Dennoch genoß es Rubicon sichtlich, seine Sprachkenntnisse einzusetzen, um sich nach dem Weg zu erkundigen und etwas Bargeld zu tauschen. Der alte Archäologe schien entzückt zu sein, sich bei der Expedition nützlich machen zu können.

Auf dem Weg zum Caribbean Shores Hotel teilten sie sich den Kleinbus mit einem frisch verheirateten Pärchen, das vollkommen mit sich beschäftigt war. Der Fahrer stellte im Radio bläserstarke Discomusik ein und summte selbstvergessen mit, während er mit den Fingerspitzen den Rhythmus auf das Lenkrad trommelte.

Mulder saß neben Scully und blätterte eine Handvoll farbenfroher Prospekte durch, die ihm die verschiedenen Reiseveranstalter aufgedrängt hatten. »Hören Sie sich das hier an, Scully: Willkommen in Cancún, ›wo die herrlich türkisfarbene karibische See die seidigen Sandstrände umschmeichelt‹. Das Wasser ist ›voll von romantischen Korallenriffen oder rätselhaften und aufregenden gesunkenen spanischen Galeonen‹. Da muß aber jemand einen guten Thesaurus benutzt haben, um diese Beschreibungen zusammenzubasteln.«

»Klingt bezaubernd«, entgegnete sie ohne jede Ironie und betrachtete die sprühenden Farben unter der hellen Sonne. »Zumindest gefällt es mir hier besser als auf einer Forschungsstation in der Arktis oder in einer Hähnchenverarbeitungsfabrik in Arkansas.«

Mulder sah weitere Broschüren durch, darunter eine Karte der Region, in der die meisten Hotels lagen, einer schmalen Landzunge zwischen der Karibik und der Nichupte-Lagune.

Leuchtende Buchstaben verkündeten: »Fast jedes Zimmer mit Blick aufs Meer!«

Rubicon saß mit seinem Seesack auf den knochigen Knien neben ihnen. Er schien entweder der Discomusik zu lauschen oder in seine eigenen Gedanken versunken zu sein ... nur seine blauen Augen zwinkerten gegen einen feuchten Schimmer an. Scully verspürte tiefes Mitleid mit ihm.

Plötzlich preßte der Fahrer die Hand auf die Hupe und murmelte Flüche auf Spanisch, während er abrupt ausscherte, um einem altmodischen Buggy auszuweichen, der nicht in seiner Spur blieb. Der lachende Gringo am Steuer des Buggy winkte und erwiderte dann das Signal mit seiner lauten, grellen Dreiklanghupe. Tonlos fluchend zwang sich der Fahrer des Kleinbusses, dem Touristen zuzulächeln, und winkte zurück.

Rubicon hielt seine Halbbrille fest, die an ihrer Kette hin und her baumelte, und wandte sich an Mulder. »Eines der Hotels prahlt sogar mit seinem Golf-Parcours, der so angelegt ist, daß das neunte Loch um die Ruinen eines alten Maya-Tempels herum führt.« In seine großen Eulen-Augen trat ein Ausdruck der Abscheu.

»Es ist traurig, daß so etwas erlaubt wird. Sie haben ihre Geschichte und Kultur ausgebeutet, zu Ausverkaufspreisen verschleudert. Sie sollten einmal den hollywoodähnlichen Rummel rund um Chichén Itzá sehen. Da knöpfen sie einem einen Haufen Geld ab für ihre ›spektakuläre Tempel-Show‹ mit Licht- und Soundeffekten, bunten Scheinwerfern, die jeden Abend über die Pyramiden ziehen, und miserablen folkloristischen Tänzen, vorgeführt von Berufsschauspielern in Umhängen aus Plastikfedern und bunten Kostümen. Die Trommeln kommen aus der Stereoanlage.«

Der verächtliche Tonfall des alten Archäologen überraschte Scully. Rubicon seufzte resigniert. »Die spanischen Konquistadoren waren nur die erste verheerende Invasion in Yucatán – als nächstes kamen die Touristen ... Na ja, wenigstens wird ein Teil der Einnahmen aus dem Tourismus verwendet, um die Restaurierung archäologischer Fundstätten zu finanzieren ...«

Seine Züge entspannten sich etwas. »Wie zum Beispiel in Xitaclan.«

Ihr stuckverziertes Hotel rühmte sich einer modernen Konstruktion in pseudo-aztekischem Design, seiner Sonnenterrassen mit Sonnenschirmen aus Palmenblättern und seines direkten Zugangs zum Strand. Die heranbrandenden Wellen waren so juwelenblau und der Sand so pulverig-weiß, wie es die Prospekte versprochen hatten. Sie überließen ihr Gepäck dem Hotelpagen, während sich Mulder und Scully an der Rezeption anstellten, um sich anzumelden.

Rubicon murmelte etwas vor sich hin und holte seine handschriftlichen Notizen hervor, ungeduldig und begierig, sich ans Telefon zu hängen und mögliche Führer für ihre Expedition in den tiefen Dschungel zu organisieren. Bei der Suche nach seiner Tochter wollte er keinen Augenblick verlieren. Der alte Archäologe wanderte rastlos in der Lobby umher und musterte die aus Gips gegossenen Jaguar-Skulpturen, unechten Flachreliefs und stilisierten Maya-Glyphen.

»Willkommen im Caribbean Shores Hotel!« Der Portier überreichte ihnen ihre Zimmerschlüssel und spulte heiter seine auswendig gelernte Anpreisung der zahlreichen Abendveranstaltungen ab. »Señorita dürfen auf keinen Fall die Gelegenheit verpassen, heute abend den Dinner-Ausflug auf unserem Party-Dampfer mitzumachen.« Er wackelte mit den Augenbrauen.

Scully schüttelte höflich den Kopf. »Nein, danke. Wir sind geschäftlich hier, nicht zum Vergnügen.«

»Ah, aber zum Vergnügen ist immer Zeit«, säuselte der Mann. »Wir haben eine schöne Auswahl an Hummer-Ausflügen oder Disco-Booten, sogar eine Abenteuertour mit den echten Piraten der Karibik.« Er klang immer noch hoffnungsvoll.

»Danke, aber ich muß leider immer noch nein sagen.« Scully nahm die Schlüssel und wandte sich ab.

Der Portier rief ihnen ein letztes Mal hinterher: »Señor, aber unsere berühmte Limbo-Party heute abend, die dürfen Sie sich nicht entgehen lassen!«

Mulder ergriff Scullys Arm und beugte sich näher, um ihr ins Ohr zu flüstern: »Den Limbo könnten wir vielleicht ... na, als vorschriftsmäßige körperliche Ertüchtigung deklarieren.«

Scully schmunzelte, wurde aber schnell wieder ernst, als sie einen Blick hinüber zu dem weißhaarigen Wissenschaftler warf. »Verschieben wir den Urlaub, bis wir Cassandra Rubicon gefunden haben.«

Nachdem sie geduscht und sich umgezogen hatten, trafen sie sich in einem der Hotelrestaurants zum Abendessen. Der Kellner führte Mulder und Scully zu einem Tisch mit einem Gesteck aus tropischen Blüten, die die Luft mit ihrem betäubenden Duft erfüllten. Während der Kellner den Stuhl für Scully zurückzog, setzte sich Mulder. Er schaute auf seine Uhr. Rubicon mußte jeden Augenblick zu ihnen stoßen.

Mulder hatte auf seinen üblichen korrekten Anzug mit Krawatte verzichtet und ein bequemes Baumwollhemd und ein Paar leichte Hosen angezogen. Als Scully seine ungewohnte Aufmachung endlich bemerkte, hob sie die Augenbrauen und unterdrückte ein leichtes Lächeln. »Wie ich sehe, zeigt die heitere mexikanische Atmosphäre bereits Wirkung auf Sie«, sagte sie mit gespielter Strenge.

»Wir sind in der Karibik, Scully. Wir sollen hier verdeckt ermitteln, also sollten wir lieber wie Touristen und nicht wie FBI-Agenten aussehen.«

Unaufgefordert brachte ihnen ein anderer Kellner je eine Margarita mit etlichen Limonenscheiben und einem Salzrand an den Gläsern. Scully nahm sich die Speisekarte vor, eine verlockende Liste einheimischer Speisen: frischer Hummer, Barsch mit Limonen und Koriander, Hähnchen mit pikanter Kakaosauce. Mulder nippte an seiner Margarita, schloß einen Moment die Augen und nahm dann noch einen Schluck. »Ich liebe diese antiken Maya-Getränke ...«

Scully ließ ihre Speisekarte sinken. »Ich habe auf dem Konsulat angerufen, um unsere Ankunft zu melden. Das FBI hat alle nötigen Genehmigungen eingereicht und die örtlichen Behörden benachrichtigt, aber offenbar haben sie sich nicht allzu hilfsbereit gezeigt. Der nächste Schritt liegt also bei uns.«

»Sobald wir herausgefunden haben, was der nächste Schritt ist.« Mulder tippte mit der Zungenspitze gegen den Salzrand seines Glases. »Ich denke, wir sollten uns einen Wagen mieten und in das Gebiet fahren, in dem das Team verschwunden ist. Vielleicht finden wir einen Führer, der uns durch den Dschungel bringt.«

Noch bevor Rubicon eintraf, kam der Kellner vorbei, um ihre Bestellung aufzunehmen. Mulder war ausgehungert, nachdem er auf dem Charterflug von Miami nur ein paar Snacks zu sich genommen hatte. Er bestellte Hähnchen mit Banane und eine Limonen-Chili-Suppe, während Scully sich für in Annattosamensauce marinierten und in Bananenblättern gebackenen Fisch entschied – angeblich eine Spezialität der Yucatán-Halbinsel.

Scully öffnete ihre Aktentasche und zog einen Ordner hervor. »Ich habe mir die Hintergrundinformationen angesehen, die wir über die Mitglieder der archäologischen Expedition haben«, erläuterte sie, »die anderen vermißten Amerikaner. Man weiß nie, wo wir vielleicht einen Hinweis finden.«

Sie breitete den Ordner aus und nahm mehrere Dossiers mit Fotos über die Studenten der UC San Diego zur Hand. Sie hielt das erste empor. »Neben Cassandra Rubicon war noch ein weiterer Archäologe entscheidend daran beteiligt, dieses Team zusammenzustellen: Kelly Rowan, sechsundzwanzig Jahre, einsachtundachtzig groß, sportlich, Doktorand mit Schwerpunkt auf präkolumbischer Kunst. Den Aussagen seiner Tutoren zufolge hat er an einer Dissertation gearbeitet, die den Zusammenhängen zwischen den mythologischen Schlüsselerzählungen der Maya, Olmeken, Tolteken und der Azteken nachging.« Sie reichte Mulder das Blatt hinüber.

»John Forbin, der Jüngste der Gruppe, dreiundzwanzig, Student im ersten Jahr des Hauptstudiums. Offenbar hatte er vor,

Architekt und Bauingenieur zu werden. Nach diesem Bericht interessierte er sich hauptsächlich für die Methoden der Errichtung großer primitiver Bauwerke. Wahrscheinlich hat Cassandra Rubicon ihn mitgenommen, damit er Möglichkeiten zur Restaurierung der eingestürzten Gebäude vorschlägt.« Auch dieses Papier gab sie Mulder.

»Als nächstes haben wir Christopher Porte, allem Anschein nach ein sehr angesehener... *Epigraphiker*. Haben Sie den Ausdruck schon einmal gehört?«

»Ja, aber nur durch die Aufsätze, die ich in letzter Zeit gelesen habe«, antwortete Mulder. »Das ist jemand, der sich auf das Übersetzen von Codes und Glyphen spezialisiert. Ein großer Teil der geschriebenen Sprache der Maya ist immer noch unbekannt und in seiner Deutung sehr kontextabhängig.«

»Dann haben sie Christopher also mitgenommen, um die Hieroglyphen zu übersetzen, die sie finden würden«, schloß Scully und griff nach dem letzten Blatt Papier. »Schließlich haben wir Caitlin Barron, ihre Historikerin und Fotografin. Außerdem eine aufstrebende Künstlerin. Hier heißt es, daß Ms. Barron sogar schon einige Ausstellungen ihrer Aquarelle in einer kleinen Kunstgalerie in San Diego hatte.«

Sie reichte Mulder die Fotos, und er betrachtete eins nach dem anderen. Dann sah sich Mulder nach einem weiteren Blick auf die Uhr suchend im Raum um, gerade rechtzeitig, um Rubicon am Eingang zum Speisesaal zu erspähen, frisch rasiert und mit einem Abendjackett angetan. Die meisten anderen Gäste des Restaurants trugen Shorts, Sandalen und grellbunte Hemden. Mulder hob seine Hand, um ihn auf sich aufmerksam zu machen, und der alte Archäologe kam mit schleppenden Schritten auf ihren Tisch zu.

Rubicon nahm Platz und ignorierte die Margarita, die der Kellner an seinem rechten Ellbogen abstellte. »Kein Glück.« Seine Stimme schwankte. »Ich habe alle Bekannten angerufen, die ich noch habe. Natürlich sind manche von ihnen in den entlegeneren Gebieten nicht ohne weiteres telefonisch erreichbar, aber diejenigen, die in Cancún oder Mérida wohnen, stehen nicht zur Verfügung. Einer hat sich zur Ruhe gesetzt. Ich habe versucht, ihn dazu zu überreden, mich auf eine letzte Feldexpedition zu begleiten, bis ich ... herausfand, daß er an den Rollstuhl gefesselt ist. Ein anderer meiner alten Freunde – ein Mann, der mir während einer Expedition 1981 das Leben gerettet hat – ist bei einer Schießerei, die irgendwie mit Drogen zu tun hatte, getötet worden. Seine Frau brach in Tränen aus, als ich nach ihm fragte.« Rubicon räusperte sich. »Die drei anderen habe ich nicht erreichen können.«

»Nun«, sagte Mulder, »dann sind wir wohl gezwungen, uns selbst etwas einfallen zu lassen, um jemanden zu finden, der uns zu der Grabungsstätte bringen kann. Es ist eine lange Fahrt, bis man auch nur in der richtigen Gegend ist.«

Rubicon lehnte sich zurück und schob die Speisekarte zur Seite. »Es gibt noch eine andere Möglichkeit. Auf der letzten Postkarte, die ich von Cassandra bekommen habe, hat sie einen Mann erwähnt, der ihr behilflich war. Ein Einheimischer namens Fernando Victorio Aguilar. Ich habe jemanden ausfindig gemacht, der so heißt, und ihm eine Nachricht hinterlassen, daß wir, äh, jemanden suchen, der uns in den Dschungel führt. Der Mann, der den Anruf entgegennahm, schien zuversichtlich zu sein, daß Señor Aguilar bereit sein könnte, uns zu helfen. Wenn ja, hoffe ich, daß wir ihn entweder heute abend oder morgen erreichen können.«

Er verschränkte seine Finger und preßte seine Hände zusammen, als versuche er, sich die Arthritis aus den Knöcheln zu massieren. »Ich komme mir so hilflos vor ... so schuldig, wenn ich hier in dieser glamourösen Touristenfalle herumsitze, ohne zu wissen, was Cassandra vielleicht gerade in diesem Moment durchmacht.«

Die trübselige Stimmung wurde durchbrochen, als das Essen für Mulder und Scully gebracht wurde. Rubicon warf rasch einen Blick auf die Speisekarte und gab seine Bestellung auf.

Als er den hoffnungslosen Ausdruck auf dem Gesicht des alten Mannes sah, erinnerte sich Mulder an die Tage nach Samanthas Verschwinden. Obwohl er sie gnadenlos aufgezogen hatte – wie jeder kleine Junge seine Schwester –, hatte er sich nach ihr gesehnt und verzweifelt nach einem Weg gesucht, ihr zu helfen ... sie zu finden. Er hatte es als seine persönliche Verantwortung gesehen, da er mit ihr zusammen gewesen war, als sie verschwand. Wenn er sich an jenem Abend nur anders verhalten hätte. Wenn er sich dem hellen Licht nur gestellt hätte ...

Als zwölfjähriger Junge hatte er nur begrenzte Möglichkeiten gehabt – jedoch gleichzeitig einen unendlichen Tatendrang, einen Tatendrang, der ihn seitdem nicht mehr verlassen hatte. Er erinnerte sich, wie er in Chilmark, Massachusetts, seiner Heimatstadt von sechshundertfünfzig Einwohnern, mit dem Fahrrad durch die Nachbarschaft gefahren war, an jeder Tür geklingelt und alle gefragt hatte, ob sie Samantha gesehen hätten. Tief in seinem Herzen hatte er allerdings gewußt, daß es unmöglich eine so *einfache* Erklärung für das geben konnte, was er gesehen hatte.

Er hatte tagelang gearbeitet und »Vermißt«-Plakate hergestellt, auf denen er seine Schwester beschrieb und um Informationen bat wie bei der Suche nach einem entlaufenen Hund. Zu der Zeit konnte man noch nicht überall Fotokopien machen, so daß er jedes einzelne Blatt per Hand mit einem schwarzen Markierstift beschreiben mußte, dessen Lösungsmittel ihm scharf in die Nase stieg ... und ihn noch mehr schnüffeln ließ, als er es ohnehin aus Wut und Trauer tat. Er hatte seine Plakate mit Klebstreifen und Reißzwecken an Schaufenstern, Telegrafenmasten und Bushaltestellen befestigt.

Doch niemand rief an. Lediglich ein paar Nachbarn, die ihr Mitgefühl ausdrücken wollten, meldeten sich.

Seine Mutter war vor Kummer niedergeschmettert, in Tränen aufgelöst, während sein Vater die ganze Zeit über versteinert und nicht ansprechbar blieb. Vielleicht lag es daran, daß er – wie Mulder heute wußte – eine gewisse Kenntnis davon hatte, was wirklich geschehen war. Sein Vater hatte eine Warnung erhalten, hatte etwas über die Gefahr gewußt, in der Samantha schwebte – aber er hatte geschwiegen und nichts dagegen unternommen.

Seit Jahren sah Mulder in jedem kleinen dunkelhaarigen Mädchen ein Abbild von Samantha. Sie war verschwunden, lange bevor es üblich wurde, die Bilder vermißter Kinder auf Milchkartons oder Wurfsendungen zu drucken. All die Anstrengungen Mulders, Poster aufzuhängen oder an Türen zu klopfen, waren letzten Endes sinnlos gewesen und hatten nicht im geringsten geholfen. Aber er hatte wenigstens das Gefühl haben können, nicht tatenlos herumzusitzen. Es war seine Mission gewesen. Und in gewisser Weise war sie es noch immer.

Und nun erlebte er, wie Vladimir Rubicon einen ähnlichen Prozeß durchmachte, indem er auf die Yucatán-Halbinsel reiste, seine alten Bekannten anrief und darauf bestand, die FBI-Agenten bei ihren Ermittlungen zu begleiten.

»Wir werden sie finden«, sagte Mulder mit erzwungener Zuversicht in der Stimme und streckte die Hand über den Tisch hinweg nach Rubicons Arm aus. Im Geist hatte er das Bild vor sich, wie seine Schwester in das leuchtende Licht hineingezogen wurde.

Mulder sah Rubicon fest in die Augen. »Wir werden sie finden.«

Doch er war sich nicht sicher, wem er dieses Versprechen eigentlich gab.

9

Caribbean Shores Resort,
Cancún
Donnerstag, 21.11 Uhr

Scully hatte es sich gerade für den Abend bequem gemacht, zufrieden nach einem köstlichen Essen und endlich entspannt, nachdem sie ihre Schuhe und ihre Strumpfhose ausgezogen hatte. Da sie wußte, daß sie in den kommenden Tagen auf dem Weg durch den Dschungel nach Xitaclan nur wenig Annehmlichkeiten und dafür um so mehr Strapazen vor sich hatten, wollte sie sich noch einmal gründlich ausruhen.

In ihrem Hotelzimmer hing ein farbenfrohes, wenn auch klischeehaftes Gemälde von einem Sonnenaufgang über der Karibik, komplett mit flacher Brandung und Palmensilhouetten. Von ihrem privaten Balkon aus konnte sie den weißen Sandstrand und das Meer überblicken. Sie roch die salzige Abendbrise, lauschte dem Rauschen der Wellen und beobachtete die Pärchen, die unter den elektrischen Laternen, die oberhalb der Flutlinie aufgestellt waren, über den Sand promenierten. Der Gedanke, schwimmen zu gehen und sich zu entspannen, erschien sehr verlockend – aber dann rief sie sich in Erinnerung, daß sie hier waren, um einen Fall zu lösen.

Mit einem müden Seufzer ließ sich Scully aufs Bett fallen, ohne die Decken zurückzuschlagen, und hoffte, der Augenblick der Ruhe würde länger als zwei Minuten anhalten.

Das Pochen an ihrer Tür klang hart und scharf wie ein Pistolenschuß.

Da sie keinen Zimmerservice bestellt hatte, war sie sofort alarmiert. Erneut ein lautes Klopfen. »Schon gut, ich komme«, rief Scully widerwillig.

Sie blickte hinüber zu der halb offenen Verbindungstür zu Mulders Zimmer und spürte einen kalten Schauer – dieses beharrliche Trommeln gegen die Tür war nicht die höfliche Bitte um Aufmerksamkeit, wie man sie von einem Zimmerkellner erwartete. Dieses Pochen klang forsch und fordernd. Vorsichtig nahm sie ihre Waffe vom Nachttisch.

Als sie die Tür öffnete, sah sie einen Mann mit mächtig gewölbter Brust vor sich, der die Uniform eines Polizeichefs trug und die behaarte Faust immer noch erhoben hatte, um sein hartnäckiges Anklopfen fortzusetzen. Bevor sie ihre Überraschung überwinden und etwas sagen konnte, stellte der Mann mit einer herrischen Geste seinen Fuß auf die Schwelle.

»Ich bin gekommen, sobald ich von Ihrer Ankunft erfahren hatte«, stieß er unter seinem dichten, schwarzen Schnurrbart hervor. »Sie sind FBI Agent Scully – und der andere ist Mulder.« Die Polizeimütze saß fest auf seinem Kopf, und Schweiß glänzte auf seinen Wangen. Er hatte kräftige Schultern, eine breite Brust und muskulöse Arme, als jongliere er jeden Tag mindestens einmal mit Zementsäcken.

»Wie bitte?« fragte Scully kühl und trug Sorge, daß er ihre Neun-Millimeter-Pistole nicht übersehen konnte. »Wer sind Sie, Sir?«

Er wartete darauf, daß sie ihn in ihr Zimmer bat, und ignorierte die Waffe. »Ich bin Carlos Barreio, Chef der Polizei von Quintana Roo. Tut mir leid, daß ich Sie nicht am Flughafen abholen konnte. Bitte entschuldigen Sie meine Unhöflichkeit. Ich habe viele Fälle, aber nur wenige Männer.«

»Man hat uns mitgeteilt, daß Sie benachrichtigt worden seien«, entgegnete Scully, »aber keine Hilfe bei unseren Ermittlungen angeboten hätten.«

Die Verbindungstür öffnete sich, und Mulder trat in ihr Zimmer, das Haar zerzaust, das Hemd aus der Hose hängend und nur notdürftig zugeknöpft. Sie sah, daß er die Knöpfe in der Eile schief versetzt hatte, doch immerhin hatte er sich die Zeit genommen, sein Schulterhalfter umzuschnallen.

Während er den bulligen Polizisten musterte, nuschelte Mulder: »Dieser Hotelportier muß wirklich ungehalten sein, daß wir auf keinen seiner Ausflüge wollen.«

»Da Sie mit Fällen so überlastet sind, werden wir uns gern selbst auf diese Untersuchung konzentrieren«, wandte sich Scully wieder an Barreio, während sie ihre Bluse zurechtrückte und sich mit den Händen über Rock und Hüften strich. Trotz seiner zur Schau gestellten Höflichkeit spürte sie eine tief in ihm schlummernde Feindseligkeit. »Wir haben uns alle notwendigen Genehmigungen und Vollmachten verschafft.«

»Ja, ich kann leider keine Männer dafür erübrigen«, bestätigte Barreio. »Ich hoffe, Sie verstehen.« Seine Haut war rötlich, sein Gesichtsausdruck gelassen, doch seine Haltung wirkte immer noch steif und ablehnend. Er nahm seine Mütze ab, und sie bemerkte die auffallenden Geheimratsecken vor seinem glatt zurückgestrichenen, schütteren Haar. »Ich fürchte, ich kann Ihnen nur wenig über das Verschwinden des amerikanischen Archäologenteams berichten.«

In sachlichem Tonfall gab Scully eine ihrer Standarderklärungen ab: »Bei uns ist es seit langem Tradition, mit den lokalen Vollzugsbehörden zusammenzuarbeiten, Mr. Barreio. Schließlich haben wir alle dasselbe Ziel – unsere vermißten Personen zu finden. Wir werden uns so schnell wie möglich an die Arbeit machen und gerne Ihre Sachkenntnis durch die unsere ergänzen.«

Der Blick aus Barreios Augen blieb kalt. »Selbstverständlich werde ich mit Ihnen kooperieren. Die Außenvertretung des Federal Bureau of Investigation in Mexico City hat mich informiert, daß Sie beide hier als Rechtsattachés eingesetzt sind. Ihr zuständiger Inspektor im Büro für internationale Angelegenheiten hat mich gebeten, Ihnen Kopien aller Informationen zur Verfügung zu stellen, die ich bisher gesammelt habe. Meine eigenen Vorgesetzten haben diese Bitte weitergegeben.«

»Vielen Dank, Mr. Barreio«, nickte Scully wachsam. Hinter

all seinen Floskeln schlug ihr der Haß Barreios immer noch wie kaltes Gift entgegen. »Bitte seien Sie versichert, daß wir nicht versuchen werden, uns in Ihren Zuständigkeitsbereich einzumischen. Der Staat Quintana Roo ist der Ort, an dem das Verbrechen begangen wurde –«

»Das mutmaßliche Verbrechen«, warf Barreio ein, dem seine gelassene Maske für einen Augenblick entglitt. »Das mutmaßlich begangen wurde, um Ihre juristischen Begriffe zu verwenden. Wir haben bisher keine sicheren Hinweise darauf, was tatsächlich geschehen ist.«

»Das mutmaßliche Verbrechen«, räumte Scully ein. »Jedenfalls haben Sie Ihre eigene Jurisdiktion. Mexiko ist ein souveräner Staat. Als Agenten des Federal Bureau of Investigation sind mein Partner Mulder und ich lediglich bevollmächtigt, Ihnen unsere Unterstützung anzubieten.«

Mulder räusperte sich. »Allerdings haben wir das Recht, Verbrechen zu untersuchen, die an amerikanischen Bürgern begangen wurden.« Er strich sich mit einer Hand das Haar glatt und stellte sich neben seine Partnerin. »Zum Auftrag des FBI gehören Ermittlungen gegen Terrorismus, Waffenhandel, Drogenschmuggel – sowie mögliche Entführungen amerikanischer Bürger. Bis wir neue Informationen über Cassandra Rubicon und ihre Begleiter haben, müssen wir von der Annahme ausgehen, daß jemand die Absicht hat, sie als Geiseln festzuhalten.«

»Geiseln!« lächelte Barreio ohne Wärme. »Tut mir leid, Agent Mulder, aber ich halte es für erheblich wahrscheinlicher, daß sie sich einfach da draußen im Dschungel verirrt haben.«

»Ich hoffe, daß sich das bestätigen wird«, sagte Scully, die darauf achtete, daß sie wieder zwischen Mulder und dem bulligen Polizeibeamten stand.

Draußen schritt ein Zimmerkellner vorbei, beladen mit einem Tablett voller tropischer Drinks, die aussahen wie eines von Dr. Jekylls mißglückten Experimenten. Als er vorüberging, ignorierte der Mann das Gespräch zwischen Barreio und den Agenten geflissentlich.

Barreio seufzte und schüttelte leicht den Kopf. »Sie werden mir verzeihen, wenn ich dem FBI nicht ganz traue.« Seine Augenbrauen wölbten sich wie schwarze Raupen auf seiner Stirn. »Mein früherer Amtskollege in Mexico City, Arturo Durazo, war das Ziel einer Ihrer Lockvogeleinsätze. Jetzt schmort er in einem amerikanischen Gefängnis.«

Scully runzelte die Stirn. Den Namen hatte sie noch nie gehört.

»Das FBI behauptete, Durazo hätte Drogen im Wert von Millionen von Dollars in die USA verkauft«, fuhr Barreio fort. »Sie lockten ihn über unsere Staatsgrenzen auf die Karibikinsel Aruba, wo sie ihn ›legal‹ festnehmen konnten – soviel ich weiß, wurde er nie offiziell ausgeliefert. Es war eine Falle.«

Scully warf ihr rotgoldenes Haar zurück und sah den Polizeichef gelassen an. »Ich versichere Ihnen, Mr. Barreio, wir haben keinerlei Interesse an der Polizei in Ihrem Land oder Ihren internen Aktivitäten. Wir suchen nur unsere vermißten Bürger.«

Mit schnellem Schritt gingen zwei Männer über den Flur, und als Scully an Barreio vorbeispähte, erblickte sie Vladimir Rubicon, das gelblich-weiße Haar ungekämmt, die Lesebrille schief auf seiner scharfgeschnittenen Nase. Er eilte einem anderen Mann voraus, der tief gebräunt und drahtig war, mit einem langen Pferdeschwanz unter einem breitkrempigen Hut aus geflecktem Leder. Der langhaarige Mann roch intensiv nach Aftershave.

»Agent Scully! Raten Sie, wen ich gefunden habe«, rief Rubicon und hielt dann inne, als er den Polizeichef bemerkte. »Entschuldigen Sie. Stimmt etwas nicht?«

Barreio sah die beiden Männer an und blinzelte überrascht, als er den Mann mit dem speckigen Schlapphut erkannte. »Señor Aguilar, gehören diese Leute zu einer Ihrer Expeditionen?«

»So ist es«, grinste Aguilar. »Ich habe gerade eine Vereinbarung mit diesem Herrn hier getroffen. Eine sehr zufriedenstellende Vereinbarung. Dr. Rubicon ist ein bekannter Archäologe.

Carlos, Sie sollten stolz darauf sein, daß ein so bedeutender Mann nach Quintana Roo kommt! Es kann Ihnen doch nur recht sein, wenn Sie positive internationale Publicity bekommen anstatt immer nur diese unangenehmen Geschichten über revolutionäre Aktivitäten und illegale Waffenverkäufe, oder?« In Aguilars Ton schwang eine kaum verschleierte Drohung mit. Barreios Nackenhaare sträubten sich, und seine Gesichtsfarbe wurde eine Spur dunkler.

Scully sah hinüber zu Dr. Rubicon, dessen Wangen vor Aufregung gerötet waren. Er lächelte und achtete kaum auf den uniformierten Polizeichef.

»Agent Scully, Agent Mulder«, sagte er, während er seinen Kopf in ihr Zimmer steckte und mit der Hand eine einladende Geste zu dem Mann hinter ihm vollführte. »Erlauben Sie, daß ich Ihnen Fernando Victorio Aguilar vorstelle. Er ist der Mann, den ich, äh, vorhin zu erreichen versuchte ... er ist – wie haben Sie sich noch gleich genannt? – Expeditionist, ja, das war es, ein Mann, der in kürzester Zeit Helfer und Führer und Ausrüstung beschaffen kann, um uns hinaus zu der Grabungsstätte in Xitaclan zu bringen. Meine Tochter hatte tatsächlich Kontakt zu ihm, und er hat geholfen, ihre Gruppe zusammenzustellen, obwohl er sie seit Beginn der Ausgrabungen nicht mehr gesehen hat. Er kann uns dort hinaus bringen.«

»Das wäre uns eine große Hilfe«, erwiderte Scully und wandte sich dann mit unterkühlter Freundlichkeit an den Polizeichef. »Ich glaube, Mr. Barreio hier wollte uns gerade die Karten und Unterlagen seiner Ermittlungen anbieten ... alles, was er bisher über die vermißten Teammitglieder gesammelt hat.« Sie hob die Augenbrauen. »Ist es nicht so, Mr. Barreio?«

Der rotgesichtige Mann runzelte die Stirn – offensichtlich war ihm gerade ein wichtiges Detail eingefallen. »Wenn Sie dabei sind, eine Expedition zusammenzustellen, haben Sie denn auch die dafür nötigen Genehmigungen, die richtigen Einreisevisa und Arbeitserlaubnisse? Haben Sie die notwendigen Gebühren an die Behörden entrichtet?«

»Ich werde mich um all das kümmern«, unterbrach ihn Fernando Aguilar. »Carlos, Sie wissen doch, daß Sie sich auf mich verlassen können.« Der Mann nahm seinen Schlapphut ab und sah erst Scully, dann Mulder, dann wieder Vladimir Rubicon an. »Um gewisse Voraussetzungen unserer Expedition glatter abzuwickeln, müssen wir ein paar Gebühren und Steuern entrichten. Eine leidige Komplikation, die sich aber nicht vermeiden läßt.«

»Wieviel wird das alles kosten?« Scully kniff argwöhnisch die Augen zusammen.

»Das ist unterschiedlich.« Aguilar wog den Kopf. »Aber ich denke... tausend US-Dollars müßten uns vollkommen freie Hand verschaffen, schon morgen früh zu unserer Expedition aufbrechen zu können.«

»Morgen! Das ist wunderbar!« rief Rubicon und rieb sich erfreut die Hände.

»Tausend Dollar?« Mulder tauschte einen Blick mit seiner Partnerin. »Ist Ihr Tagesspesensatz vielleicht höher als meiner, Scully?«

»Das Federal Bureau of Investigation beteiligt sich nicht an Bestechungen«, sagte Scully mit fester Stimme zu Aguilar.

Aufgebracht schaltete sich Rubicon ein: »Unsinn! Ms. Scully, es tut mir leid... aber Sie verstehen nicht, wie die Dinge hier laufen.« Er zog sein Hemd aus dem Hosenbund und holte einen Geldgürtel hervor. Nachdem er ein Bündel Hundert-Dollar-Scheine zum Vorschein gebracht hatte, zählte er Aguilar zehn davon auf die ausgestreckte Hand. Dann wandte er sich wieder den FBI-Agenten zu. »Manchmal muß man Zugeständnisse machen... und ich habe keine Lust, mich auf wochenlange bürokratische Grundsatzdebatten einzulassen, während mein Mädchen immer noch verschwunden ist.«

Aguilar nickte nachdrücklich und unterdrückte ein wölfisches Grinsen – der Alte war ein unerwartet leichtes Opfer. »Es wird mir ein Vergnügen sein, mit Ihnen Geschäfte zu machen, Señor Rubicon!« Mit geübtem Griff steckte er zwei der Hundert-Dollar-Scheine in seine Tasche und reichte die übrigen acht an den Polizeichef weiter, der rasch danach griff, während er Mulder und Scully finster anstarrte.

»Das wird für die üblichen staatlichen Gebühren ausreichen«, schnarrte Barreio. »Ich werde mein Büro kontaktieren und sehen, ob es möglich ist, unsere Unterlagen über den Fall bis morgen früh zu kopieren. Fragen Sie an der Hotelrezeption nach. Ich kann Ihnen aber nichts versprechen. Ich habe nur sehr wenig Hilfe in meinem Büro.« Der Polizeichef drehte sich um, marschierte den Flur hinab, bog um die Ecke zu den Aufzügen und wich geschickt einem weiteren Zimmerkellner aus, der Drinks in ausgehöhlten Ananas und Kokosnüssen vor sich her trug.

Vladimir Rubicon stand auf dem Flur vor Scullys Tür, erhitzt von seinem inneren Drang, sich auf den Weg zu machen. Fernando Aguilar setzte sich seinen gefleckten Hut auf den Kopf und streckte seine Hand aus. »Es hat mich sehr gefreut, Sie kennenzulernen, Señorita Scully.« Er nickte Mulder zu. »Wir werden ja in den kommenden Tagen noch reichlich Zeit miteinander verbringen.«

Er ließ ihre Hand los und trat mit einer geschmeidigen Verbeugung zurück. »Ruhen Sie sich heute nacht gut aus, und nehmen Sie sich Zeit für ein entspannendes Bad. Ich versichere Ihnen, daß Ihre Unterkunft in den nächsten Nächten erheblich weniger ... bequem sein wird.«

10

Privatvilla von Xavier Salida,
Quintana Roo
Donnerstag, 22.17 Uhr

Das Feuer knisterte im Kamin und verzehrte mit seiner Glut das duftende Holz, dessen aromatischer Rauch sich durch das obere Wohnzimmer kräuselte. Xavier Salida stand vor den Flammen, die Hände hinter dem Rücken verschränkt, und sog tief den Duft von Lorbeer und Muskatnuß ein, jener pikanten Öle, die dem Rauch eine betäubende Schwere verliehen und ihn fast zur Droge machten.

Er wandte sich von der Wärme ab und ging hinüber zu dem Thermostat an der Wand, um die Klimaanlage einzuschalten – er wollte sich an seinem Feuer freuen, ohne daß es im Zimmer unangenehm warm wurde. Es gibt nicht viele Gegensätze im Leben, die man gleichzeitig genießen kann, sinnierte er. Doch Salida hatte einen Punkt erreicht, an dem er tun konnte, was er wollte.

Er wählte den gußeisernen Schürhaken aus dem Gestell der Kaminwerkzeuge mit Messinggriffen, stocherte in dem brennenden Holz herum und beobachtete die aufwirbelnden Funken. Er spielte gern mit dem Feuer.

Salida trat zurück und stolzierte mit dem Schürhaken durch den Raum, als wäre er ein Spazierstock, beobachtete seine Bewegungen, genoß seine persönliche Eleganz – wenn er sie auch erst in letzter Zeit erworben hatte, rechnete er doch damit, daß ihn diese Eleganz für den Rest seines Lebens nicht mehr verlassen würde. Bildung und Kultur waren eine Investition, ein unantastbarer Reichtum, der weit mehr umfaßte als nur Nippes und eine Kunstsammlung.

Zufrieden ging Salida zu seiner Stereoanlage hinüber und blätterte beiläufig durch sein Repertoire mit Aufnahmen der besten klassischen Musik, unvergeßlichen Interpretationen, die dem Kennerohr schmeichelten. Er wählte eine Sinfonie des großen Salieri aus, eines in Vergessenheit geratenen Komponisten des achtzehnten Jahrhunderts. Allein die Tatsache, daß er in Vergessenheit geraten war, bedeutete für Salida, daß seine Werke selten und daher kostbar sein mußten.

Als die wuchtigen, ineinanderlaufenden Melodien der Violinen das Hintergrundkratzen der alten Schallplatte übertönten, schlenderte Salida hinüber zu der Flasche auf seinem Tisch, drehte den Korken mit den Fingern heraus und schenkte sich noch ein Glas vom tiefroten Wein ein, einem 1992er Merlot. Er ist gut gealtert und mild, dachte er, nicht so jung und spritzig wie manches von dem Cabernet Sauvignon, den er im Weinkeller hatte. Dieser Wein stammte aus einer der besten Winzereien Kaliforniens, hatte man ihm gesagt. Er hielt das Glas empor, wirbelte die Flüssigkeit herum und ließ das Licht des Kaminfeuers mit ihrer tiefdunklen, granatroten Farbe spielen.

Behutsam nippend trat Salida auf den offenen Balkon hinaus und atmete die feuchte Nachtluft ein. Die Hängematte zwischen den verzierten Streben ließ ihn an gemächlichere Tage und entspannende Nachmittage denken ... die letzte Woche jedoch war schwierig gewesen. Tausend anstrengende Herausforderungen ... doch ich habe sie gemeistert!

Als er ins Dunkel hinausblickte, sah er die monolithische Silhouette der antiken Maya-Stele, die das Zentrum des Vorplatzes markierte. Sternenlicht fiel auf das kostbare Monument, und er erkannte die gedrungene Gestalt dieses verdammten Pfaus, der auf der Spitze hockte.

Ein blöder Pfau – ganz wie sein Rivale Pieter Grobe, ein marktschreierischer, aufgeblasener Mann, der letzten Endes bedeutungslos war ... nichts als eine amüsante, bunte Dekoration. Salida hatte versucht, dem Gringo eins auszuwischen und

Vergeltung dafür zu üben, daß Grobe unbedachterweise eines von Salidas privaten Kurierflugzeugen abgeschossen hatte. Salidas Männer sollten im Gegenzug eines von Grobes Flugzeugen ausschalten, doch das hatte sich als undurchführbar erwiesen.

Dieser miese Belgier hatte seine Sicherheitsvorkehrungen verstärkt und keine Schwachstelle rings um seine Maschinen zugelassen – und so war Salida keine Wahl geblieben, als sich für eine alternative Rache zu entscheiden. Nicht so raffiniert, aber letztlich ebenso zufriedenstellend: Ein riesiger Tanklaster war *zufälligerweise* mitten auf einem von Grobes Marihuana-Feldern explodiert. Das Feuer und der ätzende Rauch hatten einen großen Teil der Ernte zerstört.

Nachdem die Rechnung auf diese Weise beglichen war, verspürte Salida keinen Wunsch, die Ereignisse zu einem offenen Krieg eskalieren zu lassen. Er vermutete, daß Grobe sich einfach langweilte und ab und zu einmal Dampf ablassen mußte. Geschehen ist geschehen.

Nun konnte er sich entspannen und das Leben genießen, die Kultur, die schönen Dinge. Als sich die sinfonischen Klänge aus Salieris erstem Satz zu einem Crescendo steigerten, kehrte Xavier Salida in das Wohnzimmer zurück.

Er nahm noch einen Schluck Wein, ließ die Flüssigkeit im Mund umherwandern und identifizierte ihre Nuancen, wie man es ihn gelehrt hatte. Er schnüffelte das »Bouquet«, beurteilte die »Trockenheit« und ließ den »Abgang« verklingen.

Im stillen jedoch erlaubte sich Salida eine heimliche Sehnsucht nach jenen Tagen, als er sich noch mit seinen einheimischen Compadres zurücklehnen, zuviel Tequila trinken, laut lachen und deftige Lieder singen konnte. Doch das war Vergangenheit … derlei Dinge hatte er nun hinter sich gelassen. Er war ein mächtiger Mann geworden.

Er hielt inne, um seine großartige Sammlung historischer Kostbarkeiten zu inspizieren, präkolumbische Objekte, die der Stolz eines jeden Museums gewesen wären. Doch diese Stücke würden niemals in irgendwelchen staubigen Schauvitrinen lieblos geführter öffentlicher Institutionen stehen, denn sie gehörten ihm und nur ihm allein. Eingehend musterte er die fein bearbeiteten, durchscheinend grünen Jadeskulpturen, die sich windenden, mythologischen Schlangengestalten der Begleiter Kukulkans, eine kleine Steinfigur des großen Gottes der Weisheit selbst. Salida sammelte Gefäße und Skulpturen von allen mittelamerikanischen Völkern, den Tolteken, den Olmeken wie auch den Maya und Azteken. Bewußt machte er sich die Mühe, die gravierte Plakette an jedem der wertvollen Stücke zu lesen – er wollte sicher sein, daß er sich an jeden Namen und jede Einzelheit genau erinnerte. Es durfte einfach nicht passieren, daß er sich bei einer gepflegten Konversation blamierte, weil er seine eigene Sammlung nicht kannte ...

Schließlich ging Salida wie ein kleiner Junge, der sich im Morgengrauen des Weihnachtstages an den geschmückten Baum heranschleicht, zu seinem neuesten Prachtstück hinüber, dem erstaunlichen kristallischen Artefakt, das ihm Fernando Victorio Aguilar aus den Ruinen von Xitaclan mitgebracht hatte. Es war ihm klar, daß er diesen Schatz in eine schützende Glasvitrine stellen mußte, um es vorzeigen zu können und doch gleichzeitig die Sicherheit zu haben, daß es kein Besucher oder Angestellter durch eine Berührung entweihen konnte. Es mußte von unermeßlichem Wert sein.

Salida stellte sein Weinglas neben dem schimmernden, transparenten Kasten ab, streckte beide Hände aus und berührte die glatte, kalte Oberfläche der Seiten mit seinen sorgfältig manikürten Fingern. Wegen des ganzen Ärgers mit Pieter Grobe hatte er in den letzten zwei Tagen keine Zeit gefunden, seinen neuen Schatz zu bewundern – doch jetzt würde er sich belohnen. Nachdem Grobe angemessen bestraft worden war und Salidas Unternehmen ansonsten störungsfrei lief, konnte er nun mit kindlichem Entzücken das seltsame Maya-Kunstwerk betrachten. Seine Finger glitten sanft über einige der fein ziselierten Glyphen, die in die diamantharte Oberfläche geschnitten waren. Er tippte an eines der beweglichen Quadrate – es ließ sich verschieben, als glitte es auf einem Ölfilm dahin.

Das Relikt begann zu summen.

Überrascht trat Salida zurück und spürte, wie die Kälte tief in seinen Fingerspitzen prickelte. Doch dann beugte er sich wieder darüber, preßte seine Hände dagegen und spürte die schwachen Vibrationen im Inneren des geheimnisvollen Quaders. Das Beben schien stärker zu werden und immer mehr anzuschwellen.

Salida lachte voller Staunen. In seinem Hinterkopf, irgendwo jenseits der Hörschwelle, spürte er einen hohen Ton, ein pulsierendes Geräusch, das sich ihm entzog, sobald er sich darauf zu konzentrieren versuchte.

Draußen, in den eingezäunten Zwingern, stimmten seine wertvollen Dobermänner beinah gleichzeitig ein lautes Geheul an. Die Pfauen auf dem Hof krächzten und schrien ihren kehligen Warnlaut hinaus.

Salida eilte zum Balkon und blickte hinunter. Einer der Wächter hatte den Quecksilberdampfscheinwerfer eingeschaltet und den Hof in grellweißes Licht getaucht. Zwei weitere Wachleute schritten mit angelegten Gewehren den Schatten entgegen. Salida ließ seinen Blick suchend über das eingefriedete Gebiet wandern und erwartete, den vorbeihuschenden Schatten eines Jaguars oder Ozelots zu sehen, irgendeines nächtlichen Räubers, der es gewagt hatte, die Mauer zu übersteigen, um einen Pfau zu reißen. Die Hunde lärmten weiter – doch Salida konnte nichts Auffälliges bemerken.

»Silencio!« brüllte er in die Nacht hinaus und wandte sich wieder dem Zimmer zu – zu seiner Verblüffung sah er, daß der antike Kristallblock nun in einem silbrigen Licht leuchtete.

Als er sich über den schimmernden Kasten beugte, verwandelte sich das Summen in eine deutlich wahrnehmbare Vibration. Die diamantähnlichen Wände pochten und pulsierten. Die schneidende Kälte war von der ölig-glatten Oberfläche gewichen, die nun eine prickelnde Wärme ausstrahlte ... wie kräftige Sonnenstrahlen, die ihn wohltuend durchflossen.

Salida drückte auf einige der Glyphen, um die hektische Aktivität zu beenden – doch statt dessen erwachten auch noch die winzigen, juwelenähnlichen Teile im Inneren des Glasbehälters surrend zum Leben.

Jetzt erstaunte es ihn noch mehr, daß dieses Artefakt in der Morgendämmerung der Geschichte von den alten Maya gebaut worden war. Sie hatten Getriebe und primitive Maschinen verwendet, um ihre Kalender zu konstruieren ... doch dieser Kasten hier erschien ihm selbst für moderne Verhältnisse verblüffend hochentwickelt, ohne erkennbare Zahnräder, Hebel, Knöpfe ...

Im Kern des diamantenen Quaders wuchs das Licht weiter, kalt und doch von blendender Helle – als flamme eine Lache Quecksilber zu Weißglut auf.

Salida trat erneut zurück, jetzt von Angst und Schrecken erfüllt. Was hatte Aguilar ihm da gebracht? Wie konnte er das Ding stoppen?

Was ...?

Draußen schrien die Hunde und Pfauen, als würden sie bei lebendigem Leibe zerrissen.

Das Licht im Inneren des Kristalls wurde unerträglich grell und erreichte einen unvorstellbaren Gipfel. Das letzte, was Salida sah, war sein Weinglas, das neben dem glühenden Objekt einen wilden Tanz aufführte. Die dunkelrote Flüssigkeit kochte brodelnd.

Dann erreichte das Licht seinen kritischen Punkt... und sprang auf eine andere Ebene. Hitze und Energie überspülten Salida mit solcher Schnelligkeit, daß ihm keine Zeit mehr blieb, die infernalische Explosion auch nur zu erahnen.

Er verlosch, bevor der Schmerz ihn einholte.

11

Cancún
Freitag, 8.05 Uhr

Sanfte, weiße Wolken wanderten hoch oben der Sonne entgegen, und das Meer schimmerte so türkis wie ein Swimmingpool in Beverly Hills. Reisegruppen strömten aus den Hotels entlang dem schmalen Landstreifen zwischen Ozean und Lagune, um auf die Busse zu warten, die regelmäßig zu den berühmten Maya-Ruinen in Chichén Itzá, Tulum, Xcaret und Xel-Há fuhren.

Marmorspringbrunnen, deren Böden mit mexikanischen Münzen übersät waren, schickten am Rande des Vorplatzes vor dem Caribbean Shores Resort ihre Fontänen in den strahlenden Himmel. Knatternd näherte sich ein verbeulter Jeep mit drei Insassen und steuerte um alte Taxis und Reisebusse herum, bevor er vor dem Hoteleingang hielt. Der Fahrer drückte auf die Hupe, winkte mit der Hand und hupte noch einmal ungeduldig, zum Ärger der weiß uniformierten Türsteher. Mit finsteren Blicken maßen sie den Jeep, doch der Fahrer fuhr näher an die Bordsteinkante, parkte und hupte noch einmal, ohne auf die Empörung der Hotelangestellten zu achten.

Mulder, der gleich hinter dem Foyereingang neben den Touristen wartete, die zu ihren Tagesausflügen aufbrechen wollten, schulterte seinen Seesack und wandte sich grinsend an Scully. »Ich wette, das ist unser Wagen.«

»Das habe ich befürchtet.« Sie stellte ihre Styropor-Kaffeetasse neben einen mit Sand gefüllten Aschenbecher und griff ebenfalls nach ihrer Tasche. Vladimir Rubicon folgte ihnen mit seinem Rucksack und vor Erregung gerötetem Gesicht.

Im Jeep erkannte Scully Fernando Victorio Aguilar mit seinem Schlapphut und seinem dunklen Pferdeschwanz. Aguilar winkte ihnen zu und ließ seine weißen Zähne aufblitzen. »Buenos días, amigos!«

Mulder nahm Scullys Gepäck und warf es zusammen mit seinem eigenen in den Laderaum, während Rubicon seine persönliche Ausrüstung mit ins gedrängte Innere des Wagens nahm. Zwei dunkelhaarige, braunhäutige junge Männer saßen mit Aguilar im Wagen, um sie als Helfer zu begleiten. Rubicon achtete kaum auf die Fremden und zwängte sich auf den Rücksitz. Mulder setzte sich neben ihn.

Aguilar sah Scully schelmisch an und klopfte einladend auf den Beifahrersitz. »Für Sie, Señorita – neben mir, wo es sicherer ist, eh?« Dann drehte er sich zu Mulder und Rubicon um. »Bereit zum Aufbruch? Sind Sie richtig gekleidet, passend für den Dschungel?«

Rubicon zupfte an seinem dünnen Spitzbart. »Sie sind gut genug vorbereitet«, teilte er Aguilar seinen Eindruck mit.

Mulder beugte sich vor. »Ich habe sogar meine Wanderstiefel und das Insektenabwehrmittel dabei.«

Scully schloß für einen Moment die Augen. »Ja, Mulder, die wichtigsten Dinge.«

Der drahtige Expeditionsführer sah frisch rasiert aus – Wangen und Kinn schimmerten glatt wie Glas. Deutlich nahm Scully sein Aftershave wahr. Als hätte er ihre Gedanken erraten, rieb er sich mit den Fingern prüfend über das Gesicht. »Wir werden etliche Stunden brauchen, um zu der Stelle zu kommen, wo wir von der Straße abbiegen ... ab dann geht es in den Dschungel.«

»Und wer sind unsere Begleiter?« fragte Mulder und deutete auf die beiden Männer, die sich mit ihm und Rubicon im hinteren Teil des Jeeps drängten.

»Unsere Helfer«, erklärte Aguilar. »Einer wird den Jeep zurückfahren, während der andere mit uns in den Urwald kommen wird. Er hat mich schon auf etlichen Expeditionen begleitet.«

»Nur ein Helfer?« Rubicon war überrascht. »Ich hatte damit gerechnet, daß wir, äh, erheblich mehr Unterstützung und Vorräte brauchen würden. Was ich Ihnen bezahlt habe –«

Aguilar schnitt ihm mit einer lässigen Handbewegung das Wort ab. »Ich habe bereits dort lebende Führer und Träger beauftragt, die uns am Treffpunkt mit Vorräten erwarten, Señor. Nicht nötig, die ganze Mannschaft ans andere Ende von Yucatán zu verfrachten.«

Er zupfte an der Krempe seines Hutes, legte den Gang ein, ließ den Motor aufheulen und kurvte mit quietschenden Reifen um einen schwerfälligen Reisebus herum, der gleichzeitig ausscheren wollte. Scully kniff die Augen zu, doch Aguilar drückte nur auf die Hupe und riß den Jeep nach links, wobei er mit zwei Reifen über den feuchten Rasen rollte. Dann war er um den Bus herum und beschleunigte in Richtung Hauptstraße.

Aguilar steuerte den Jeep nach Südwesten durch den zähen Verkehr in der Nähe der großen Hotels und folgte dann der Küstenstraße, legte sich in die Kurven und schlängelte sich zwischen Bussen, Mopeds und Fahrrädern hindurch. Sie kamen an von Sträuchern überwucherten Ruinen vorbei, kleinen Tempeln und erodierten Kalksteinsäulen, manche mit unleserlichen Graffiti bedeckt, doch keine davon in irgendeiner Weise herausgestellt, nicht einmal durch ein Schild am Straßenrand. Der Dschungel hatte sie einfach verschlungen. Scully fand es erstaunlich, daß tausend Jahre altes Menschenwerk nicht mit mehr Ehrfurcht behandelt wurde.

Die Fahrt ging weiter, wobei Aguilar Scully mehr Aufmerksamkeit schenkte als der Straße. Plaudernd und flirtend raste er wie ein Wahnsinniger über den Asphalt – und schaffte auf diese Weise in einer Stunde so viele Meilen, wie ein Reisebus in drei bewältigt hätte.

Zunächst folgten sie der Küstenlinie südwestlich auf der Mexico 307, vorbei an den beliebten Ruinen von Tulum; dann wandten sie sich landeinwärts und passierten kleine, ärmliche

Ortschaften mit Namen wie Chunyaxché, Uh-May, Limónes und Cafetal, die aus winzigen, weiß verputzten Häusern bestanden, Bretterbuden, Tankstellen und Supermärkten, die so groß waren wie Scullys Küche.

Scully entfaltete eine zerfledderte, mit Fettflecken bedeckte Straßenkarte, die sie zwischen Armaturenbrett und Windschutzscheibe eingeklemmt fand. Ihr sank das Herz, als sie feststellte, daß in dem Gebiet, auf das sie zuhielten, keinerlei Straßen eingezeichnet waren, nicht einmal Feldwege, und sie hoffte inbrünstig, daß es sich um einen Druckfehler handelte oder daß die Karte veraltet war.

Der Dschungel breitete sich zu beiden Seiten der Straße ins Unendliche aus. Frauen in bunt bestickten weißen Baumwollkleidern, einer traditionellen Tracht, die Vladimir Rubicon als *huipil* bezeichnete, wanderten auf der breiten Böschung aus zerbröckelndem Kalkstein entlang, um an entfernte Marktflekken zu gelangen. Je weiter sie landeinwärts fuhren, desto schärfer wurden die Kurven, und das Flachland ging langsam in eine Hügellandschaft über. Mulder wies an einigen Stellen auf kleine weiße Kreuze hin, vor denen frische Schnittblumen lagen. Er mußte seine Stimme heben, um sich trotz des Winds, der durch die undichten Fenster des verbeulten Vehikels knatterte, verständlich zu machen. »Mr. Aguilar, wozu sind die gedacht? Religiöse Stätten? Schreine am Wegesrand?«

Aguilar lachte. »Nein, damit markieren die Leute die Stellen, an denen ihre Angehörigen bei Verkehrsunfällen ums Leben gekommen sind.«

»Das scheint ziemlich häufig vorzukommen«, bemerkte Scully.

»Ja«, sagte Aguilar mit einem verächtlichen Schnauben, »die meisten Fahrer sind völlig unfähig.«

»*Das* merke ich«, bestätigte Scully.

Mulder beugte sich nach vorn. »Bei Kurven, die zwei oder mehr Kreuze haben, sollten wir besonders aufpassen.«

Nach einem frühen Mittagessen in einer Cantina am Straßenrand, die aus kaum mehr als einem Tisch und einer Markise bestand, setzten sie ihre Fahrt zwei weitere Stunden lang mit halsbrecherischer Geschwindigkeit fort. Scully wurde es etwas mulmig in der Magengegend, besonders nach den gefüllten Chilis, die sie gegessen hatte. Die Speisekarte des Cafés war recht begrenzt gewesen, obwohl Mulder die frischen, dicken Tortillas und die Hühnerbrühe geschmeckt hatten.

»Wie weit ist es noch?« fragte Scully Aguilar gegen Mitte des Nachmittags. Draußen zogen sich tiefgraue Wolken zusammen.

Er starrte durch die Windschutzscheibe und schaltete die Scheibenwischer an, um sein Gesichtsfeld noch mehr mit toten Insekten zu verschmieren. Aufmerksam spähte er die Straße entlang, doch es dauerte etliche Minuten, bis er antwortete. »Da sind wir«, sagte er schließlich und trat auf die Bremse.

Aguilar fuhr von der Straße herunter auf die staubige Böschung, wo ein schmaler Feldweg aus dem dichten Dschungel auftauchte. Der Jeep schleuderte mit hin und her schwingendem Heck durch den Verkehr. Hinter ihnen ließ ein Bus seine Hupe ertönen und überholte sie röhrend auf der Gegenfahrbahn, ohne auf entgegenkommende Fahrzeuge zu achten.

Flugs kletterte Aguilar hinaus und stellte sich grinsend neben das ächzende Vehikel, während Mulder die hintere Tür aufstieß und seine tauben Beine ausstreckte. Scully sog die feuchte Luft ein, die von den schweren Düften des Regenwalds erfüllt war. Über ihnen waren die morgendlichen Schäfchenwolken in dickere Cumuluswolken übergegangen, die den Eindruck erweckten, daß sie sich innerhalb kürzester Zeit in Gewitterwolken verwandeln könnten. Als Scully jedoch den Dschungel betrachtete, war sie nicht sicher, ob der Regen das massive Blattwerk, die Sträucher und das Unterholz überhaupt durchdringen würde. Mittlerweile waren die anderen beiden Passagiere auf dem Rücksitz aus dem Jeep gestiegen, öffneten die Heckklappe und hievten Mulders und Scullys Gepäck heraus. Den Rucksack reichten sie Vladimir Rubicon, der sich vorbeugte und seine steifen, knochigen Knie massierte.

Mulder betrachtete das hohe Gras, die dichten Ranken, Palmen und Schlingpflanzen, eine undurchdringliche Masse der Vegetation. »Das meinen Sie nicht ernst«, murmelte er.

Fernando Aguilar lachte und schnüffelte dann. Er rieb sich die Wangen, auf denen schon wieder Bartstoppeln sprossen. »Tja, Amigo, wenn die Xitaclan-Ruinen direkt neben einer vierspurigen Straße stünden, dann wären sie bestimmt keine unberührte archäologische Stätte mehr, oder?«

»Da hat er recht«, ächzte Rubicon, der sich seinen Rucksack aufschnallte.

Während Aguilar sprach, tauchte plötzlich wie in einem billigen Film eine Gruppe dunkelhäutiger Männer aus dem Dschungel auf. Scully bemerkte einen deutlichen Unterschied zwischen diesen Leuten und den Mexikanern, die sie in Cancún gesehen hatte. Sie waren kleiner und nicht so gut ernährt und gekleidet: Nachkommen der alten Maya, die weit entfernt von den Städten lebten, in elenden, auf keiner Karte verzeichneten Dörfern.

»Ah, hier ist der Rest unserer Mannschaft, bereit für die Arbeit«, rief Aguilar. Er winkte den Indios, die Vorräte und das Gepäck zu übernehmen, während Aguilar selbst mehrere Leinwandsäcke aus dem Jeep auslud. »Unsere Zelte«, erklärte er.

Mulder stand da, die Hände in die Hüften gestemmt, musterte den Dschungel und atmete die leicht modrige Luft durch die Nase ein. »Es ist nicht nur ein Job, Scully – es ist ein Abenteuer.« Moskitos schwirrten ihm ums Gesicht.

Als der Jeep vollständig entladen war, klopfte Aguilar auf die Motorhaube, um dem Ersatzfahrer zu signalisieren, daß er sich auf den Weg machen konnte. Einer der jungen Männer kletterte ohne ein Wort auf den Fahrersitz, griff einfach nach dem Schalthebel und fuhr los, indem er den Jeep ohne Rücksicht auf andere Autos auf der Straße wendete. Der Wagen stieß eine Wolke stinkender Abgase aus und donnerte davon.

»Brechen wir auf, Amigos«, deklamierte Aguilar. »Vorwärts, ins Abenteuer!«

Scully holte tief Luft und zog die Schnürsenkel ihrer Stiefel fester. Gemeinsam tauchte die Gruppe in das ewige Grün des Dschungels ein.

Als sie sich durch das Unterholz schleppte und mit beiden Händen gegen Äste und Sträucher und Schlingpflanzen und Ranken ankämpfte, sehnte sich Scully bald nach dem Jeep zurück, auch wenn Fernando Aguilar ein noch so schlechter Fahrer war. Vor ihnen waren die Indios unentwegt damit beschäftigt, die gröbsten Hindernisse mit ihren fleckigen Macheten zu beseitigen, keuchend vor Anstrengung, doch ohne ein Wort der Klage. Herrliche Hibiskusblüten und andere tropische Pflanzen schmückten beide Seiten des Pfads in allen Regenbogenfarben. Wasser stand in Pfützen auf dem Boden, wo er eher steinig als morastig war. Dünne Mahagonibäume mit verdrehten Stämmen und glatter Rinde ragten in alle Richtungen, unentwirrbar verschlungen mit dornigen Büschen und blühenden Sträuchern. Farne strichen an Scullys Beinen entlang und benetzten sie mit feinen, kitzelnden Wassertröpfchen.

Sie machten eine Pause neben einem hohen Chiclebaum mit grauer Rinde, dessen Stamm dort viele Einschnitte und Narben aufwies, wo die Einheimischen im Laufe der Jahre das Harz geerntet hatten. Scully bemerkte, daß ihre Helfer eifrig auf Knäueln von Chicleharz kauten. Doch Aguilar ließ ihnen nur wenige Minuten zum Verschnaufen, dann marschierten sie weiter und schwangen ihre Macheten.

Es dauerte nicht lange, bis Scully sich erhitzt, verschwitzt und elend fühlte. Sie verspürte Lust, an den Hersteller ihres Insektenabwehrmittels zu schreiben und sich über dessen Wirkungslosigkeit zu beschweren. Es war schon später Nachmittag gewesen, bevor sie ihren Marsch auch nur begonnen hatten, so daß ihnen höchstens vier Stunden Zeit zum Marschieren blieben, bevor sie haltmachen und ihr Lager aufschlagen mußten.

Scully erkundigte sich danach, und Aguilar lachte. Als er ihr auf den Rücken klopfte, war ihr seine Berührung unangenehm. »Ich versuche, Sie langsam an den langen Marsch zu gewöhnen, Señorita... Es ist unmöglich, Xitaclan innerhalb eines Tages zu erreichen, also bringen wir auf diese Weise lieber die Fahrt und einige Stunden Marsch hinter uns und übernachten dann. Morgen, wenn wir uns ausgeschlafen haben, gehen wir weiter, ausgeruht und bereit, die Entfernung zu überwinden, eh? Bis zum Nachmittag des nächsten Tages müßten wir die Ruinen erreichen. Und dort werden Sie vielleicht Ihre vermißten Freunde finden. Vielleicht ist ja auch nur ihr Funkgerät kaputt.«

»Vielleicht«, meinte Scully skeptisch.

Die Hitze war unvorstellbar, die Luft so schwer wie Blei. Ihr Haar hing in feuchten Strähnen herab und klebte an ihren Wangen. Schmutz und zerschlagene Insekten bedeckten ihre Haut. Über ihnen schnatterten und kreischten Brüllaffen, die durch die Baumwipfel stürmten. Spielerisch sprangen sie von Ast zu Ast und verursachten ein ohrenbetäubendes Getöse. Papageien stießen ihre krächzenden Rufe aus, während Kolibris in allen Juwelenfarben lautlos flatternd ihren Weg kreuzten. Doch Scully konzentrierte sich nur noch darauf, einen Schritt vor den anderen zu setzen, den Schlammpfützen und Kalksteinvorsprüngen auszuweichen und das Unterholz niederzutreten.

»Wie wär's, Scully«, ächzte Mulder, während er sich den Schweiß von der Stirn wischte. Er sah so elend aus wie sie. »Ich bin Stanley, und Sie sind Livingstone, okay?«

Vladimir Rubicon marschierte vorwärts, ohne sich zu beklagen. »Wir sind erst vor zwei Stunden von der Straße abgebogen«, schwärmte er, »und schauen Sie sich an, wo wir hier sind! Sehen Sie, wie leicht riesige Ruinen in Yucatán unentdeckt bleiben können? Sobald sie von der Bevölkerung verlassen wurden, hat der Dschungel sie überdeckt – und sie leben nur noch in, äh, lokalen Legenden weiter.«

»Und Xitaclan war etwas Besonderes?« fragte Mulder. »Mehr als nur eine von vielen Ruinenansammlungen?«

Rubicon holte tief Atem und hielt an, um sich für einige Sekunden gegen einen Mahagonibaum zu lehnen. »Cassandra war jedenfalls dieser Ansicht. Xitaclan bestand eine lange Zeit:

vor dem Goldenen Zeitalter, während der gesamten Toltekenherrschaft und in der späteren Zeit der Menschenopfer.«

Durch klebrigen Schweiß hindurch blickte Scully erschöpft in die lebhaften Augen des Archäologen – und sah zu ihrer Überraschung, daß der Regenwald dem alten Mann nicht das geringste auszumachen schien. Er wirkte munterer, als sie ihn je gesehen hatte, seit dem ersten Tag in der präkolumbischen Ausstellung in Washington, D.C. Hier, bei der Feldforschung, schien der alte Archäologe ganz in seinem Element zu sein; der Gedanke, seine Tochter zu befreien und gleichzeitig unbekannte Maya-Ruinen zu erkunden, verlieh ihm offensichtlich Flügel.

Als die Schatten im Dschungel länger wurden, zeigten Aguilars einheimische Helfer wieder einmal, was sie wert waren. Sie wählten eine flache Lichtung nahe einer Quelle aus und machten sich lautlos und energisch an die Arbeit. Binnen kurzem hatten sie Büsche und Sträucher gerodet, um einen Schlafplatz freizulegen; dann schlugen sie die Zelte auf, in denen Mulder, Scully, Rubicon und Aguilar die Nacht verbringen würden, während sie für sich selbst andere Lagerplätze suchten, vermutlich in den umstehenden Bäumen. Scully beobachtete, wie die Indios mit Präzision und ohne viel Worte ans Werk gingen, als hätten sie diese Arbeit schon viele Male getan.

Rubicon drängte Aguilar, ihm mehr davon zu erzählen, wie er zwei Wochen zuvor Cassandra und ihr Team hinaus zu den Ruinen begleitet hatte.

»Ja!« gestikulierte der Führer. »Ich habe sie hierher gebracht – aber da sie vorhatten, etliche Wochen zu bleiben und ihre Ausgrabungen durchzuführen, bin ich wieder gegangen und nach Cancún zurückgekehrt. Ich bin ein zivilisierter Mann, eh? Ich habe meine Arbeit.«

»Aber ihr ging es gut, als Sie sie verließen?« fragte Rubicon noch einmal.

»Oh ja«, sagte Aguilar mit leuchtenden Augen. »Mehr als gut. Sie konnte sich vor Freude kaum halten, als sie die Ruinen sah. Sie schien sehr aufgeregt zu sein.«

»Ich bete nur, daß wir sie dort finden werden ...«

»Übermorgen«, versprach Aguilar und nickte enthusiastisch.

Sie setzten sich auf umgestürzte Bäume und Felsen, um ihr kaltes Abendessen aus gerollten Tortillas, Käsebrocken und frischen, unbekannten Früchten, die die einheimischen Führer im Dschungel gepflückt hatten, zu sich zu nehmen. Scully trank aus ihrer Feldflasche und aß langsam. Sie genoß jeden Bissen und war glücklich, sich einfach nur hinsetzen und ausruhen zu können.

Mulder verscheuchte die Mücken von seiner roten Banane. Nach einem kräftigen Bissen sagte er zu Scully: »Das ist schon ein Unterschied zu dem Vier-Sterne-Restaurant gestern abend.« Dann stand er auf, kroch in ihr Zelt, in dem die Rucksäcke verstaut waren, und raschelte mit Gepäckstücken und Kleidern herum.

Scully beendete ihre Mahlzeit und lehnte sich mit einem tiefen Atemzug zurück. In ihren Beinen pulsierte die Erschöpfung von jedem Schritt des Weges.

Als Mulder wieder aus dem Zelt auftauchte, hielt er etwas hinter seinem Rücken verborgen. »Bei den Vorrecherchen zu diesem Fall ist mir die Geschichte von Tlazolteotl aufgefallen.« Er sah den alten Archäologen an. »Spreche ich das richtig aus? Es klingt, als würde ich eine Schildkröte verschlucken.«

Rubicon lachte. »Ah, die Göttin der verbotenen Liebe ...«

»Genau die ... Ein Bursche namens Jappan wollte ein Liebling der Götter werden – wohl so eine Art Midlife Crisis. Also verließ er seine treusorgende Ehefrau und seinen ganzen Besitz und wurde zum Einsiedler. Er kletterte auf einen hohen Felsen in der Wüste und verbrachte seine Zeit nur noch in religiöser Andacht.« Mulder sah sich um. »Obwohl mir nicht klar ist, wo er in dieser Gegend eine Wüste gefunden hat ...

Natürlich konnten die Götter einer solchen Herausforderung nicht widerstehen; also führten sie ihn mit schönen Frauen in Versuchung – doch er gab nicht nach. Dann erschien ihm Tlazolteotl, die Göttin der verbotenen Liebe, in ihrer ganzen überwältigenden Schönheit. Sie sagte, sie sei so beeindruckt von Jappans Tugendhaftigkeit, daß sie ihn trösten wolle. Sie überredete ihn, von seinem Felsen herunterzukommen, worauf sie ihn mit Erfolg verführte – sehr zum Entzücken der anderen Götter, die nur darauf gewartet hatten, daß er strauchelte.

Die Götter bestraften Jappan für seine Anmaßung, indem sie ihn in einen Skorpion verwandelten, und aus Scham über sein Versagen versteckte sich Jappan unter dem Stein, auf dem er in Sünde gefallen war. Aber die Götter wollten es ihm richtig heimzahlen und brachten Jappans Frau zu dem Stein, erzählten ihr alles über seinen Sturz und verwandelten sie ebenfalls in einen Skorpion.«

Er lächelte Scully wehmütig an, wobei er die rechte Hand immer noch hinter seinem Rücken versteckte. »Aber am Ende ist es doch eine romantische Liebesgeschichte: Sobald sie ein Skorpion war, rannte Jappans Frau zu ihm unter den Felsen, wo sie jede Menge kleiner Skorpionbabys bekamen.«

Vladimir Rubicon blickte schmunzelnd zu ihm auf. »Wunderbar, Agent Mulder. Sie sollten, äh, ehrenamtlich im Museum arbeiten, so wie ich.«

Scully veränderte ihre Position auf dem umgestürzten Baum und fegte sich dann ein paar Krümel von ihrer Khakiweste. »Interessant, Mulder – aber warum erzählen Sie diese Geschichte ausgerechnet jetzt?«

Mulder verzog keine Miene. Er holte seine Hand hervor und hielt ihr die häßlichen, zermalmten Überreste eines riesigen Skorpions entgegen, dessen vielgelenkige Beine in alle Richtungen ragten. »Weil ich das hier unter Ihrem Kopfkissen gefunden habe.«

12

Dschungel von Yucatán
Samstag, frühmorgens,
genaue Zeit unbekannt

Als sie im frühen Morgengrauen das Lager abbrachen, bemerkte Mulder, daß seine Uhr stehengeblieben war. Sein erster Gedanke war, daß irgendwann in der Nacht ein unbemerkter Besuch von Außerirdischen stattgefunden haben mußte... doch dann wurde ihm klar, daß die blockierten Uhrzeiger wohl eher auf den Dreck des Dschungels als auf irgendwelche extraterrestrischen Phänomene zurückzuführen waren.

Er schälte sich aus der äußeren Schicht nasser, schmutziger Kleidung und zog einen neuen Satz hervor, der im Laufe dieser Tageswanderung ebenso dreckig werden würde. Mulder beschloß, sein *New York Knicks*-T-Shirt mit dem zerrissenen Ärmel anzuziehen, da es keine Rolle spielte, wenn es noch fleckiger und abgerissener wurde. Währenddessen kam Scully aus ihrem Zelt gekrabbelt und schlug träge nach stechenden Insekten, die Augenlider schwer und noch halb geschlossen.

»Guten Morgen, Sonnenschein«, griente Mulder.

»Erinnern Sie mich daran, daß ich mich in die Archivabteilung versetzen lassen«, nuschelte sie gähnend und streckte sich. »Die Leute da haben wenigstens ein sauberes, trockenes Büro und einen Sandwich-Automaten im Flur.«

Sie nahm einen Schluck aus ihrer Feldflasche, ließ dann etwas Wasser auf ihre Handfläche tropfen, spritzte es sich ins Gesicht und rieb es sich über die Augen. Sie massierte ihre Lider, bis ihr Blick wieder klar wurde, und wedelte – nun wesentlich energischer – mit der Hand durch einen Schwarm Moskitos über ihrem Kopf. »Ich habe bisher nie richtig zu schätzen gewußt, wie wunderbar ein insektenfreier Arbeitsplatz ist.«

Fernando Aguilar stand vor einem Baum und starrte in einen kleinen Rasierspiegel, wobei er ein zusammenklappbares Rasiermesser in der Hand hielt. Sein Ozelotfellhut baumelte eine Armeslänge entfernt an einem abgebrochenen Ast. Nach einer Weile drehte er sich um und grinste sie mit eingeseiften Wangen an. »Buenos días, amigos«, sagte er und fuhr dann fort, mit der Klinge über seine Wangen zu schaben, die Augen vor Genuß halb geschlossen. »Es geht doch nichts über eine gute Rasur am Morgen, eh? Erst dann fühlt man sich frisch und fit für den Tag!«

Mit der Präzision eines professionellen Messerwerfers schnippte er die seifigen Bartstoppeln vom Ende des Rasiermessers und bedeckte einige Farnblätter mit weißen Sprenkeln. »Mein Geheimnis, Señor Mulder: Ich mische meine Rasierseife mit Insektenabwehrmittel. Es scheint zu helfen.«

»Vielleicht versuche ich das auch mal«, meinte Mulder und rieb sich das kratzende Kinn. »Wo ist hier die nächste Dusche?«

Aguilar lachte – es war ein lautes, hohes Kichern, das Mulder an die keifenden Schreie der Brüllaffen erinnerte, die er während der Nacht gehört hatte.

Die einheimischen Helfer schlugen die Zelte ab, rollten Kleidungsstücke und Vorräte in Seesäcke ein und falteten sie zu kompakten Paketen zusammen. Sie bewegten sich mit bemerkenswerter Geschwindigkeit und hatten im Nu alles für den Abmarsch gepackt.

Vladimir Rubicon marschierte ungeduldig hin und her, während er an einer kleinen Tüte Rosinen kaute. »Sollten wir uns nicht allmählich auf den Weg machen?« Mulder sah, daß die hellblauen Augen des Archäologen blutunterlaufen waren, und er ahnte, daß Rubicon nicht gut geschlafen hatte, obwohl er an die äußeren Bedingungen gewöhnt war.

Aguilar beendete seine Rasur und wischte sich das nunmehr spiegelblanke Gesicht mit einem großen Tuch ab, das er anschließend in seine Tasche stopfte. Prahlerisch wirbelte er seinen Ozelothut auf dem Zeigefinger herum und setzte ihn sich dann mit einem eleganten Schwung auf den Kopf. »Sie haben recht, Señor Rubicon – wir sollten uns aufmachen, um Ihre Tochter zu finden. Es ist noch ein langer Marsch, aber wenn wir ein gutes Tempo vorlegen, können wir Xitaclan morgen vor Einbruch der Dunkelheit erreichen.«

Sie machten sich wieder auf den Weg durch den gnadenlosen Dschungel. Die stillen, ernsten Einheimischen gingen voraus und bahnten den Weg mit ihren Macheten, unmittelbar gefolgt von Aguilar, der die Richtung angab. Ein Schwarm Schmetterlinge, eine Wolke bunter Farben und flatternder Flügel, stieg von einem Tümpel neben einem umgestürzten Baum auf. Sie erinnerten an eine Gischt aus Edelsteinen, die von Sonne umschmeichelt durch die Luft spritzt. Nur die zahllosen bunten Orchideen, mit denen die Bäume ringsum gesprenkelt waren, leuchteten ebenso prächtig und strahlten mit ihnen um die Wette.

Schlangen hangelten sich von Ästen herab und musterten sie mit kalten Augen. Mulder wünschte insgeheim, er hätte sich mehr Zeit genommen, mit den Giftschlangenarten Mittelamerikas vertraut zu werden. Um auf Nummer Sicher zu gehen, beschloß er, diesen Reptilien lieber aus dem Weg zu gehen.

Sie waren noch nicht länger als eine Stunde unterwegs, als ein Schauer auf sie niederprasselte, warm und seltsam ölig. Kleine Bäche plätscherten wie Wasserfälle von den schaufelartigen Bananenblättern herab und spülten Spinnen, Insekten und Raupen mit sich. In der feuchten Luft entfalteten sich üppige, schwere Aromen und machten das Atmen noch mühsamer. Als der Regen heftiger wurde, kniff Aguilar die Krempe seines gefleckten Hutes ein, so daß das Wasser in einem Strahl herabfloß. Sein nasser Pferdeschwanz baumelte wie ein schlaffer Lumpen zwischen seinen Schulterblättern. Er grinste. »Sie hatten doch nach der Dusche gefragt, Señor Mulder. Offenbar haben wir sie gefunden, eh?«

Feuchtes Laub, Moos und verfaulte Vegetation klebten an

ihnen. Mulder sah Scully und Rubicon an, deren Kleidung mit grünen Streifen, braunen Schlammschlieren und vergilbten Farnblättern übersät waren. »Immerhin sind wir perfekt getarnt«, versuchte er zu scherzen.

»Hatten wir es darauf abgesehen?« erwiderte Scully grantig und strich sich über die Hosen. Die allgegenwärtigen Moskitos schwirrten ihr ums Gesicht.

»Ich glaube kaum, daß ich Lust hätte, in einer solchen Umgebung hoch aufragende Tempel und Pyramiden zu erbauen«, ging Mulder auf ihren nüchternen Tonfall ein. »Ich finde es erstaunlich, daß die Maya hier eine so hochstehende Zivilisation errichten konnten.«

»Im Inneren der Tempel wird es wenigstens trocken gewesen sein«, seufzte Scully, während sie das Wasser aus ihren Haaren schüttelte.

Rubicons Gesicht hatte einen verträumten Ausdruck angenommen. »Der menschliche Erfindungsreichtum setzt uns immer wieder in Erstaunen. Wäre es nicht wunderbar, nur für fünf Minuten in die Vergangenheit reisen und die Leute fragen zu können: Warum habt ihr das gemacht? Aber wir müssen uns mit winzigen Indizien begnügen. Ein Archäologe muß so etwas wie ein Detektiv sein – äh, ein FBI-Agent der Vergangenheit, der Rätsel löst, bei denen die Verdächtigen und die Opfer sich schon vor über tausend Jahre zu Staub verwandelt haben.«

»Mich haben die wissenschaftlichen und astronomischen Errungenschaften der Maya beeindruckt«, entgegnete Mulder, »wenn auch manche Leute der Ansicht sind ... daß ihre Zivilisation sich dabei auf fremde Hilfe stützen konnte.«

»Fremde Hilfe?« fragte Rubicon und wischte sich zerstreut ein Blatt vom Gesicht. »Äh, was für Hilfe meinen Sie damit?«

Mulder holte tief Luft. »Nach den Legenden der Maya haben ihre Götter ihnen gesagt, daß die Erde rund sei – eine beachtliche Beobachtung für ein primitives Volk. Offenbar kannten sie die Planeten Uranus und Neptun, die von westlichen Astronomen erst im neunzehnten Jahrhundert entdeckt wurden. Sie müssen großartige Augen gehabt haben, wenn man bedenkt, daß sie keine Teleskope besaßen.

Außerdem ermittelten die Maya die Länge des Erdenjahres mit einer Abweichung von nur *einem Fünftausendstel* des tatsächlichen Werts, und sie kannten die genaue Länge des Venusjahres. Sie berechneten noch andere astronomische Zyklen bis zu einer Spanne von etwa vierundsechzig Millionen Jahren.«

»Ja, die Maya waren fasziniert von der Zeit«, nickte Rubicon, ohne auf die Richtung von Mulders Erläuterungen einzugehen. »Geradezu besessen davon.«

»Mulder«, schaltete sich Scully ein, »Sie wollen doch nicht etwa andeuten –«

Er zerdrückte eine Stechmücke. »Wenn Sie sich einige ihrer Schnitzereien ansehen, Scully, dann werden Sie Figuren finden, die ganz unverkennbar sind – eine hoch aufragende Gestalt, die auf etwas sitzt, das wohl ein Kontrollsessel sein muß, genau wie ein Astronaut im Cockpit einer Raumfähre. Feuer und Rauch strömen von dem Fahrzeug aus.«

Amüsiert betrachtete Rubicon seinen jungen Begleiter von der Seite. »Ah ja. Die ›Wagen der Götter‹. Interessante Spekulationen. Ich muß natürlich über all diese Erzählungen und Legenden Bescheid wissen. Manche der Geschichten sind, äh, ganz erstaunlich. Eine meiner Lieblingsgeschichten ist... Sie wissen doch, daß Quetzalcoatl – oder Kukulkan, wie die Maya ihn nannten – der Gott des Wissens und der Weisheit war?«

»Ja«, erwiderte Mulder, »er kam angeblich von den Sternen herab.«

»Äh, angeblich... Nun, Kukulkans Feind war Tezcatlipoca, dessen Lebensziel es war, Zwietracht zu säen.« Rubicon schob sich seine Brille auf die Nase, obwohl sie im strömenden Dschungelregen völlig nutzlos war. Es schien seine Gewohnheit zu sein, ein unvermeidlicher Reflex, wann immer er eine Geschichte erzählte. »Tezcatlipoca kam einmal, als gutaussehender Mann getarnt, zu einem wichtigen Fest und zog die Aufmerksamkeit auf sich, indem er tanzte und ein magisches

Lied sang. Die Leute waren so gebannt, daß eine Vielzahl von ihnen begann, seinen Tanz nachzuahmen – äh, so ähnlich wie beim Rattenfänger. Er führte sie alle auf eine Brücke, die unter ihrem Gewicht zusammenbrach. Viele Menschen wurden in den Fluß tief unten in der Schlucht geschleudert, wo sie sich in Steine verwandelten.«

Rubicon grinste. »In einer anderen Stadt erschien Tezcatlipoca mit einer Puppe, die durch Zauberei auf seiner Hand tanzte. In ihrem Staunen über dieses Wunder drängten sich die Leute so nahe heran, daß viele von ihnen erstickten. Daraufhin gab Tezcatlipoca vor, über seine Tat zutiefst bestürzt zu sein, und bestand darauf, zu Tode gesteinigt zu werden. Und so geschah es ... Doch als Tezcatlipocas Leichnam verweste, ging ein so fürchterlicher Gestank von ihm aus, daß erneut viele Menschen starben. Schließlich gelang es einer Reihe tapferer Helden, in einer heiligen Mission einer nach dem anderen die Leiche aus der Stadt zu schaffen – Sie müssen sich eine Art Staffellauf mit einem stinkenden Kadaver vorstellen –, bis der Ort schließlich von der Plage befreit war.«

Sie marschierten weiter durch den Dschungel. Rubicon hob seine knochigen Schultern. »Das sind ohnehin alles nur Legenden. Es liegt an uns, diesen Geschichten zu lauschen und aus ihnen zu lernen, was wir können. Ich werde Ihnen nicht sagen, was Sie glauben sollen.«

»Alle anderen scheinen das zu tun«, sagte Mulder leise, doch er brachte das Thema der antiken Astronauten an diesem Tag nicht noch einmal zur Sprache.

13

Das Pentagon,
Arlington, Virginia
Samstag, 13.03 Uhr

Als er durch den Korridor im Ostflügel des Pentagons schritt, fiel Major Willis Jakes in seine übliche Routine, Orientierungspunkte auszumachen und sich seine Route einzuprägen, um unter allen erdenklichen Bedingungen den Rückweg zu finden. Normalerweise würde er sich einen abgebrochenen Baumstamm, einen Felsvorsprung oder eine Schlucht im öden Hochland von Afghanistan merken, würde durch die fiebergärenden Sümpfe Südostasiens marschieren oder sich in den nördlichen Gebirgen des Iran auf kurdischem Territorium befinden. Heute jedoch hatte Major Jakes statt einer Tarnausrüstung oder eines Survivalanzugs seine vollständige militärische Galauniform angelegt, säuberlich gebügelt und nach Waschmittel duftend.

Trotz der Annehmlichkeiten der Zivilisation fühlte er sich in dieser Aufmachung und an diesem Ort ganz und gar nicht wohl.

Immerhin erwiesen sich die Flure des Pentagons als eine fast ebenso schwierige Herausforderung wie jede Bergwildnis, da alle Korridore im Inneren des labyrinthähnlichen Hauptquartiers symmetrisch angeordnet und ohne besondere Merkmale waren. Die geometrische Form des riesigen Gebäudes barg die Gefahr, leicht die Orientierung zu verlieren und sich zu verlaufen. Man konnte durch einen vertraut aussehenden Ausgang hinaus auf den Parkplatz treten... nur um festzustellen, daß man sich auf der falschen Seite der gewaltigen Festung befand.

Für Major Jakes jedoch war dies kein unüberwindliches taktisches Hindernis. Er musterte die endlosen Reihen der Büros: bei den meisten waren die Türen verschlossen, und im Inneren brannte kein Licht. Samstags standen die Büros des Pentagons leer, und die Beamten und das militärische Personal genossen zu Hause das nach ihrer Meinung wohlverdiente Wochenende. Normale Zivilisten arbeiteten ihre regulären Vierzig-Stunden-Wochen, füllten vorschriftsmäßige Formulare aus und reichten sie von Büro zu Büro, um sie mit den ebenso vorschriftsmäßigen Stempeln, Unterschriften und Aktenkopien versehen zu lassen.

Doch für einen Berufsoffizier wie Major Willis Jakes hatten die Arbeitszeiten der Zivilisten keine Bedeutung. Er betätigte keine Stechuhren, wenn er an die Arbeit ging. Seine Dienste standen auf Abruf zur Verfügung, den ganzen Tag über, das ganze Jahr über – wann immer die Pflicht ihn rief. Zeit für Urlaub und Entspannung nahm er sich, wenn es die Umstände erlaubten ... Und er hätte es auch gar nicht anders haben wollen.

Die Tatsache, daß er an einem Samstag zu einer Besprechung auf hoher Ebene gerufen worden war, bedeutete, daß sich eine wichtige Mission anbahnte. Nicht mehr lange, und Jakes würde sich wieder einmal in irgendeinem entlegenen Winkel der Welt wiederfinden und eine Reihe von geheimen Aufgaben ausführen, die von seinen Vorgesetzten klar definiert waren. Der Major hielt sich an die Regeln, auf die er seinen Eid geleistet hatte: er setzte sein Leben ohne Rückfragen für Operationen ein, die in offiziellen Stellungnahmen der Regierung mit Sicherheit dementiert werden würden.

Jakes war hochgewachsen und schlank, und die Mahagonifarbe seines glatt rasierten Gesichts verriet ägyptisches Blut. Seine Züge waren kantig-semitisch und an keiner Stelle gerundet und weich.

Jakes folgte den Bürozahlen zum Ende des Korridors, bog nach links ab und ging wieder an einer Reihe von Türen vorbei, bis er einen von vielen verdunkelten Räumen erreichte, unauffällig, verschlossen – scheinbar ebenso leer wie die anderen

Büros. Er zögerte nicht und schaute kein zweites Mal nach der Zimmernummer. Er wußte, daß er richtig war.

Er klopfte genau dreimal an das drahtverstärkte Glasfenster. Der Name am Türschild lautete »A. G. Pym, Berichte und Archiv«, und Major Jakes bezweifelte, daß im Laufe der Alltagsaktivitäten des Pentagons normale Mitarbeiter jemals das Büro von Mr. Pym aufsuchten. Die Tür öffnete sich von innen, und ein Mann in dunklem Anzug stand vor ihm im Schatten. Jakes betrat den düsteren Raum, während seine Miene versteinert und regungslos blieb – doch sein Verstand bewegte sich mit Lichtgeschwindigkeit, nahm Einzelheiten wahr, tastete Optionen ab, suchte nach Bedrohungen.

»Identifizieren Sie sich«, kam die Stimme des Mannes aus dem Dunkel.

»Major Willis Jakes, Sir.«

»Ja, Major«, erwiderte der Mann im Schatten, ohne sich sehen zu lassen. Er streckte seine Hand aus und reichte ihm einen silbernen Schlüssel. »Öffnen Sie damit die Tür an der Rückseite des Büros. Nehmen Sie den Schlüssel mit und schließen Sie die Tür hinter sich. Sie wird sich selbsttätig wieder verriegeln. Die anderen erwarten Sie. Die Besprechung wird gleich beginnen.«

Major Jakes dankte ihm nicht, sondern befolgte einfach die Anweisungen, öffnete die Hintertür und fand sich in einem spärlich beleuchteten Konferenzraum wieder. Die Reihen der Neonlampen flackerten abwechselnd weiß oder blieben dunkel. Am hinteren Ende hing eine weiße Projektionsleinwand an der Wand.

Drei Männer in Anzug und Krawatte hatten Platz genommen, während ein weiterer Mann sich am Rundmagazin eines Diaprojektors zu schaffen machte. Major Jakes hatte keinen der Männer je zuvor getroffen und rechnete auch nicht damit, einen von ihnen je wiederzusehen. Ein Mann mit anthrazitfarbenem Anzug und Nickelbrille sagte: »Willkommen, Major Jakes. Pünktlich auf die Minute. Möchten Sie einen Kaffee?« Er deutete auf eine Kaffeemaschine im Hintergrund des Raumes.

»Nein, Sir.«

Ein anderer Mann mit dunkelroter Krawatte und Hängewangen fügte hinzu: »Wir haben auch ein paar Blätterteigstückchen, wenn Sie möchten.«

»Nein, danke.«

»Okay, dann können wir anfangen.« Der jüngste Mann fummelte noch immer an dem Projektor herum – dann erschien auf der Leinwand ein unscharfes Quadrat aus grellem, gelblichweißem Licht.

Neugier gehörte zwar nicht zu Jakes Pflichten, doch volle Aufmerksamkeit und ein fehlerloses Gedächtnis waren entscheidend für seine Arbeit. Er registrierte weiterhin jede Einzelheit.

Der letzte Mann, der stahlgraue Haare hatte und ein weißes Anzugshemd trug, lehnte sich auf seinem Stuhl zurück und verknitterte dabei das braune Jackett, das über seiner Lehne hing. »Zeigen Sie das erste Dia«, ordnete er an.

»Major Jakes, bitte schauen Sie sich die Bilder genau an«, sagte der Mann mit der dunkelroten Krawatte unnötigerweise. »Alle Details können von Bedeutung sein.«

Der Mann am Projektor stellte rasch die Schärfe ein und zeigte ein Satellitenbild von einer dichten Dschungellandschaft, in deren Mitte ein kreisförmiges Gebiet zu einem Krater von beinahe vollkommener Symmetrie flachgelegt worden war. Der Boden ringsum sah aus wie glasige Schlacke, als wäre dort eine riesige Zigarette ausgedrückt worden.

»Das hier war einmal eine private Ranch in Mexiko. Haben Sie eine Idee, was das verursacht haben könnte, Major Jakes?« fragte der Mann im anthrazitfarbenen Anzug.

»Eine Splitterbombe?« meinte Jakes. Splitterbomben wurden benutzt, um im Dschungel Bäume zu roden und Landeplätze für Helikopter zu schaffen. »Oder eine Napalmexplosion?«

»Keines von beiden«, schaltete sich der Mann mit den grauen Haaren ein. »Das Gebiet hat einen halben Kilometer Durchmesser. Unsere seismischen Sensoren haben einen scharfen Stoß registriert, und unsere Fernstrahlungsdetektoren haben einen signifikanten Anstieg radioaktiver Strahlungsrückstände gemessen.«

Major Jakes spitzte die Ohren. »Wollen Sie andeuten, daß dies das Resultat eines kleinen Atomschlags ist?«

»Wir finden keine andere Erklärung«, bestätigte der zweite Mann und rückte seine dunkelrote Krawatte zurecht. »Eine taktische Nuklearwaffe, wie etwa eine atomare Artilleriegranate, könnte eine so präzise Wirkung durchaus erzielen. Derartige Geschosse wurden bei uns in den letzten Jahren des Kalten Kriegs entwickelt, und wie wir vermuten, auch bei den Sowjets.«

»Aber wer hätte eine solche Waffe in Mittelamerika einsetzen können, Sir? Was könnte jemanden dazu veranlaßt haben?«

Der Mann mit den stahlgrauen Haaren, der der Leiter der Besprechung zu sein schien, verschränkte seine Finger hinter dem Kopf und lehnte sich noch weiter zurück. »Es gibt eine Menge politischer Unruhen in diesem Teil von Yucatán. Wir wissen von zahlreichen Terroranschlägen, unbedeutenden Scharmützeln mit einer kleinen Gruppe militanter Separatisten – aber unserer Meinung nach würde eine Aktion wie diese über ihre beschränkten Möglichkeiten hinausgehen. Es gibt auch etliche rivalisierende Drogenbosse in der Gegend, bei denen es eine beliebte Taktik ist, den Rivalen durch Mordanschläge aus dem Weg zu schaffen – Autobomben und dergleichen.«

»Das hier war keine Autobombe, Sir«, wandte Major Jakes ein.

»Ganz sicher nicht«, nickte der Mann im dunklen Anzug. »Das nächste Dia, bitte.«

Der Assistent am Projektor schaltete zu einer Aufnahme in höherer Auflösung weiter, auf der die umgeknickten Bäume am Rande des fast vollkommen kreisförmigen Kraters zu sehen waren: als habe sich ein Feuerball so rasch ausgebreitet, daß er den Wald atomisierte, den Boden in Glas verwandelte, und sei dann – bevor sich das Feuer im umliegenden Wald ausbreiten konnte – ebenso schnell wieder erloschen.

»Unsere Arbeitshypothese ist, daß mindestens einer und möglicherweise noch etliche andere taktische nukleare Sprengköpfe nach dem Zusammenbruch der ehemaligen Sowjetunion außer Landes gebracht wurden. In dem Chaos nach dem Auseinanderbrechen der sozialistischen Republiken erhoben viele der neuen souveränen Staaten Anspruch auf die nukleare Hinterlassenschaft des kommunistischen Regimes. Viele dieser Sprengköpfe sind... verlorengegangen. Dieses Geschoß hier muß auf den Markt für international agierende Verbrecher und Terroristen gelangt sein. Es ist die einzige Waffe, die wir kennen, die die nötige Energie für eine derartige Verwüstung besitzt... Der Sprengkopf könnte zum Beispiel von Kuba aus über die Karibik auf die Halbinsel Yucatán und von dort zu den Drogenbossen in diesem Teil Mexikos gelangt sein.«

»Dann vermuten Sie also, daß dies möglicherweise nur der erste Schlag war. Es könnten weitere folgen.«

»Diese Möglichkeit besteht.« Der Mann mit der stahlgrauen Haarbürste hob die Schultern. »Falls es noch weitere derartige Waffen gibt.«

Das nächste Dia zeigte eine Karte der Halbinsel Yucatán mit den Staaten Quintana Roo, Yucatán und Campeche sowie der kleinen mittelamerikanischen Länder Belize, Honduras, El Salvador und Guatemala.

»Wir möchten, daß Sie ein Team zusammenstellen und die Quelle dieser Waffen ausfindig machen, um sie dann zu beschlagnahmen oder zu zerstören. Wir können nicht zulassen, daß Terroristen mit Nuklearwaffen Amok laufen... auch wenn sie sich nur gegenseitig damit umbringen.«

Der Mann mit der dunkelroten Krawatte lächelte, und seine Hängewangen zitterten sacht. »Das gibt anderen ein schlechtes Beispiel.«

»Meine üblichen Kommandotruppen?« fragte Jakes knapp.

»Was immer Sie wünschen, steht zu Ihrer Verfügung, Major Jakes«, sagte der Chef. »Wir wissen, daß unsere Investitionen in Ihre Bemühungen jeden Cent wert sein werden.«

»Oder jeden Peso«, witzelte der Mann am Diaprojektor.

Die anderen ignorierten den Scherz.

»Ich vermute, daß dies eine verdeckte Operation sein wird, eine Such- und Vernichtungsmission? Wie soll ich das Ziel ausfindig machen? Welche *genauen* Erkenntnisse haben wir darüber, ob es noch weitere taktische Sprengköpfe gibt?«

»Wir haben einen starken Verdacht«, führte der Mann im anthrazitfarbenen Anzug aus. »Es scheint eine Militärbasis in einem der entlegeneren Teile von Yucatán zu geben. Wir haben eine starke Funkübermittlung aufgefangen, verschlüsselt mit einem Code, der völlig anders ist als alle, mit denen wir es bisher zu tun hatten. Das Signal tauchte vor etwas mehr als einer Woche plötzlich auf – es war so stark, daß es sich nicht verbergen ließ. Wir gehen davon aus, daß die Funkstation auf eine dort gelegene geheime Militärbasis schließen läßt.«

»Entspricht das Ziel irgendeiner bekannten Örtlichkeit?« fragte Major Jakes, beugte sich vor und saugte das Bild auf der Leinwand mit den Augen auf.

Das nächste Dia erschien – eine hochauflösende Satellitenaufnahme, über die die Linien und Konturen einer Landkarte gelegt waren.

»Bei dem Standort handelt es sich um eine Ansammlung abgelegener Maya-Ruinen. Beim Vergleich unserer Unterlagen mit denen des Außenministeriums haben wir festgestellt, daß dort etwa um die Zeit, als das Signal begann, und nur wenige Tage, bevor sich diese Explosion ereignete, ein Team amerikanischer Archäologen verschwunden ist. Wir vermuten, daß unsere Feinde die Ruinen dort als geheime Militärbasis eingenommen haben. Da keine Lösegeldforderungen oder Geiseldrohungen eingegangen sind, ist der Verbleib unserer Staatsbürger unbekannt... und für die Zwecke Ihrer Mission von untergeordneter Priorität.«

»Ich verstehe.« Major Jakes kniff die Augen zusammen, um die auf der Karte verzeichnete Gegend genauer zu studieren. Nirgendwo in der Nähe war eine Linie zu sehen, die auch nur annähernd auf einen Weg, geschweige denn auf eine Straße hingewiesen hätte.

Der Mann am Projektor drehte am Schärfenring der Linse, um das Foto kristallklar erscheinen zu lassen.

»Xitaclan«, registrierte Major Jakes mechanisch die Aufschrift.

In Ordnung. Das war doch mal was anderes als Afghanistan.

14

Ruinen von Xitaclan
Sonntag, 16.23 Uhr

Die Indios, die ihnen unermüdlich den Weg bahnten, redeten auf einmal rasch und leise in ihrer eigenen Sprache miteinander, sie wirkten aufgeregt oder beunruhigt – was von beidem, konnte Scully nicht genau sagen. Während der letzten beiden Tage hatten sie ihre ganze Energie darein gesetzt, einen Schritt nach dem anderen zu tun und immer tiefer in den Dschungel vorzudringen ... immer weiter weg von Zivilisation, Bequemlichkeit und Sicherheit.

Fernando Aguilar beschleunigte seinen Schritt. »Kommt schnell, Amigos«, sagte er und bog die Farne zur Seite. Er lehnte sich gegen einen hohen Ceibabaum und streckte mit großer Geste die Hand aus. »Sie sehen – Xitaclan!«

Schweißbedeckt und müde blieb Mulder neben Scully stehen, doch seine Augen leuchteten auf. Vladimir Rubicon sprang mit neuer Energie vorwärts und überholte die beiden Agenten.

Schwer atmend schirmte Scully ihre Augen gegen die Sonne ab und blickte hinaus auf die verfallene Stadt, die Cassandra Rubicon und ihrem Team möglicherweise das Leben gekostet hatte. Der Himmel war mit grauen Wolken verhangen, die die Stätte in eine kühle Düsternis tauchten, und die zerbröckelnden Bauten wirkten bedrohlich wie hünenhafte Gestalten in einem Sturm.

In der Mitte der weiträumigen Plaza schoben sich dünne Bäume durch Spalten zwischen den Pflastersteinen empor.

Eine hoch aufragende Stufenpyramide, überwuchert von Ranken, beherrschte die verlassene Metropole. Kleinere Schreine und üppig verzierte Stelen, die der Zeit und den Naturgewalten nicht hatten widerstehen können, lagen in Trümmern herum. Aufwendig gemeißelte Glyphen lugten unter dem Moos und den Ranken hervor.

»Das ist erstaunlich«, rief Rubicon, während er sich an Fernando Aguilar vorbeischob. »Schauen Sie sich die Größe dieser Anlage an. Stellen Sie sich vor, wie viele Menschen hierher kamen.« Er drehte sich zu Scully und Mulder um, voller Enthusiasmus, ihnen das ganze Ausmaß dieser archäologischen Entdeckung vor Augen zu führen.

»Der Brandrodungsfeldbau der Maya hätte niemals ein großes Bevölkerungszentrum wie dieses am Leben erhalten können. Die meisten größeren Städte wie Tikal in Guatemala oder Chichén Itzá in Mexiko waren wahrscheinlich nur während der, äh, religiösen Zeremonien, Ballspiele und jahreszeitlichen Opferrituale bevölkert. Für den Rest des Jahres blieben die Städte menschenleer dem Dschungel überlassen, bis die Zeit für das nächste Fest gekommen war.«

»Klingt wie eine Art olympisches Dorf«, murmelte Mulder. Er und Scully folgten dem alten Archäologen auf die Lichtung hinaus, während die einheimischen Führer zurückfielen und nervös in irgendeinem indianischen Dialekt mit Aguilar redeten.

»Sagten Sie Ballspiele, Dr. Rubicon?« Scully zwinkerte sich den Schweiß aus den Augen. »Sie meinen, es gab schon damals Sportveranstaltungen vor Publikum?«

»Das da drüben war ihr Stadion, glaube ich.« Er deutete über die Lichtung hinweg auf einen weiträumigen, tieferliegenden Platz, der mit beschnitzten Steinquadern eingefriedet war. »Die Maya spielten eine Art, äh, Mischung aus Fußball und Basketball. Sie bewegten einen harten Gummiball mit ihren Hüften, Schenkeln und Schultern – mit den Händen durften sie ihn nicht berühren. Das Ziel war, den Ball durch einen aufrechten Steinring an der Mauer zu befördern.«

»Mit Cheerleadern, Wimpeln und allem Drum und Dran«, meldete sich Mulder zu Wort.

»Die Verlierer eines Turniers wurden meist den Göttern geopfert«, fuhr Rubicon ungerührt fort. »Man schlug ihnen die Köpfe ab, schnitt ihre Herzen heraus und ließ ihr Blut auf den Boden fließen.«

»Ich nehme an, damals galt es noch nicht als Ehre, wenn man das Finale erreichte«, brummte Mulder.

Doch dann nahm Rubicons Gesicht einen tief besorgten Ausdruck an, als er weiter vorwärts trat und sich in alle Richtungen umschaute. Er zupfte an seinem schmutzverkrusteten Spitzbart und hinterließ einen schlammigen Fingerabdruck an seinem Kinn. »Ich sehe keine Hinweise auf Cassandra und ihr Team hier, keinerlei Anzeichen von ehrgeizigen Ausgrabungsarbeiten.« Er blickte sich noch einmal um, doch ringsum war nichts zu sehen außer dem unendlichen, bedrückenden Dschungel, der grünen, tückisch atmenden Hölle. »Ich sollte wohl die Hoffnung aufgeben, ihr Problem könnte etwas so Harmloses wie ein beschädigtes Funkgerät gewesen sein.«

Scully wies auf eine Stelle, wo die Bäume und das Unterholz abgehackt worden waren. Abgeschnittene Äste und entwurzelte Kletterpflanzen lagen zu einem halb verbrannten Hügel aufgeschichtet – offenbar hatten die Mitglieder des vermißten Teams versucht, ein großes Feuer zu entzünden, um den Unrat zu beseitigen ... oder um eine Art Notsignal zu senden. »Es ist noch nicht lange her, daß sie hier waren«, meinte sie. »Ich vermute, daß die nachwachsende Vegetation alle Spuren ihrer Arbeit innerhalb eines Monats verschlingen würde.«

Aguilar stieß zu ihnen, hörte Scullys Worte und grinste. »Vielleicht haben sie sich im Dschungel verirrt. Vielleicht sind sie von Jaguaren gefressen worden, eh?«

»Das ist nicht gerade hilfreich.« Scully würdigte den Führer keines Blicks.

»Dazu dürfte Cassandras Team zu vorsichtig gewesen sein«, sagte Rubicon mit Nachdruck, als wolle er sich selbst überzeugen. »Im Gegensatz zu den alten Zeiten, in denen Hobby-

Schatzsucher aufs Geratewohl die Gegend durchstöberten, müssen professionelle Archäologen mit größter Vorsicht vorgehen, jeden Stein umdrehen und die kleinsten Einzelheiten aufdecken.«

Er starrte die verwitterten Steinstrukturen an. »Manche der schlimmsten Amateure bildeten sich ein, der Geschichtswissenschaft dienen zu können. Sie kamen um die Jahrhundertwende zu den alten Tempeln, schaufelten die herabgefallenen Steinblöcke von den Wänden weg und schichteten alle Tonscherben und mit Glyphen beschnitzten Steine zu riesigen Schutthaufen auf... wir nennen Sie *GAW-Haufen*, für: Gott Allein Weiß... denn Gott allein weiß, was da alles durcheinander liegt.«

Sie gingen behutsam weiter, auf Zehenspitzen und flüsternd, als fürchteten sie, die alten Geister der Stadt zu beleidigen. Pflastersteine aus Kalkgestein hatten der Plaza einst eine ebene Oberfläche verliehen, doch nun waren die Steinplatten von herausragenden Wurzeln verschoben und emporgedrückt worden.

Mit belegter Stimme sagte Rubicon: »Ich kann mir denken, warum Cassandra so begeistert war. Das hier ist der Traum eines jeden Archäologen – alle Stadien der Geschichte der Maya vereint. Alles, was wir hier sehen, bedeutet eine neue Entdeckung. Jede Stelle, die wir aufsuchen, jede neue Glyphe, die wir finden, stellt etwas dar, was noch nie zuvor katalogisiert worden ist... Jedes einzelne Relikt könnte der langersehnte Rosetta-Stein für die Schrift der Maya sein. Es könnte den Schlüssel zu dem Geheimnis enthalten, warum dieses große Volk vor Jahrhunderten seine Städte verließ und verschwand... äh, jedenfalls solange nicht andere Leute die Ruinen auf der Suche nach Souvenirs plündern und die wissenschaftlichen Teams ihre Arbeit in Ruhe erledigen können.«

Im Geiste beseitigte Scully die grünen Büschel der üppig wuchernden Vegetation und stellte sich die Stadt auf dem Höhepunkt ihrer Blüte vor. »Xitaclan muß ein atemberaubender Anblick gewesen sein.«

Wie Torpfosten standen zwei beeindruckende Stelen vor ihnen, auf denen Reihen unverständlicher Maya-Schriftzeichen und Kalendersymbole zu sehen waren; dazu wand sich eine große, zusammengerollte Schlange mit aufgestellten Federn um jeden der Obelisken. Scully erinnerte sich an das Symbol der gefiederten Schlange auf dem Jade-Artefakt, das Mulder ihr gezeigt hatte. »Soll das hier Kukulkan sein?« fragte sie und deutete auf die Skulptur. »Die gefiederte Schlange?«

Rubicon schob sich seine Halbbrille auf die Nase und studierte, während die Kette an seinem Hals hin und her baumelte, die Stelen. »Ja, und sogar eine sehr lebhafte Darstellung. Diese hier wirkt größer und furchterregender – ebenso realistisch, wie manche der Jaguarstatuen, die zu Hause in meinem Museum ausgestellt sind. Äh, ganz anders als die stilisierten Glyphen und symbolischen Zeichnungen, die wir normalerweise auf mayanischen Stelen sehen... Interessant. Höchst interessant.«

»Fast so, als wäre die Skulptur nach einem lebenden Modell angefertigt worden«, bemerkte Mulder.

Scully warf ihm einen langen Blick zu, und er antwortete mit einem leichten Lächeln.

»Das Tageslicht läßt bereits nach.« Aguilar rückte seinen Hut zurecht. »Vielleicht sollten wir einen kurzen Rundgang durch die Anlage machen und dann unser Lager aufschlagen, eh? Morgen können Sie dann mit Ihrer eigentlichen Arbeit beginnen.«

»Ja, gute Idee«, räumte Rubicon ein. Er schien hin- und hergerissen zwischen der Niedergeschlagenheit, seine Tochter nicht vorgefunden zu haben... und der Freude, diese großartige, unerforschte Stätte studieren zu können. »Es ist eine seltene Gelegenheit, einen solchen Ort zu Gesicht zu bekommen, bevor er von Touristen verschandelt wird. Die berühmtesten Ruinen sind von Tausenden von Besuchern verdorben worden, die nicht das geringste von Geschichte verstehen und nur kommen, weil sie in einem bunten Prospekt gelesen haben, daß sie das müßten.« Er hob resignierend die Hände. »Und sobald eine neue archäologische Sensation aufgetan wird, schafft es meistens irgend jemand, sie in kürzester Zeit zu zerstören.«

Die vier überquerten die Plaza am Rande der Ballspielarena entlang und umrundeten dann die spektakuläre zentrale Pyramide. An zwei Seiten war das Unterholz beseitigt worden, und Scully entdeckte einen kleinen Eingang auf der untersten Ebene der Zikkurat, der aufgebrochen worden war – ein Durchgang, der in die dunklen Katakomben der antiken Steinkonstruktion führte. »Sieht aus, als ob jemand drin gewesen wäre ...«, befand sie.

Mulder ging ihnen voraus den Pfad entlang, der um die Basis der Pyramide herum führte, und rief ihnen dann zu, sie sollten ihm folgen. Sie fanden ihn am Rande eines kreisförmigen Schachts von mindestens zehn Metern Durchmesser, der sich wie von einem riesigen Bohrer getrieben in den Kalkstein hinabsenkte.

»Eine Cenote«, sagte Rubicon, »ein heiliger Brunnen. Das ist eine sehr tiefe Kalksteinzisterne. Die sind, äh, überall auf der Yucatán-Halbinsel verstreut. Vielleicht ist das eine Erklärung dafür, warum Xitaclan an dieser Stelle erbaut wurde.«

Scully trat auf den bröckelnden Absatz, der einmal eine Art Gang um den Rand des tiefen Lochs gewesen sein mußte. Von der Kante aus spähte Scully in die Tiefe, wo sie eine spiegelglatte Fläche trüben, grünen Wassers sah. Der Brunnen schien unergründlich tief zu sein. Fleckige Kalksteinvorsprünge zogen sich an den Wänden der Cenote entlang wie das Gewinde einer Schraube. Mulder warf einen Kieselstein ins Wasser und beobachtete, wie sich die Kreise in hektischen Wellen ausbreiteten.

»Diese natürlichen Schächte wurden als heilige Brunnen betrachtet, als Wasser von den Göttern, das aus der Erde aufsteigt«, erklärte Rubicon. »Sie können sicher sein, daß dieser hier eine Schatzkammer voller Relikte und Gebeine ist.«

»Gebeine?« fragte Scully überrascht. »Von Leuten, die hineingefallen sind?«

»Äh, hineingeworfen wurden«, hüstelte Rubicon. »Die

Cenotes waren Opferbrunnen. Vielleicht wurden die Opfer vorher erschlagen, vielleicht auch nur gefesselt und mit Gewichten behängt, damit sie untergingen... Bei besonderen Opferzeremonien wurde der Todeskandidat manchmal schon ein ganzes Jahr im voraus ausgewählt. Er führte ein Leben im Überfluß, mit köstlichen Speisen, schönen Frauen und prächtigen Kleidern – bis zu dem Tag, an dem man ihn in einen Rausch versetzte und an den Rand der Cenote führte, um ihn dann in das heilige Wasser zu stoßen.«

»Und ich dachte immer, die Maya wären ein vorwiegend friedliches Volk gewesen...«

»Das ist ein alter Irrglaube, eine völlig verkehrte Geschichte, die von einem Archäologen in Umlauf gebracht wurde, der die Maya über jede gesunde Urteilskraft hinaus bewunderte – und darum seine Erkenntnisse ein wenig zurechtbog. Er wollte das Blutvergießen beschönigen, das aus den Schriften und Schnitzereien zu entnehmen war.«

»Ein archäologischer Quacksalber«, warf Mulder ein.

»Die Kultur der Maya war in Wirklichkeit ziemlich gewalttätig und vergoß viel Blut, vor allem in den späteren Epochen unter dem Einfluß der Tolteken. Sie fanden es großartig, sich selbst zu verletzen und sich in Selbstverstümmelungszeremonien Finger und Zehen abzuhacken... Der blutrünstigste Kult von allen bezog sich auf den Gott Tlaloc, dessen Priester die großen Feste vorbereiteten, indem sie an Mütter herantraten, um ihnen ihre kleinen Kinder abzukaufen. Während einer großen Zeremonie wurden die Kinder bei lebendigem Leib gekocht und dann, hm, mit großem Pomp und Prunk verspeist. Die Priester freuten sich besonders, wenn die Säuglinge schrien oder heulten, während sie zu Tode gefoltert wurden, äh, weil sie dachten, in den Tränen läge die Verheißung eines regenreichen Jahres.«

Scully schauderte, als sie am Rande des Schachtes stand, in das Dunkel der Cenote hinabstarrte und an all die fürchterlichen Geheimnisse dachte, die der Grund dieses Brunnens bergen mochte.

»Aber ich bin sicher, daß heute niemand mehr diese Religion praktiziert«, schloß Rubicon, als wolle er sie beschwichtigen. Er wischte sich mit gespielter Gelassenheit die Hände an der Hose ab. »Sie brauchen sich keine Sorgen zu machen. Ich bin sicher, daß das nichts mit all den Gerüchten über vermißte Personen zu tun hat... oder mit Cassandra.«

Scully nickte ohne Überzeugung. Ja... warum auch? Sie saßen ja nur völlig isoliert, zwei Tage von der nächsten Straße entfernt, in einer verlassenen Ruinenstadt fest, einer sagenumwobenen Stätte, in der die Maya unzählige Blutopfer dargebracht hatten. In einem Ort, wo vor kurzem ein ganzes Team amerikanischer Archäologen verschwunden war...

Also, dachte sie. Warum soll ich mir Sorgen machen?

15

Ruinen von Xitaclan
Sonntag, 18.38 Uhr

Mulder stand in der Nähe der Opferplattform am Rande des Kalksteinschachts und stierte in die Tiefe, die ihn zu sich hinabzulocken schien. Die Luft roch sauer und schimmelig, mit einem Anflug von Verwesung. Er fragte sich, welche Wunder voller Schrecken wohl in dem trüben Wasser liegen mochten, wie tief der Brunnen war, wie viele Menschenknochen er in seinem Schlund verborgen hielt.

Ein Prickeln lief an seiner Wirbelsäule empor, ein brütendes Unbehagen – doch er hätte nicht sagen können, woher es rührte. Die vielfarbigen Strahlen der untergehenden Sonne und das trübe, bernsteinfarbene Licht warfen lange Schatten. Mulder glaubte, dunkle Formen wie Öl in der Cenote herumwirbeln zu sehen, und er spürte ein leichtes Zittern unter seinen Füßen ... eine Vibration wie von Maschinen, die tief unter der Erde eingeschlossen waren und wummernd arbeiteten. Einen Moment lang dachte er an H. G. Wells' Roman *Die Zeitmaschine*, in dem die bösartigen Morlocks mit ihren Maschinen in unterirdischen Höhlen schürften ... gierig nach dem Fleisch der Oberflächenbewohner.

Das Wasser in der Cenote begann zu schäumen. Plötzlich stiegen große Blasen an die Oberfläche, jede einzelne so dick wie ein Faß, und spien gelbliches Gas aus der Tiefe empor.

»Was ist da los?« Scullys Stimme war unsicher.

Mulder wich von der rauhen Kante zurück, als die Vibration unter seinen Füßen stärker wurde. Eine Wolke von Gestank traf ihn, sauer und schweflig wie ein Riesenomelett aus tausend faulen Eiern. Er hielt sich die Nase zu und würgte. Scully, die es gewohnt war, auch unter den härtesten Bedingungen einer Autopsie Leichen und Verwesung zu riechen, zog die Nase kraus und rang nach Luft.

»Was für ein Gestank!« rief Fernando Aguilar.

»Vielleicht ist das die legendäre Leiche von Tezcatlipoca«, meinte Vladimir Rubicon, den der Vorfall nicht sonderlich zu beunruhigen schien. »Dieser Gestank ist übel genug, um die halbe Bevölkerung umzubringen.«

Scully schnupperte vorsichtig und schüttelte den Kopf. »Nein, das ist Schwefel – Schwefeldioxid, glaube ich. Das ist ein vulkanisches Gas.«

»Vielleicht sollten wir das woanders besprechen«, preßte Mulder hervor.

Sie eilten zurück zur Vorderseite der großen Pyramide. »Meine Knie zittern immer noch.« Scully atmete die etwas neutralere Luft tief ein. »Warten Sie... das sind nicht meine Knie – das ist der Boden. Es hat immer noch nicht aufgehört.«

Mulder sah die Bäume schwanken und den Erdboden sich wölben und aufbäumen. Irgendwo in seinem Hinterkopf verspürte er ein leises Beben, ein Rumpeln im subsonaren Bereich unterhalb der Hörschwelle... und es wurde stärker, als der mysteriöse Vorgang tief unter der Erdoberfläche an Heftigkeit zunahm.

Aguilars handverlesene indianische Führer standen neben den halb errichteten Zelten und tauschten rasche Bemerkungen aus. Ein untersetzter Mann floh in den Wald und rief den anderen etwas zu.

»Was haben die?« fragte Mulder halb beunruhigt, halb scherzend. »Haben die denn noch nie zornige Götter erlebt?«

»Das ist seismische Aktivität«, erklärte Rubicon, dessen Stimme unangebracht analytisch klang. »Aber wie kann es hier Erdbeben und vulkanische Aktivität geben? Die Yucatán-Halbinsel ist ein hohes, stabiles Kalksteinplateau – eine Vulkantätigkeit ist hier geologisch unmöglich.«

Wie um seine Worte zu widerlegen, erzitterte der Boden, als hätte jemand mit einem riesigen Vorschlaghammer darauf geschlagen. Auf der Plaza schoben sich Steinplatten empor. Einige dünne Mahagonibäume neben einem alten Tempel kippten und zogen ihre Wurzeln wie ein schmutzverkrustetes Gewirr von Tentakeln aus dem feuchten Boden. Eine der alten, halbverfallenen Fassaden stürzte vollends ein, wobei die herabstürzenden Steinquader ein gewaltiges Getöse verursachten. An den Seiten der Stufenpyramide lösten sich Ziegel und hüpften in immer schnellerem Rhythmus dem Boden entgegen.

Am Rande der Lichtung gab der Boden dem Druck nach und spaltete sich wie eine frisch verschorfte Wunde – übelriechende Gase bluteten unter der Erdoberfläche hervor. Mulder griff nach Scullys Arm, um sie zu stützen.

»Wir sollten lieber weg von diesen großen Gebäuden!« schrie Scully. »Die stürzenden Trümmer sind zu gefährlich!«

Gemeinsam halfen sie dem alten Archäologen, hinaus auf die Mitte des offenen Platzes zu taumeln, während der Boden unter ihnen immer heftiger schwankte und zitterte. Die tiefer hängenden Zweige der Bäume peitschten die Erde.

Von der Plaza aus konnte Mulder sehen, daß die Zikkurat hin und her schwankte wie ein Chicagoer Wolkenkratzer im Sturm. Er packte Scullys Schultern. »Halten Sie sich fest!«

Doch dann, noch bevor das Beben seinen Höhepunkt erreichte, ließen die Stöße nach und dämpften sich ab zu einer schwachen Vibration, die vielleicht auch nur noch in Mulders überreizten Nerven existierte …

Rubicon strich sich seinen Spitzbart glatt, um seine zitternden Hände mit irgend etwas zu beschäftigen. »Äh, vielleicht irre ich mich auch, was diese seismische Stabilität angeht.«

Mit aschfahlem Gesicht deutete Aguilar auf die eingestürzten Zelte und die ringsum verstreuten Vorräte. Das Lager lag leer und verlassen da. »Sieht aus, als wären wir unsere Helfer erst einmal los …« Mit fahrigen Fingern fummelte er in seiner Westentasche nach Zigarettenpapier und Tabak. »Sie werden morgen wieder da sein, Amigos. Es sind gute Arbeiter. Aber jetzt müssen wir allein unser Abendessen vorbereiten und uns von unserem Abenteuer erholen, eh?« Er zwang sich zu einem meckernden Lachen, das Mulder eine Gänsehaut über den Rücken jagte.

Rubicon fand einen unbequemen Sitzplatz auf einer der emporgewölbten Steinplatten. Er ließ den Kopf hängen. »Einer der Gründe, warum Cassandra sich für dieses Gebiet interessiert hat, war seine, äh, örtlich sehr begrenzte und ungewöhnliche geologische Instabilität. Ihre erste Liebe war die Geologie, wissen Sie. Mein kleines Mädchen hat schon immer Steine gesammelt und genau untersucht, wie sie beschaffen waren, vulkanisch, metamorph oder sedimentär. Sie hatte eine große Sammlung, kannte alle Steine, hatte sie alle beschriftet.

Dann verlagerten sich Cassandras Interessen darauf, nicht nur nach den Steinen selbst zu graben, sondern auch nach den Dingen, die darin verborgen lagen – den Spuren menschlicher Kultur und Geschichte, die zwischen all den Schichten aus Sedimentgestein und Staub eingeschlossen waren. Sie schien von den seismischen Messungen fasziniert zu sein, die sie in diesem Gebiet vorgenommen hatte – ebenso fasziniert, wie sie von der Perspektive war, das erste Team nach Xitaclan zu führen.«

Der alte Archäologe fuhr sich ratlos durchs schüttere Haar. »Aber es erscheint mir unmöglich, daß sich hier so heftige Erdstöße ereignen.« Er deutete auf die große zentrale Pyramide, von der immer noch ein paar kleine Steine über die riesigen Stufen herabkollerten. »Sie können *sehen*, daß dieses Gebiet durch und durch stabil ist – wenn es hier öfter zu Erdstößen käme, wären diese Ruinen schon vor Jahrhunderten dem Erdboden gleichgemacht worden. Allein die Tatsache, daß Xitaclan immer noch *steht*, liefert den Beweis dafür, daß dieses Land von extremer Stabilität ist.«

»Vor ein paar Sekunden hat es sich aber nicht sehr stabil angefühlt, Señor«, murrte Aguilar, der mit weit auseinandergestellten Füßen dastand, als rechne er jeden Moment damit, daß der Boden wieder schwanken und beben würde. Endlich gelang es ihm, sich eine Zigarette zu drehen und sie anzuzünden.

Mulder überschlug die verstreuten Informationen, die er in seinem Gehirn gespeichert hatte, die enormen Mengen von interessanten Kleinigkeiten und Mosaiksteinchen, die er sich im Laufe der Jahre aus Enzyklopädien und Berichten angelesen hatte. Dabei hatte er stets versucht, die Dinge im Gedächtnis zu behalten, die auch nur einen Anflug des Unerklärlichen oder Mysteriösen an sich hatten.

»Die meisten großen Vulkane Mittelamerikas befinden sich im Hochland von Mexiko, direkt am Rückgrat des Landes – aber das Magma sucht sich manchmal seine ganz eigenen Wege. Ein Vulkan namens Parícutin tauchte 1943 ganz plötzlich auf... mitten in einem mexikanischen Maisfeld, das vorher so flach wie eine Tortilla war. Ein Bauer war draußen und pflügte sein Feld, als der Boden unter ihm zu rauchen und zu zittern begann. Neun Jahre lang wuchs der Vulkan unaufhörlich und entlud über eine Milliarde Tonnen Lava und Asche. Er begrub zwei ganze Ortschaften unter sich.«

»Wollen Sie damit sagen, daß sich mitten im Land auf einmal ein Vulkan aus dem Erdboden erhob?« Scully sah ihren Partner aufmerksam an.

Mulder nickte. »Und während er wuchs, wurde Parícutin von Geologen aus aller Welt beobachtet. Innerhalb der ersten vierundzwanzig Stunden hatte der Vulkan einen siebeneinhalb Meter hohen Aschekegel angehäuft. Nach acht Monaten hatte er ungefähr eine Höhe von vierhundertfünfzig Metern... nicht schlecht für das Alter. Insgesamt bedeckte Parícutin etwa sieben Quadratmeilen der Umgebung mit Lava und Vulkanasche. Seine größte Höhe lag bei über zweitausendsiebenhundert Metern – und das ist erst ein halbes Jahrhundert her... Wer weiß, was sonst noch alles aus dem Boden Mexikos wachsen kann.«

Er blickte von Scully zu Rubicon und dann zu Fernando Aguilar. »Ich jedenfalls schlafe heute nacht lieber angezogen und halte mich fluchtbereit, falls unter unseren Füßen plötzlich ein Vulkan geboren wird.«

»Ein exzellenter Vorschlag, Señor!« Aguilar zog mißmutig an seiner Zigarette.

Scully sah Mulder mit gerunzelten Brauen an, und er wußte, was sie dachte. Ihn beunruhigten dieselben Fragen: Welcher gewaltige Energieausbruch, welche abrupte Erdbewegung konnte diesen Ausbruch vulkanischer Aktivität rings um Xitaclan ausgelöst haben? Und warum ausgerechnet jetzt?

Irgend etwas war hier geschehen. Mulder wußte nur nicht, ob es mit dem Verschwinden von Cassandra Rubicons Team zusammenhing oder ob es nur ein Zufall war.

Er war bereit, an das Unmögliche zu glauben ... doch mit solchen Zufällen hatte Mulder seine Schwierigkeiten.

16

Haus von Pieter Grobe,
Quintana Roo
Sonntag, 16.30 Uhr

Carlos Barreio nahm an der Einfahrt zu der schloßähnlichen Festung von Pieter Grobe seine Dienstmütze ab und wartete, während die Wache den Chef anrief. Mit der fleischigen Handfläche seiner Rechten strich sich Barreio das dunkle Haar zurück und zwirbelte sich dann seinen dichten, schwarzen Schnurrbart zurecht. Er kam sich vor wie ein Bittsteller am Tor eines mächtigen Barons, doch wenn es nötig war, war er bereit, seinen Stolz zu vergessen – für die Freiheit seines Landes.

In seiner abgenutzten Ledertasche hatte er sorgfältig eingewickelte Maya-Kunstgegenstände aus Jade, antike Relikte, die aus den kleineren Tempeln rund um Xitaclan erbeutet worden waren. Noch nie zuvor hatte er versucht, Antiquitäten auf eigene Faust zu verkaufen, und er wußte nicht, welcher Preis für solche Jadeskulpturen verlangt werden konnte – doch er brauchte das Geld ... und die Bewegung *Liberación Quintana Roo* brauchte die Waffen, die sie damit kaufen konnte.

Aguilars unzuverlässiger Gehilfe Pepe Candelaria war nie von seiner Mission zurückgekehrt. Der drahtige kleine Mann schien seine Mutter und seine Schwestern verlassen und sich abgesetzt zu haben, ohne weitere Schätze aus Xitaclan abgeliefert zu haben. Da Barreio keine weiteren Verzögerungen mehr hinnehmen konnte, hatte er die übrigen kleinen Stücke, die er aufbewahrte, an sich genommen und beschlossen, sie zu Geld zu machen – auch wenn er sich damit auf ungewohntes

Terrain vorwagte und überdies nach dem furchtbaren Feuertod Xavier Salidas neue Kunden finden mußte.

Der Wächter legte den Telefonhörer auf und entriegelte mit einem Grunzen die stahlverstärkte Holztür, die durch die Kalksteinmauer um Pieter Grobes Haus führte – es sah einer Festung ähnlicher als selbst die meisten der großen Maya-Ruinen.

»Master Grobe wird Sie für fünfzehn Minuten empfangen«, brummte der Wächter. »Ich soll Sie zu ihm begleiten.«

Barreio räusperte sich und nickte. Er strich sich über die Vorderseite seiner weißen Uniform, immer noch die Dienstmütze in der schwitzenden Hand. Was für eine Ironie, daß er – als einer der wichtigsten Männer, die in Quintana Roo die korrupten mexikanischen Gesetze hüteten – hier nach der Pfeife eines Drogenbosses tanzte. Doch Barreio hatte begriffen, welche Spielchen er spielen mußte, um an sein Ziel zu gelangen. Die Nachkommen der Maya hatten ein langes Gedächtnis. Sie hatten jahrhundertelang darauf gewartet, wieder frei zu sein ...

Freiheit und Unabhängigkeit. Das Volk von Quintana Roo würde ihm dafür danken, wenn die Unruhen, das Blutvergießen und der politische Aufruhr erst einmal vergessen waren. War nicht schließlich in der großen mexikanischen Revolution von 1910 jeder achte Bürger des Landes getötet worden? All jene Märtyrer hatten den Preis für die Freiheit bezahlt – und oft war es ein wahrhaft hoher Preis gewesen.

Als der Wächter die massive Eingangstür hinter ihnen zuschlug, klang der widerhallende Schlag wie der Kanonenschuß einer spanischen Galeone. Im Inneren sah Grobes Festung noch eindrucksvoller aus, und es roch nach dem kalten Rauch schlecht entlüfteter Kamine und nach Schimmel, der sich in den Mauerspalten festgesetzt hatte. Ventilatoren drehten sich an den Deckenbalken. Die schmalen Bogenfenster der Diele ließen nur wenig Licht herein, und die spärlichen Strahlen der Nachmittagssonne fielen auf die gekachelten Böden und beleuchteten die verblichenen Wandteppiche. Die Luft im Raum wirkte klamm, stark klimatisiert, kalt wie ein Grab.

Barreio bemerkte, daß der Wächter dicht neben ihm her ging, das Maschinengewehr anschlagbereit über die Schulter gehängt. Der belgische Gringo verhielt sich paranoid – und das mit gutem Grund, denn die rivalisierenden Drogenbosse verübten so häufig Mordanschläge aufeinander, daß Barreios Männern kaum Zeit blieb, sich um ihre eigentlichen kriminellen Aktivitäten zu kümmern. Zu seiner Überraschung hatte die Wache ihm erlaubt, seinen Polizeirevolver im Seitenhalfter zu behalten – offensichtlich war sie sich ihrer Überlegenheit völlig sicher.

Der Polizeichef ging neben dem Wächter her, die Tasche mit den Jade-Artefakten in der einen Hand, seine Mütze in der anderen, und fragte sich unruhig, ob die fünfzehn Minuten seiner Audienz schon begonnen hatten, als er die Tür der Festung durchschritten hatte … oder ob die Zeit für die Unterredung erst laufen würde, wenn er dem Drogenboß persönlich gegenüberstand. Der bullige Wachmann führte ihn durch das Hauptgebäude und hinaus auf eine ummauerte Veranda an der Rückseite, einen luxuriösen Patio, in dessen Mitte sich ein nierenförmiger, in den Boden eingelassener Whirlpool befand. Mehrere Türen führten zu weiteren Räumen, vielleicht einer Sauna, vielleicht einer Dusche.

Pieter Grobe saß allein auf einem Klappstuhl, genoß die Stille und lauschte dem feinen Summen und Sirren des Dschungels vor den Mauern seines Hauses. Diese kreatürliche Musik entspannte ihn mehr als dumme Schlager oder aufwendige Sinfonien.

Barreio stand im Eingang zum Patio und wartete darauf, zum Nähertreten aufgefordert zu werden. Ein schwarzes Telefon stand auf einem runden Glastisch neben Grobes Stuhl. Daneben ragte eine gläserne Karaffe auf, die mit einer blaßgrünen Flüssigkeit gefüllt war; an ihrer Außenseite schimmerte kühles Kondenswasser. Wie Spinnweben aus Nylon hingen Netze zum Schutz vor Moskitos vor den Fenstern, über den Stühlen und über einer Schaukel, die an Ketten von der Decke baumelte.

Grobe selbst, dünn und vogelscheuchenhaft, saß im Inneren

eines solchen Netzkokons. Er hielt eine schwarze Spitze mit einer schwelenden, scharf riechenden Zigarette in der Hand, nahm einen langen Zug und stieß den bläulich-grauen Rauch aus. Seine Hand kam zwischen den Falten des Moskitonetzes wie eine große weiße Spinne zum Vorschein, griff nach der Karaffe auf dem Tisch und goß einen langen, trägen Strom Limonensaft in ein Glas. Dann schlang Grobe seine hagere Knochenhand um das Glas und zog sie wieder ins Innere des Netzes zurück.

Unfähig, seine Ungeduld noch länger zu beherrschen, hüstelte Barreio – was ihm einen scharfen Blick des Wächters eintrug. Pieter Grobe seufzte und erwachte aus seiner Versunkenheit, um Barreio ein ausgemergeltes, von tiefen Linien durchzogenes Gesicht zuzuwenden. Sein schokoladenbraunes Haar war dicht und sorgfältig frisiert, versetzt mit ein wenig Rauhreif an den Schläfen. Kleine Schweißtropfen standen auf seiner Stirn, während sein weiter, naturweißer Baumwollanzug unbehaglich an ihm zu kleben schien.

»Ja, Señor Barreio?« sagte er. »Ihre fünfzehn Minuten haben begonnen. Was möchten Sie mit mir besprechen?« Die Stimme des belgischen Drogenbosses war leise, geduldig und bestimmt. Barreio wußte bereits, daß Grobe sowohl Englisch als auch Spanisch vorzüglich und ohne die Spur eines Akzents sprach – eine Fertigkeit, die selbst die meisten Diplomaten selten mit solcher Präzision beherrschten.

»Ich habe ein paar Dinge, von denen ich hoffe, daß Sie sie interessieren werden, Exzellenz«, sagte Barreio. Er holte tief Luft und blähte seine ohnehin schon breite Brust, als er zu einem weiteren niedrigen Tischchen trat und die Ledertasche darauf abstellte. Die Wache witterte Verrat und versteifte sich.

»Nicht überreagieren, Juan«, befahl Grobe, ohne den Wachmann auch nur anzusehen. »Schauen wir uns einfach an, was unseren Freund, den Polizeichef, bewogen hat, uns zu besuchen.«

»Jadeskulpturen, Exzellenz«, platzte Barreio heraus, »kostbare Maya-Kunstwerke. Wenn Sie sie erwerben würden, würden sie niemals in irgendwelchen Museen verschwinden, wo sie an die stumpfen Augen der Öffentlichkeit vergeudet werden und ihr wahrer künstlerischer Wert verlorengeht.«

Barreio öffnete die Tasche und holte die Skulpturen aus Xitaclan heraus. »Statt dessen werden diese Stücke *Ihnen* zur Verfügung stehen, damit Sie sich ganz allein daran erfreuen können.«

Auf jeder der aufwendigen Jadeschnitzereien war das vorherrschende Motiv der gefiederten Schlange zu sehen, phantastische Darstellungen von Reptiliengestalten mit aufgestellten Federn, langen Fangzähnen und runden, intelligenten Augen ... jene Geschöpfe der Legende, die in lang vergangenen Zeiten von den Maya angebetet worden waren. Grobe beugte sich vor und schob sein hageres Gesicht gegen das Moskitonetz, das seinen Stuhl umgab. Er drückte seine Zigarette aus und ließ die letzte Rauchwolke ausströmen. In dem dichten Rauch nahm Barreio eine scharf-süße, brennende Note wahr, die eine gewisse Ähnlichkeit mit Marihuana hatte.

»Und was bringt Sie auf den Gedanken, ich hätte auch nur das geringste Interesse daran, geschmuggelte Antiquitäten zu kaufen, Señor Polizeichef Barreio?« fragte Grobe leise. »Ist das vielleicht ein ... ›Lockvogeleinsatz‹, wie die Amerikaner das nennen? Versuchen Sie, mich zu einer illegalen Handlung zu verleiten, um mich auf frischer Tat verhaften zu können?«

Barreio fuhr entsetzt zurück. »Das wäre der Gipfel der Torheit, Exzellenz!«

»Ja«, stimmte der Belgier ungerührt zu, »ja, das wäre es.«

Barreio fügte hastig hinzu: »Der Staat Quintana Roo hat eine klare Hierarchie der Macht. Ich kenne meinen Platz in dieser Gesellschaft, Exzellenz, und ich kenne den Ihren. Etwas so Törichtes würde ich niemals versuchen.« Er schluckte. »Wenn ich das hinzufügen darf – wir alle haben gesehen, welche Folgen es hat, wenn man sich mit Ihnen anlegt, Exzellenz. Ich selbst habe die verwüsteten Überreste von Xavier Salidas Villa gesehen. Es ist für mich unvorstellbar, was genau Sie getan haben, um Vergeltung an ihm zu üben ... aber es ist nicht zu übersehen, über welch unermeßliche Macht Sie verfügen.« Jetzt standen dicke Schweißtropfen auf Barreios Stirn. »Und ich... ich habe nicht die Absicht, Ihren Unwillen zu erregen.«

Zu Barreios Überraschung lachte Grobe, ein lang anhaltendes Kichern, das man auch als Husten mißdeuten konnte. »Ich freue mich, daß Sie mich so sehr fürchten, Señor Barreio. Es ist wahr, daß die... Zwistigkeiten zwischen mir und Xavier Salida während der letzten Wochen ein wenig eskaliert sind. Aber ich versichere Ihnen, daß ich nichts mit den Ereignissen zu tun hatte, die ihn gegrillt und sein Haus zerstört haben. Ich wünschte, ich wüßte, wie sich eine so verheerende Wirkung erzielen läßt, denn dann müßten mich all meine Rivalen endgültig fürchten.«

Barreio schwankte – aus dem Gleichgewicht geworfen von dieser Neuigkeit. Wenn nicht Grobe, wer hatte dann Salida ausgetilgt? Wer in Mexiko verfügte über eine derartige Macht?

»Man hat mir berichtet, daß Sie und dieser Parasit Fernando Aguilar auch an Salida Maya-Kunst verkauft haben – antike Skulpturen aus einer erst kürzlich ausgegrabenen Ruinenstadt namens...« Grobe legte seinen mageren Zeigefinger an die Lippen, als er nach dem Namen suchte. »... Xitaclan, glaube ich. Viele meiner indianischen Bediensteten, einschließlich unseres Freundes Juan hier« – er deutete mit einem Blick über die Schulter auf den starr dastehenden Wachmann, der seine Waffe immer noch im Anschlag hielt – »glauben, daß auf solchen Stücken ein Fluch lastet und daß sie niemals von ihrem Ruheort hätten entfernt werden dürfen. Die Götter sind erzürnt und werden Rache üben... Wie man sieht. Xavier Salida hat bereits für seine Unbedachtheit bezahlt. Und wie ich vermute, stammen diese Jadestücke, die Sie mir verkaufen möchte, ebenfalls aus Xitaclan? Señor Barreio, ich habe nicht den Wunsch, mir den Zorn der alten Götter zuzuziehen.«

Barreio zwang sich zu einem Lachen und trat unbehaglich von einem Bein aufs andere, während er mit einer der gefiederten Schlangen aus Jade spielte. Seine Augen huschten nervös hin und her, während er versuchte, sich eine neue Taktik zurechtzulegen, eine neue Möglichkeit, die Verhandlungen in Gang zu bringen. Er mußte etwas von dieser Jade verkaufen. Er mußte Geld beschaffen. Was er von seinem Gehalt erübrigen konnte, hatte er bereits gespendet, aber es war schwierig für ihn, als Polizeichef zu arbeiten und gleichzeitig seine wahre Leidenschaft geheimzuhalten – den Kampf für die Unabhängigkeit Quintana Roos.

Ihm erschien es nur angemessen, daß die Schätze der Maya, des Volkes, das in diesem Winkel von Yucatán eine strahlende Zivilisation errichtet hatte, der Grundstein für eine ebenso leuchtende Zukunft waren. Die kostbaren Artefakte würden den Kampf für die Freiheit finanzieren, Barreio und seiner Gruppe von Revolutionären helfen, ein neues und unabhängiges Land zu erobern, und ihnen den Sieg über die korrupte, bankrotte Zentralregierung Mexikos ermöglichen. Wenn es ihnen gelang, würde die *Liberación Quintana Roo* einen neuen Heimatstaat ausrufen, in dem die Herrlichkeit der alten Maya neu erstehen konnte.

»Sie scherzen, Exzellenz«, hob er an. »Was für ein Aberglaube! Ein gebildeter Europäer wie Sie wird doch nicht auf irgendein Gerede von verstaubten Flüchen hören?« Er hob seine dunklen Augenbrauen. Sein dichter Schnurrbart sträubte sich und kitzelte ihn an der Nase.

Grobe nahm einen weiteren, gemächlichen Schluck von seinem Limonensaft, warf einen Blick auf seine Armbanduhr und stieß dann einen langgezogenen Seufzer aus. »Meine eigenen Ansichten sind in dieser Sache unwesentlich, Señor Polizeichef Barreio. Wenn die Einheimischen glauben, daß die Skulpturen verflucht sind, dann werde ich niemanden mehr finden, der für mich arbeiten will. Meine Hausbediensteten werden sich fürchten. Sie werden bei Nacht und Nebel verschwinden, und ich werde unendliche Mühe haben, andere zu finden, um sie zu ersetzen ... Meine Lebensqualität wird sich verringern.«

Gelangweilt klopfte er mit seiner langen Zigarettenspitze auf die Kante des Stuhls. »Ich genieße mein Leben so, wie es ist, ohne weitere Komplikationen. Ich möchte nicht einmal an die

Möglichkeit denken, daß gewisse Anhänger der alten Maya-Religion versuchen könnten, sich an mir zu rächen, sollte ich ihre Reliquien aus falscher Eitelkeit mißbrauchen.«

Grobe beugte sich vor und schob zum ersten Mal sein schmales, tief gezeichnetes Gesicht aus dem Moskitonetz heraus. Seine braunen Augen bohrten sich in Barreios. »Mit all meinem Geld kann ich zwar Schutzmaßnahmen gegen die Killer rivalisierender Drogenproduzenten ergreifen – aber der Selbstmordanschlag eines religiösen Fanatikers ist eine Bedrohung, gegen die sich nur wenige Leute schützen können.«

Er hüllte sich wieder in seinen Kokon und sah erneut auf die Uhr. »Ihre Zeit ist um, Señor Barreio. Es tut mir leid, daß wir Ihre Wünsche nicht erfüllen konnten.«

Barreio beschloß, keinen weiteren Anlauf zu unternehmen, um sich nicht endgültig zum Bettler zu erniedrigen, packte die Kunstgegenstände wieder in ihre Behälter und verschloß die Ledertasche. Er setzte seine Mütze auf und wandte sich mit hängenden Schultern der Ausgangstür zu.

Doch Grobe war noch nicht fertig. »Warten Sie einen Moment, Señor Barreio!« rief er ihm nach.

Barreio fuhr mit klopfendem Herzen herum – in der unsinnigen Hoffnung, Grobe habe nur mit ihm gespielt, um einen besseren Preis zu erzielen. Die Worte des Belgiers belehrten ihn eines Besseren. »Ich möchte Ihnen etwas anderes anbieten, das für sie von Wert sein könnte. Ich habe kein Interesse an Ihren Relikten, aber ich gebe Ihnen diese Information kostenlos – für den Augenblick. Ich vertraue darauf, daß Sie an mich denken werden ... falls sich einmal eine Gelegenheit für Sie ergeben sollte, sich bei mir zu revanchieren.«

»Worum handelt es sich, Exzellenz?«

Der Belgier nahm den Stummel seiner Zigarette aus der Spitze, fischte eine dunkelbraune Schachtel aus seiner Jackentasche und steckte eine neue Zigarette hinein. Er zündete sie an, ließ sie jedoch einige Augenblicke lang unbeachtet schwelen, während er antwortete. »Ich habe aus internationalen Quellen erfahren, daß ein verdeckt operierendes amerikanisches Militärkommando Quintana Roo infiltrieren wird. Es handelt sich um eine Such- und Vernichtungsmission. Die Truppen beabsichtigen, ein Waffenlager oder eine militärische Anlage irgendwo tief im Dschungel ausfindig zu machen. Vielleicht wissen Sie etwas darüber? Vielleicht hat es etwas mit dieser revolutionären Guerillagruppe zu tun, die sich *Liberación Quintana Roo* nennt?« Er lächelte dünn. »Da Sie der Polizeichef in dieser Gegend sind, dachte ich mir, daß diese Entwicklung für Sie von Interesse sein dürfte.«

Barreio erstarrte und spürte, wie ihm das Blut aus dem Gesicht wich. Ein Klumpen Eis schien in seinem Magen zu liegen, während gleichzeitig heißer Zorn durch seine Adern strömte. »Das US-Militär kommt hierher – heimlich? Wie können sie es wagen! Unter welchem Vorwand?«

»Die Kommandoeinheit wird jenseits der Grenze in Belize landen, glaube ich. Ich bin sicher, wenn Sie sich ein wenig umhören, können Sie weitere Einzelheiten in Erfahrung bringen.«

»Danke«, preßte Barreio hervor. »Ich danke Ihnen, Exzellenz.«

Die Jadeskulpturen waren vergessen, und die Ledertasche hing ihm schwer an der gefühllosen Hand, als Barreio dem Wächter zurück nach draußen folgte. Seine Gedanken überschlugen sich bei der Suche nach einer Antwort. Einer Antwort auf die Frage, was das amerikanische Militär entdeckt hatte und was es im Schilde führen mochte – und ob seine eigenen Pläne für einen unabhängigen Staat Quintana Roo in Gefahr waren.

17

Ruinen von Xitaclan
Sonntag, 20.17 Uhr

Stunden nach den bizarren vulkanischen Erschütterungen war der Erdboden wieder weitgehend zur Ruhe gekommen. Der unerträgliche Schwefelgestank war aus der Luft verschwunden und den schweren Gerüchen des Dschungels gewichen: den Duftstoffen der Blüten, der scharfen Würzigkeit des vermodernden Mulches und den Dämpfen des knisternden Holzes, das von ihrem Lagerfeuer verzehrt wurden.

Fernando Victorio Aguilar kam mit einer lose über seiner Schulter hängenden Ledertasche lächelnd auf sie zu. »Statt Ihres amerikanischen Dosenfutters habe ich hier eine Köstlichkeit aus der Vorratskammer des Waldes.« Er griff in seine Tasche und holte eine Handvoll kugelförmiger, graugrün gesprenkelter Pilze hervor. Schnell wischte er ein paar Reste von Moos und vermodertem Laub von ihren Schirmen. »Die werden wir uns als Vorspeise grillen – köstliche Pilze, eh? Sie schmekken wie Nüsse, wenn sie gar sind.«

Mulders Magen knurrte vorfreudig, doch Scully rutschte unbehaglich hin und her. »Sind Sie sicher, daß man die essen kann?«

Aguilar trat eifrig näher. »Diese Pilze sind eine einheimische Spezialität, die in vielen traditionellen Gerichten der Maya verwendet wird.«

Rubicon beugte sich vor und nahm einen der Pilze aus Aguilars Hand, um ihn näher an das Feuer zu halten. Er blinzelte, griff nach seiner Lesebrille und setzte sie sich auf die schweißnasse Nase. »Ja, die habe ich schon einmal gegessen«, nickte er. »Köstlich.« Er spießte den Pilz auf einen Zweig und hielt ihn in die Flammen, um ihn wie ein Marshmallow zu rösten.

»Wenigstens hat er uns keine Käferlarven angeboten...«, griente Mulder. Allerlei andere Insekten schwirrten um den Lichtkreis des Feuers herum.

»Ja genau: Larven!« rief Aguilar aus und klatschte in die Hände. »Ich kann losgehen und ein paar Larven suchen – es gibt viele köstliche Arten! Oder wenn Sie Lust auf ein wahres Festmahl haben, könnte ich uns einen Affen schießen.«

»Nein! Danke.« Scully winkte schaudernd ab.

»Das wär doch mal was anderes als Fisch in Annattosamensauce«, meinte Mulder trocken.

Dunkelheit umgab sie wie eine erstickende Decke. Ihr Lagerfeuer leuchtete wie eine Insel aus Licht und Wärme in der Mitte der Plaza von Xitaclan. Unter anderen Umständen hätte Mulder vielleicht ein entsprechendes Lied angestimmt, von Pfadfinderseligkeit und Cowboyromantik. Doch es paßte nicht. Nicht hier und nicht jetzt.

Fledermäuse flatterten lautlos durch die Luft und stießen ihre hohen Schreie aus, die jenseits des menschlichen Hörvermögens lagen, wenn Mulder sie auch in seinen Zahnfüllungen spüren konnte. Große Nachtmotten schwärmten in anmutigen Spiralen herum wie blasse Farbtupfen vor der Dunkelheit. Am Rande der Lichtung sahen sie immer wieder, wie sich das Licht in den Augen neugieriger Raubtiere spiegelte.

Scully zupfte einen der Pilze von ihrem Spieß, betrachtete sein dampfendes Fruchtfleisch von allen Seiten und steckte ihn schließlich in den Mund. Sie kaute und wollte gerade etwas über den Geschmack sagen, als eine Fledermaus direkt vor ihrem Gesicht eine scharfe Kehre flog und eine der großen Motten verschlang. Die Fledermaus sauste davon, bevor Scully auch nur reagieren konnte. Mühsam schluckte sie den Pilz hinunter.

Als Mulder noch einmal auf die Indios zu sprechen kam, die

vor den Erdstößen geflohen waren und sich nun weigerten, näher an die Ruinen heranzukommen, schnaubte Aguilar verächtlich. »Alles abergläubische Feiglinge! Bei denen wiegt die Ehrfurcht vor ihrer Religion schwerer als der gesunde Menschenverstand. Sie behaupten, daß an diesem Ort immer noch die Geister ihrer Vorfahren umgehen, die geopfert wurden, um die Götter zu besänftigen ... ganz zu schweigen von den alten Göttern selbst.«

Rubicon starrte in die Schatten und lauschte dem Summen der Insekten, der Sinfonie der Nachtvögel, dem Tanz von Raubtier und Beute. Ein angespannter, besorgter Ausdruck lag auf seinem schmalen Gesicht. Mulder ahnte, daß der alte Archäologe von Vorstellungen verfolgt wurde, wie seine Tochter allein in diesem Dschungel umherirrte, der voll war von lautlos heranschleichenden Jaguaren und giftigen Schlangen ... oder skrupellosen Schatzsuchern.

Mulder legte den Kopf schief: er hörte, wie sich etwas Großes zwischen den Bäumen regte, und sah die dichten Farne schwanken, als ein unsichtbares Wesen außerhalb des Lichtkreises durch das Unterholz schlich. Die anderen bemerkten nichts davon.

»Eigentlich hat sich im Laufe eines Jahrhunderts nicht viel verändert«, murmelte Rubicon, der in Gedanken weit weg war. »Wenn ich daran denke, wie Cassandra und ihr Team hier gearbeitet haben, kommen mir die ersten Amateurarchäologen dieser Gegend in den Sinn.«

Rubicon setzte sich die Lesebrille auf die Nase. Zeit für die Gutenachtgeschichte, dachte Mulder schmunzelnd.

»Zwei der ersten Weißen, die die Maya-Ruinen erforschten, waren Stephens und Catherwood. Sie waren erfahrene Weltreisende, die sich zutrauten, ihren Weg durch jedes noch so rauhe Gelände zu finden ... Sie hatten irgendwelche obskuren Bücher gelesen, in denen von großen, versunkenen Städten im Regenwald die Rede war, äh, ›verfallen, verlassen und namenlos‹ – ich glaube, das waren die genauen Worte ... ich habe ihre Reisetagebücher gelesen.

Stephens und Catherwood reisten 1839 in den Regenwald von Honduras. Nach einem tagelangen Marsch durch den Dschungel erreichten sie schließlich die Ruinen von Copán, wo sie eingestürzte Gebäude und steinerne Treppen fanden, die von Ranken oder Bäumen überwuchert waren. Stephens und Catherwood wußten nichts über die Geschichte der Maya, und als sie die einheimischen Indios nach den Erbauern fragten, zuckten die nur die Achseln.

Diese beiden Herren unternahmen noch mehrere Reisen nach Mittelamerika und besuchten Dutzende von verfallenen Städten. Gemeinsam veröffentlichten sie sehr erfolgreiche Schilderungen ihrer Abenteuer, zu denen Stephens seine beredsamen Tagebücher und Catherwood seine schönen Illustrationen beisteuerte. Ihre Bücher entfachten ein großes Interesse an der Archäologie – äh, ob das nun gut oder schlecht ist.

Doch sie mußten einen Preis dafür zahlen – besonders Catherwood. Er schien unter einem Fluch zu stehen. Er steckte sich mit Malaria an und litt immer wieder unter Fieberschüben. Sein Bein wurde steif von geschwollenen und infizierten Insektenstichen. Sein linker Arm wurde fast vollständig gelähmt. Er mußte von Indios auf den Schultern getragen werden, da er nicht in der Lage war zu laufen. Doch schließlich erholte er sich wieder und kehrte zurück, um seine Gemälde in New York auszustellen. Dann brach ein Feuer aus, und eine ihrer größten Ausstellungen wurde vernichtet – Catherwoods Bilder ebenso wie eine Vielzahl spektakulärer Kunstgegenstände, die sie aus dem Land der Maya mitgebracht hatten.«

Scully schüttelte den Kopf. »Was für ein Verlust.«

Rubicon starrte ins Lagerfeuer. »Jahre später, als Catherwood auf dem Rückweg von einer weiteren Expedition war, ertrank er auf hoher See, als sein Schiff mit einem anderen zusammenstieß. Pech ... oder ein Fluch der Maya – je nachdem, was Sie glauben wollen.«

Aguilar, der etwas abseits hockte, hatte etwas im Mund, das beim Kauen hörbar knackte. Mulder glaubte, zappelnde schwarze Beine zu sehen, als der Führer einen weiteren Bissen zwischen die Zähne nahm.

»Eine gute Geschichte, Señor«, sagte Aguilar genüßlich schmatzend. »Aber der Fluch war nicht stark genug, um die Flut von weißen Abenteurern wie Ihnen aufzuhalten, eh?«

»Oder wie meine Tochter...« Rubicon ließ den Kopf noch tiefer sinken.

Scully stand auf, um sich zu strecken und die Krümel von ihren Beinen zu wischen. »Ich denke, wir sollten uns hinlegen und versuchen, etwas Schlaf zu bekommen... Sonst fangen Sie gleich noch an, Gespenstergeschichten zu erzählen.«

»Gute Idee«, erwiderte Rubicon wieder etwas munterer. »Wir sollten beim Morgengrauen aufstehen und mit der Suche nach Spuren von Cassandras Team beginnen.«

Mulder kratzte sich am rechten Nasenflügel. »Tja, dann wird die Geschichte von den knutschenden Teenagern wohl warten müssen.«

Mitten in der Nacht erwachte Mulder von einem Rascheln, das nach einem kriechenden Wesen klang. Ganz in der Nähe... zu nahe. Er rieb sich die Augen, dann setzte er sich auf und lauschte angespannt.

Er war sicher, daß er da draußen etwas hörte. Etwas, das sich über die Plaza bewegte... vielleicht ein großes Raubtier, das auf der Suche nach einer leichten Beute heranschlich. Die Stoffwände seines Zeltes waren zu dünn, um ihm ein Gefühl der Sicherheit zu geben.

Vorsichtig beugte sich Mulder vor und teilte die Bahnen des Moskitonetzes, um die Öffnungsklappe des Zeltes zu erreichen. Aus Versehen stieß er an das Zelttuch, erstarrte und lauschte – doch das Geräusch draußen war nicht mehr zu hören.

In seiner lebhaften Phantasie sah Mulder ein großes, fleischfressendes Monster aus dem Dschungel, einen prähistorischen Höhlenbewohner, der sich in der Zeit verirrt hatte und nun witternd in die Richtung des Geräusches starrte, das Mulders Ellbogen auf der Zeltwand erzeugt hatte. Er schluckte und zog ganz langsam die Öffnungsklappe auf, um seinen Kopf hinaus in die Nachtluft zu stecken.

Der helle Dreiviertelmond hatte gerade wie ein halb geschlossenes Auge seinen Aufstieg begonnen und warf sein fahles, wäßriges Licht über die Baumwipfel. Dicke Wolken zogen über den Himmel und verschluckten bisweilen die matt schimmernde Scheibe.

Die Zelte waren neben den verwitterten Stelen errichtet worden, um die sich wie ein furchterregender Hüter das Abbild der gefiederten Schlange zog. Die höhere Stele stand ein wenig schief, und ihr Schatten fiel verschwommen auf die aufgeworfenen Steinplatten der Plaza.

Draußen im Dschungel schien die Linie der skelettartigen Bäume und des schwarzen Pflanzengewirrs unbewegt und still zu liegen. Um diese Zeit, mitten in der Nacht, hielten sich selbst die nachtaktiven Tiere zurück und warteten.

Dann ... hörte Mulder das Rascheln wieder. Ein Knistern, ein rasselndes Knurren. Er suchte die Dunkelheit ab, doch er sah nichts als reglose Schatten. Flach atmend wartete er, alle Sinne hellwach.

Endlich, als er schon beinahe überzeugt war, daß er nichts gehört hatte außer dem Surren seiner überreizten Nerven, erblickte Mulder für einen flüchtigen Moment eine Kreatur, die sich am Rande des Dschungels schlangenförmig bewegte.

Er wandte sich der Stelle zu und versuchte, in der unsicheren Beleuchtung etwas mehr zu erkennen. Zwischen den hohen, verfilzten Bäumen und den herabhängenden Kletterpflanzen entdeckte er schließlich einen riesigen, schlangenähnlichen Leib, der sich mit unglaublicher Lautlosigkeit gleitend und windend durch das Unterholz schob.

Mulder sog scharf die Luft ein – und das Wesen drehte sich nach ihm um. Er sah flammende Augen aufblitzen, einen Schimmer unerklärlich langgestreckter Reptilienschuppen – gefiederter Schuppen, die wie einander überlappende Spiegel eine schwindelerregende Vielzahl von Abbildern des Mondes zu ihm zurückwarfen.

Dann verschwand das Untier mit einem Rucken seines geschmeidigen Leibes in den mitternächtlichen Schatten. Es war das letzte, was Mulder von ihm sah, obwohl er noch viele Minuten abwartete und in die Nacht hinausstarrte. Einmal noch glaubte er, tief im Dschungel einen Ast knacken zu hören – doch das konnte alle möglichen Ursachen haben.

Schließlich kroch er in sein Zelt zurück und legte sich wieder hin... die Szene lief wieder und wieder vor seinem geistigen Auge ab. Er mußte herausfinden, was er gesehen hatte – *falls* er tatsächlich etwas gesehen hatte.

Es dauerte lange, bis er wieder einschlafen konnte.

18

Ruinen von Xitaclan
Montag, Morgendämmerung

Wie Fernando Aguilar vorausgesagt hatte, kehrten die einheimischen Helfer bei Tagesanbruch zurück. Aguilar saß am verloschenen Lagerfeuer, rauchte eine seiner selbstgedrehten Zigaretten und starrte finster zu den Indios hinüber, die sich mit gesenkten Köpfen auf die Plaza schlichen.

Mulder kroch aus seinem Zelt und beobachtete die Einheimischen, die nicht anders aussahen als eine Gruppe von Arbeitern, die zu ihrer Morgenschicht erscheint. Vladimir Rubicon war schon auf und untersuchte die nächststehende Stele mit der gefiederten Schlange, indem er Moos und Flechten vorsichtig mit einem Taschenmesser entfernte, um die Glyphen besser sehen zu können.

»Guten Morgen, Agent Mulder!« Rubicon nickte in Mulders Richtung. »Heute werden wir hoffentlich klären können, woran meine Tochter und ihr Team hier gearbeitet haben. Sie muß ein Geheimnis in diesen Ruinen entdeckt haben. Wenn wir dieselbe Entdeckung machen können, werden wir herausbekommen, warum ihr Team verschwunden ist.«

Als sie die Stimmen hörte, kam auch Scully aus ihrem Zelt gekrabbelt. »Guten Morgen. Mulder, wie wär's mit einem warmen Frühstück?«

»Für mich nur Cornflakes und Milch, danke!«

Aguilar schnippte den Stummel seiner übelriechenden Zigarette im hohen Bogen auf die Plaza. Da seine Auftraggeber alle aufgestanden waren, schien es ihm an der Zeit zu sein, seinen Pflichten als Expeditionsleiter nachzukommen: er sprang auf, drehte sich um und beschimpfte die Indios in einer Sprache, die Mulder nicht verstand, doch die Verachtung in seiner Stimme war nicht zu überhören.

»Was sagt er?« fragte Scully. »Was haben sie denn getan?«

Vladimir Rubicon lauschte einen Moment und schüttelte dann den Kopf. »Es muß eine Ableitung der Mayasprache sein. Viele der Einheimischen sprechen immer noch die alte Sprache.« Er hob die Schultern. »Ach, ich vermute, sie haben nichts Falsches getan ... außer daß sie gestern abend davongelaufen sind. Aguilar versucht nur, uns mit seiner Autorität zu beeindrucken.«

»Ich hatte auch mal so einen Chef«, bemerkte Mulder.

Aguilar kam herüber und grinste breit. »Guten Morgen, Amigos! Heute werden wir die Geheimnisse der versunkenen Stadt entdecken, eh? Wir werden herausfinden, was aus der hübschen Señorita Rubicon und ihren Gefährten geworden ist.«

»Haben Sie die Einheimischen gefragt?« erkundigte sich Scully und deutete auf die Indios, die nach der langen Tirade von Beschimpfungen immer noch eingeschüchtert beisammen standen.

Aguilar rieb sich sein frisch rasiertes Kinn. »Sie behaupten, der Geist dieses Ortes hätte Señorita Rubicon entführt. Nach all den vielen Jahren dürstet es die alten Götter nach Blut. Darum haben die Einheimischen ihr Lager auch in gebührendem Abstand von den Ruinen aufgeschlagen. Sie sind keine zivilisierten Leute wie Sie und ich ... sie versuchen nicht einmal, so zu tun, als wären sie es.«

»Aber sind nicht einige von diesen Arbeitern hiergeblieben, um den Archäologen zu helfen?« drängte Scully mit erhobener Stimme auf eine Antwort. »Irgend jemand muß doch etwas wissen.«

»Señorita Scully, ich habe das Archäologenteam nach Xitaclan geführt, wofür man mir eine Menge amerikanisches Geld bezahlt hat – und ich bin sehr dankbar dafür. Diese Indios, Nachkommen der Maya, sagen, nachdem ich gegangen sei, habe es hier viel Lärm gegeben und es seien seltsame Dinge passiert. Señorita Rubicon und ihre Freunde haben nicht auf die Warnungen der Indios gehört und sich über ihren dummen Glauben lustig gemacht ... trotzdem brachten sich alle Helfer in Sicherheit. Und jetzt sagen sie, daß die Götter gezeigt haben, wer dumm und wer klug ist.«

»Das war ja so eine Art übernatürlicher IQ-Test«, murmelte Mulder.

Aguilar kramte in seiner Tasche nach Papier und Tabak, um sich eine neue Zigarette zu drehen. Ein prächtiger, grün gefiederter Vogel flog über die Plaza und ließ seinen dünnen, melodischen Ruf ertönen. Sofort unterbrachen die Indios ihre Arbeit, deuteten wiederholt hinauf und tauschten erstaunte Bemerkungen aus.

»Sehen Sie, ein Quetzal«, sagte Aguilar nickend. Er nahm seinen Ozelotfellhut ab, um seine Augen gegen das schräg einfallende Morgenlicht abzuschirmen. »Sehr kostbar. Die Maya verwendeten Quetzalfedern für viele ihrer zeremoniellen Gewänder.«

Rubicon runzelte die Stirn und sah sich um, als könne er bereits so irgendeine Spur von seiner Tochter entdecken. Mit wachsender Ungelduld wandte sich Mulder an Aguilar. »Wissen Ihre Leute nun, was mit Cassandra geschehen ist, oder nicht?«

Aguilar zuckte die Achseln. »Als ich aufbrach, um nach Cancún zurückzukehren, war Señorita Rubicon in Sicherheit und freute sich auf die Arbeit in Xitaclan ... Das ist alles, was ich weiß.«

»Dann machen wir uns auf die Suche«, sagte Scully energisch.

»Diese Ruinen können sich etwa eine Meile weit erstrekken.« Rubicon streckte seine Arme aus. »Mit separaten heiligen Stätten und Tempeln, die durch die dichte Vegetation voneinander getrennt wurden.«

»Sagen Sie den Einheimischen, wonach wir suchen«, schlug Scully vor. »Vielleicht können sie uns helfen, das Gelände zu durchkämmen.«

Aguilar gab die Information weiter, und die Indios zerstreuten sich im Dschungel, um die eingestürzten Ruinen sorgfältig zu durchsuchen. Dabei redeten sie aufgeregt durcheinander, während der Ausdruck ihrer Gesichter zwischen tiefem Unbehagen und wirklichem Eifer schwankte.

Scully, Mulder und Rubicon wanderten durch Xitaclan, gingen der Länge nach an der überwucherten Ballspielarena entlang, stocherten in Alkoven und Nischen herum, suchten nach Spuren, Leichen, vergessenen Werkzeugen – einem Zettel mit der Nachricht: *Bin in fünf Minuten wieder da.*

»Das Team bestand aus einem Techniker, zwei Archäologen, einem Experten für Hieroglyphen und einer Fotografin. Ein richtiger Survivalspezialist war nicht dabei.« Scully musterte die knorrigen Bäume, die niedrigen Palmen, das undurchdringliche Lianengewirr, das von den Ästen herabhing. Über allem brannte die gnadenlose Sonne. »Selbst wenn ihnen alle Helfer davongelaufen sind, kann ich mir immer noch nicht vorstellen, daß Cassandras Team versucht haben könnte, sich auf eigene Faust durchzuschlagen. Wir haben es doch in den letzten Tagen selbst erlebt: ohne Führer wäre man dieser grünen Hölle völlig ausgeliefert.«

»Cassandra war durchaus in der Lage, sich in der Wildnis zurechtzufinden«, erwiderte Rubicon nicht ohne Stolz. »Sie hatte topographische Karten und eine Menge gesunden Menschenverstand.«

Scully senkte ihre Stimme. »Ich habe gestern abend die Karten studiert, und ich bin nicht ganz sicher, daß uns unser Freund Aguilar auf dem direktesten Weg hierhergebracht hat. Ich glaube, er könnte uns aus irgendeinem Grund einen Umweg geführt haben.«

»Ich traue ihm auch nicht«, murmelte Mulder, »aber er wirkt auf mich eher wie ein schmieriger Gebrauchtwagenverkäufer und nicht wie ein echter Krimineller.«

»Bedenken Sie, daß dies eine rauhe Gegend ist, Agent Mulder«, wandte Rubicon ein. »Wenn die Indios Cassandra und ihre Freunde allerdings tatsächlich im Stich gelassen haben, dann war es nur eine Frage der Zeit, bis sie aktiv werden mußten. Sie mußten irgendwie ihren Weg zurück in die Zivilisation finden.«

»Also, Aguilar setzte Cassandra ab, ließ seine indianischen Helfer hier... und dann haben die Indios das Team hier sitzen gelassen«, überlegte Scully. »Vielleicht wegen eines Erdbebens?«

Rubicon nickte und blinzelte ein paarmal ins grelle Sonnenlicht. »Ich hoffe, daß es sich in etwa so abgespielt hat.«

»Und als ihnen die Vorräte ausgingen«, führte Scully den Gedanken fort, »hatte Cassandra keine andere Wahl mehr, als sich durch den Dschungel zu schlagen.«

»Aber wären sie dann alle zusammen gegangen?« fragte Mulder. Er ließ seine Finger über die mit Glyphen bedeckten Mauerblöcke der Ballarena gleiten. Ein kleines, dunkles Tier huschte in einen finsteren Spalt. »Es würde eher einen Sinn ergeben, wenn... sagen wir: zwei von den Teammitgliedern Hilfe holen gegangen wären, während der Rest hier blieb.«

»Sie haben doch gesehen, wie schwierig es war, durch den Dschungel zu kommen«, ereiferte sich Scully. »Vielleicht dachte Cassandra, sie hätten die besten Chancen, wenn sie sich nicht trennten.«

»Trotzdem klingt es irgendwie widersinnig...« Nachdenklich schob Mulder die Unterlippe vor.

Rubicon schüttelte den Kopf. Der Schweiß ließ sein weißblondes Haar am Schädel kleben. »Ich hoffe nur, daß diese Geschichte stimmt, denn dann gibt es noch Hoffnung für mein kleines Mädchen.«

Ein erregter Aurschrei drang aus dem Dschungel zu ihnen. In einiger Entfernung rief einer der Indios immer wieder dasselbe Wort. »Gehen wir«, sagte Mulder und setzte sich in Trab. »Sie haben etwas gefunden.«

Vladimir Rubicon hielt schnaufend mit ihnen Schritt, als sie über umgestürzte Bäume stiegen, über Felsen kletterten und durch Bäche wateten. Einmal schreckte Mulder ein großes Tier auf, das durch die Farne und Sträucher flüchtete. Er konnte nicht erkennen, was es war, doch er spürte eine plötzliche Kälte und einen harten Knoten im Hals. Vielleicht würde er die Schuppenkreatur, auf die er in der vergangenen Nacht nur einen flüchtigen Blick erhascht hatte, doch noch besser zu sehen bekommen. Konnten diese Wesen die Grundlage für die Mythen der Maya sein? Waren monströse Raubtiere für das Verschwinden der zahllosen Menschen im Lauf der Jahre verantwortlich... und auch für das Verschwinden von Cassandra Rubicon?

Binnen kurzem stießen sie auf einen kleinen Tempel, der kaum die Größe eines Gartenhäuschens hatte. Obwohl schon sehr alt und überwuchert, schien er in einem einigermaßen guten Zustand zu sein. Ein großer Teil des Unterholzes war aus dem Weg geschafft worden, und man hatte die Kletterpflanzen herabgezogen, um die Steinmauern und den niedrigen Innenraum freizulegen.

Nahe dem Eingang stand einer der Maya-Helfer und machte ein betretenes Gesicht, während Fernando Aguilar ihn mit wutverzerrter Stimme anfuhr – doch als Aguilar die herankommenden Amerikaner bemerkte, verwandelte sich sein Toben in ein freundliches Säuseln. Er zog seinen gefleckten Hut. »Sehen Sie, was wir gefunden haben, Amigos! Ausrüstung, die Señorita Rubicons Team hier gelagert hat!«

Im Schatten des Tempels lag ein Stapel Kisten unter einer Persenning verborgen. Wie ein Matador, der einen Stier reizen will, packte Aguilar eine Ecke der Plane, riß sie zur Seite und legte das Vorratslager frei. »Señorita Rubicons Team muß diese Kisten hier deponiert haben, damit sie vor wilden Tieren geschützt sind. Der Rest der Ausrüstung ist zwar verschwunden, aber diese Teile scheinen unberührt zu sein... Was für ein glücklicher Fund für uns.«

»Aber warum sollte sie das alles hiergelassen haben?« fragte Scully leise.

»Schauen Sie, Lebensmittelvorräte und das Funkgerät... und in dieser großen Kiste ist noch etwas anderes.« Aguilar beugte sich herab, um die Kiste zu untersuchen. Er winkte einem der Indios, ihm beim Öffnen zu helfen.

»Mulder«, sagte Scully mit halber Stimme. »Wissen Sie, was das bedeutet? Cassandra kann unmöglich fortgegangen sein, um Vorräte zu beschaffen. Hier sind genug Lebensmittel für mehrere Wochen, und das Team hätte jederzeit das Funkgerät benutzen können, um Hilfe herbeizurufen.«

Vladimir Rubicon trat näher, um die große Holzkiste zu inspizieren, schob den Indio brüsk zur Seite und riß den Deckel mit seinen starkknochigen Fingern auf.

Überrascht musterte Scully den Inhalt der Kiste. »Das ist ein Taucheranzug mit Luftzufuhrgerät... Hatte Cassandra vor, die Cenote zu untersuchen?«

»Das wäre aus archäologischer Sicht durchaus naheliegend.« Rubicon nickte eifrig. »In diesen tiefen Zisternen erhalten sich die Artefakte viele Jahrhunderte lang. Ja, sie wollte bestimmt da hinunter, meine Cassandra – genau wie Thompson.«

Mit wedelnden Handbewegungen verscheuchte Scully eine Stechmücke. »Wer war Thompson? Ich erinnere mich an kein Teammitglied, das so hieß.«

Rubicon wurde aus seiner Konzentration aufgeschreckt und blickte von den verwitterten Kisten auf. »Wer? Ach, Thompson – nein, ich meinte Edward Thompson, den letzten der großen Amateurarchäologen hier auf Yucatán. Er hat Jahre damit verbracht, die Cenote in Chichén Itzá zu studieren, wo er die größte einzelne Schatzkammer mit Maya-Artefakten fand, die je entdeckt wurde.«

Skeptisch hielt Mulder den schlaffen Ärmel des Taucheranzugs aus gummiertem Segeltuch empor. »Er ist in einen dieser tiefen Opferbrunnen hinabgetaucht?« Mit dem Kinn deutete er zur Plaza und der großen Pyramide zurück.

»Äh, nicht zu Anfang.« Rubicon schüttelte den Kopf. »Er verbrachte Jahre damit, darin herumzufischen, indem er einen gußeisernen Eimer zum Boden hinabließ und mit Schlamm gefüllt wieder heraufzog, den er dann durchsuchte. Er fand Knochen und Textilien und Jade, mehrere intakte Schädel – von denen einer als zeremonielles Räuchergefäß verwendet worden war und immer noch nach Parfüm roch.

Doch nach einer Weile kam Thompson zu dem Schluß, daß mit der unbeholfenen Schöpfkelle nicht soviel zu bewerkstelligen war wie mit einem Taucher, der vor Ort arbeiten konnte. Er hatte diese Möglichkeit eingeplant, als er seine ursprüngliche Expedition startete, und hatte die Ausrüstung bereits gekauft und das Tauchen gelernt. Er brachte seinen vier indianischen Helfern bei, wie man die Sauerstoffpumpen und Winden bedient.«

Rubicon blickte auf den Taucheranzug hinab, den seine Tochter hatte tragen wollen, und schien ein Schaudern zu unterdrücken. »Als Thompson in die Cenote eintauchte, winkten die Indios ihm ernst zum Abschied zu, da sie sicher waren, ihn nie wiederzusehen. Nach seinen eigenen Worten sank er ›wie ein Sack voller Blei‹ neun Meter tief in so finsteres Wasser hinab, daß selbst seine Taschenlampe wenig nutzte. Auf dem Boden suchte er nach wertvollen und weniger wertvollen Relikten – Münzen, Jadestücke, Skulpturen, Gummigegenstände.

Doch trotz seines gepanzerten Taucheranzugs erlitt Thompson bei seinen Tauchexpeditionen schwere Gehörschäden. Die Einheimischen allerdings betrachteten ihn von nun an mit Ehrfurcht – er war der einzige Mensch, der jemals in die heilige Cenote hinabgetaucht war und überlebt hatte.«

Scully nickte. »Und Sie glauben, daß Ihre Tochter seinem Beispiel folgen und die Cenote von Xitaclan erforschen wollte …«

Mechanisch wischte sich Mulder herabperlende Schweißtropfen von der Stirn und betrachtete die Ausrüstung in der Kiste noch einmal genauer. »Sieht nicht so aus, als ob sie Gelegenheit gehabt hätte, den Anzug zu benutzen. Der Garantieaufkleber des Herstellers ist noch drauf.«

»Sie wurde davon abgehalten, ihre Nachforschungen zu beenden«, schloß Rubicon.

Mulder bemerkte, wie Fernando Aguilar dem Indio einen letzten wütenden Blick zuwarf. Der Mann wandte sich mit hängenden Schultern ab.

»Ja.« Mulder sah Rubicon direkt in die Augen. »Aber wer … oder was hat sie davon abgehalten?«

Gemeinsam erstiegen sie die Stufen der zentralen Pyramide des Kukulkan und kämpften sich keuchend die steilen Kalksteintreppen empor.

»Vorsicht«, warnte Mulder. »Die Steine sind zum Teil brüchig.«

Rubicon bückte sich, um die verwitterten Stufen selbst zu inspizieren, und deutete auf vor kurzem bereinigte Schnitzereien, wo das Moos entfernt und Schmutz und Kalksteinsand aus den Rillen gebürstet worden waren.

»Sehen Sie, Cassandras Team hat die ersten zwölf Stufen freigelegt. Wenn ich diese Glyphen lesen könnte, könnten wir herausbekommen, warum die Maya Xitaclan erbaut haben und was diesen Ort zu einer so heiligen Stätte macht.« Mit verzerrtem Gesicht richtete er sich auf und preßte eine Hand gegen die Lendenwirbel. »Aber ich bin kein Experte auf diesem Gebiet. Davon gibt es nur wenige … Maya-Glyphen sind unter allen geschriebenen Sprachen der Menschheit mit am schwierigsten zu entziffern. Darum hat Cassandra auch einen eigenen Epigraphiker mit ins Team aufgenommen.«

»Ja«, bestätigte Scully, »Christopher Porte.«

Rubicon zuckte die Achseln. »Wie ich höre, ein sehr guter Mann.«

»Schauen wir uns an, was oben auf der Pyramide ist«, sagte Mulder und stieg höher hinauf.

»Wahrscheinlich ein nach oben offener Tempel«, spekulierte Rubicon. »Der Hohepriester stand auf der Plattform und sah der aufgehenden Sonne entgegen, bevor er seine Opfer darbrachte.«

Auf der Spitze machte Mulder halt, stemmte die Hände in die Hüften und holte tief Atem, während er den spektakulären Ausblick in sich aufnahm. So weit er blicken konnte, breitete sich der mittelamerikanische Dschungel wie ein flacher Teppich aus, ein Teppich aus üppigem, saftstrotzenden Grün, ein Meer aus Schlingpflanzen, Ranken und hoffnungslos verfilztem Gestrüpp. In der Ferne ragten steinerne Tempelruinen aus der Vegetation hervor wie riesige Grabsteine.

»Dieser Ort ist voll von Vergangenheit«, murmelte Rubicon.

Mulder konnte sich vorstellen, daß sich die Maya-Priester wie Götter vorgekommen waren, wenn sie so dicht unter dem Himmel in der gleißenden Morgensonne standen. Unten auf der Plaza wartete die Menge, die sich nach der Arbeit draußen im Wald versammelte, wo sie Bäume gerodet und Büsche niedergebrannt hatten, um Mais, Bohnen und Chilis zu pflanzen. Hier oben auf der Spitze stand der Priester, vielleicht mit einem Opfer, das bereits mit Drogen betäubt oder gefesselt war, damit sein Blut zu Ehren der Götter vergossen werden konnte.

Mulder wurde aus seinem Tagtraum gerissen, als Vladimir Rubicon die Hände am Mund zu einem Trichter formte und »Cassandra!« in den Dschungel hinausrief. Sein Ruf hallte über die Landschaft hinweg und schreckte Vögel aus den Baumwipfeln auf. »Cassandra!« schrie er noch einmal.

Rubicon sah sich um, lauschte und wartete. Mulder und Scully standen neben dem Archäologen und hielten den Atem an. Der alte Mann hatte Tränen in den Augen. »Ich mußte es versuchen«, sagte er entschuldigend und hob seine knochigen Schultern.

Dann wandte er sich mit verlegener Miene den hohen Tempelsäulen und der flachen Plattform zu. Mulder sah kunstvolle Schnitzereien, die in den Kalkstein gemeißelt waren, und in den geschützteren Spalten und Fugen waren noch Reste von Farbe zu erkennen.

Die Erbauer von Xitaclan hatten das Motiv der gefiederten Schlange immer aufs neue wiederholt, um widersprüchliche Darstellungen von Furcht und Geborgenheit, Macht und Demut zu schaffen. Andere Zeichnungen zeigten einen hochgewachsenen Menschen ohne Gesicht, der eine seltsame Rüstung oder einen Anzug trug und einen Flammenschweif hinter sich her zog; sie zeigten eine rundliche Kopfbedeckung, die verblüffende Ähnlichkeit hatte mit einem ... Mulder atmete tief durch. »Erinnert Sie diese Figur nicht an etwas, Scully?«

Sie verschränkte die Arme vor der Brust und schüttelte den Kopf. »Sie werden doch nicht antike Astronauten mit diesem Vermißtenfall in Verbindung bringen, Mulder?«

»Ich sehe nur die Hinweise, die ich vor Augen habe«, erwiderte er leise. »Vielleicht ist Cassandra auf Informationen gestoßen, die jemand anderes verborgen halten wollte.«

»Das ist Kukulkan«, meldete sich Rubicon zu Wort, der Mulder nicht gehört hatte, und deutete auf andere Bilder. Sie zeigten ein seltsam geformtes Schiff und verschlungene Muster, die durchaus Maschinenteile oder Ausrüstungsgegenstände hätten darstellen können. »Er war sehr mächtig, sehr weise und brachte Wissen vom Himmel herab. Er stahl das Feuer von den Göttern und gab es den Menschen.«

Mit erhobenen Augenbrauen sah Mulder zu Scully hinüber.

»Mulder, es ist nur ein Mythos ...«

Gedankenverloren setzte Rubicon seine Halbbrille auf; dann schien er zu merken, wie nutzlos diese Geste war und schob sie wieder von der Nase. »Kukulkan, der Gott des Windes, der Meister des Lebens, brachte dem Volk der Maya zu Anbeginn der Zeit die Zivilisation. Er erfand die Metallurgie. Er war der Schutzgott aller Künste.«

»Leonardo da Vinci war nichts dagegen«, bemerkte Mulder.

»Kukulkan herrschte viele Jahrhunderte lang, bis er schließlich von seinem Feind Tezcatlipoca vertrieben wurde – äh, das war der Kerl, dessen Leiche so fürchterlich stank. Kukulkan mußte in seine Heimat zurückkehren, also verbrannte er seine eigenen Häuser, die aus ›Silber und Schalen‹ erbaut waren, und schiffte sich dann in Richtung Osten ein. Kukulkan verschwand mit dem Versprechen, eines Tages zu seinem Volk zurückzukehren.«

Mulder spürte, wie sein Herz vor Erregung klopfte. »Häuser aus Silber und Schalen« könnte Metall und Glas bedeuten, und wenn er all die Feuerdarstellungen hinzufügte, sah er eine Rakete oder ein Raumschiff vor sich.

»Die Maya waren so überzeugt von ihrer Legende«, fuhr Rubicon fort, während er mit der Hand seine Augen abschirmte und zum Horizont spähte, »daß sie Wächter aufstellten, um an der Ostküste Ausschau nach Kukulkan zu halten. Als die Spanier mit ihren großen Galeonen und ihren schimmernden Brustpanzern aus Metall eintrafen, waren die Maya überzeugt, Kukulkan sei zurückgekehrt.«

»Männer in silbernen Anzügen wären leicht mit Raumfahrern zu verwechseln«, sagte Mulder mit Nachdruck.

»Sie haben ein Recht auf Ihre Meinung, Mulder.« Scullys Fingerspitzen trommelten gereizt gegeneinander. »Ich weiß, es hat keinen Sinn, Sie davon abzubringen. Aber da ist immer noch ein vermißtes Archäologenteam, das wir finden müssen ... Und was, bitte, haben Maya-Götter ... oder meinetwegen auch antike Astronauten mit unserem Fall zu tun?«

»Sicherlich gar nichts, Scully«, entgegnete Mulder in einem Tonfall, der genau das Gegenteil besagte. Er behielt sein Lächeln für sich. »Überhaupt nichts.«

19

Ruinen von Xitaclan
Montag, 15.10 Uhr

Auf ihrem Rückweg hinunter über die steilen Treppen an der gegenüberliegenden Seite der Pyramide, wo die Stufen noch unebener und poröser waren, wies Rubicon Scully auf eine Stelle hin, an der mit einer groben Hacke und einem Meißel ein reich verzierter Alkoven freigelegt worden war, in dem sich vermutlich Jadeskulpturen und andere wertvolle Gegenstände befunden hatten.

Rubicons Gesicht rötete sich vor Zorn. »Diese Artefakte werden jetzt wahrscheinlich auf dem Schwarzmarkt in Cancún oder Mexico City irgendwelchen selbsternannten Sammlern präkolumbischer Kunst angeboten ... oder Leuten, die unbedingt etwas haben wollen, was andere nicht haben. Vielleicht ist Cassandra mit solchen Dieben zusammengestoßen.«

»Aber dieses Gebiet ist so abgelegen«, meinte Scully, während sie ihm vorsichtig die letzten Stufen hinab zum Fuß der zentralen Pyramide folgte. »Wie würde man die Fundstücke vertreiben? Da müßte es doch eine Art Hehlernetz geben.«

»Leuten wie ihm würde ich das durchaus zutrauen«, brummte Rubicon und deutete mit seinem spitzen Ellbogen auf Fernando Victorio Aguilar, der auf sie zu geschlendert kam.

»Haben Sie dort oben was gefunden, Amigos?« fragte er lächelnd.

Hinter Rubicons blauen Augen brannten tiefe Entrüstung und kaum beherrschte Wut. »Wir werden unsere erste Inspektion des Geländes heute beenden ... aber wenn wir bis morgen früh keine Spur entdeckt haben, sollten wir Cassandras Funkgerät benutzen und die mexikanischen Behörden kontaktieren, um sofortige Unterstützung anzufordern. Sie können ihre eigenen Ermittler und Sicherheitskräfte herschicken. Angestellte der Regierung und keine lokalen Gesetzeshüter – die sind vermutlich in die Schwarzmarktgeschäfte verwickelt.« Er machte ein finsteres Gesicht. »Viele Artefakte sind bereits illegal entfernt worden.«

Auf Aguilars Zügen erschien eine Mischung aus Verärgerung und verletztem Stolz. »Was Sie gesehen haben, könnte das Werk von Schatzsuchern längst vergangener Zeiten sein, Señor Rubicon. Xitaclan hat lange, lange Zeit ungeschützt im Dschungel gelegen.«

Rubicon funkelte ihn an. »Mr. Aguilar, jeder, der Augen im Kopf hat, kann sehen, daß diese Spuren hier frisch sind. Ich weiß, daß diese Stücke erst vor ganz kurzer Zeit entfernt worden sind, in den letzten Monaten, wahrscheinlich sogar erst in den letzten Wochen.«

»Dann hat vielleicht das Archäologenteam Ihrer Tochter die wertvollsten Stücke für sich selbst abgezweigt, eh? Die arbeiten doch für Museen daheim in Amerika, oder etwa nicht?«

Rubicon beugte sich näher an Aguilar heran und schob seine Unterlippe vor, so daß sich sein gelb-grauer Spitzbart aufstellte. »Meine Cassandra und die Mitglieder ihrer Gruppe würden so etwas niemals tun«, knurrte er. »Sie kennen den Wert historischer Kunstwerke ... besonders solcher Artefakte, die an ihrem Fundort bleiben müssen, um gründlich studiert zu werden.«

»Ich merke, daß Sie mir nicht trauen, Señor Rubicon«, seufzte Aguilar und zupfte mit gespielter Betroffenheit an seiner Hutkrempe. Er schlug einen versöhnlichen Ton an. »Aber wir müssen schließlich zusammenarbeiten, eh? Wir sind hier in Xitaclan isoliert. Wir müssen das Beste aus der Situation machen und dürfen nicht zu Feinden werden. Es könnte gefährlich sein, wenn wir nicht als Team zusammenarbeiten.«

Scully machte sich auf den Rückweg zum Lager, als die Diskussion zwischen Rubicon und dem langhaarigen Mexikaner hitziger wurde. Aufatmend setzte sie ihren Rucksack ab und ließ ihn neben dem Zelt zu Boden sinken. Obwohl es hellichter Tag war, war die gesamte Mannschaft der einheimischen Helfer wieder spurlos im Dschungel verschwunden ... Und auf einmal kroch kaltes Unbehagen an Scullys Wirbelsäule empor.

Sie blieb bei einer der beiden hohen, reich mit gefiederten Schlangen verzierten Stelen stehen. Ohne genau zu wissen, warum, musterte sie das erodierte Relief und bemerkte eine Veränderung des dumpfen, verwitterten Kalksteins – hellrote Spritzer bedeckten die Schnitzereien, karmesinrote Kleckse wie von Ölfarbe, die von den Fangzähnen einer der größten Schlangen herabtropften. Neugierig und abgestoßen zugleich beugte sie sich vor.

Jemand hatte Blut in das steinerne Maul der gefiederten Schlange gerieben, als wollte er der Schnitzerei einen Geschmack davon geben ... ein frisches Opfer. Scullys Augen folgten der Spur der Blutstropfen an der hohen Säule hinab zu den aufgeworfenen Steinplatten an ihrem Fuß.

»Mulder!«

Aufgeschreckt kam ihr Partner herbeigelaufen. Rubicon und Aguilar verstummten schlagartig, die Gesichter vom Streit gerötet, und drehten sich nach Scullys Aufschrei um.

Scully deutete auf die hellroten Streifen auf der Stele ... und auf den menschlichen Finger, der in einer Lache gerinnenden Bluts auf der Steinplatte lag.

Mulder hockte sich hin und begutachtete den amputierten Finger. Nur für einen Moment flackerte ein Ausdruck von Abscheu über sein gleichmütiges Gesicht. Auch Aguilar und Rubicon kamen näher und starrten wortlos auf das Blut und den abgetrennten Finger.

»Sieht frisch aus«, sagte Scully gepreßt. »Nicht älter als eine Stunde etwa.«

Mit der Fingerspitze berührte Mulder die klebrige Flüssigkeit. »Es fängt gerade erst an zu trocknen. Es muß passiert sein, während wir auf der Pyramide waren. Aber ich habe keine Schreie gehört. Aguilar, Sie waren doch hier unten.«

»Nein, ich war draußen im Dschungel.« Angewidert schüttelte er den Kopf und nahm – wie um einem toten Freund die letzte Ehre zu erweisen – seinen Ozelotfellhut ab. »Ich hatte Angst, daß so etwas passieren würde, große Angst.« Er blickte sich verstohlen um, als befürchte er, die Indios würden sie vom Rand des Dschungels aus beobachten ... um ihre potentiellen Opfer auszuspionieren. »Ja, große Angst.«

Aguilar ging um die Stele herum und suchte nach weiteren Hinweisen. »Die Religion der Maya ist sehr alt. Ihre Rituale wurden tausend Jahre lang vollzogen, und sie wurden noch viel gewalttätiger, als sie sich mit denen der Tolteken vermischten. Die Leute vergessen ihre alten Götter nicht so leicht, eh?«

»Moment mal«, hakte Scully nach. »Wollen Sie damit sagen, daß manche der Maya-Nachkommen immer noch die alte Religion praktizieren? Herzen herausschneiden und Leute in die Opferbrunnen werfen?«

Ein unbestimmtes Grauen überkam Scully, als sie sich ein Szenario ausmalte, das offensichtlich realistisch war und das selbst Mulder glaubwürdig finden mußte: Cassandra Rubicon und ihr Team als Opfer eines blutrünstigen Rituals.

Rubicon räusperte sich. »Nun, manche Leute erinnern sich immer noch an die alten toltekischen Gesänge und beachten die Festtage, wenn auch die meisten von ihnen christianisiert wurden ... oder zumindest zivilisiert. Einige wenige jedoch praktizieren immer noch die Blutrituale und, äh, die Selbstverstümmelungen. Besonders hier draußen, weit weg von den Städten.«

»Selbstverstümmelung?« Mulder hob überrascht die Stimme. »Sie meinen, einer dieser Indios hat sich seinen Finger *selbst* abgeschnitten?«

Rubicon nickte und berührte das blutige Muster auf der Kalksteinsäule. »Vermutlich mit einem Obsidianmesser.«

Zunehmend beunruhigt stellte sich Scully den religiösen Eifer, der nötig war, um ein behauenes Steinmesser zu nehmen und sich damit einen Finger abzuhacken ... Sehnen und Knochen durchzusägen, ohne auch nur einen Schmerzenslaut von sich zu geben.

Rubicon jedoch wirkte unbeteiligt, als sei ihm die Möglichkeit, daß seine Tochter und ihre Gefährten geopfert worden sein könnten, noch gar nicht in den Sinn gekommen. »Bei den Ritualen der Maya und Tolteken wurde viel Blut vergossen, sowohl das eigene als auch das der Gefangenen und Opfer. Bei ihrem heiligsten Fest nahm der Hochkönig den Stachel eines Stachelrochens, griff unter seinen Lendenschurz und durchbohrte sich damit die Vorhaut.«

Scully sah, wie Mulder schwer schluckte. »Autsch.«

»Blut ist eine mächtige Kraft«, stimmte Aguilar zu. Seine Stimme schwankte unmerklich.

»Das Blut, das herausfloß, lief auf lange Papierstreifen aus Maulbeerbaumrinde und bildete darauf Muster aus roten Tropfen. Manche der Priester konnten aus diesen Mustern die Zukunft erkennen.« Rubicon blickte hinauf zum Himmel. »Hinterher wurden die Streifen aus blutbesprenkeltem Papier zusammengerollt und verbrannt, um durch den heiligen Rauch den Göttern eine Botschaft zu senden.«

Mit verspannten Kiefermuskeln betrachtete Scully das frische Blut auf der Säule. »Wenn einer dieser Indios sich gerade den Finger abgehackt hat, dann braucht er medizinische Hilfe. Bei einer so groben Amputation könnte der Mann leicht Wundbrand bekommen, besonders in einem Klima wie diesem.«

Aguilar fand eine verbogene Zigarette in seiner Tasche und steckte sie sich kalt zwischen die Lippen. »Sie werden ihn nicht finden, Señorita, niemals«, sagte er leise. »Der Mann dürfte weggelaufen sein, weit weg von Xitaclan. Er hat den Wächtern Kukulkans sein Opfer dargebracht – aber jetzt, wo wir seine wahre Religion kennen, werden wir ihn nicht wiedersehen. Die Maya-Leute hier haben ein langes Gedächtnis. Sie haben immer noch eine Todesangst vor dem weißen Mann und der Verfolgung ... Sie erinnern sich sogar an einen der ersten weißen Gouverneure hier, einen Mann namens Padre Diego de Landa. Ein Schlächter.«

Rubicon grunzte zustimmend und verzog sein Gesicht zu einer angewiderten Grimasse. »Er war ein Franziskanermönch, und unter seinem Befehl wurden Tempel niedergerissen und Schreine zerschlagen. Wer dabei erwischt wurde, ein Götzenbild anzubeten, wurde ausgepeitscht, aufs Streckbett gespannt und mit kochendem Wasser verbrüht.«

Aguilar nickte eifrig, froh, den alten Archäologen wieder auf seiner Seite zu haben. »*Sí*, Padre de Landa fand ein paar Indios, die die alten Inschriften noch lesen konnten, und versuchte, die Hieroglyphen zu übersetzen. Aber aus seiner Sicht war das alles gegen das christliche Wort Gottes gerichtet, eh? Es war verflucht. Als sie ihm ein geheimes Lager mit dreißig Büchern zeigten, gebunden in Jaguarfell, viele davon mit Zeichnungen von Schlangen gefüllt, kam er zu dem Schluß, sie seien alle Blendwerk des Teufels. Also ließ er sie verbrennen.«

Allein die Erwähnung dieses Verlusts schien Rubicon Schmerzen zu bereiten. »De Landa folterte fünftausend Maya und tötete beinahe zweihundert von ihnen, bevor er wegen seiner Exzesse zurück nach Spanien gerufen wurde. Während er auf seinen Prozeß wartete, verfaßte er eine lange Abhandlung über alles, was er erfahren hatte.«

»Und wurde er für sein abscheuliches Gebaren verurteilt?« fragte Scully.

Aguilar hob die Augenbrauen und gab ein hysterisches Lachen von sich. »Nein, Señorita! Er wurde zurück nach Yucatán geschickt – diesmal als Bischof!«

Mit gerunzelter Stirn und nun doch besorgten Blicken kniete Rubicon vor der blutbesprenkelten Stele nieder. Scully beugte sich neben ihn, um den abgetrennten Finger aufzuheben. Er fühlte sich warm und gummiartig an. Das eingedickte Blut am Ende tropfte nicht herab. Mit einem flauen Gefühl im Magen betrachtete sie die zerfaserte Schnittfläche, wo das Steinmesser Fleisch und Knochen durchschlagen hatte.

Wenn einige dieser Leute immer noch ihre gewalttätige Religion praktizierten, welche anderen Opfer mochten sie wohl gebracht haben ... und welche würden sie noch bringen wollen?

20

Dschungel von Yucatán,
an der Grenze zu Belize
Dienstag, Militärzeit 0215

Der Dschungel war der Feind, ein Hindernis, ein Gegner, der besiegt werden mußte – und Major Willis Jakes hatte keine Zweifel, daß es seiner handverlesenen Schwadron gelingen würde, ihn zu bezwingen. Das war ihre Mission, und das war, was sie tun würden.

Die zehn Mitglieder seiner geheimen Infiltrationstruppe trugen Dschungel-Tarnuniformen und Nachtsichtbrillen. Nachdem sie unbemerkt an einem unbewohnten Küstenstreifen an der nördlichen Grenze von Belize abgesetzt worden waren, hatten sie sich in zwei Geländewagen durch den Urwald in Bewegung gesetzt.

Der schwierigste Teil war gleich nach der Landung zu meistern gewesen, als sie am Rande der Bucht Bahía Chetumal abgesetzt worden waren, ein paar nächtlich verlassene Straßen und die Brücke über die schmale Laguna de Bacalor unbemerkt überquert hatten, um dann in die pfadlose Wildnis von Quintana Roo einzutauchen.

Nun bahnten sie sich mit einer digitalisierten Karte ihren Weg durch den Regenwald, wobei sie eine Route wählten, die selbst dünn besiedelte Gebiete umging. Der größte Teil des Dschungels wies ohnehin keinerlei Zeichen menschlicher Besiedlung auf, keine Straßen oder Dörfer, noch nicht einmal einsame Hütten ... und so war es dem Major am liebsten.

Jakes' Team mußte ein gutes Tempo vorlegen, um vor Tagesanbruch alle Straßen und besiedelten Küstengebiete hinter sich zu bringen. Ruhepausen konnten sie sich nicht erlauben, wenn sie ihr Ziel – die Quelle des energiereichen verschlüsselten Signals – irgendwann während der folgenden Nacht erreichen wollten. Sie würden ihren Auftrag im Schutz der Dunkelheit erfüllen, und erst wenn die geheime Militärbasis restlos zerstört war, konnten sie sich auf den Rückmarsch machen.

Die schmalen Geländefahrzeuge pflügten sich durch das unwegsame Pflanzengewirr und walzten eine unübersehbare Schneise durch den Wald... doch in dieser Einsamkeit, würde das unbemerkt bleiben. Selbst wenn Major Jakes' Team entdeckt werden sollte, würden die Soldaten längst wieder verschwunden sein, bevor man Gegenmaßnahmen organisieren und sie aufspüren konnte. Die hochdruckgefüllten, gepanzerten Räder der Geländefahrzeuge planierten das Unterholz; jede Achse hatte einen eigenen Kardanring, um die größtmögliche Flexibilität bei der Bewältigung des Terrains zu gewährleisten.

Die eine Hälfte von Jakes' Truppe saß in den Fahrzeugen, während die andere rasch hinterher marschierte und dank des frisch freigelegten Pfades Schritt halten konnte. Jede Stunde wurde getauscht, so daß sich die Männer regelmäßig ausruhen konnten und länger frisch blieben. Jakes hatte aus Erfahrung gelernt, daß dies die effektivste Methode war, um sein Team unbemerkt über Land zu bringen – ohne auf bürokratische Genehmigungen oder Passierscheine irgendwelcher ausländischer Behörden angewiesen zu sein. Offiziell gab es diese verdeckte Operation ohnehin nicht... genausowenig wie das geheime Waffenlager oder die versteckte Militärbasis tief im Dschungel von Yucatán.

Major Jakes machte sich keine Gedanken über die Implikationen seines Auftrags. Seine Befehle waren unmißverständlich... keinesfalls simpel, aber zumindest klar umrissen. Er stellte keine Fragen, die sich nicht direkt auf die Mission bezogen, und seine Soldaten wollten noch weniger Einzelheiten wissen als er. Sie folgten ihm blind.

Verstärkt durch die Nachtsichtbrille vor seinen Augen, ließ

das grünliche Restlicht die Landschaft fremdartig und surreal erscheinen. Major Jakes konnte damit umgehen. Er und sein Team hatten schon viele andere Einrichtungen infiltriert und zerstört, Einrichtungen, die offiziell gar nicht existierten, und wenn Jakes seine Arbeit erledigt hatte, existierten sie noch nicht einmal mehr inoffiziell.

Der Major hatte seinen Platz im vorderen Geländewagen. Neben ihm saß sein Fahrer, ein Oberleutnant, der sie, so schnell er konnte, durch den Dschungel navigierte. Ein heller Quecksilberscheinwerfer leuchtete das Gelände vor ihnen aus, und der Fahrer suchte den Lichtkegel unablässig nach größeren Hindernissen ab. Bisher war es ihnen gelungen, Umwege zu minimieren und einen beinah optimalen Direktkurs einzuhalten.

»Mach es gleich beim ersten Mal richtig«, hatte sein Vater ihm eingehämmert – und der junge Willis Jakes hatte gelernt, diesem Glaubensbekenntnis zu folgen. Er konnte sich nur wenige Dinge vorstellen, die schlimmer waren, als eine Arbeit im Haus oder eine Schulaufgabe wiederholen zu müssen, während sein Vater im Hintergrund auf und ab schritt, ein strenger, absolut unerbittlicher Aufseher.

»Das Leben kennt kein Pardon«, hatte er seinem Sohn gesagt. »Je früher du das lernst, desto besser.« Willis Jakes hatte unzählige Stunden damit verbracht, reglos in einer Zimmerecke zu stehen und über seine Zeugnisnoten oder Testergebnisse nachzudenken. Er hatte gelernt, sich ganz und gar auf ein Ziel zu konzentrieren … und es beim ersten Mal richtig zu machen.

Der Scheinwerfer fiel auf das Laubwerk des Dschungels, das sich im Windhauch regte, als sei der Wald selbst lebendig. Plötzlich bemerkte Jakes zwei durchdringend leuchtende Münzen, die Augen eines Raubtiers, hoch über ihren Köpfen in den Bäumen.

Schnell schwenkte der Oberleutnant den Scheinwerfer und fing die Bewegung ein: eine geschmeidige, gefleckte Katze sprang von einem Ast zum nächsten. Jakes wußte, daß seine

Soldaten automatisch nach ihren Waffen gegriffen hatten, um die Großkatze notfalls zu erschießen. Doch der Jaguar schien keine Lust auf einen Kampf zu haben und floh mit einigen eleganten Sätzen in die Dunkelheit.

Sie schwiegen, während die schwankenden Fahrzeuge über umgestürzte Bäume und Felsbrocken hüpften, ohne jedoch aus dem Gleichgewicht zu geraten. Major Jakes und die anderen Insassen bemühten sich, nicht aus den Sitzen geschleudert zu werden. Seine Rippen schmerzten, und in seinem Magen rumorte es. Er fand die holprige Fahrt nicht angenehmer als das Marschieren, doch immerhin verschaffte sie seinen Muskeln etwas Ruhe.

Während einer seiner Missionen im südlichen Bosnien hatte er einen neuen Mann in sein Team aufgenommen, einen Funker, der es als Kommunikationsspezialist als Teil seiner Aufgabe betracht hatte, unaufhörlich zu *reden*. Jakes und seine Truppe zogen das Schweigen vor, um sich zu sammeln und alle Reflexe und Sinne auf die bevorstehende Aufgabe zu konzentrieren – doch der Neue wollte sich über seine Familie unterhalten, über seine High School, über Bücher, die er gelesen hatte, über das Wetter.

Major Jakes hatte von Anfang an gewußt, daß es mit diesem jungen Mann nichts werden würde. Er hatte schon beschlossen, einen Ersatzmann anzufordern, als der beredte Funker während des Rückzugs von einer Relaisstation, die das Kommandoteam zerstört hatte, durch die Kugel eines Heckenschützen den Tod fand.

Die Mission selbst war in keiner Zeitung oder Fernsehsendung je erwähnt worden. Soweit die Eltern des Jungen wußten, war ihr Sohn bei einem unglücklichen Trainingsunfall in Alabama ums Leben gekommen, und da sie aufrechte, gottesfürchtige Patrioten waren, hatten sie nie daran gedacht, eine Untersuchung zu beantragen oder eine Klage wegen fahrlässiger Tötung einzureichen, die noch kompliziertere Vertuschungsmaßnahmen erforderlich gemacht hätte ...

Jetzt, auf dem Weg durch den Dschungel, fuhren seine verbliebenen Männer wie üblich schweigend dahin und dachten an die Xitaclan-Mission, die sie im Geiste Schritt für Schritt durchgingen. Sie waren *Profis*, und Jakes wußte, daß er auf sie zählen konnte.

Hinter ihm grunzte und seufzte der Sprengmeister, während er seine Hände in einem endlosen Ritual isometrischer Übungen gegeneinander preßte, um sich in Form zu halten. Major Jakes ließ ihn anstandslos gewähren, denn der Mann hatte stets einwandfreie Arbeit geleistet.

Jakes sah auf seine Uhr und ordnete dann einen kurzen Stopp an. »Zeit, die Mannschaften zu wechseln«, befahl er. »Aber peilen wir zuerst das Signal an, um die Position zu sichern.«

Auf dem Vordersitz des zweiten Geländewagens schaltete der neue Kommunikationsoffizier einen Bildschirm ein, auf dem ein Lokalisationsgitter erschien. Er fuhr die Antennen an den Seiten des Fahrzeugs aus und stellte die nötigen Frequenzen ein, um jene wummernde Botschaft aufzufangen, die selbst die besten Dekodierungsexperten des Pentagons vollkommen unverständlich fanden.

Das Signal pulsierte laut und klar wie der Klang eines tief vibrierenden Preßlufthammers. Major Jakes hatte keine Vorstellung, für wen es bestimmt sein könnte oder wer es ausgesandt haben mochte. Es klang wie ein Nebelhorn, eine Warnung... vielleicht sogar ein Notsignal. Aber was konnte es bedeuten? Bisher hatte niemand geantwortet.

»Wir sind auf Kurs, Major«, meldete der Funker. »Das Signal ist nach wie vor kräftig, und seine Position hat sich nicht geändert. Nach meiner Schätzung anhand dieser topographischen Karte haben wir den Mexico Highway 307 bereits fünfzehn Kilometer hinter uns gelassen.«

»Okay«, nickte Major Jakes. »Dann liegen wir vor dem Zeitplan. Das müßte uns bis zur Dämmerung einen guten Vorsprung verschaffen.« Er kletterte vom Wagen, streckte die Beine und klopfte sich die Tarnhosen ab. »Alle an Bord, Mannschaft zwei.«

Die zweite Schicht kletterte auf die Fahrzeuge, während er, der Oberleutnant und die anderen drei Männer sich zu Fuß den beiden Geländewagen anschlossen. Die neuen Fahrer ließen sofort die Motoren an und rollten vorwärts.

Major Jakes marschierte hinterher und sicherte sein Gewehr über der Schulter, so daß er es im Bruchteil einer Sekunde schußbereit haben konnte. Kein Zögern. Kein Nachdenken. Er und seine Leute waren die guten Jungs, und ihnen war befohlen worden, die Schurken auszuschalten. Keine Tränen, kein Bedauern.

Er wußte nicht, ob so viel auf dem Spiel stand, daß sein Handeln die Welt retten würde... doch eines Tages konnte das durchaus passieren. Major Jakes behandelte jede Mission so, als wäre sie *die Eine*.

Beiläufig dachte er an all die James-Bond-Filme, die er gesehen hatte, jene banalen Geheimdienstabenteuer, die so absurd und so uninteressant waren, verglichen mit seinen eigenen Missionen. In jedem dieser Filme kamen größenwahnsinnige Genies vor, die es auf die Weltherrschaft abgesehen hatten; sie alle bewohnten eine bizarre High-Tech-Festung irgendwo in der Wildnis.

Während sich das Sonderkommando immer tiefer in den Dschungel von Yucatán grub, überlegte Jakes amüsiert, was für ein übergeschnapptes Genie den riesigen mittelamerikanischen Urwald ausgewählt haben mochte, um seinen Stützpunkt zu verstecken. Und warum sollte jemand eine strenggeheime Basis ausgerechnet in einer alten Maya-Ruine errichten?

Egal. Sein Team würde Xitaclan zerstören, die Menschen töten und dann nach Hause zurückkehren. Weiter dachte Major Jakes nicht.

Meile für Meile marschierten sie in gleichmäßigem, zügigem Tempo, immer weiter in den Dschungel hinein. Und mit jedem Schritt wurde das mysteriöse Signal lauter.

21

Ruinen von Xitaclan
Dienstag, 7.04 Uhr

Nach einer weiteren schwülen Nacht voller gefräßiger Insekten und unheimlicher Geräusche erwachte Scully nur mühsam, blieb leicht benommen auf ihrer Iso-Matte liegen und versuchte zu entscheiden, ob sie sich noch ein paar Minuten ausruhen oder aufstehen und sich dem Tag stellen sollte.

Im diffusen Licht, das durch die Zeltbahnen hereindrang, inspizierte Scully ihre Ausbeute an juckenden, roten Insektenstichen, Schwellungen und Hautausschlägen. Sie nahm eine Tube Salbe aus ihrem kleinen Verbandskasten und rieb sich die schlimmsten Stellen ein; dann kroch sie zur Zeltöffnung und schob ihren Kopf hinaus ins dunstige Morgenlicht.

Das Lager lag still und reglos, als hielte es den Atem an. In einem Ring aus Steinen war das Lagerfeuer zu kalter, grauweißer Asche herabgebrannt. Scully stand auf, als sie Mulder in seinem Zelt rumoren hörte, doch sie erstarrte, als sie zum Zelt des alten Archäologen hinübersah.

Es war in sich zusammengefallen… als wäre es von einem riesigen Tier flachgetrampelt worden.

Beunruhigt ließ sie ihren Blick über die Plaza schweifen und schirmte ihre Augen gegen das schräg einfallende Morgenlicht ab. Die dunstige Luft ließ alles wie durch einen Weichzeichner erscheinen. Scully konnte keine Anzeichen von Vladimir Rubicon entdecken, ebensowenig von Fernando Victorio Aguilar oder irgendeinem ihrer indianischen Helfer.

»Hallo, Dr. Rubicon?« Mit zunehmendem Unbehagen wartete Scully auf eine Antwort und rief dann noch einmal.

Mulder kam aus seinem Zelt gekrochen und streckte sich.

»Dr. Rubicon scheint verschwunden zu sein«, teilte Scully ihm mit. »Schauen Sie, was mit seinem Zelt passiert ist. Haben Sie heute nacht was gehört?«

Auch Mulder war beunruhigt und suchte nach einer harmlosen Erklärung. »Vielleicht ist er früh wach geworden und setzt seine Erkundung von gestern fort.«

Scully formte ihre Hände zu einem Trichter und hob noch einmal die Stimme: »Dr. Rubicon!«

Draußen im Dschungel krächzten einige Papageien, wütend über die Störung. Scully und Mulder hörten ein Knacken in den Zweigen am Rande der Lichtung. Sie fuhren herum und fixierten die sacht schwankenden Farne.

An der Spitze seiner indianischen Helfer erschien Fernando Aguilar. Alle grinsten und schienen äußerst zufrieden zu sein. An einem langen Ast trugen sie einen toten Jaguar in ihrer Mitte, und Mulder wurde unwillkürlich an die Tarzan-Comics seiner Kinderzeit erinnert.

»Amigos, sehen Sie sich das an!« Aguilar platzte fast vor Stolz. »Diese Bestie schlich gestern ums Lager herum, aber unsere Freunde haben ihr mit ihren Pfeilen den Garaus gemacht. Jaguarfelle sind sehr wertvoll.« Süffisant grinsend hob er die Augenbrauen. »Nur gut, daß er nicht so hungrig war, um uns anzugreifen, eh?«

»Vielleicht war er es doch«, meinte Mulder. »Wir können Dr. Rubicon nicht finden.« Er deutete auf das zusammengebrochene Zelt.

»Sind Sie sicher, daß er nicht einfach schon auf Erkundungstour ist?« Aguilar ließ sich nicht aus seiner Hochstimmung bringen. »Wir jedenfalls waren schon seit Sonnenaufgang auf der Pirsch.«

»Es könnte sein, daß Dr. Rubicon sich einige der Gebäude ansieht, die wir gestern nicht mehr untersuchen konnten«, gab Scully beklommen zu, »aber er antwortet nicht auf meine Rufe.«

»Dann müssen wir nach ihm suchen, Señorita! Aber ich bin mir sicher, daß ihm nichts passiert ist. Schließlich haben wir den Jaguar bereits getötet, eh?«

Triumphierend hielten die Indios den Ast mit ihrer Beute empor. Die gefleckte Katze hing wie ein nasser Sack herab, während wäßriges Blut aus ihrer Nase tropfte.

»Wir werden allerhand damit zu tun haben, diese Katze auszunehmen und zu häuten«, sagte Aguilar und starrte fasziniert auf seine Beute. Ohne seinen Blick abzuwenden, wedelte er mit der rechten Hand vage in Richtung Dschungel. »Gehen Sie nur und suchen Sie nach Dr. Rubicon.«

»Gehen wir, Mulder.« Scully wandte sich angewidert ab.

Mulder nickte ernst. »Ich kann es dem guten Doktor nicht verdenken, daß er keinen Moment vergeuden wollte. Am besten trennen wir uns... Kämmen wir das Gelände weiträumig durch, bis wir ihn finden. Ich werde in die große Pyramide gehen. Ich weiß, daß Dr. Rubicon dort herumstöbern wollte.«

»In Ordnung. Ich steige zur Spitze empor und schaue mich dort noch einmal um. Vielleicht kann ich ihn von da oben entdecken.«

Mittlerweile knieten sich die Indios mit ihrer Beute vor den beiden Stelen nieder, und Scully fragte sich, ob die Jaguarjäger diese Stelle aus rituellen Gründen gewählt hatten. Sie holten schwarze Obsidianmesser hervor, während Aguilar ein gefährlich aussehendes Jagdmesser aus der Scheide zog. Gemeinsam machten sie sich an die Arbeit, die tote Katze auszuwaiden und abzuhäuten.

Scully erklomm die steile, mit Hieroglyphen bedeckte Treppe an der Seite der Pyramide. Ihre Arme und Beine schmerzten von den körperlichen Anstrengungen der letzten Tage, doch sie nahm eine schmale Stufe nach der anderen, beugte sich vor und stützte sich mit den Händen ab, wenn der Untergrund zu brüchig und rutschig wurde. Sie fragte sich, wie es die üppig gekleideten Priester geschafft hatten, elegant und ehrfuchtsgebietend auszusehen, während sie diese Klippen aus Menschenhand erstiegen, um ihre uralten Rituale zu zelebrieren.

Unten auf der Plaza hatten die Maya gestanden, eine lebhaft wogende Menge, die sang und mit Hirschgeweihen auf ihre Trommeln aus Schildkrötenpanzern schlug. Zur Feier des Tages waren die Gläubigen in bunte Gewänder gekleidet, die mit den Federn tropischer Vögel und geschnitzten Jade-Schmuckstücken bedeckt waren. Als Scully die Tempelsäulen auf der Spitze der Zikkurat erreichte, sah sie die Stelle, von der aus die königlichen Zuschauer das Blutvergießen beobachten und vielleicht auch daran teilnehmen konnten. Da die Pyramide so steil war, konnte das gemeine Volk am Fuße des Prachtbaus die Einzelheiten der Opfer nicht genau verfolgen – sie sahen nur das blitzende Messer, die erhobenen Hände, ahnten das zuckende Herz, das der Priester dem Himmel entgegenhielt ...

Sie schüttelte den Kopf, um die Bilder loszuwerden, und erinnerte sich daran, was Dr. Rubicon gemurmelt hatte, als er seinen Blick andächtig über das Gelände von Xitaclan schweifen ließ. *Dieser Ort ist voll von Vergangenheit.*

Scully beschattete ihre Augen und blickte sich um. »Dr. Rubicon!« Schwingend drang ihre Stimme in die Ferne ... wie der Singsang eines der alten Priester, wenn sie die Götter beschworen. Während sie Atem schöpfte, betrachtete Scully die Reliefdarstellungen, die stilisierten Bilder des Gottes Kukulkan, die Muster und unverständlichen Darstellungen, von denen Mulder behauptete, sie seien Zeichnungen eines antiken Raumfahrzeugs.

»Dr. Rubicon!« rief sie wieder und ließ ihren Blick weiter über den Dschungel wandern. Unten auf der Plaza sah sie etwas Rotes aufleuchten, als die Indios dem Jaguar das Fell abzogen. Drei der drahtigen Männer trugen den tropfenden Kadaver in den Dschungel, und Scully fragte sich, ob sie das Fleisch essen würden.

Mit einem Schauder dachte Scully an den fanatischen Indio, der sich in seinem religiösen Eifer einen Finger abgeschnitten hatte – und ein anderes Bild drängte sich ungebeten in ihr Bewußtsein: wie diese Eingeborenen im Dickicht des Urwalds das Herz der gefleckten Katze herausschnitten und den blutigen Lebensmuskel ihres großen Dschungelgeistes verzehrten.

Erneut schüttelte sie den Kopf. Auf der Spitze der hohen Pyramide fühlte sie sich mehr als allein ... sie war ungeschützt, ausgeliefert.

Da kein Anzeichen dafür zu sehen war, daß der alte Mann irgendwo im näheren Dschungel herumirrte, drehte sich Scully um und betrachtete die große Pyramide genauer. Sie kniff die Augen zusammen. Noch einmal rufen wollte sie nicht, da sie sich noch zu gut erinnerte, wie der alte Archäologe hier oben nach seiner Tochter gerufen und dann vergeblich auf sie gewartet und nach ihr ausgespäht hatte. Auch Cassandra Rubicon hatte nicht geantwortet.

Scully wollte schon aufgeben und trat eher beiläufig an den Rand der Plattform, um auch noch einen Blick auf die von der Plaza abgewandte Seite zu werfen. Mit vorgerecktem Hals spähte sie in die Tiefe.

Und dann stockte ihr der Atem.

Mulder steckte seinen Kopf in die klamme Öffnung der Pyramide und kniff die Augen zusammen. Er bemerkte Spuren von Stemmeisen, wo Cassandra Rubicon und ihre Helfer den Eingang aufgebrochen hatten.

Er schaltete seine Taschenlampe ein, und der gleißende Strahl durchbohrte die Finsternis wie ein Speer und drang in die geheimnisvolle Schwärze des von Maya-Sklaven erbauten Labyrinths. Die Lampe lag schwer in seiner Hand und gab ihm Zuversicht.

Obwohl die hohe Pyramide schon Hunderte von Jahren überdauert hatte, sah das Innere nicht solide genug aus, um Mulder zu beruhigen – vor allem nach den Erdstößen an ihrem ersten Abend in Xitaclan. Die handgemeißelten Kalksteinblöcke hatten an den Rändern zu bröckeln begonnen, und die Oberflächen waren von gierigen Flechten und Moosen überdeckt.

Mulders Schritte hallten auf dem steinernen Fußboden. Er

leuchtete hinab und sah verwischte Fußspuren im Staub – Mulder konnte nicht erkennen, ob die Schuhabdrücke von einem Mitglied des archäologischen Teams oder von irgendwelchen Grabräubern stammten... oder ob sie erst heute morgen von dem alten Archäologen zurückgelassen worden waren.

»Hallo, Dr. Rubicon – sind Sie hier drinnen?« rief Mulder und schwenkte seine Taschenlampe in verschiedene Richtungen. Seine Worte hallten mit einem unerwarteten Schwingen, einer glockenähnlichen Schärfe zu ihm zurück.

Tastend drang Mulder tiefer in die Pyramide ein und blickte sich über die Schulter immer wieder nach dem verblassenden Tageslicht der Öffnung um. Er wünschte, er hätte wie die Kinder im Märchen Brotkrumen mitgebracht, um eine Spur zu hinterlassen... oder wenigstens seine Sonnenblumenkerne.

Irgendwo tropfte Wasser herab. Aus dem Augenwinkel glaubte er eine Bewegung zu sehen – doch als er den Lichtstrahl auf die Stelle richtete und die scharfen Schatten musterte, wußte er, daß es nur eine optische Täuschung gewesen war. Nervös rieb er sich mit dem Handrücken über die Nasenspitze. Die Dunkelheit und die bleierne Luft lasteten schwer auf ihm.

Dankbar dafür, daß er nicht unter Klaustrophobie litt, ging er langsam weiter vorwärts. Die Temperatur war abgesunken, als hätte eine finstere Macht alle Wärme aus der Luft gezogen... es war mindestens ein Dutzend Jahrhunderte her, daß Sonnenlicht ins Innere dieses Tempels gedrungen war. Im Schein der Taschenlampe bemerkte er, daß die Decke mit Holzbalken abgestützt worden war, roh bearbeiteten Baumstämmen, die erst kürzlich hier angebracht worden waren, zweifellos von Cassandras Assistenten. Sie müssen einen unbändigen Drang verspürt haben, das Innere zu erkunden, dachte er, tiefer und tiefer in diese Pyramide einzudringen, um ihre Geheimnisse zu entschlüsseln.

»He, Dr. Rubicon«, sagte er noch einmal, diesmal mit normaler Stimme, da er das dröhnende Echo fürchtete.

Er sah hinab auf den staubigen Boden, über den offenbar

noch niemand gegangen war – doch dann bemerkte er ein Paar Abdrücke, die von kleineren Schuhen stammten. Es war die Schuhgröße einer Frau. Mulders Herz schlug vor Erregung schneller. Cassandra war hier gewesen!

Vorsichtig setzte er einen Fuß vor den anderen, mit angehaltenem Atem und in mehrfacher Hinsicht fasziniert. Sein Orientierungssinn sagte ihm, daß er sich dem Herzen der Pyramide näherte. Er kam tiefer hinunter; vielleicht war er schon unter dem Bodenniveau.

Die Innenwände sahen jetzt anders aus als in den Gängen, durch die er zuvor gekommen war und wo sie aus schlichten, aus Kalkstein gehauenen Blöcken bestanden hatten. Die Wand zu seiner Linken war dunkel und seltsam schimmernd, als wäre sie mit einer gläsernen Schicht überzogen, und dieses Wandmaterial deutete auf etwas Neues hin.

Mulder berührte die glasige, glatte Oberfläche und setzte seinen Weg fort. Nach wenigen Metern war der Korridor von herabgefallenem Geröll blockiert, einer teilweise eingestürzten Decke, die den Durchgang, der direkt ins Zentrum der Pyramide führte, versperrte. Mulder blieb stehen und dachte, er habe einen falschen Abzweig eingeschlagen. Weder Vladimir noch Cassandra Rubicon konnten weiter als bis zu dieser Stelle gekommen sein – doch dann sah er eine Öffnung, die durch das Geröll gegraben worden war, ein schmales Fenster, durch das sich nur eine sehr schlanke Person zwängen könnte.

Er kroch zum Rand des Lochs und kam sich dabei wie ein Eindringling vor. Der Tempel um ihn her verschlang alle Geräusche und alle Wärme. Mulders Lichtstrahl stach in die finstere Öffnung.

Mühsam balancierend richtete er sich auf dem Geröllhaufen auf und schob die Taschenlampe vor sich her, um hineinzuschauen. »Cassandra Rubicon?« rief er, obwohl er sich albern dabei vorkam. »Sind Sie da drinnen?«

Was er in der verborgenen Kammer sah, setzte ihn in Erstaunen. Sein Lichtstrahl wanderte über glatte Wände und fiel auf Metall und geschwungene Gegenstände aus Glas oder Kristall.

Mulder sauste das Blut in den Ohren, uralte Entdeckerinstinkte regten sich in seiner Brust. Was war das? Was mußte Cassandra gedacht haben, als sie diesen überraschenden Wechsel in der Architektur zum ersten Mal erblickte?

Während in seinem Kopf Visionen von Kukulkan tanzten, versuchte Mulder, tiefer in die Kammer hineinzuspähen, doch seine Taschenlampe begann zu flackern. Er schüttelte sie, um die Batterien in Kontakt zu halten und den Strahl zu stabilisieren.

Ich werde zu dieser Stelle zurückkehren, sobald wir Dr. Rubicon gefunden haben, dachte Mulder. Vielleicht hatte der alte Archäologe eine Erklärung parat. Freilich würde es einige Mühe erfordern, die Öffnung so zu erweitern, daß auch ausgewachsene Männer hindurchkriechen konnten.

Dann... hörte Mulder eine Stimme aus der Ferne und erstarrte. Die Worte tanzten durch die gewundenen Gänge des Tempels. Ihm blieb keine Zeit, über die Akustik zu staunen, als er Scullys schwache Stimme erkannte, die seinen Namen rief.

In ihrer Stimme lag eine Dringlichkeit, die ihn sofort in Bewegung setzte: er rutschte den Geröllhang hinunter und sprintete durch die Korridore, in der Hoffnung, daß er die Abzweigungen richtig in Erinnerung hatte. Den Lichtstrahl seiner Taschenlampe hielt er vor sich gerichtet – die Batterien schienen wieder einwandfrei zu funktionieren, seit er sich vom Herzen der Pyramide entfernt hatte.

Immer wieder rief sie seinen Namen. Er hörte die Anspannung in ihrer Stimme und rannte schneller. »Mulder, ich habe ihn gefunden! Mulder!« Ihre Worte hallten zwischen den steinernen Mauern, und endlich sah er das Sonnenlicht vor sich... und Scully, die in der Öffnung stand, eine menschliche Silhouette, umgeben von gleißendem Licht.

Keuchend und mit rasendem Puls stürmte er hinaus ins Tageslicht.

Sie sah verzweifelt aus. »Dort drüben!«

Er war zu sehr außer Atem, um ihr Fragen zu stellen, und folgte ihr statt dessen einfach. Sie liefen um die Basis der Pyramide herum, den schmalen Dschungelpfad entlang und erreichten die teilweise eingestürzte Plattform, wo einst die Opfer für den Brunnen dargebracht worden waren.

Mulder blieb abrupt stehen und starrte auf das trübe, unermeßlich tiefe Wasser. Scully stoppte neben ihm und schluckte schwer. Sie bekam keinen Ton heraus.

Wie eine Puppe, die jemand verdreht, zerbrochen und weggeworfen hatte, schwamm ein Menschenkörper in der Opfercenote. Es war Vladimir Rubicon.

22

Ruinen von Xitaclan
Dienstag, 11.14 Uhr

Sie verankerten Seile an den kräftigen Bäumen nahe dem Rand der Cenote und ließen sie ins Wasser hinabfallen. Mit finsteren Mienen und leicht unentschlossen umstanden sie den gähnenden Schlund, der den alten Mann verschlungen hatte.

Fernando Aguilar bot die Hilfe seiner Indios an und deutete an, daß es für zwei oder drei der drahtigen Einheimischen ein leichtes wäre, an den Seilen hinabzuklettern und Vladimir Rubicon herauszuholen. Doch Mulder lehnte ab. Dies war etwas, das er selbst tun mußte.

Wortlos half ihm Scully, aus dem Seil eine Schlaufe unter seinen Armen hindurch und um seine Schultern zu schlingen; sie zerrte die Knoten fest und überprüfte, ob sie sicher waren. Mulder ergriff das Seil, ließ sich über den Rand hinab und stemmte seine Füße gegen die rauhen Wände des Kalksteinschachtes. Die Wand war voller Felszacken, Zerklüftungen und Spalten, und Mulder schwankte von den Vorsprüngen weg, baumelte hin und her, während die Indios ihn hinabließen.

Oben auf dem Rand stand Fernando Aguilar dicht neben Scully, bellte Anweisungen und beschimpfte die Indios, wenn sie sich nicht bewegten, wie er angeordnet hatte – obwohl die Helfer genau zu wissen schienen, was sie taten, und gar nicht auf Aguilars konkrete Befehle achteten.

Auf die Neuigkeit vom Tod des Archäologen hatte der langhaarige Führer mit Entsetzen reagiert. »Der alte Mann muß mitten in der Nacht umhergewandert sein«, hatte Aguilar wild gestikulierend erklärt. »Die Kante hier ist sehr schroff ... er muß hineingefallen sein, eh?, und es ist ein tiefer Sturz. *Madre mía*, ich bedaure seinen Unfall.«

Mulder und Scully hatten sich vielsagende Blicke zugeworfen, doch beide hielten es für besser, der Theorie des Expeditionsleiters nicht zu widersprechen ... zumindest noch nicht.

Mulder erreichte die Oberfläche des reglosen Wassers. Er roch die klamme Luft, die sauren Algen und einen Rest der eingeschlossenen Dämpfe des kurzen vulkanischen Ausbruchs am ersten Abend, als sie in Xitaclan eingetroffen waren. Seine Füße berührten bereits das Wasser.

Unmittelbar unter ihm schwamm Vladimir Rubicon, dessen durchnäßtes Hemd an seinem knochigen Rücken klebte, so daß man die Schulterblätter herausragen sah. Der Kopf des alten Mannes war in einem seltsamen Winkel verdreht, das Genick offensichtlich gebrochen – doch war es durch den Sturz gebrochen oder durch einen direkten, gewaltsamen Angriff? Rubicons Arme und Beine hingen unsichtbar im tiefschwarzen Wasser unter ihm.

Mulder biß die Zähne zusammen und hielt den Atem an, als die Indios ihn das letzte Stück hinabließen. Er tauchte ins Wasser ein, und seine Kleidung wurde völlig durchnäßt. Die Schulterschlaufe hielt den größten Teil seines Gewichts, während er mit Händen und Füßen auf Rubicons dahintreibenden Körper zu paddelte. Das zweite Seil zog an ihm, als er es spannte.

»Seien Sie vorsichtig, Mulder«, rief Scully, und er fragte sich, wovor sie ihn warnen wollte.

»Das ist mein vorrangiger Gedanke«, antwortete er gepreßt. Das Wasser fühlte sich dick an, fast wie Gelatine, warm von der Hitze des Dschungels und doch prickelnd auf seiner Haut. Er hoffte, daß der Opferteich nicht mit Blutegeln oder irgendwelchen anderen, noch unangenehmeren tropischen Lebensformen verseucht war.

Er blickte in die Tiefe, wo das Wasser seine Beine und seinen Unterleib verschlang – und er sah nicht das Geringste. Mulder konnte nicht erkennen, was in der Tiefe der Cenote, jenseits der Reichweite des Sonnenlichts, lauern mochte. Fröstelnd dachte er an die alten Geschichten von Lovecraft, in denen uralte Monster aus fernen Welten – gefiederte Schlangen vielleicht? – im finsteren Schleim herumschwammen und darauf warteten, ihre arglosen Opfer zu verschlingen.

Er glaubte, eine Bewegung unter seinen Füßen zu spüren, und riß die Beine hoch. Rubicons Leiche tanzte im Wasser, geschüttelt von irgendeiner unsichtbaren Störung. Mulder schluckte schwer und starrte in die Tiefe, die ihn immer noch schwarz angähnte.

»Nur meine Phantasie«, murmelte er vor sich hin, »das ist nur meine Phantasie.«

Er entknotete das zweite Tau und zog daran, um mehr Spiel zu bekommen. An seinem vollgesogenen Hemd zog er Rubicons schlaffen Körper zu sich heran und schlang das Seilende um seine knochige Brust. Mulder war, als umarme er den Archäologen.

»Leben Sie wohl, Vladimir Rubicon«, flüsterte er, als er den Knoten zuzog. »Jetzt hat Ihre Suche ein Ende.« Er ruckte am Seil und rief dann hinauf: »Okay, zieht ihn rauf!« Seine Stimme hallte von den Wänden des Schachtes wider.

Das Seil surrte, als sich die Indios ins Zeug legten und anzogen. Selbst Aguilar faßte mit an. Knirschend spannte sich das Tau und zerrte Rubicons Leiche aus dem Wasser ... mit mühsamem Rucken, als gäbe die Cenote ihre Beute nur widerwillig preis. Mulder blieb allein im Wasser zurück und hoffte, daß die grimmigen Götter Xitaclans keinen Tauschhandel wollten: Rubicons Körper gegen seinen.

Der alte Archäologe stieg auf wie eine durchnäßte Vogelscheuche, während das Wasser von seinen Armen und Beinen auf Mulder herabtropfte. Rubicons kräftige Finger waren zu Krallen gekrümmt, und sein Kopf hing haltlos zur Seite. Sein Spitzbart war zerzaust und voller grüner Algen von der Oberfläche des Brunnens.

Mulder schluckte und wartete wassertretend in der Cenote,

während die durchnäßte Leiche höher und höher gezogen wurde. Den Indios schien es äußerst zuwider zu sein, dem Toten so nahe zu kommen.

Mit wachsender Ungeduld sah Mulder, wie sie die Leiche über die Kante des Kalksteinbrunnens schwangen und aufs Trockene hievten. Scully half ihnen dabei und ließ Mulder für einen Moment aus den Augen. Seine Beklemmung wuchs.

Das Wasser wirkte kalt wie die Hände eines Kadavers, die seine Arme und Beine betasteten und an seinen nassen Kleidern zerrten. Seine Muskeln kribbelten und zuckten vor aufkommender Panik... und Mulder beschloß, nicht länger zu warten. Er schwamm zu der steilen Kalksteinwand und begann, ohne Hilfe an den korkenzieherförmigen Felsabsätzen emporzuklettern.

Er hatte es schon zur Hälfte geschafft, bevor Aguilar und die Indios dazu kamen, das herabhängende Seil aufzunehmen und ihm den Rest des Weges hinaufzuhelfen.

Tropfnaß und trotz der tropischen Hitze fröstelnd schaute Mulder schließlich vom Rand der Cenote noch einmal hinab und starrte lange ins finstere Wasser. Der Opferbrunnen schien unberührt, teilnahmslos, unendlich tief... und immer noch hungrig.

Auf der Plaza bei den Resten ihres Lagers wurde Mulder laut, als er versuchte, Fernando Aguilar zur Räson zu bringen, und dabei seine ohnehin arg strapazierte Geduld verlor. »Keine Ausreden mehr, Aguilar! Ich will dieses Funkgerät jetzt aufgebaut und in Betrieb haben. Wir wissen, wo es ist, also sparen Sie sich Ihre Ausflüchte. Dr. Rubicon hatte vor, heute morgen eine Nachricht zu senden, und jetzt ist sie noch dringlicher geworden.«

Schließlich lenkte Aguilar ein und lächelte ihn an, während er zurücktrat. »Natürlich, Señor Mulder, das ist eine sehr gute Idee. Angesichts dieser Tragödie können wir die Situation nicht mehr allein regeln, eh? Es ist besser, unsere Suche nach Señorita Rubicon und ihrem Team aufzugeben. Ja, ich werde das Funkgerät holen.«

Sichtlich erleichtert, einen Abstand zwischen sich und Mulder bringen zu können, eilte Aguilar zum alten Ausrüstungslager des Archäologenteams, das seit seiner Entdeckung am Vortag unangetastet geblieben war. Allerdings hatte Mulder ihm nicht gesagt, daß er keineswegs beabsichtigte, die Suche nach Cassandra abzubrechen.

Scully hatte den Leichnam von Dr. Rubicon auf die Steinplatten gelegt und begann, ihn zu untersuchen. »Ich brauche keinen Autopsieraum, um herauszufinden, was ihn getötet hat, Mulder.«

Sie tastete mit den Händen das Genick des alten Mannes ab, befühlte seinen großen Adamsapfel und knöpfte dann sein Hemd auf, um seine feuchtkalte Brust und seine Arme, die sich wie Gummi anfühlten, zu betrachten.

Die Indios wollten nicht in der Nähe der Leiche sein und hatten sich in den Dschungel zurückgezogen. Im Augenblick machte Mulder die Einsamkeit nichts aus. Es bereitete ihm zunehmendes Unbehagen, mit Begleitern, denen er nicht trauen konnte, isoliert im Dschungel zu sitzen und sogar auf ihre Hilfe angewiesen zu sein.

Scully preßte ihre Hände auf Rubicons Brust, klopfte den Thorax ab und legte aufmerksam lauschend den Kopf schief, als sie die Luft aus seinen toten Lungen drückte. Mit verblüfft aufgerissenen Augen blickte sie zu Mulder auf. »Also, ertrunken ist er nicht – soviel steht fest.«

Mulder sah sie eindringlich an. Ihr Finger glitten über Rubicons Genick. »Mehrere seiner Halswirbel sind gebrochen.«

Sie rollte ihn herum und legte einen grauen Fleck in seinem Nacken frei, der im kalten Wasser dunkelrot angelaufen war. »Außerdem bin ich davon überzeugt, daß diese Verletzung nicht durch einen einfachen Sturz verursacht wurde… Dr. Rubicon ist nicht einfach über den Rand getreten und ins Wasser gefallen. Ich glaube, Aguilar möchte, daß wir an einen Unfall glauben – doch alles deutet darauf hin, daß Rubicon einen kräftigen Schlag von hinten erhalten hat. Irgend etwas hat sein Genick zertrümmert… Mulder, Dr. Rubicon war tot, bevor er in die Cenote geworfen wurde.«

»Aguilar wollte verhindern, daß er heute morgen seinen Funkspruch absetzte«, überlegte Mulder. »Vielleicht war ihr Streit gestern ernster, als ich dachte. Aguilar *muß* was zu verbergen haben ...«

»Vergessen Sie nicht, daß er Cassandra Rubicons Team hierher geführt hat – und jetzt werden sie alle vermißt. Ich fürchte, wir müssen davon ausgehen, daß sie tot sind.«

»Meinen Sie, daß er vorhat, auch uns zu töten? Er hat hier alle Vorteile auf seiner Seite.«

»Wir haben immer noch unsere Waffen, falls es soweit kommen sollte.« Scullys Schultern sackten herab, doch schon im nächsten Augenblick hatte sie sich wieder unter Kontrolle. »Hören Sie, Aguilar weiß, daß wir Bundesagenten sind. Er weiß, wie die Vereinigten Staaten durchgreifen, wenn einem ihrer Agenten etwas zustößt – wissen Sie noch, was passierte, als diese verdeckten DEA-Ermittler hier in Mexiko ermordet wurden? Ich glaube nicht, daß Aguilar so dumm wäre, sich so was aufzuhalsen ... Rubicons Tod kann er noch als Unfall tarnen, falls wir nicht das Gegenteil beweisen können – aber wenn wir alle tot wären, könnte er sich nicht mehr herausreden.«

Mulder blickte sich verstohlen auf der Plaza um und sah Aguilar und seine allgegenwärtigen indianischen Gefährten aus dem Dschungel zurückkehren. Sie trugen eine Kiste mit Ausrüstung bei sich. Der Ausdruck auf Aguilars Gesicht verhieß nichts Gutes.

»Aguilar ist sich vielleicht über die Konsequenzen im klaren«, sagte Mulder leise, »aber wenn *er* es nun gar nicht ist? Was ist, wenn diese Einheimischen hier Opfer darbringen ... wie unser Freund, der sich gestern den Finger abgeschnitten hat?«

Scully machte ein grimmiges Gesicht. »In diesem Fall glaube ich allerdings nicht, daß sie sich allzu viele Sorgen um eine Intervention der US-Regierung machen würden ...«

Fernando Aguilar eilte auf sie zu, während die Indios aus Scheu vor Rubicons Leiche zurückblieben. »Señor Mulder«, sagte er mit scheinbar aufrichtigem Bedauern. »Ich habe schlechte Neuigkeiten. Das Funkgerät ist kaputt.«

»Wie kann es kaputt sein? Wir haben es doch gestern erst aus der Kiste gepackt.«

Aguilar zuckte die Achseln und nahm seinen gefleckten Hut ab. »Das Wetter, der Regen, die Bedingungen hier…« Er hielt ihm das Funkgerät entgegen, und Mulder bemerkte, daß die Rückplatte lose war, aus ihrer Vertiefung herausgebogen. Die inneren Bauteile waren schlammig und verrostet.

»Es ist Wasser eingedrungen… oder Insekten haben sich hineingefressen«, sagte Aguilar. »Wer kann das schon sagen, eh? Das Funkgerät stand in diesem alten Tempel, und niemand hat sich darum gekümmert, seit das erste Team nach Xitaclan kam. Wir können leider keine Hilfe von außen anfordern.«

»Das ist tragisch«, schnappte Mulder und setzte dann murmelnd hinzu, »und kommt gleichzeitig sehr gelegen.«

Scully warf ihm einen Blick zu, und er erkannte, daß sie ihre Karten sehr vorsichtig ausspielen mußten. Wenn er seine Phantasie bis an die Grenzen des Glaubwürdigen strapazierte, konnte er daran glauben, daß das Funkgerät *zufällig* zerstört worden war… daß Rubicon durch einen *Zufall* ums Leben gekommen war oder daß Cassandra und die anderen Archäologen *zufällig* verschwunden waren.

Doch alles zusammen konnte er nicht schlucken.

Mit erzwungener Heiterkeit meldete sich Scully zu Wort: »Tja, dann werden wir wohl das Beste aus der Situation machen müssen, nicht wahr, Mulder?«

Er wußte, daß auch sie sich in dieser Wildnis wie in einer Falle fühlte, ohne Kontakt zur Außenwelt… und mit Menschen als Begleitung, die nicht davor zurückschreckten, ihre Widersacher von hinten niederzuknüppeln.

23

Ruinen von Xitaclan
Dienstag, 14.45 Uhr

Scully spürte das Gewicht des Taucheranzugs aus gummiertem Segeltuch auf ihren Schultern, eine schwere, fremde Haut, die ihre Bewegungen dämpfte und ihren Körper isolierte. Hier draußen auf dem Trockenen, wo sie über den verwitterten Gehweg auf den Opferbrunnen zu stolperte, fühlte sich der Anzug unglaublich sperrig und hemmend an. Die Gewichte an ihrem Gürtel schlugen gegeneinander. Wenn sie aber erst einmal ins Wasser sank, so hoffte sie, würde der Anzug zu einem Vorteil werden.

Mulder trat zurück und sah sie mit schief gelegtem Kopf an, die Hände in die Hüften gestemmt. »Nicht schlecht, Scully. Das wird diesen Sommer der letzte Schrei.«

Sie zupfte an den Falten des dicken Gewebes und rückte den Anzug zurecht, als sie am Rand der Cenote stand. Auf eine unheimliche Weise fühlte sie sich fehl am Platz. Der Anzug war für Cassandra Rubicon angeschafft worden, damit sie ihn bei ihrer Suche nach antiken Artefakten und Antworten auf die Rätsel der Maya-Kultur tragen konnte.

Nun war Scully die einzige, die in den Anzug paßte – und *sie* suchte die Lösung eines finstereren Rätsels, das längst nicht so weit in der Vergangenheit lag.

Nachdem sie die Leiche Vladimir Rubicons gefunden hatten, war ihre Furcht gewachsen. Sie zweifelten kaum daran, daß die fünf Mitglieder des Forschungsteams von der UC San Diego unter der Oberfläche des Opferbrunnens schwammen, voll Wasser gesogen und allmählich verwesend. Falls Scully die Tochter des Archäologen in diesem nassen Grab tatsächlich finden sollte, dann würde es ihr einziger Trost sein, daß Dr. Rubicon selbst das grausige Ergebnis ihrer Ermittlungen nicht mehr erleben mußte.

Mulder hielt den schweren, luftdichten Helm in den Händen. »Und nun, um das Ensemble zu vervollständigen«, deklamierte er, »Ihr entzückender Hut.«

Obwohl er frisch aus der Kiste kam, schien es ein alter Anzug aus dem Schnäppchenkeller zu sein. Scully hoffte, daß die Ausrüstung überprüft und für funktionstüchtig befunden worden war. Wie viele Forschungsexpeditionen hatte das Team aus San Diego mit einem knappen Budget gearbeitet und war zu allen nur erdenklichen Einsparungen gezwungen gewesen. Nach den Papieren, die sich in der Kiste befunden hatten und die Fernando Aguilar ihnen übersetzt hatte, war der Anzug von der mexikanischen Regierung als Teil ihrer Förderung der Xitaclan-Expedition zur Verfügung gestellt worden.

Als Scully den schweren Helm über ihr rotgoldenes Haar stülpte, wurde Mulders Gesicht ernst. »Glauben Sie, daß Sie das schaffen, Scully?«

»Das gehört zu unserem Job, Mulder«, erwiderte sie lebhafter, als ihr zumute war. »Das hier ist unser Fall, und jemand muß hinunter und nachsehen.« Sie senkte ihre Stimme. »Halten Sie Ihre Waffe bereit. Sie werden allein hier oben sein und ich allein dort unten. Strategisch keine sehr vorteilhafte Situation.«

Mulder trug seine Neun-Millimeter Sig Sauer griffbereit bei sich, seit sie den *Unfall* des alten Archäologen entdeckt hatten – doch die Indios waren ihnen zahlenmäßig weit überlegen und hatten offensichtlich keine Scheu vor Verletzungen ... vor allem wenn sie vorhatten, ein weiteres, größeres Blutopfer darzubringen.

Und selbst wenn Mulder und Scully nicht gewaltsam angegriffen wurden, waren sie immer noch von Fernando Aguilar abhängig, um wieder aus diesem Dschungel herauszufinden.

Strategisch keine sehr vorteilhafte Situation, wiederholte Mulder im stillen.

Scully sicherte den schweren Tauchhelm und verriegelte die Befestigungsringe am Kragen. Im Inneren hallten ihre Atemzüge wie ein Windzug durch eine Höhle. Sie schluckte schwer.

Mulder half ihr, die langen, gummiüberzogenen Schläuche für die Luftzufuhr zu überprüfen, die wie Gartenschläuche vom Rücken ihres Anzugs herabhingen. Ein kleiner Generator würde von oben her Luft in ihren Helm pumpen und zirkulieren lassen, obwohl er kaum groß genug zu sein schien, um einen Reisefön zu versorgen.

Aguilar und die Indios standen um die Ausrüstung herum und beobachteten sie mit einer Mischung aus Neugier und Sorge. Scully warf ihnen einen hastigen Blick zu, sah jedoch niemanden mit fehlenden Fingern oder einer verbundenen Hand.

»Ich verstehe nicht, was Sie da unten erreichen wollen, Señorita«, sagte Aguilar zum wiederholten Mal, die Arme vor seiner khakifarbenen Weste verschränkt. »Wir befinden uns hier in einer bedenklichen Lage und sollten so schnell wie möglich aufbrechen.«

Aguilar deutete auf die Indios und sprach leise weiter, obwohl Scully bezweifelte, daß einer von ihnen Englisch verstand. »Meine Mitarbeiter sind entsetzt über Ihr Vorhaben, die heilige Cenote zu entweihen. Sie ist verflucht durch die Menschen, die dort geopfert wurden ... Sie sagen, die Götter hätten Rache an dem alten Mann genommen – und wenn wir fortfahren, sie zu stören, werden die Götter auch *uns* angreifen.«

»Genauso, wie sie die Mitglieder des Archäologenteams angegriffen haben?« meinte Mulder.

Aguilar zog seinen Ozelotfellhut tiefer ins Gesicht und schüttelte seinen dunklen Pferdeschwanz. »Vielleicht hat es seinen Grund, daß Xitaclan so viele Jahrhunderte lang verlassen geblieben ist, Señor Mulder.«

»Ich gehe hinunter«, sagte Scully mit Nachdruck. Ihre Stimme drang hohl aus dem offenen Visier. »Wir sind verpflichtet, alles zu probieren, um unsere Leute zu finden. Die Cenote ist der nächstliegende Ort, den wir noch nicht durchsucht haben ... insbesondere, nachdem wir Dr. Rubicon dort gefunden haben.« Sie überprüfte die Gewichte und die Taschenlampe an ihrem Gürtel. »Ich respektiere zwar die religiösen Überzeugungen Ihrer ... Mitarbeiter, aber sie müssen auch internationale Gesetze respektieren, Mr. Aguilar.«

Scully versiegelte das Visier und winkte dann Mulder, den Luftgenerator einzuschalten. Ein quietschendes, stotterndes Geräusch wie der Lärm einer winzigen Baumaschine pulsierte durch den Dschungel. Sie sog die abgestandene, säuerlich nach Dichtungsmitteln und altem Gummi riechende Luft ein. Als sie einen leichten Luftzug um ihr Gesicht spürte, wußte sie, daß die Zirkulation funktionierte.

Sie winkte ihnen, ihr zu helfen, in die Cenote hinabzusteigen, und betete im stillen, daß Generator und Anzug lange genug durchhalten würden, um sich unter der Wasseroberfläche umzusehen. Die Indios starrten sie aus dunklen Augen an, als nähmen sie für immer Abschied von ihr.

Scully packte dieselben Seile, an denen Mulder die zerklüfteten Kalksteinwände hinabgeklettert war, und machte einen mühseligen Schritt nach dem anderen. Sie brauchte etliche Minuten für den beschwerlichen Abstieg, und der Anzug schien ihr mit dem Gewicht eines Lastwagens an den Schultern zu hängen – als sie jedoch den Rand des scheinbar friedlichen Teichs erreicht hatte, spürte sie einen starken Widerwillen hineinzutauchen. Ihr Magen rumorte, ihre Muskeln wurden weich wie Gummi.

Doch Scully hielt sich nicht mit ihren irrationalen Ängsten auf, sondern ließ die Wand los: sie fiel ins Wasser und sank wegen der Gewichte an ihrem Gürtel wie ein Sack Blei in die Tiefe.

Das trübe Wasser saugte sie in sich auf wie Sirup, wie eine Art Urschleim, der sie von Kopf bis Fuß einhüllte. Wasser gluckste um ihren geschlossenen Helm. Das Gewebe des Anzugs preßte sich gegen ihre Arme und Beine und schmiegte sich dicht an sie, je tiefer sie sank. Die Tiefe und das undurchsichtige Wasser erstickten das Licht und raubten ihr für lange Momente jede Sicht.

Kleine Blasenfontänen stiegen von den Verschlüssen ihres gummierten Anzuges auf. Scully atmete tief durch und überprüfte noch einmal, ob auch kein Wasser eindrang und sie immer noch durch die Schläuche mit der lebenswichtigen Luft versorgt wurde. Allmählich gewann sie an Zuversicht.

Unter dem Sog der Schwerkraft sank sie weiter und weiter auf den Boden zu ... falls die Cenote einen Boden hatte.

Als sich ihre Augen an die Dunkelheit gewöhnten, nahm das Wasser einen schlammigen, grünlichen Ton an, wie schwaches Sonnenlicht, das durch dicke, getönte Glasscheiben fällt. Versuchsweise paddelte sie mit Händen und Beinen und spürte, daß sie noch tiefer fiel. Und tiefer.

Der Druck um sie herum nahm zu, und sie fühlte den Schmerz in den Ohren, als das Wasser ihren Helm wie ein Schraubstock umspannte. Ihr kam Dr. Rubicons Geschichte von Thompson in den Sinn, der durch einen schadhaften Anzug bei seinen Tauchgängen in der Cenote von Chichén Itzá einen dauerhaften Gehörschaden erlitten hatte.

Sie schüttelte diesen Gedanken ab und versuchte sich umzuschauen, indem sie ihren Kopf im Helm herumdrehte. Meter für Meter fiel sie weiter hinab ... Sie konnte sich nicht vorstellen, wie tief dieser Schacht war. Vermutlich war sie schon über die zehn Meter des Brunnens von Chichén Itzá hinaus.

Der Lichtkreis über ihr war zu einem schwächlichen Widerschein des strahlenden mexikanischen Himmels verblaßt. Ihr eigener Atem hallte ihr in den Ohren wie eine ferne Brandung, und die Luftzirkulation durch die Schläuche wurde immer schwächer.

Noch einmal holte sie tief Luft und schmeckte den Gestank der alten Schläuche und Chemikalienrückstände wie den Hauch eines lange verendeten Kadavers. Es war schrecklich heiß und stickig in dem Anzug, und der Helm schien immer enger zu werden. Einen Moment lang verschwamm ihr alles vor den Augen ... ihr wurde schwindelig, als sie versuchte, einen weiteren Atemzug zu tun ... doch dann zwang sie sich zur Ruhe: es war nur ein imaginäres Problem – sie hatte angefangen zu hyperventilieren.

Scully bemerkte ein schwaches, flackerndes Leuchten unter sich, viel weiter weg, als sie herabsinken wollte – ein blauweißes Licht, das vom Boden des Opferbrunnens heraufzudringen schien, ein leuchtender Nebel, der aus dem porösen Kalkstein hervorsickerte.

Als sich ihre Augen darauf eingestellt hatten, sah Scully, daß sie sich nicht geirrt hatte – das unscharfe Leuchten pulsierte und pochte, als würde es eine Art Signal aussenden, ein blitzendes SOS-Feuer in ganz langsamen Intervallen.

Das schwache Leuchten unter ihr wirkte kalt und in seiner Fremdartigkeit bedrohlich. Eine Gänsehaut kroch ihr über den Rücken, obwohl Scully sich selbst dafür tadelte, daß sie sich so töricht erschrecken ließ ... daß sie sich dieser irrationalen Nervosität hingab, die das Erzählen von Horrorgeschichten so reizvoll macht. Mulder hätte es gefallen.

Ihr Partner hätte vielleicht die Ansicht vertreten, daß das Licht von einer Ansammlung von Geistern stammte, den Überresten der rituellen Opfer der Maya. Scullys wissenschaftlicher Verstand jedoch nahm eine Kolonie phosphoreszierender Algen oder anaerober Mikroorganismen an, die hier in der Tiefe von dem Kalkgestein lebten und ein schwaches, kaltes Licht in ihre Umgebung warfen. Rachgierige Geister, Außerirdische – sie *wußte*, daß das nicht wahr und wirklich war.

Sie bemerkte, daß sich ihre Sinkgeschwindigkeit verlangsamte, als sich die Gewichte an ihrem Gürtel dem natürlichen Auftrieb ihres Körpers und des Anzugs anglichen. Sie hing im Wasser wie ein schwebender Anker und spürte den Druck der Tiefe um sich, doch sie bildete sich ein, schwerelos zu sein.

Scully hantierte an ihrem breiten Gürtel herum und griff nach der Unterwasserlampe. Sie hakte sie aus und befestigte die Kette zur Sicherheit an ihrem Handgelenk. Dann schluckte sie ihr Unbehagen hinunter und schaltete den blendenden Strahl ein, der durch die trübe Brühe schnitt wie ein Schneepflug durch einen Blizzard. Indem sie mit ihren schweren Stiefeln Wasser trat, drehte sie sich langsam und sah ... direkt in das Gesicht einer Leiche.

Ein aufgeblähter Körper hing, keinen Meter von ihr entfernt, im Wasser, die Arme ausgebreitet, die Augen aufgerissen, die Haut zerfetzt und leprös, nachdem kleine Fische daran genagt hatten. Der Mund stand weit offen, und winzige Elritzen schossen zwischen den Kiefern hervor.

Scully sog scharf die Luft ein. Ein gewaltiger Blasenstrom preßte sich aus den Nähten ihres Anzugs, als sie zurückfuhr. Vor Schreck ließ ihre Hand den schweren Scheinwerfer los, und der Strahl sackte ab und richtete sich in die Tiefe.

Verzweifelt versuchte sie, die Lampe aufzufangen, bis sie ihren Fehler bemerkte: die Lampe baumelte und blieb schwankend hängen – erst dann fiel ihr ein, daß sie sie an ihrem Handgelenk befestigt hatte.

Ihr Herz klopfte wild. Scully packte die Lampe und richtete den Strahl wieder auf, um die Wasserleiche genauer zu betrachten.

Es war ein Mann mit dunklen Haaren, die in verfilzten Strähnen hin und her schwebten. An Schnüren, die um seine Taille geschlungen waren, hingen Steine. Er war getötet und in die Cenote geworfen worden. Erst kürzlich.

Jetzt spürte sie, wie der heiße Atem der Angst in ihrem Helm pulsierte, obwohl aus dem Wasser, das sie umgab, eine unfaßbare Kälte durch die Haut ihres Anzugs drang.

Scully schwenkte ihre Lampe wie einen Leuchtturmstrahl durch die schweigende Tiefe der Cenote ... und das Licht fing noch andere längliche Silhouetten ein, die wie zertretene Insekten tief unter der Oberfläche schwebten.

Sie hatte das vermißte Archäologenteam gefunden.

24

Ruinen von Xitaclan
Dienstag, 16.16 Uhr

Die Steinplatten der Plaza waren mit Leichen übersät.

Da die Indios sich geweigert hatten, bei der Bergung der Toten aus der Cenote zu helfen, hatten Scully und Mulder viel Zeit gebraucht, um die Archäologen einen nach dem anderen aus dem Schacht zu ziehen.

Noch unten in der Tiefe des Höllenschlundes hatte Scully die Schnüre mit den Steinen durchgeschnitten, und die aufgedunsenen Körper waren langsam hinaufgeschwebt.

Mulder, der oben auf der Kante stand und besorgt nach seiner Partnerin Ausschau hielt, gerann das Blut in den Adern, als er eine aufgeblähte Gestalt an die Oberfläche der Cenote kommen sah, dann noch eine ... und noch eine, während Scully immer noch weit unten an den dünnen Luftschläuchen hing. Schließlich kam auch sie wieder ans Tageslicht, öffnete das Visier ihres Helms und atmete tief durch.

Während sie die stinkenden Leichen aus dem Wasser nach oben hievten und auf dem Trockenen auslegten, hatte Aguilar mit versteinerter Miene daneben gestanden. Zuvor hatte Mulder darauf geachtet, seine Waffe gut sichtbar bei sich zu tragen, so daß ihm der Führer schließlich widerstrebend geholfen hatte, Scully an den Seilen emporzuziehen.

Keuchend und mit überreizten Nerven hatte sich Scully von dem sperrigen Anzug befreit. Sie fühlte sich verschwitzt und ausgelaugt, doch sie gönnte sich keine Pause, sondern war mit ihren Gedanken bereits beim schwierigsten Teil der Arbeit: sie hatten vier Leichen und jede Menge Fragen.

Aguilar hatte unzusammenhängend gestammelt, als er die graugrüne, verschrumpelte Haut der Leichen anstarrte, die auf dem festgestampften Boden neben der gemauerten Opferplattform lagen. Die verzerrten, halb verwesten Gesichter des Forschungsteams erwiderten seinen Blick aus leeren, anklagenden Augenhöhlen. Seine Halssehnen traten vor, und er rieb sich hektisch die Wangen, als bräuche er dringend eine Rasur.

»Helfen Sie uns nur, sie zur Plaza zu bringen«, hatte Scully angeordnet. »Allein schaffen die das nicht mehr.«

Als sie schließlich die schwammigen Körper um die hohe Pyramide herum geschleppt und auf die offene Plaza in der Nähe des Camps gelegt hatten, blickte sich Aguilar wiederholt um und schluckte mit wild ruckendem Adamsapfel, als müsse er einen Brechreiz unterdrücken. Endlich räusperte er sich. »Ich fürchte, ich muß mich übergeben, wenn ich noch länger hierbleibe«, preßte er entschuldigend hervor und stolperte davon. »Dieser fürchterliche Gestank ...«

Die gesamte Mannschaft der Indios war bereits unter so großem Geschrei in den Dschungel geflohen, daß Scully Zweifel hatte, ob sie je zurückkommen würden. Sie fragte sich, ob die Indios ein Dorf in der Nähe hatten oder nur einen Platz, wo sie sich im Schutz der Bäume zusammenkauern konnten ... wo sie einander blutrünstige Geschichten erzählen und sich ihre eigenen Finger abschneiden konnten.

»Sehen Sie nach, ob Sie unseren Fanclub wiederfinden können, Aguilar«, rief Mulder dem Expeditionsleiter nach, als dieser sich entfernte. »Wir werden die Helfer brauchen, um hier wieder rauszukommen. Jetzt, wo wir unsere Vermißten gefunden haben, können wir gehen.«

»Ja, Señor«, gab Aguilar zurück. »Ich komme zurück, so schnell ich kann, und, äh ...« Er scharrte mit den Füßen. »Ich gratuliere Ihnen, daß Sie Ihre Leute gefunden haben ... obwohl es mir leid tut, daß es so gekommen ist, eh? Genau wie der alte

Mann.« Er eilte davon und verschwand mit flatterndem Pferdeschwanz auf einem von Farnen gesäumten Pfad.

Im Spätnachmittagslicht trat Mulder unruhig von einem Bein aufs andere, starrte zu den stillen Tempeln und überwucherten Ruinen hinüber und lauschte den gedämpften Lauten des Dschungels. Er hielt die Augen offen, ob sich irgendwo etwas Verdächtiges regte, während Scully ihre ganze Aufmerksamkeit den vier Wasserleichen widmete, die neben der Vladimir Rubicons lagen. Neben den aufgetriebenen Körpern wirkte der Leichnam des alten Archäologen wie der eines rüstigen Rentners, der friedlich im Schlaf gestorben war.

»Da die Zahl der möglichen Kandidaten begrenzt ist«, sagte Scully und bemühte sich um einen sachlichen Tonfall, »wird es einigermaßen leicht sein, die vier Leichen zu identifizieren.«

Sie hatte die Dossiers aus ihrem Rucksack geholt und studierte die Blätter, betrachtete die Fotos: Bilder von lächelnden jungen Studenten, die ihren ganzen Ehrgeiz darein gesetzt hatten, sich auf einem obskuren Fachgebiet einen Namen zu machen. Das Team war zu einem harmlosen Abenteuer nach Yucatán aufgebrochen, in der Erwartung, daß die Zukunft ihnen Gastauftritte in Talkshows oder Diavorträge an Universitäten im In- und Ausland bringen würde.

Statt dessen hatten sie den Tod gefunden.

Scully musterte die Fotos und die Vergleichsdaten für die Identifizierung. Sie begutachtete die Haarfarbe, die Körpergröße, den allgemeinen Knochenbau. Nach dem langen Aufenthalt im Wasser und der einsetzenden Verwesung waren ihre gutaussehenden Gesichtszüge nicht mehr zu erkennen.

»Der Dunkelhaarige hier ist Kelly Rowan«, schloß Scully. »Er war der Größte in der Gruppe und ihr stellvertretender Leiter, leicht zu identifizieren.«

Mulder hockte sich neben sie. »Dies hätte einer seiner glorreichsten Erfolge werden sollen«, sagte er langsam, als er die entstellten Züge des jungen Mannes betrachtete. »Dr. Rubicon sagte, er sei ein talentierter Wissenschaftler mit einer großen

Begabung für die Archäologie gewesen, ein guter Partner für Cassandra.«

Scully schwieg. In Situationen wie dieser ... wenn sie Autopsien vornahm und Leichen identifizierte, kam sie am besten zurecht, wenn sie den Teil ihres Verstandes hinter Schloß und Riegel hielt, der diese Gestalten ... diese *Objekte* ... als wirkliche Menschen betrachtete. Im Augenblick mußte sie professionell zu Werke gehen, trotz der primitiven Bedingungen.

»Der zweite Mann ist John Forbin«, fuhr Scully fort und trat zu dem nächsten Toten. »Er war der Jüngste der Gruppe – Sie sehen es ihm noch an. Im ersten Jahr des Hauptstudiums. Ein Architekt mit einem Spezialinteresse für große, antike Bauwerke.«

Traurig schüttelte Mulder den Kopf. »Er muß sich hier wie im Schlaraffenland gefühlt haben – mit all diesen unberührten Tempeln, die er studieren konnte.«

Scully blieb stur bei ihrer Aufgabe, die Leichen zu identifizieren. »Diese junge Frau ist offensichtlich Cait Barron, die Fotografin und Künstlerin. Sie malte lieber Aquarelle, als Fotos zu machen. Ihre Haarfarbe und ihr Körpergewicht schließen aus, daß es sich um Cassandra handelt.«

Scully holte Luft und zwang sich, den Gestank zu ignorieren. Während einer Autopsie rieb sie sich oft Kampfersalbe unter die Nasenlöcher, um faulige Ausdünstungen zu übertünchen, doch hier mußte sie ohne dies Hilfsmittel auskommen.

»Und dann kann dies hier nur noch Christopher Porte sein, der Experte für Maya-Hieroglyphen.« Sie deutete auf den letzten Toten. »Wie haben Sie ihn genannt, einen Epigraphiker?«

Mulder nickte. »Es gibt nicht viele Leute, die über dieses Wissen verfügen, und nun hat die Wissenschaft einen weniger ...« Er spitzte die Ohren, hielt inne und erstarrte.

Ein plötzliches Geräusch ließ ihn herumfahren, die Hand an der Pistole – doch es war nur ein Schwarm schnatternder Vögel, der sich in den Kletterpflanzen niederließ. Mit verlegenem Gesicht wandte er sich wieder Scully zu.

»Aber was ist dann aus Cassandra Rubicon geworden? Sind

Sie sicher, daß ihre Leiche nicht da unten im Wasser war? Es war dunkel und kalt –«

»Ich habe gesucht, Mulder. All die anderen befanden sich auf einem Haufen, mit Gewichten behangen und in derselben Tiefe. Glauben Sie mir, ich habe erheblich mehr Zeit dort unten verbracht, als mir lieb war.« Sie nickte zu den Leibern hin. »Aber es war einfach niemand mehr da. Falls sie nicht aus irgendeinem Grund an einer völlig anderen Stelle hineingeworfen wurde, war Cassandra nicht dort unten.«

»Dann haben wir also ein neues Rätsel …«

Scully fühlte sich erhitzt, verschwitzt und schmutzig. Die widerliche Fäulnis der Wasserleichen hing an allem, ein süßlicher, Übelkeit erregender Geruch, der ihr durch Nase und Mund drang und sich dauerhaft in ihren Lungen festsetzte. Sie sehnte sich verzweifelt nach einer Dusche oder einem heißen Bad, irgend etwas, um sich wieder sauber zu fühlen und den klebrigen Gestank abschütteln zu können. Doch sie war noch nicht einmal mit ihrer momentanen Aufgabe fertig …

»Mal sehen, was wir aus ihrem Zustand über die Todesursache erfahren können.« Scully benutzte ihr Messer, um die Kleider aufzuschneiden und die Oberkörper der Opfer freizulegen.

»Es ist zu spät, um zu beurteilen, ob sie einfach nur ertrunken sind«, erklärte sie Mulder, »denn inzwischen wäre die Luft aus ihren Körpern sowieso entwichen, und ihre Lungen hätten sich mit Wasser gefüllt.«

Sie drehte John Forbins Kopf hin und her und stellte fest, daß sich das Genick nicht übermäßig leicht bewegen ließ. »Anders als bei Dr. Rubicon«, murmelte sie. »Das Genick ist nicht gebrochen.«

Dann rollte sie Cait Barron herum und betrachtete die grauweißliche Haut auf ihrem Rücken. Zwei kreisrunde, gerunzelte Löcher klafften im unteren Teil des Oberkörpers.

»Schußwunden!« Scully hob die Augenbrauen. »Ich wette, sie wurden alle erschossen, bevor sie hineingeworfen wurden.« Gedankenverloren schüttelte sie den Kopf.

»Aber wo ist Cassandra?« Mulder ging erregt auf und ab. »Sie ist immer noch vermißt.«

»Ja, wir brauchen die Hoffnung noch nicht aufzugeben«, sagte Scully ohne viel Überzeugung. Sie untersuchte jede der Leichen. Alle vier waren angeschossen worden ... die meisten tief im Rücken, wo die Verletzung sie gelähmt, aber nicht getötet hatte. Die ähnliche Position der Wunden konnte kein Zufall sein – die Opfer waren bei lebendigem Leibe in den Schacht geworfen worden.

»Mulder ... wir haben es hier mit ein paar ganz üblen Typen zu tun.«

Ihr Partner runzelte die Stirn. »Nachdem wir den abgetrennten Finger und das Blutopfer gesehen haben und erlebt haben, wie abergläubisch diese Einheimischen sind ... ich glaube, die alte Religion ist tatsächlich immer noch lebendig. Die Indios könnten doch ihre Opfer bringen, indem sie Fremde ermorden, die ihnen per Zufall in die Hände fallen. Ich habe gelesen, daß die alten Stämme Gefangene nahmen, um sie vor den Götter zu schlachten, und daß sie ihren Feinden die Herzen herausschnitten, statt ihre eigenen Leute zu töten.« Er drehte sich um und blickte fröstelnd hinauf zur Pyramide des Kukulkan.

»*Ihre* Herzen wurden aber nicht herausgeschnitten, Mulder. Diese Leute wurden angeschossen.«

Er zuckte die Achseln. »Menschen in die heilige Cenote zu werfen war eine andere völlig legitime Möglichkeit, die Götter zu besänftigen. Wenn die Indios die Archäologen lähmten, dann waren sie immer noch am Leben – und somit vollwertige Opfer.«

Scullys Knie begannen zu schmerzen, und sie stand auf. Sie wischte sich die Hände an den ohnehin schon besudelten Hosen ab. »Vergessen Sie nicht, daß Cassandras Team mit Gewehren angegriffen wurde und nicht mit primitiven Obsidianmessern. Das scheint mir einfach nicht der Stil dieser Indios zu sein.«

»Vielleicht sind sie dabei, ihre Glaubensausübung zu modernisieren.«

Diesmal zog Mulder seine Pistole tatsächlich aus dem Holster und hielt sie schußbereit in der Hand, während er wachsam den Dschungel beobachtete. »Dies ist ihr Hinterhof, Scully, und sie sind verdammt viele. Warum habe ich so das Gefühl, als ob auch wir ein willkommenes Opfer wären... wie ein Truthahn kurz vor Weihnachten?«

Scully trat neben ihn, dichter, als es nötig gewesen wäre. Sie starrten hinaus in die Wildnis, die einzigen menschlichen Wesen in Sichtweite. Selbst mit Mulder an ihrer Seite fühlte sie sich allein. Sehr allein.

25

Ruinen von Xitaclan
Dienstag, 23.17 Uhr

Die Dunkelheit hatte gesiegt, und ihnen blieb nur die Gesellschaft des spät aufgegangenen Mondes und ihres lächerlich kleinen Lagerfeuers. Die undurchdringliche Finsternis des Dschungels schien sie verschlingen zu wollen. Mulder fühlte sich klein und ausgeliefert in dieser unermeßlichen Wildnis.

Scully starrte in die Flammen und sagte: »Wissen Sie noch, wie ich sagte, Mexiko klänge für mich verlockender als eine Forschungsstation in der Arktis oder eine Hähnchenverarbeitungsfabrik in Arkansas?«

»Ja.«

»Ich habe meine Meinung geändert.«

Angesichts der Bedrohung durch den Opferkult der Maya, den verräterischen Aguilar oder wer sonst für die Morde an den Archäologen verantwortlich war, hatten sie beschlossen, während der Nacht abwechselnd Wache zu halten. Doch bislang hatte keiner von ihnen schlafen können.

Mulder beobachtete die Flammen, blickte zum Mond hinauf und lauschte den Gesängen der Dschungelinsekten. Der Rauch des feuchten, moosbedeckten Holzes kräuselte sich dicht und scharf um seine Nase, eine Erleichterung nach dem alles durchdringenden Gestank der Verwesung, der von den Leichen ausging. Er wiegte seine Neun-Millimeter-Pistole im Schoß, hellwach und mit gespannten Nerven.

Obwohl die Nacht schon vor Stunden hereingebrochen war,

war Scully wieder aus ihrem Zelt gekrochen, um sich neben ihn zu setzen. »Wir könnten etwas Wasser heiß machen«, schlug sie vor, »und Kaffee oder Tee kochen. Das paßt doch zu einer Nacht am Lagerfeuer.«

Mulder lächelte ihr zu. »Haben wir Kakaopulver dabei, die Sorte mit den kleinen Marshmallows?«

»Ich glaube, das hat Aguilar mitgenommen.«

Mulder starrte hinaus in die umstehenden Bäume und sah das silbrige Muster des Mondlichts. Die Indios waren nicht zurückgekehrt, und Aguilar beunruhigenderweise ebenfalls nicht. Mulder war sich nicht sicher, ob er erleichtert sein sollte oder sich lieber wünschen, daß der verschlagene Mexikaner zurückkommen und ihn und Scully zurück in die Zivilisation führen würde.

So waren ihre einzigen Gefährten im Lager die vagen Umrisse der fünf Leichen, die unweit der Zelte auf dem Boden lagen, bedeckt mit der schmutzigen Persenning, die Mulder aus dem Vorratslager des Teams geholt hatte. Immer wieder wanderte Mulders Blick zu den Gestalten hinüber, unfähig, die Bilder der vier aufgeblähten Wasserleichen und des knochigen Körpers von Vladimir Rubicon abzuschütteln, dessen blaue Augen selbst im Tod noch einen überraschten Ausdruck gehabt hatten.

Er sah zu Scully hinüber. Sie waren beide mit Schweiß und Dreck verschmiert und hatten seit Tagen nicht geduscht. Die Haare klebten ihnen in ungekämmten, verfilzten Strähnen am Kopf... Zusammenhangslos fiel ihm ein, daß er lieber mit ihr hier war als mit irgend jemand sonst auf der Welt.

»Scully«, sagte er mit leiser, ernsthafter Stimme, »ich weiß, daß Sie den... unorthodoxen Erklärungen, die ich oft für die Indizien finde, immer skeptisch gegenüberstehen – aber Sie sind jedesmal zumindest fair zu mir. Sie respektieren meine Meinung, selbst wenn Sie sie nicht teilen.« Er blickte auf seine Hände hinab. »Ich weiß nicht, ob ich Ihnen das schon einmal gesagt habe, aber ich weiß das wirklich sehr zu schätzen.«

Sie sah ihn an und lächelte. »Sie haben es mir gesagt, Mulder. Vielleicht nicht in Worten... aber Sie haben es mir gesagt.«

Er schluckte und brachte dann das Thema zur Sprache, dem er bisher aus dem Weg gegangen war. »Ich weiß, Sie werden wahrscheinlich jetzt auch das nicht glauben und es auf eine Täuschung durch das Mondlicht oder meine eigene Erschöpfung zurückführen – aber vorletzte Nacht habe ich Geräusche draußen im Dschungel gehört. Ich steckte meinen Kopf aus dem Zelt, um nachzusehen, und ich bemerkte, wie sich etwas bewegte ... eine große Kreatur, die mit nichts, was ich jemals gesehen habe, Ähnlichkeit hatte. Na ja, das stimmt nicht ganz ... ich habe es schon oft gesehen, aber nicht im wirklichen Leben.«

»Mulder, wovon reden Sie?«

Draußen im Dschungel wurden ungewöhnliche Geräusche laut, ein Rascheln aus der Ferne, das sich schnell näherte. Mulder spitzte die Ohren und spürte, wie ihm das Blut gefror.

»Ich glaube, ich habe ... eine dieser gefiederten Schlangen gesehen. Genau wie auf dieser Statue.« Er deutete auf die gewundene Schlangengestalt, die in die Kalksteinstele auf der Plaza eingraviert war. »Sie war größer als ein Krokodil und bewegte sich mit unglaublicher Eleganz. Ah, Scully, Sie hätten sie sehen müssen. Sie hat mich an einen Drachen erinnert.«

»Mulder, diese gefiederte Schlange ist ein Geschöpf der Mythologie.« Automatisch fiel Scully in die Rolle der Skeptikerin. »Was Sie gesehen haben, muß daher rühren, daß Sie sich tagelang Maya-Skulpturen angesehen und viel über präkolumbische Legenden gelesen haben. Wahrscheinlich haben Sie einen Kaiman entdeckt ... und als Sie sahen, wie er sich bewegte, haben Ihre Phantasie und die schlechten Lichtverhältnisse Ihnen einen Streich gespielt.«

»Das wäre möglich, Scully«, gab er zu und verlagerte die Pistole auf seinem Schoß von einer Hand in die andere. Er hörte weitere Äste knacken ... da war eine Bewegung im Dschungel, die näher an sie herankroch.

Er sprach schneller. »Andererseits, denken Sie an die schiere Anzahl der Darstellungen von gefiederten Schlangen auf zahllosen Artefakten der Maya, die alle an unterschiedlichen Orten gefunden wurden ... besonders aber hier in Xitaclan. Es ist doch seltsam. Eine Schlange mit Federn? Was könnte einen solchen Mythos inspiriert haben, wenn die Indios von Yucatán ein solches Geschöpf nicht mit eigenen Augen *gesehen* haben? Es könnte sogar eine Erklärung für die weltweit verbreiteten Mythen von Drachen und reptilienähnlichen Monstern sein.«

Immer rascher sprudelten seine Worte hervor, als wolle er seine Gedanken überholen. »Erscheint es Ihnen wahrscheinlich, daß Dutzende von Kulturen rund um die Welt so ähnliche Gestalten *erfinden* konnten? Denken Sie an die Zeichnungen von chinesischen Drachen, die Sie gesehen haben. Sie wurden zwar nicht gefiederte Schlangen genannt, aber sie hatten dieselben Kennzeichen: längliche, gefiederte Schuppen und einen gewundenen Leib.«

Draußen im Dschungel wurde das Krachen und Rumpeln immer lauter. Irgendeine Kreatur bahnte sich ihren Weg nach Xitaclan, schnurstracks und wie von einem Magneten angezogen. Als das Geräusch näher kam, klang es, als hielten etliche große Wesen direkt auf die Plaza zu. Mulder hob seine Pistole.

»Hören Sie sich das an, Scully. Ich hoffe, wir bekommen keine Gelegenheit, einer meiner gefiederten Schlangen von Angesicht zu Angesicht zu begegnen ...«

Die Geräusche schwollen weiter an. Bäume neigten sich und stürzten um, Farne schwankten in einem wilden Tanz. Scully sah Mulder aus großen Augen an. Abwartend kauerten sie sich ans Lagerfeuer, mit gezogenen Waffen und der Bereitschaft, sich notfalls bis zum bitteren Ende zu verteidigen.

Doch Scullys Furcht wich plötzlich der Neugier. »Warten Sie – Mulder, das ist ein mechanisches Geräusch!«

Kaum hatte sie gesprochen, wurde Mulder klar, daß das röhrende, mahlende Geräusch tatsächlich das Rattern eines Motors, das Knirschen von Reifen und das Summen von Generatoren war.

Dann explodierten mit blendendem Getöse Sterne am Himmel, ein weißglühendes Gleißen ergoß sich in die Nacht. Feuerwerkskörper schossen in die Luft und zerplatzten wie weiße Chrysanthemen.

»Das sind Leuchtkugeln!« rief Mulder. »Militärisches Gerät!«

Im Schein des grellen Lichts brachen zwei Geländefahrzeuge polternd durch das Unterholz und rollten auf die Steinplatten der Plaza von Xitaclan. Hinter den Wagen tauchten dunkle Gestalten in Tarnanzügen aus dem Dschungel auf. Sie rannten gebückt, die Gewehre im Anschlag, und warfen einander einsilbige Anweisungen zu, während sie in Stellung gingen.

»Was ist denn hier los?« fragte Scully und warf ihrem Partner einen halb erschrockenen, halb belustigten Blick zu.

»Ich weiß nur, es wäre keine gute Idee, jetzt zu türmen ...«, gab Mulder zurück.

Scully machte sich in Sekundenschnelle ein Bild von der Bewaffnung, den Soldaten, den Fahrzeugen. Die wuchtigen Geländefahrzeuge kamen zum Stehen, verwitterte Steinplatten und aufgeworfene Baumwurzeln unter sich zermalmend. Die getarnten Soldaten rannten umher, völlig auf ihre Mission konzentriert – und Mulder registrierte zu seiner Überraschung, daß er die barschen Ausdrücke, mit denen sie sich verständigten, verstehen konnte.

Auf den ersten Blick hatte er an eine mittelamerikanische Guerillatruppe gedacht, doch nun wußte er, obwohl weder an ihren Uniformen noch an ihren Fahrzeugen Abzeichen zu sehen waren, daß er eine andere Antwort gefunden hatte.

»Das sind Amerikaner«, sagte er langsam. »US-Militär. Irgendeine Kommando-Operation.«

Mulder und Scully saßen bewegungslos neben ihrem kleinen Lagerfeuer, die Hände erhoben, die Pistolen in defensiven Positionen abgelegt. Die Kommandoeinheit umzingelte die beiden und richtete ihre Gewehre auf sie.

»Ich wußte, ich hätte mein letztes Knöllchen lieber bezahlen sollen«, murmelte Mulder.

Während zwei der Soldaten direkt auf ihre Oberkörper zielten, schlich ein anderer Mann vorwärts und ergriff vorsichtig die Waffen der Agenten, die er auf Armeslänge von sich hielt, als wären die kleinen Neun-Millimeter-Pistolen giftige Spinnen.

Das Licht der Leuchtkugeln war allmählich verblaßt. Mehrere der getarnten Soldaten errichteten gleißend helle Bogenlampen, die die Plaza in ein grellweißes Licht tauchten.

Ein schlanker, dunkelhäutiger Mann marschierte auf Mulder und Scully zu, offensichtlich der Befehlshaber der Operation. Er hatte hohe Wangenknochen, eine Adlernase, volle Lippen und ein spitzes Kinn. Seine Augen waren schmal und dunkel wie Obsidian. Auf den Schultern trug er die Rangabzeichen eines Majors.

»*Habla Español?*« fragte er barsch. »*Que pasa?*«

Scully beugte sich vor. »Wir sprechen Englisch«, sagte sie. »Wir sind Amerikaner, Special Agents des Federal Bureau of Investigation.«

Irritiert sahen sich die Soldaten nach ihrem Vorgesetzten um. Der Major stand steif da. »Was machen Sie hier? Auf ausländischem Boden?«

»Dieselbe Frage könnten wir Ihnen stellen«, erwiderte Mulder ruhig.

»Mein Partner und ich sind hier, um das Verschwinden einer Reihe von US-Bürgern zu untersuchen.« Scully griff in ihre Tasche. Die Soldaten gingen auf Abwehrhaltung, aber sie bewegte sich langsam genug. »Ich hole nur meinen Ausweis«, beschwichtigte sie und zog vorsichtig ihre Dienstmarke und den Lichtbildausweis hervor.

Mulder sah sie an, verblüfft, daß sie selbst hier im Dschungel ihren Ausweis in der Hemdtasche trug.

»Wir sind als Rechtsattachés dem amerikanischen Konsulat zugeteilt«, fügte sie hinzu. »Unser Auftrag hier in Quintana Roo besteht darin, nach einem vermißten Archäologenteam zu suchen.«

»Major Jakes, hier drüben!« riefen zwei der Soldaten, die inzwischen die Plaza erkundet hatten. Sie hatten die Persenning angehoben, mit der die fünf Leichen neben der Stele mit der gefiederten Schlange abgedeckt waren. »Gefallene, Sir.« Der Major drehte sich um und musterte die Leichen.

Mulder zuckte die Achseln. »Wie Sie sehen, haben wir den größten Teil des vermißten Teams bereits gefunden.«

Major Jakes ließ seinen Blick über die Ruinen und die Plaza wandern. Als er niemanden außer den beiden Agenten entdekken konnte, erhob er die Stimme und erteilte seinen Soldaten Befehle. »Setzen Sie die Sicherung des Geländes fort. Das hier ist nicht das, was wir erwartet haben, aber wir haben unsere Order. Wir müssen unsere Mission vollenden, diesen Kommandoposten zerstören und vor dem Morgen wieder weg sein.«

»Wenn Sie schon dabei sind, meinen Sie, sie könnten uns mitnehmen?« fragte Mulder.

»Falls die Parameter der Mission es erlauben«, entgegnete Jakes mit vollkommen ausdrucksloser Stimme. Er beugte sich über Scullys Ausweis und musterte ihn. »Meine Männer sind nicht in irgendeiner offiziellen Eigenschaft hier, und wir haben Befehl, jede Beteiligung an dieser Operation abzustreiten.«

»*Das* habe ich doch schon mal gehört«, murmelte Mulder.

»Wir können mit diesen Bedingungen kooperieren«, setzte Scully nach, »wenn das erforderlich ist, um hier herauszukommen. Worin besteht Ihr Auftrag, Major?«

»Wir sollen diesen Militärstützpunkt zerstören«, sagte er beiläufig. »Er ist die Quelle eines seltsamen Funksignals.«

»*Das* soll ein Militärstützpunkt sein?« Mulder war verblüfft. Er breitete die Arme aus, um auf die bröckelnde Pyramide, die verwitterten Stelen und die eingestürzten Tempel zu deuten. »Dies sind Maya-Ruinen, seit tausend Jahren verlassen ... Das sehen Sie doch mit Ihren eigenen Augen. Meine Partnerin und ich haben dieses Gelände seit Tagen durchsucht, und wir haben nicht den leisesten Hinweis auf Hochtechnologie oder gelagerte Waffen gefunden. Dieser Ort hat nicht die geringste militärische Bedeutung.«

Dann, wie um seine Worte zu widerlegen, hagelte ein Schauer von Kugeln vom Rand der Lichtung auf die Plaza.

26

Ruinen von Xitaclan
Mittwoch, 0.26 Uhr

Als die scharfen, schrill pfeifenden Schüsse über die Steinplatten jaulten, duckte sich Scully instinktiv.

Mulder packte sie und warf sie neben ihren niedrigen Zelten zu Boden. Mit stockendem Atem, das Gesicht gegen den kühlen Stein gepreßt, konnte Scully das Aufblitzen des Maschinengewehrfeuers sehen, während die verborgenen Heckenschützen ihren Angriff fortsetzten.

Major Jakes und seine Kommandoeinheit reagierten mit der Geschwindigkeit wütender Wespen und stellten sich blitzartig auf die neue Situation ein. »Alle Mann in Deckung!« brüllte Jakes. »Feuer frei!«

»Offensichtlich habe ich mich geirrt«, wisperte Mulder in Scullys Ohr. »Sind Sie verletzt?«

»Nein«, versetzte sie. »Danke, Mulder.«

Obwohl Scully nicht ausmachen konnte, woher die Schüsse kamen, reagierten die amerikanischen Soldaten mit einer beeindruckenden Feuerkraft und machten das Fehlen eines präzisen Ziels durch die schiere Anzahl von Kugeln wett.

Einer der Soldaten neben ihnen wirbelte herum wie von einem unsichtbaren Schlag getroffen und blieb ausgestreckt liegen. Der junge Leutnant keuchte und rang nach Luft, während helles arterielles Blut aus der Wunde in seinem Brustkorb spritzte. Scully sah mit einem Blick, daß der Mann tödlich verwundet war.

Die Heckenschützen im Dschungel setzten das Feuer fort.

Eine helle Wolke zersplitternden Gesteins blühte an der Kalksteinstele auf, die ihren Zelten am nächsten stand, und eine qualmende Kerbe zog sich quer über die Schnitzerei der gefiederten Schlange, an der immer noch die rostroten Flecken vom Blutopfer des vergangenen Tages klebten.

Die meisten Soldaten sprinteten zu den gepanzerten Geländewagen zurück. Ein Mann duckte sich hinter die Kalksteinstele, ein anderer legte sich hinter den Leichen flach auf den Boden.

»Wer zum Teufel feuert da auf uns?« fragte Scully, als sie wieder zu Atem gekommen war.

Die amerikanische Kommandoeinheit nahm die verschatteten Bäume weiter unter Dauerfeuer, doch sie hatte nur wenig Chancen, einen der Feinde tatsächlich zu treffen. Irgendwo heulte ein Mann vor Schmerzen auf, danach übertönten neue Gewehrsalven alle anderen Geräusche. Ein Glückstreffer aus dem Dschungel zerschmetterte eine der tragbaren Bogenlampen, die die Soldaten aufgestellt hatten.

Dann bellte eine tiefe Stimme aus dem Wald, ohne einen Lautsprecher zu benutzen, aber doch mit genügend Kraft, um das Chaos zu durchdringen. Der scharfe mexikanische Akzent durchschnitt die Nacht. »Amerikanische Eindringlinge!« rief der Mann. »Sie befinden sich illegal in dem souveränen Staat Quintana Roo. Ihre Verletzung unserer Gesetze und unserer Grenzen verstößt gegen alle internationalen Verträge.«

Während sie beide flach auf dem Boden liegen blieben und weiterhin versuchten, so wenig Angriffsfläche wie möglich zu bieten, sah Scully Mulder an. Sie erkannte die Stimme. »Das ist Carlos Barreio, der Polizeichef!« Kugeln pfiffen dicht über ihre Köpfe hinweg. »Aber warum feuert der Chef der Staatspolizei auf uns? Mitten in der Nacht... mitten im Dschungel? Das ist wohl kaum eine Razzia.«

Vielsagend hob Mulder die Augenbrauen. »Offenbar hat Polizeichef Barreio gewisse nebenberufliche Interessen ...«

Einer von Major Jakes' Soldaten schoß eine weitere grelle Leuchtkugel in den Himmel, wo sie weißglühend strahlte und den Schauplatz für Sekunden in ein blendendes Licht tauchte, das jedoch mehr Verwirrung als Klarheit stiftete.

»Identifizieren Sie sich!« schrie Major Jakes und robbte neben Mulder und Scully in die mangelhafte Deckung des Zeltes. »Wir verfügen über stärkere Feuerkraft!«

Weitere Schüsse kamen aus den Bäumen und rissen Löcher in das Zeltgewebe. Jakes warf sich zur Seite und rollte auf Mulder und Scully. Eine blutige Strieme erschien an seiner Schulter – nur eine Fleischwunde, nichts Ernstes. Major Jakes schien es nicht einmal zu bemerken.

»Dies ist ein kriegerischer Akt«, brüllte Barreio zurück. »Sie sind Eindringlinge und haben illegal Waffen in unser Land geschmuggelt.« Das Gewehrfeuer ebbte ab, während der Guerillaführer sprach. »Uns bleibt keine Wahl, als unsere Kultur zu schützen. Wir können nicht zulassen, daß militärische Eindringlinge aus den Vereinigten Staaten sich mit unseren nationalen Schätzen aus dem Staub machen.«

»Aber wir sind doch nicht hier, um alte Steine zu stehlen«, murmelte Major Jakes kopfschüttelnd. »Wir wollen doch nur die Pyramide in die Luft jagen.«

Mulder stützte sich auf einen Ellbogen. »Na, wenn das alles nur ein großes Mißverständnis ist, vielleicht sollten wir ihm dann die Hand schütteln und über die Sache reden?«

Doch Major Jakes hatte ihm offensichtlich nicht zugehört. »Jetzt wird mir alles klar ... Das sind Separatisten, Angehörige der militanten revolutionären Front von Yucatán – *Liberación Quintana Roo.* Sie wollen ihr eigenes kleines Land gründen und sich vom mexikanischen Staat trennen, egal, was der Rest der Bevölkerung von Yucatán will. Sie haben nicht viele Waffen und genauso wenige moralische Bedenken.«

Mulder sah ihn kalt an. »Ganz anders als Sie und Ihre Männer.«

Major Jakes erwiderte seinen Blick, das Gesicht ausdruckslos und völlig frei von Zorn. »Richtig, Agent Mulder.«

»Legen Sie Ihre Waffen nieder und ergeben Sie sich!« forderte Barreio. »Sie werden festgenommen, als illegale Eindringlinge angeklagt und entsprechend bestraft werden ... es sei denn Ihr Land stellt einen Auslieferungsantrag.«

Major Jakes' Nasenflügel blähten sich. Da dies keine offizielle Mission war, wußte Scully, daß die Regierung ihre Existenz abstreiten und die Kommandoeinheit abschreiben würde. Jakes und seine Männer würden vor irgendeinem Femegericht oder in einer finsteren Folterkammer landen, wie es der Guerillatruppe beliebte.

»Meine Männer werden sich niemals ergeben«, rief Major Jakes zurück, und weitere Schüsse zerrissen die Nacht. »Nicht vor irgendwelchen feigen Heckenschützen, und auch nicht vor Terroristen!«

»Ich wollte schon immer mal bei einer richtigen mexikanischen Schlägerei dabeisein«, spöttelte Mulder.

Scully wußte, daß die amerikanische Spezialeinheit vielleicht in der Lage war, die Rebellen der *Liberación Quintana Roo* in einem offenen Kampf durch überlegene Feuerkraft zu überwältigen – doch sie konnten weder entkommen noch den Rückzug antreten, wenn so viele Feinde im Hinterhalt lagen. Sie saßen in Xitaclan fest.

Die Leuchtkugel zischte und erlosch endgültig, während die zweite Bogenlampe zerplatzte, so daß das Gelände wieder in völlige Dunkelheit getaucht war, unterbrochen nur von gelegentlichen Mündungsfeuern und den Nachbildern auf Scullys Netzhaut.

»Sie beide bleiben dicht bei mir«, ordnete Major Jakes an. »Mir ist klar, daß Sie nicht am Kampf beteiligt sind – auch wenn das Ihre Probleme kaum lösen wird.«

»Könnten wir dann unsere Waffen wiederhaben, Sir?« fragte Mulder. »Da es nun einmal zum Kampf gekommen ist.«

»Nein, Agent Mulder. Ich glaube nicht, daß das gut für Sie wäre.« Major Jakes richtete seine Nachtsichtbrille auf den Dschungel.

Während sie auf den Steinplatten lag und immer wieder zusammenzuckte, wenn eine Kugel dicht neben ihnen einschlug, spürte Scully, wie der Boden zu schwingen begann und langsam in heftige Vibration geriet, als rolle noch mehr schweres Gerät auf sie zu – doch dann erkannte sie, daß das Zittern aus der Tiefe der Erde kam. Wie schon an ihrem ersten Abend bebte die antike Stadt, als sich der vulkanische Druck unter der Kalksteinkruste aufstaute.

»Scully, passen Sie auf!« warnte Mulder. Er packte sie am Arm, während Major Jakes und seine Männer noch nicht begriffen hatten, was geschah.

Der Boden bäumte sich auf und bog sich immer heftiger unter enormen seismischen Kräften. Die große Pyramide des Kukulkan schwankte, und riesige Steinquader polterten die steilen Stufen herab. Im Dschungel heulten einige der Heckenschützen vor Entsetzen auf, während Jakes' Soldaten ebenso verwirrt durcheinanderliefen.

Eine der Stelen mit den gefiederten Schlangen ächzte und kippte wie in Zeitlupe auf die Steinplatten – mit einem ohrenbetäubenden Krachen zerbarst der antike Obelisk zu bröckeligem Schutt. Die Bäume tanzten und peitschten die Erde mit zunehmender Heftigkeit.

Dampf sprühte aus den Spalten zwischen den Platten der Plaza. Kleine Fumarolen brachen durch den Boden und ließen ihren ungeheuren Druck ab.

»Kommen Sie, Scully, verschwinden wir hier!« rief Mulder und zerrte an ihrem Arm. »Wir hauen ab – solange diese Ablenkung anhält, können wir uns in Deckung bringen.« Er sprang auf und taumelte davon, während die Erde wie ein bockender Hengst unter seinen Füßen hüpfte.

Scully erhob sich, um ihm zu folgen, doch Major Jakes stellte sich ihr mit erhobener Waffe in den Weg. »Nicht so schnell. Sie bleiben hier.«

Wütende Schreie ertönten aus dem Wald, und Scully hörte, wie Bäume umstürzten, die durch die Erdstöße entwurzelt wurden. Sie versuchte Major Jakes, mit Blicken zu bezwingen, doch am harten Ausdruck seiner Augen erkannte sie, daß er sie nicht gehen lassen würde. Mittlerweile hatte Mulder im gebückten Zickzack die halbe Plaza überquert und versuchte, sich bei einer der niedrigeren Tempelruinen in Sicherheit zu bringen. Mit vor Sorge verzerrtem Gesicht drehte er sich nach Scully um und blieb dann stehen, als wolle er umkehren und sich Jakes ergeben, um an ihrer Seite zu bleiben.

»Gehen Sie, Mulder!« Scullys Stimme überschlug sich. »Verschwinden Sie hier!«

Nach einem letzten zögernden Blick befolgte er ihren Ruf und beschleunigte seine Schritte auf die untere Plattform der Pyramide zu. Gewehrkugeln prallten hinter seinen Fersen auf die unebenen Steinplatten, und Querschläger heulten durch die Nacht – Scully konnte nicht ausmachen, ob die Schüsse von den Guerillas im Dschungel oder von Major Jakes' Soldaten gekommen waren.

Erneut bäumte sich der Boden unter einem gigantischen Erdstoß auf, und Scully hörte ein Geräusch wie von zerreißenden Muskeln. Hinter der Pyramide des Kukulkan explodierte eine gewaltige Dampfsäule, die kochendes Wasser in den Himmel spie.

Scully begriff, daß die Explosion von der Cenote kommen mußte – das Beben hatte den Boden des unermeßlich tiefen Schachtes gespalten und das Wasser in einen vulkanischen Kessel absacken lassen, von wo es zischend an die Erdoberfläche geschleudert wurde.

Scully konnte die Silhouette ihres Partners kaum noch ausmachen ... doch dann erkannte sie mit einem Entsetzen, das ihr das Herz in der Brust zusammenzog, daß Mulder genau darauf zu hielt. Mulder stürzte mit gesenktem Kopf vorwärts – scheinbar direkt in die brodelnde Fontäne hinein.

27

Ruinen von Xitaclan
Mittwoch, 1.31 Uhr

X Als Mulder endlich eine notdürftige Deckung erreichte, hatte der Boden unter seinen Füßen aufgehört zu schwanken und zu stoßen. Ein paar Heckenschützen feuerten in seine grobe Richtung, doch die meisten schienen mehr mit ihrer eigenen Sicherheit beschäftigt zu sein. Bevor die Schießerei wieder in Gang kommen konnte, nutzte er die benommene Reglosigkeit, die rings um die Ruinen herrschte, und rannte weiter, um sich am Rande der riesigen Pyramide in Sicherheit zu bringen.

Es war ihm ein schrecklicher Gedanke, Scully als Gefangene von Major Jakes zurückzulassen. Doch sie hatte ihm zugerufen, er solle laufen, verschwinden. Ihre letzten Worte, die durch das Dröhnen der vulkanischen Erdstöße zu ihm gedrungen waren, hatten ihn freigesetzt, als wäre eine Leine, die ihn zurückhielt, plötzlich zerrissen. Wenn er das Rätsel lösen und die Antworten finden konnte, auf die sowohl Barreios Guerillas als auch die amerikanischen Soldaten aus waren, konnte er sein Wissen vielleicht nutzen, um Scully zu befreien.

Jetzt hastete er vorwärts, koste es, was es wolle. Er wußte, daß er als einzelner unbewaffneter Mann nur wenig gegen zwei gegnerische Militäreinheiten ausrichten konnte. Mulder hoffte, das Problem aus einer anderen Richtung angehen und eine überraschende Lösung aus dem Ärmel zaubern zu können.

Er mußte das Geheimnis der großen Pyramide von Xitaclan entschlüsseln. Was hatte Cassandra Rubicon hier gefunden?

Der verebbende Ausbruch hatte weder Lava noch Asche freigesetzt, doch als Mulder auf den jäh abfallenden Rand des Opferschachtes zu taumelte, blieb er abrupt stehen – und starrte fasziniert in die Tiefe.

Irgendwo im Schoße der Erde hatte sich der Boden aufgetan und den Grund des Opferbrunnens zerrissen. Der Kalksteinschacht hatte seinen Inhalt in eine kochende Grube vulkanischen Feuers ergossen – das ganze kalte, tote Wasser, die lichtlosen Tiefen, die die versunkenen Leichen des Archäologenteams verschlungen hatten. Im Laufen hatte Mulder die Pilzwolke stinkenden Dampfes gesehen, die in den Himmel hinaufgeschossen war...

Jetzt lag der Schacht leer da, tropfend und knisternd wie ein trockenes, weit aufgerissenes Maul. Seine Wände waren glitschig und uneben. Immer noch kräuselte sich Dampf empor, vermischt mit dem säuerlich stechenden Gestank vulkanischer Gase.

Mulder spähte hinab in die klaffende Cenote, ein gähnender Höllenschlund wie der legendäre Eingang zum Hades. Tief unten bemerkte er ein schwaches Leuchten. Das Licht sah nicht aus wie Feuerschein ... es kam nicht von der schwelenden Glut vulkanischer Hitze. Es schien eher ein kaltes Leuchten zu sein, ein Schimmer, der pochte und pulsierte wie eine Signallampe, deren lautloser Schrei aus dem giftig atmenden Schacht heraufdrang.

Scully hatte ihm von einem ähnlichen, beunruhigenden Lichtschein berichtet, den sie während ihres Tauchgangs gesehen hatte, ein fernes Wetterleuchten weit unterhalb der Tiefe, in der sie die Leichen des Forschungsteams entdeckt hatte. Phosphoreszierende Algen, die außerhalb der Reichweite des Sonnenlichts lebten, hatte sie spekuliert. Doch als Mulder das schwache Leuchten anstarrte, das flackernde Licht beobachtete, konnte er die wissenschaftliche Erklärung seiner Partnerin nicht mehr akzeptieren. Das an- und abschwellende Funkeln schien zu geordnet, zu regelmäßig ... wie ein Muster, wie irgendeine Art von Morsezeichen.

Er erinnerte sich an die Behauptung des Majors, die Ruinen von Xitaclan seien die Quelle eines mysteriösen verschlüsselten Signals, einer Funksendung, deren Code das amerikanische Militär offenbar nicht entschlüsseln konnte. Doch wenn nun die Sendung überhaupt nicht codiert war, sondern einfach in einer Sprache abgefaßt, die Major Jakes nicht verstand ... die kein Mensch je gelernt hatte?

Vladimir Rubicon hatte Mulder für seine phantasievolle Deutung der Schnitzereien auf der Spitze des Tempels gescholten – für seine Erklärung, der weise Gott Kukulkan könne ein antiker Astronaut gewesen sein, ein Außerirdischer, der in der Morgendämmerung der menschlichen Zivilisation auf die Erde gekommen sei. Doch nun, als er das unheimliche Glühen tief unten in der ausgetrockneten Cenote sah, war sich Mulder beinah sicher, daß dies eine Art extraterristisches Notsignal sein mußte.

Mulder registrierte die Seile, die immer noch an der Wand des Opferbrunnens herabhingen. Er starrte hinab zu den steilen, geschwungenen Kalksteinwänden. Seine Gedanken arbeiteten fieberhaft. Mit all den Spalten, Felsstufen und abfallenden Vorsprüngen sowie mit Hilfe der alten Seile konnte er den Abstieg schaffen. Wahrscheinlich.

Das Leuchten rief nach ihm. Er mußte dort hinunter. Das war keine Frage.

Er griff nach den Seilen, die sich in seiner Hand feucht und warm anfühlten. Sie mußten wie Gemüse gekocht worden sein – aber sie schienen unbeschädigt, und sie würden sein Gewicht halten ... hoffte er.

Energisch ruckte er daran, um die Knoten zu sichern, und ließ sich dann rückwärts über den Rand hinab, indem er die Absätze seiner Schuhe gegen den feuchten Kalkstein stemmte. Wie erwartet fand er ausreichend Halt für seinen Abstieg – doch es schien unendlich weit in die Tiefe zu gehen.

Als er sicherer wurde, spannte Mulder seine Armmuskeln an und beschleunigte den Abstieg, ließ sich von Felskante zu Felskante hinabsinken, immer weiter in die Tiefe hinab. Er hielt das rauhe Seil umklammert, benutzte es jedoch häufig nur als Krücke, nicht um wirklich sein Gewicht daran zu hängen.

In Mulders Kopf begann sich alles zu drehen von den fauligen Gerüchen, die zischend aus der Tiefe aufstiegen ... wie der stinkende Atem eines Drachen. Er konnte sich nicht vorstellen, wie abgründig der Schacht sein mochte. Glücklicherweise kam das Leuchten, das ihn anzog, offenbar nicht von ganz unten.

Wieder hallten peitschende Schüsse durch die Luft. Mulder erstarrte und schmiegte sich in die Dunkelheit unter einem Felsvorsprung, doch dann erkannte er, daß niemand gezielt auf ihn geschossen hatte. Die Kämpfe waren wieder aufgeflammt, nachdem sich die versteckten Angreifer von den heftigen Erdstößen erholt hatten.

»Schätze, ich sollte mich lieber beeilen«, murmelte er. Er würde sich durch eine banale mittelamerikanische Revolution doch nicht von seinem Vorhaben abhalten lassen.

Mulder ließ sich zur nächsten Felskante herabgleiten, und die Farbe des Kalksteins änderte sich von einem verblichenen Weiß zu einem dunkleren Ton und war mit schleimigen Rückständen bedeckt. Nun befand er sich unterhalb der ehemaligen Wasseroberfläche.

Wieder knallte weit über ihm ein Schuß, und er hörte schwache Stimmen, die Spanisch oder den kehligen Maya-Dialekt sprachen, den auch die einheimischen Indios benutzt hatten. Mulder fragte sich, ob Fernando Aguilar und seine eingeborenen Helfer zurückgekehrt und mitten in die bewaffneten Auseinandersetzungen geplatzt waren ... oder ob Aguilar vielleicht mit Barreio und seiner *Liberación Quintana Roo* in Verbindung stand.

Er und Scully hatten nun eine weitere Gruppe von Mordverdächtigen. Offensichtlich war es nicht abwegig, daß Barreios Truppe militanter Rebellen das Team amerikanischer Archäologen ermordet hatte, weil es sich an ihren nationalen Schätzen zu schaffen machte. An jenem Preis, den sie für ihre Revolution zu erlangen hofften.

Doch ... falls Mulders Vermutungen über den phantastischen Ursprung dieser antiken Mayastadt zutrafen, dann gehörten die Relikte von Xitaclan keiner Nation *dieser* Erde.

Es hatte ihm schon immer zu denken gegeben – warum hatten die Maya diese prächtige, abgelegene Anlage verlassen, wie so viele ihrer antiken Städte? Warum hatten sie Xitaclan überhaupt hier erbaut, weitab von allen Handelsrouten, Flüssen und Straßen? Was hatte die Geburt ihres Großreichs möglich gemacht? Und warum hatten die Maya ein so starkes Interesse an astronomischem Wissen, Kalenderzyklen und Planetenbahnen entwickelt?

Die Maya waren besessen von der Zeit und den Sternen gewesen, von dem Lauf der Erde um die Sonne. Sie hatten mit größter Sorgfalt über Tage und Monate Buch geführt, wie ein Kind, das im Monat vor seinem Geburtstag die Tage auf seinem Kalender abstreicht.

Mulder wurde das Gefühl nicht los, daß alle Antworten unter ihm lagen... dort, wohin ihn das Licht mit sanftem Pulsen lockte.

Unterhalb der ehemaligen Wasseroberfläche waren die Felskanten und Vorsprünge der Cenote knorriger und nicht so verwittert. Sein Herz klopfte vor brennender Neugier, als er noch tiefer hinabkletterte.

Dann war das Seil zu Ende.

Nachdenklich betrachtete Mulder das ausgefranste Ende, die lang herabbaumelnden Stränge, die an der Wand der Cenote hingen, bis hinauf zum Rand. Ihm blieb nichts anderes übrig, als ohne die Hilfe des Seils weiter hinunterzusteigen.

Das Leuchten wurde heller, ein einziges kaltes Strahlen. Von der erstickenden vulkanischen Hitze, vom Dampf, der noch hier unten hing, schwitzte Mulder wie in einer Sauna. Doch das Licht, das durch die umgebenden Felsen pulsierte, nahm einen zunehmend weißlich-blauen Ton an und wurde immer kälter. Die Kalksteinwände schienen seiner pochende Energie kaum standhalten zu können.

Indem er sich mit den Fingern an die glitschigen Spalten und knorrigen Vorsprünge klammerte, brachte Mulder endlich den

Rest der Strecke hinter sich und erreichte keuchend einen breiten Absatz vor einer bogenförmigen Öffnung … die den Blick auf ein glattes Rechteck aus Metall freigab.

Noch immer hallten Schüsse durch die Nacht, doch Mulder nahm sie nicht mehr wahr.

Die Legierung des Rahmens war verkrustet und korrodiert, aber dennoch bemerkenswert sauber nach all den Jahrhunderten im kalten Wasser der Cenote. Form und Aussehen des Portals waren unverkennbar, und Mulder streckte seine Hand aus, um es mit zitternden Fingern zu berühren.

Die Öffnung war eindeutig eine Art Tür.

Die Tür zu einem Raumschiff.

28

Ruinen von Xitaclan
Mittwoch, 2.15 Uhr

Die jahrhundertealte metallische Luke öffnete sich mit einem langgezogenen Zischen; der Luftdruck glich sich an – ein Geräusch, so vermutete Mulder, das wahrscheinlich ähnlich klang wie das einer gefiederten Schlange, kurz bevor sie angriff ...

Trotz seiner verzweifelten Neugier wandte sich Mulder ab und hielt den Atem an, aus Angst, daß giftige Gase aus der Kammer strömen könnten. Bei anderen Ermittlungen hatte er das Bewußtsein verloren, nachdem er die Ausdünstungen verwesender Außerirdischer eingeatmet hatte. Was immer unter den Ruinen von Xitaclan lag, war jahrhundertelang hier eingeschlossen gewesen, und er konnte nicht wissen, was er vorfinden würde in diesem seit langem verlassenen ... Raumfahrzeug?

Seine Augen brannten von den Dämpfen, die immer noch aus vulkanischen Spalten im unsichtbaren Boden der Cenote aufstiegen. Zwinkernd warf er einen Blick zurück in die Tiefe zu seinen Füßen und hoffte inbrünstig, daß sich die Erde nicht so schnell wieder auftun würde.

Doch als er aus der Höhe die schwachen Popcorn-Geräusche ferner Gewehrschüsse hörte, wurde Mulder erneut klar, daß er keine Zeit oder Energie darauf verschwenden durfte, sich zu sehr um seine eigene Sicherheit zu sorgen: er mußte seine Antworten finden und dann zu Scully zurückkehren.

Und dazu mußte er das Raumschiff betreten.

Er setzte seinen Fuß einen Schritt weit durch den Eingang und fühlte die Festigkeit des Bodens. Der Korridor hatte glatte, gewölbte Wände, beschichtet mit einer polierten, metallischen Substanz, die das Licht zugleich absorbierte und reflektierte. Den Ursprung des Lichts konnte Mulder allerdings nicht entdecken. Es war ein blendendes, hartes Leuchten – offensichtlich für Augen geschaffen, die an die Helligkeit einer anderen Sonne gewöhnt waren.

Die Maya waren nie geschickte Metallschmiede gewesen und verfügten nicht über die Schmelzeinrichtungen, um Materialien herzustellen, wie er sie hier überall sah. Er tastete sich tiefer in den Korridor hinein. Ein hochfrequentes Pulsieren summte in den Wänden wie außerirdische Musik. Er spürte es tief in den Knochen, in den Zähnen und im Hinterkopf ... und Mulder hätte alles gegeben, um sein Staunen mit jemandem teilen zu können.

Er erinnerte sich an eine Begegnung draußen auf der Joggingstrecke in der Nähe des FBI-Hauptquartiers, als er einen langen, belebenden Lauf beendet hatte und zum zweiten Mal dem Mann mit der auffälligen tiefen Stimme begegnet war, jenem Mann, den er später *Deep Throat* nannte, da er seinen wirklichen Namen nie erfahren sollte. Als Mulder ihn nach Besuchen Außerirdischer gefragt hatte, nach greifbaren Beweisen für extraterristische Verschwörungen, die wahrscheinlich irgendwo in geheimen Archiven der Regierung verschlossen lagen, hatte *Deep Throat* wie üblich Antworten gegeben, die keine waren.

»Aber sie sind hier, nicht wahr?« hatte Mulder gefragt, erschöpft von seinem Lauf und trotzdem hellwach.

Deep Throat hatte mit einem wissenden Lächeln die Augenbrauen gehoben und gelassen gesagt: »Mr. Mulder, sie sind hier. Schon seit langer, langer Zeit.«

Doch konnten es Tausende von Jahren sein?

Mulder ging weiter den gepanzerten Korridor entlang und erkundete die Überreste des uralten Schiffs, das offensichtlich verlassen worden war, nachdem es vor etlichen Jahrhunderten auf der Yucatán-Halbinsel gelandet – vielleicht notgelandet – war ... hier, am Geburtsort der Maya-Zivilisation.

»Und wir machen uns Sorgen um illegale Einwanderer«, murmelte Mulder.

Die gewundenen Gänge öffneten sich und gaben den Blick auf dunkle, teilweise eingestürzte Kammern frei, wo sich einmal weitere Räume mit Metallwänden befunden hatten. Wo korrodierte Platten aus Metallegierungen zu Boden gefallen waren, hatte man die Löcher mit ziselierten Steinplatten repariert. Vom ursprünglichen Schiff war nur noch wenig übrig, kaum mehr als ein Metallgerüst, das mit Kalksteinblöcken geflickt worden war.

Mulder stellte sich vor, wie Maya-Priester in die heilige Pyramide eingetreten waren, lange nachdem die außerirdischen Besucher verschwunden waren, und vergeblich versucht hatten, die Anlagen instandzuhalten. Generationen von ehrfürchtigen Besuchern mußten den Fußboden glattgetreten haben.

Vielleicht waren die fehlenden Geräte und Metallträger aber auch entfernt worden, um in anderen Maya-Tempeln Verwendung zu finden ... oder von religiösen Eiferern wie Padre Diego de Landa zerstört zu werden.

Ein andächtiges Staunen erfüllte Mulder und pochte warm durch seine Adern, als er seinen Erkundungsgang fortsetzte. Nie zuvor hatte er so überwältigende Beweise zu Gesicht bekommen, solche unglaublichen Überreste einer außerirdischen Konstruktion. Nie zuvor hatte er seiner Überzeugungen, seines scheinbar absurden Glaubens an fremde Lebensformen, so sicher sein können. Nie zuvor ...

Die Korridore des verlassenen Schiffs spiegelten dasselbe Muster wider, auf das Mulder bereits gestoßen war, als er am Tag zuvor bei seiner Suche nach Vladimir Rubicon durch das Labyrinth der darüberliegenden Pyramide gegangen war. Dort oben war Mulder den dunklen Tunnels gefolgt, bis er auf den seltsamen, eingestürzten Durchgang gestoßen war. Vielleicht, dachte er, wäre dahinter ein höher gelegener Eingang zu dem eingeschlossenen Schiff gewesen.

Mulder fragte sich, ob das Raumfahrzeug tatsächlich abgestürzt war und ob es dabei einen Krater mitten in den Dschungel gegraben hatte. Als dann die unzivilisierten Eingeborenen gekommen waren, um das feurige Ding vom Himmel genauer zu betrachten, hatte ihnen Kukulkan, der »weise Gott von den Sternen«, unermeßliche Kenntnisse beigebracht und die Geburt einer großen Zivilisation ermöglicht.

In Gedanken versunken fuhr Mulder mit den Fingern über die Lücken in den metallischen Wänden und berührte den polierten Kalkstein. Mehr als alles andere wünschte er sich, Vladimir Rubicon hätte lange genug gelebt, um Zeuge dieser Entdeckung zu werden.

Im Lauf der Jahrhunderte hatten die Maya – oder spätere Schatzsucher – das Wrack bis auf die Knochen ausgewaidet und nur dieses Skelett des ursprünglichen Schiffs zurückgelassen. Doch es war genug. Mulder wußte, daß dieser Beweis nicht zu widerlegen war.

Könnte er nur Scully hier herunterbringen, könnte sie es nur mit eigenen Augen sehen ...

Wie ein Stich durchfuhr ihn die verzweifelte Hoffnung, daß sie noch lebte, daß sie als Gefangene von Major Jakes zumindest vor dem erneuten Ansturm der Guerillas beschützt gewesen war.

Wenn ... wenn wir hier lebend rauskommen, könnte ich es endlich beweisen, blitzte es wie Leuchtfeuer durch sein Hirn, endlich. Denn Scully hatte recht – sie hatte es ihm schon damals gesagt, während ihrer tollkühnen Flucht vom Radioteleskop in Arecibo, Puerto Rico: »Beweise nützen nichts mehr, wenn Sie tot sind.«

Mulder erreichte eine spiralförmig ansteigende Rampe und folgte dem hellen, pulsierenden Leuchten steil nach oben. Sein Erstaunen wuchs, als er die nächste Ebene erreicht hatte. Er hatte den Ort gefunden, von dem das leuchtende Signal ausging. Er mußte seine Augen gegen das Licht abschirmen, das so hell brannte, daß es in seinem Kopf schmerzte. Dies muß die Kontrollbrücke sein, dachte er. Langsam ließ er seinen Blick durch den strahlenden Raum wandern.

Das gesamte Gelaß war noch so gut wie intakt, und seine seltsam komplexen Vorsprünge – technische Einrichtungen? – offenbar noch funktionstüchtig. Mulder vermutete, daß dieser Ort für die Maya die größte religiöse Bedeutung gehabt haben mußte.

Plötzlich bemerkte er ... ein Ding, das ihn erstarren ließ, und sein Magen krampfte sich zusammen. Eine der Nischen war mit einer seltsamen, durchscheinenden Substanz gefüllt, einem ätherischen Gel, in dem ein Schatten zu sehen war – der Umriß einer menschenähnlichen Gestalt, die reglos in der gegenüberliegenden Wand hing, die Arme ausgestreckt, die Beine ein wenig gespreizt. Die Silhouette sah dünn und skelettartig aus, verzerrt von der trüben Substanz, die sie umgab.

Wie eine Motte zum Licht taumelte Mulder über das abschüssige Deck der Brücke auf die schmale Kammer zu – und erkannte, daß die Silhouette in der geleeartigen Masse eine junge Frau mit langen Haaren und menschlichen Zügen war.

Mulder zögerte. Der rationale Teil seines Verstands wußte, daß dies nicht seine *Schwester* sein konnte. *Sie kann es nicht sein.*

Gebannt stand er vor dem Umriß, spähte blinzelnd durch das helle Licht, das ihn von allen Seiten umgab, und musterte die Frau, die dort an ihrem Platz hing, gefangen wie ein Insekt in Bernstein ...

Mit verengten Lidern erkannte Mulder, daß ihr Gesicht einen überraschten Ausdruck hatte, der Mund ein wenig geöffnet, die Augen weit aufgerissen, als wäre sie auf einem Schnappschuß festgehalten worden. Das Gel wurde klarer, von unsichtbaren Energieströmen durchflossen. Er bemerkte ihre grün-braunen Augen, die zierliche Figur, die gut in den Taucheranzug gepaßt haben könnte, den Scully benutzt hatte. Wallendes, zimtfarbenes Haar, ein paar frische, rote Kratzer auf einer Wange.

Von allen Wundern, die Mulder in dem verlassenen Schiff gesehen und bestaunt hatte, überraschte ihn dieses am meisten.

Er hatte Cassandra Rubicon gefunden.

29

Ruinen von Xitaclan
Mittwoch, 2.33 Uhr

Major Jakes befahl Scully, sich auf den Boden zu legen, und ihr blieb nichts anderes übrig, als zu gehorchen.

Er bellte seinen Soldaten Befehle zu, einen offensiven Gegenschlag zu starten. Eine weitere hastig errichtete Bogenlampe fiel dem vereinzelten Feuer der Heckenschützen zum Opfer, doch sie wurde durch blendende Leuchtkugeln ersetzt, die den Himmel erhellten und einen Stroboskopeffekt erzeugten, der die Explosionen und das Gewehrfeuer unterstrich.

Aus dem Waffenvorrat im Inneren der gepanzerten Geländefahrzeuge errichteten zwei Soldaten eine kleine Raketenbatterie und dann einen Granatenwerfer. Scully hielt sich die Ohren zu, als die Soldaten die Apokalypse der Neuzeit über den dichten Dschungel hereinbrechen ließen.

Erschrocken gaben die verstreuten Freiheitskämpfer der *Liberación Quintana Roo* nur noch wenige ziellose Schüsse ab. Als die Bäume in lodernden Flammen aufgingen und Explosionen das Unterholz zerfetzten, hörte Scully überall wilde Aufschreie, panische Rufe und Schmerzgeheul und hoffte sekundenlang auf einen schnellen Sieg.

Doch dann antwortete eine Maschinengewehrsalve aus der Deckung der Bäume heraus. Zwei von Major Jakes' Soldaten wurden zu Boden geschleudert, zerrissen von großkalibrigen Geschossen.

»Bleibt in Deckung!« schrie Major Jakes, während er Scully

mit fester Hand hinter dem erbärmlichen Schutz der Zelte am Boden hielt.

Der Dschungel brannte. Ein anderer Soldat nahm den Platz seines gefallenen Kameraden am Raketenwerfer ein und feuerte vier eher winzige Geschosse in die Mitte des verborgenen Gewehrfeuers – die Explosionen jedoch dröhnten lauter als die vulkanischen Erdstöße.

Wieder verebbte das Feuer der Heckenschützen. Über das Knistern der Flammen hinweg hörte Scully sich entfernende Rufe im Kletterpflanzengewirr des Urwalds. Die Leuchtkugeln am Himmel warfen verzerrte, wild tanzende Schatten auf die Plaza, als lauere der Feind noch immer an Rande der Lichtung.

Ein dreckverschmierter junger Soldat sprintete über die freie Fläche und brachte sich hastig neben Major Jakes in Deckung. Er hatte so weiche Gesichtszüge, daß Scully sich nicht vorstellen konnte, daß er älter als zwanzig war, doch seine Augen waren hart wie Feuersteine und verrieten ein Alter, das weit über seine Jahre hinausging.

»Der Feind scheint sich zurückzuziehen, Sir«, keuchte er. »Zumindest vorläufig.«

Der Major nickte. »Überlegene Feuerkraft reicht immer, um Rebellentruppen einzuschüchtern. Ich möchte, daß Sie loslaufen und eine Schätzung der Verluste vornehmen.«

»Ich kann Ihnen eine vorläufige Schätzung geben, Sir. Mindestens vier Mann sind getroffen, drei tödlich, einer ... nun, es sieht immer noch ziemlich schlimm aus, Major.«

Jakes' Miene verfiel, als sei ihm die Luft aus den Lungen geschlagen worden; dann atmete er tief durch, und die Flügel seiner Adlernase blähten sich weit auf. »Noch sechs«, knurrte er.

Ein anderer Soldat, der aus der rechten Brustseite blutete, kam heran, doch er ließ sich von der Verletzung nicht aufhalten. »Die Guerillagruppe hat sich in den Wald zurückgezogen, Sir«, meldete er zackig. »Wir vermuten, daß sie sich zu einem neuen Angriff formieren.«

»Sie wissen, daß sie uns nicht besiegen können«, sagte Jakes sinnend. »Aber sie können uns aushungern.«

»Wollen Sie, daß wir einen Ausfall machen und sie jagen, Major?« fragte der Soldat und preßte sich geistesabwesend die Hand in die Seite, um den Blutfluß zu dämmen.

Major Jakes schüttelte den Kopf. »Irgendwelche Erkenntnisse über ihren Anführer? Den Mann, der die Befehle gegeben hat?«

»Nur vorläufige, Sir.« Der Soldat zog die Hand von seiner Wunde und krümmte die klebrigen Finger. Scully konnte eine aufgerissene Kerbe im Fleisch erkennen, versengt von der Hitze der Kugel. Gleichmütig betrachtete der Mann das feucht schimmernde Blut auf seiner Handfläche und wischte es dann an seiner Tarnhose ab.

»Der Anführer hat sich auch in Deckung gebracht, glauben wir. Leider müssen wir annehmen, daß er unverletzt ist. Er wurde zuletzt gesehen, als er einen Durchbruch zur Hauptzitadelle der Ruinenstadt versuchte... Dort drüben.« Der Soldat deutete auf die Pyramide des Kukulkan. »Vielleicht ist das so eine Art Festung der Rebellen oder ein zusätzliches Waffenlager. Jedenfalls eindeutig unser Hauptziel.«

»Dies ist eine *archäologische Grabungsstätte*, kein militärisches Ziel«, warf Scully ein, stemmte sich auf die Knie hoch und schob sich von Jakes weg. Es machte sie wütend, die Toten und Verwundeten zu sehen, die sinnlose Zerstörung, die sowohl Barreios Freiheitskämpfer als auch Major Jakes' Soldaten angerichtet hatten. »Das ist nur eine antike Maya-Ruine, sehen Sie das nicht? Nicht mehr!«

»Alle Hinweise deuten auf das Gegenteil hin.« Major Jakes sah sie mit regungslosem Gesicht an. »Wenn Xitaclan lediglich eine Stätte von historischem Interesse ist, warum verteidigt diese Rebellenbande es dann so verbissen?« Er wandte sich an den verwundeten Mann, der auf weitere Befehle wartete. »Machen Sie mit der Durchführung dieser Mission weiter. Ich möchte innerhalb von zehn Minuten zwei Raketenmörser aufgestellt und feuerbereit haben.«

»Jawohl, Sir!« Der Soldat rannte trotz der Feuerpause hakenschlagend davon.

»Mit welchem Recht kommen Sie hierher, greifen einen souveränen Staat an und zerstören eine Stätte von unermeßlichem archäologischen Wert?« fragte Scully. »Diese Ruinen sind Tausende von Jahren alt und wurden noch nie zuvor von Wissenschaftlern untersucht. Sie haben keinen Beweis dafür, daß dies ein Waffenlager oder die Militärbasis von irgendwelchen Guerillas ist.«

Major Jakes zog ihre konfiszierte Dienstmarke und ihren Ausweis aus der geräumigen Tasche seiner Tarnhose, studierte sie noch einmal und reichte ihr dann die Brieftasche zurück. »Also schön, Special Agent Scully vom Federal Bureau of Investigation«, sagte er langsam. »Dann werde ich Ihnen meine Beweise zeigen. Da Sie sich bereits innerhalb der Sicherheitsbeschränkungen dieses Sonderkommandos befinden, sind Sie an die strikte Geheimhaltung dessen gebunden, was Sie gesehen haben.«

»Ich habe eine Unbedenklichkeitsbescheinigung, und ich bin durchaus in der Lage, meinen Mund zu halten«, schnappte Scully. »Aber ich habe keine Antworten. Noch nicht.«

»Kommen Sie mit«, wies er an, »dort drüben zum ersten Wagen.« Ohne auf sie zu warten, duckte er sich und rannte auf die Geländefahrzeuge zu. Scully hastete hinter ihm her und ahmte seine Ausweichmanöver nach, die sie noch von ihrer Ausbildung in Quantico in Erinnerung hatte. Verblüfft stellte sie fest, daß sie in dieser Notsituation längst verlernt Geglaubtes beinah mechanisch anwenden konnte.

Doch diese Operation hatte keine Ähnlichkeit mit einer einfachen Schießerei mit Kriminellen: Xitaclan war zum Schauplatz eines regelrechten Kriegs geworden. Zum Glück schwiegen die Waffen der Heckenschützen bisher weiterhin, und Jakes und Scully erreichten ungehindert das schwer bereifte Fahrzeug.

Aus einem verriegelten Fach holte Major Jakes einen dünnen Aktenordner: Bilder und Dokumente, die auf durchscheinendem, wasserlöslichem Papier ausgedruckt waren. Mit energischen Bewegungen zog er zwei schwarzweiße Satellitenfotos heraus, die sich sofort zusammenrollten. Sie waren unscharf, als wären sie mehrere Male gefaxt worden.

»Dieses Foto zeigt die Überreste der Festung eines führenden mittelamerikanischen Drogenbosses, Xavier Salida«, erläuterte Jakes. »Schwer bewacht und reichlich mit Waffen ausgestattet. Wir wissen seit einiger Zeit von seinen illegalen Aktivitäten. Die DEA hat mit der örtlichen mexikanischen Polizei zusammen einen Versuch unternommen, ihm eine Falle zu stellen – aber Salida war nicht zu fassen. Er hatte zu viele korrupte Politiker in der Tasche. Das ist immer das Problem mit den Drogenbossen hier draußen.«

»Wenn Sie mit örtlichen Polizeibeamten wie Carlos Barreio zusammengearbeitet haben, wundert mich das nicht«, sagte Scully säuerlich. Sie beugte sich näher heran, um das Satellitenfoto zu studieren. »Und warum sieht das aus wie ein Krater? Hat man Ihre Truppe auf ihn gehetzt, weil seine Verhaftung legal nicht zu erreichen war? Haben Sie das auch hier in Xitaclan vor – einen großen Krater zurückzulassen?«

»Nein.« Jakes schien nicht im mindesten beleidigt zu sein. Selbst die verheerende Schießerei hatte ihn nicht aus der Ruhe gebracht. Die kleine Verletzung an seiner Schulter hatte aufgehört zu bluten. »Wir hatten mit diesem Vorfall nichts zu tun... Der Radius des Kraters und der Zustand der Oberfläche, wie auch die seismologischen Daten und der schwache atmosphärische Blitz, den einer unserer Horizontsatelliten aufgefangen hat, lassen nur einen Schluß zu: dies ist ohne Frage das Ergebnis einen taktischen Nuklearschlags.«

»Sie meinen, jemand hat einem mexikanischen Drogenboß eine Mini-Atombombe auf den Kopf geworfen?«

»Daran lassen die Beweise keinen Zweifel, Agent Scully. Nichts sonst hätte mit einer einzigen Explosion so viel Hitze und Energie freisetzen können.«

»Aber wie?« Scully konnte es immer noch nicht fassen. »Wo sollten Salidas Feinde einen nuklearen Sprengkopf herbekommen?«

Jakes nickte vor sich hin und schürzte die Lippen. »Hier ist ein mögliches Szenario: Eine gewisse Anzahl nicht näher erfaßter Nuklearwaffen könnte während des Auseinanderbrechens der ehemaligen Sowjetunion auf den Schwarzmarkt gelangt sein. Möglicherweise sind einige dieser verlorenen Geräte in die Hände von Terroristen gefallen. Diese Scheißkerle sind verdammt gut, wenn es darum geht, sich gegenseitig auszuschalten – zumindest besser als wir mit unseren Festnahmeversuchen.«

Scully starrte noch einmal das gerollte Foto an. »Mit einer Atombombe? Ist das nicht ein bißchen übertrieben?«

Major Jakes umging die Frage. »Wir wissen außerdem, daß die revolutionäre Gruppe *Liberación Quintana Roo* – die Herren, die uns heute abend beschossen haben – Waffen für ihren aussichtslosen Kampf gegen die mexikanische Zentralregierung sammeln. Wir sind äußerst besorgt, daß eine oder mehrere dieser vermißten taktischen Nuklearwaffen in ihre Hände gelangt sein könnten. Wir glauben, daß diese Guerillagruppe nur wenig Skrupel haben würde, sie gegen ein dicht besiedeltes Gebiet einzusetzen.«

Als sie die Überlegungen hinter den drastischen Maßnahmen von Jakes' Spezialeinheit begriffen hatte, runzelte Scully besorgt die Stirn. Sie preßte ihre Lippen zusammen, während sich ihre Gedanken überschlugen und sie sich fragte, ob die Morde an den Archäologen mit den Waffenschiebereien der Drogenbosse in Verbindung stehen könnten. Hatten die Revolutionäre Xitaclan als Geheimbasis benutzt, unbemerkt ... bis ein neugieriges Team amerikanischer Wissenschaftler anfing, hier herumzuschnüffeln?

Doch all das konnte Mulder nicht helfen, der vor zwei Stunden in Richtung Pyramide geflohen war. Sie betete erneut, daß er nicht von den Guerillakämpfern gefangengenommen oder gar erschossen worden war.

»Das erklärt mir aber immer noch nicht, warum ausgerechnet Xitaclan«, sagte Scully nachdenklich. »Warum hier? Diese abgelegenen Ruinen sind seit Jahrhunderten unberührt. Es gibt keine Straßen, keine Wasserversorgung, keinen Strom –

ganz offensichtlich ist es kein Hochsicherheitsgelände. Es gibt hier gar nichts. Warum sollen Sie den vernichtenden Schlag mitten in der Wildnis führen?«

Jakes griff hinüber zum Armaturenbrett des Geländewagens. Er schaltete den Bildschirmraster ein, der grau und silbrig-blau leuchtete, bevor sich das Bild zu einer topographischen Strichzeichnung der Halbinsel Yucatán verdichtete und dann zu einer Nahaufnahme ihres Standorts heranfuhr. Jakes gab mehrere Befehle ein, und jedesmal zoomte die Karte zu einem kleineren Maßstab. Ein pulsierendes Licht blinkte gleichmäßig auf einer Stelle der Karte wie ein Sonarsignal oder ein leicht wechselnder Herzschlag.

»Diese Sendung wird von *hier* ausgestrahlt, Agent Scully. Vor dem Schlag gegen Xavier Salidas Festung erschien das Signal zum ersten Mal auf unseren Empfängern. Es scheint verschlüsselt zu sein. Seinen Ursprung oder seinen Zweck können wir nicht ermitteln, aber wir glauben, daß ein Zusammenhang zwischen dem Signal und diesen militärischen Aktivitäten besteht. Deshalb hat meine Truppe den Befehl erhalten, jegliche Verteidigung zu durchdringen und den Sender zu zerstören.«

Fasziniert musterte Scully das pulsierende Signal, den hypnotischen Rhythmus des blinkenden Lichts. »Woher wissen Sie, daß das eine militärische Sendung ist?« fragte sie. »Wenn Sie den Code nicht entschlüsseln können, haben Sie keinen Grund zu der Annahme, daß es eine Bedrohung sein müsse ... Das ist doch *logisch*, oder etwa nicht?«

Mit einem unverwandten Ausdruck in den dunklen Augen starrte Major Jakes auf den Bildschirm. »Unsere Aufklärung hat es als militärische Bedrohung klassifiziert.«

»Welche Aufklärung? Wissen die mehr als das, was Sie mir gerade gesagt haben?«

»Es steht mir nicht zu, sie in Frage zu stellen, Agent Scully. Ich kenne nur das Ziel und den Auftrag. Meine Kommandoeinheit hat die Aufgabe, diese Befehle auszuführen, nicht darüber zu debattieren. Wir wissen aus Erfahrung, daß das für alle Beteiligten das Beste ist.«

Einer der beiden verwundeten Soldaten hastete schwer atmend auf das Geländefahrzeug zu. Scully bemerkte, daß der schmale Striemen an seiner Seite wieder aufgebrochen war und seine Uniform mit frischem Blut tränkte. »Alles vorbereitet, Sir. Ready to rock and roll, sobald Sie den Befehl geben.«

»Sehr gut – der Befehl ist hiermit gegeben.« Jakes richtete sich auf und verschränkte die Arme vor der Brust. Er vermied Scullys Blick. »Legen wir diese Pyramide flach.«

Im flackernden Widerschein des Dschungelfeuers blickte Scully zur Silhouette der Zikkurat hinüber und hoffte, daß Mulder Schutz gefunden hatte.

»Laßt sie knallen!« rief eine Stimme.

Und Scully zuckte entsetzt zusammen, als die hochexplosiven Geschosse in die Ruinen schlugen.

30

Verlassenes Raumschiff
in Xitaclan
Mittwoch, 2.41 Uhr

Als sich Mulder von dem Schock erholt hatte, einer Cassandra Rubicon gegenüberzustehen, die wie eine Fliege in einem Spinnennetz gefangen war, trat er zurück. Er holte einige Male tief Atem, zwang sich zur Ruhe und konzentrierte sich bewußt darauf, alle Einzelheiten zu studieren, alle Informationen zu sammeln, bevor er etwas Übereiltes tat. Die Situation analysieren ...

Er beugte sich so nah wie möglich an die schwebende Gestalt heran, ohne mit der seltsamen, gelartigen Barriere in Berührung zu kommen; dann verharrte er und überlegte erneut, was er tun sollte. Eine Beschädigung der Kommandobrücke wollte er nicht riskieren... und er hatte nicht die Absicht, in dieselbe Falle zu geraten wie die junge Frau.

Es war einfach unglaublich ... doch so kam er nicht weiter.

Er drehte sich um und ließ seinen Blick durch den bizarren Raum wandern, um weitere Hinweise zu finden. Wie ein Blitz durchzuckte ihn die Erkenntnis, daß weitere kleine Kabinen ... ähnlich wie die, in der Cassandra gefangen war, ringsum an den Wänden verteilt waren – dunkle Alkoven, leere Särge in einem Mausoleum ... leer bis auf eine, in der sich noch jemand – oder etwas – befand.

Widerstrebend trennte er sich von der Tochter des Archäologen und ging zu der einzigen anderen besetzten Kammer in der Wand des Kontrollraums, mit weichen Knien und einem flauen Gefühl im Magen. Was würde er dort finden?

Die Gestalt lag zusammengesackt da, ein Haufen bauschiger Lumpen und ausgedörrten Fleisches. Die mumifizierten, verhärteten Überreste waren verzerrt wie ein Stück Mahagonitreibholz, aller Feuchtigkeit entleert, kaum mehr als Fetzen eisenharten Gewebes, das die morschen Knochen zusammenhielt.

Auf den ersten Blick konnte Mulder nicht sehen, ob die Mumie überhaupt menschlich war. Er erinnerte sich an ähnlich ausgetrocknete Leichen, die er bei Untersuchungen von anderen Fällen gesehen hatte – im Sarg eines High-School-Schülers in Oregon, in einem vergrabenen Güterwaggon in New Mexico –, ausgedörrte Überreste, möglicherweise außerirdischen Ursprungs, möglicherweise aber auch nicht.

Unwillkürlich fragte er sich, ob diese trostlose Gestalt einer der ursprünglichen Insassen des verlassenen Schiffs sein konnte ... Vielleicht sogar Kukulkan selbst?

Ein Lächeln huschte über Mulders Gesicht. Scully würde diese Schlußfolgerung niemals akzeptieren, solange sie nicht eine Autopsie durchgeführt hatte. Doch zusammen mit den anderen Beweisen – dem versunkenen Schiff und seiner verbliebenen Einrichtung, den Maya-Schnitzereien von Raumfahrern und gefiederten Schlangen – würde dieser seit langem tote Bewohner selbst den hartgesottensten Skeptiker in die Knie zwingen. Selbst Scully.

Er wandte sich wieder der Kammer zu, die Cassandra Rubicon enthielt, und die Unterschiede zwischen den beiden ... *Exemplaren* fielen ihm noch mehr ins Auge. Während Cassandra perfekt erhalten in ihrem Sarg aus versteinertem Licht hing, als wäre die Zeit für sie zum Stillstand gekommen, sah der andere aus, als hätten ihn die Jahre wie eine Dampfwalze überrollt und wie eine überfahrene Katze im Staub der Straße liegenlassen. Mit dieser vertrockneten Leiche war etwas geschehen, und Mulder fragte sich, was schiefgegangen war.

Er widerstand der Versuchung, den Alkoven der Mumie zu betreten. Noch nicht. An den Wänden der Hauptkammer glitzerte das pulsierende Licht, das seinen Kopf mit einem vibrierenden Prickeln erfüllte. Eine Botschaft, die einem fernen Volk galt, einem Volk, das schon vor tausend Jahren aufgehört haben mußte zu lauschen.

Mulder riß sich von der mumifizierten Leiche und der eingeschlossenen Gestalt Cassandras los und musterte die Kalksteinwände, die die herabgefallenen Metallplatten in der Hauptkammer ersetzten. Er sah eingemeißelte Bilder, die denen des Tempels auf der Pyramidenspitze ähnelten. Nur waren diese Bilder weniger stilisiert und weitaus realistischer.

Soweit er sehen konnte, stellten die Szenen eine hochgewachsene Gestalt dar, eine gottähnliche Figur, einen Außerirdischen, umgeben von Indios, die ihn anzubeten schienen ... oder um Gnade flehten. Der Gott – Kukulkan? – stand aufrecht und abweisend da, umringt von mehreren monströsen gefiederten Schlangen.

Mulder schauderte. Dies waren sehr gute Darstellungen des Geschöpfs, das er zwei Nächte zuvor im Schatten des Mondlichts gesehen hatte. Schlängelnd, glänzend ... fremdartig.

Langsam folgte er der Reihe der Schnitzereien, die sich an den Wänden entlangzogen: Szenen des Maya-Volks, wie es Tempel erbaute, Städte im Dschungel errichtete, dem antiken Astronauten mit großer Ehrfurcht gegenübertrat. In jeder der Darstellungen hatte der göttliche Besucher dem Betrachter den Rücken zugewandt, den Kopf erhoben, das unsichtbare Gesicht gen Himmel gekehrt, als warte er ... auf Botschaften von seinem Volk ... auf Rettung?

Doch dann hat sich Kukulkan in das verlassene Schiff zurückgezogen, dachte Mulder, und hat sich – aus welchem Grund auch immer – in eine dieser Kammern begeben, um für immer dort zu bleiben ... um dort zu sterben.

Oder es war ein Unfall geschehen.

Wieder näherte sich Mulder dem Alkoven der erstarrten jungen Frau und versuchte zu erkennen, ob sie sich bewegt hatte, mit den Augen geblinzelt, Luft geholt. Doch es hatte sich nichts verändert.

Durch die verschwommene Masse hindurch sah Cassandra

keineswegs leblos aus. Ihr Gesicht hatte immer noch eine frische Farbe, und auf einer Wange befanden sich etliche winzige Verletzungen, als hätte sie eine Splitterfontäne abbekommen. Das Haar war schweißfeucht, die Haut staubig – vermutlich hatte sie sie sich ihren Weg durch die teilweise eingestürzten Katakomben in der Pyramide über ihnen gebahnt. Sie wirkte erschöpft, erhitzt ... verängstigt.

Aber nicht tot. Mulder hatte genügend Leichen gesehen, um das zu wissen.

Angenommen, dieser Ort war tatsächlich ein vergrabenes Raumschiff, fragte er sich, konnte es dann nicht sein, daß dies eine Art Tiefschlafkammer war, eine Stasis-Kabine, in der die Zeit für die außerirdischen Kundschafter aufgehoben war, um die unvorstellbar lange Reise durch den leeren Raum unternehmen zu können? Diese Idee war schon in zahlreichen Science-fiction-Filmen benutzt worden ... und vielleicht war sie ja gar nicht so abwegig.

Mulder untersuchte die Wände neben Cassandras leuchtender Kammer, doch er fand keine Bedienelemente, keine Hebel, keine farbigen Knöpfe, die ihm zeigten, wie man die erstarrte Substanz auftauen könnte.

Also streckte er die Hand aus, um das kalte, trübe Gel zu berühren. Er hoffte, einfach Cassandra Rubicons Hand ergreifen zu können und sie aus ihrem gläsernen Sarg zu ziehen wie der Prinz, der Schneewittchen aus seinem Todesschlaf erweckt.

Er zögerte, bevor seine Fingerspitzen die Substanz berührten ... Da war sie, die Angst, die Todesangst, die Masse könnte ihn wie außerirdischer Treibsand ebenfalls einsaugen und für immer bannen ... Doch er mußte es probieren. Er mußte es riskieren. Tief durchatmend schob Mulder schnell seine Hand hinein, bevor die Zweifel stärker werden konnten.

Als er die kalte, gelartige Wand berührte – *platzte* sie auf wie eine Seifenblase. Ströme einer glitschigen, sich verflüchtigenden Flüssigkeit ergossen sich über die Bodenplatten.

Hustend und nach Atem ringend stürzte Cassandra Rubicon auf ihn zu, bereits in vollem Lauf, als wäre sie mitten in einer panikartigen Flucht erstarrt. Tropfnaß krachte sie gegen Mulder und schrie schrill und durchdringend. Er hielt die Arme vor sich, um sich zu verteidigen, als sie ihn mit ihrer Wucht zu Boden riß und sofort auf ihn einschlug.

»Nein!« krächzte sie. »Laßt uns in Ruhe!« Sie packte die schwere Taschenlampe, die an ihrem Gürtel hing, und zielte damit nach Mulder.

Blitzschnell hob er die Ellbogen, um den Schlag abzuwehren. Er erinnerte sich an sein Einzelkampftraining, packte ihr Handgelenk, riß ihr mit der anderen Hand die Lampe weg und hielt dann ihre Arme in der Luft auseinander. »Ruhig! Ich bin vom FBI, Bundesagent. Ich bin hier, um Sie zu retten.«

Sie zitterte und sackte in sich zusammen. »Da hat jemand geschossen ... und dann war da ein helles Licht.« Sie sah sich mit verschmierten Augen um und blinzelte immer wieder in dem verzweifelten Versuch, einen freien Blick zu bekommen. Schaudernd wischte sie sich dünnen Schleim vom Gesicht. Sie schien noch nicht wieder klar denken zu können – Teile ihres Gehirns waren offensichtlich noch benommen ... aus der Zeit gefallen.

Mulder setzte sich vorsichtig auf und behielt sie im Auge. Er wußte, daß er einen wenig vertrauenerweckenden Eindruck machen mußte – zerschlagen, schlammig von seinem Abstieg die glitschigen Wände der Cenote hinunter, verschwitzt von dem tagelangen Marsch durch den Dschungel. Doch die junge Frau, die immer noch mit Resten von Schleim besudelt war, sah erheblich schlimmer aus.

Mechanisch versuchte er, wenigstens seine Finger zu säubern. »Ich vermute, Sie sind Cassandra Rubicon?« fragte er. Als sie nickte, fuhr er fort: »Sie und Ihr Team werden seit zwei Wochen vermißt.«

»Unmöglich«, hüstelte sie und wischte sich angeekelt die Hände an den Hosen ab. »Wir sind erst vor ein paar Tagen hierhergekommen.« Sie schnüffelte an ihrem nassen Hemd. »Was ist das für ein Zeug?«

Mulder schüttelte den Kopf. »Ihr Vater hat uns am Dienstag

vergangener Woche kontaktiert. Meine Partnerin und ich sind mit ihm hergekommen, um hier in Xitaclan nach Ihnen zu suchen.« Er zögerte einen Moment, doch sie mußte es erfahren. Es war besser, ihr alles und ohne Beschönigung zu sagen – auch wenn er es noch nicht über sich brachte, von ihrem Vater zu erzählen. »Ich fürchte, wir haben die anderen vier Mitglieder Ihres Teams tot aufgefunden – erschossen und in der Cenote versenkt.«

Cassandra sah sich zwinkernd um und räusperte sich. Ihre Stimme war jetzt wieder kräftig und volltönend, mehr von Zorn als von Furcht erfüllt. »Diese Männer, diese Bewaffneten... Verdammte Bastarde. Was wollten die? Wer waren sie?«

»Ich glaube, sie gehören zu einer militanten revolutionären Gruppe. Sie haben uns heute abend da draußen Gesellschaft geleistet.«

Cassandra senkte den Kopf und blinzelte erneut, hatte aber offenbar immer noch räumliche und zeitliche Orientierungsprobleme. Der damalige Überfall der Guerilla hatte sich aus ihrer Sicht erst vor wenigen Augenblicken abgespielt. »Und wie... wie bin ich dann entkommen?«

»Wir fanden die anderen vier, aber Sie waren immer noch vermißt. Ich habe Sie gerade zufällig hier entdeckt. Sie waren eingehüllt in... und ich habe Sie herausgeholt aus... dem Zeug, in dem Sie gesteckt haben.«

Mit fahrigen Bewegungen wischte sich Cassandra immer wieder über die Augen. »Dieses Zeug brennt... ich kann kaum etwas sehen.«

Mulder benutzte seinen Ärmel, um ihr das Gesicht zu säubern. Sie redete weiter. »Ich bin in die Pyramide gerannt, um mich in Sicherheit zu bringen... dann habe ich mich verirrt... und bin hier hereingestolpert. Danach weiß ich nichts mehr. Licht stürzte auf mich herab und überspülte mich, es brannte... aber es war gleichzeitg eiskalt.« Zutiefst verwirrt lehnte sie sich einen Moment gegen ihn. »Habe ich Sie verletzt?«

Mulder schüttelte den Kopf. »Nur gut, daß Sie nicht Karate können«, lächelte er und rieb sich den angeschlagenen Arm.

Dann bemerkte er, daß das pulsierende Notsignal aufgehört hatte – offensichtlich seit jenem Augenblick, als er Cassandra aus der Kammer befreit hatte. In der ganzen Hauptkammer begann das schimmernde Licht zu verblassen. Das Signal war verstummt, und nun schien das verlassene Schiff zu … warten und wieder in den Schlaf zurückzusinken.

Endlich strömten Tränen aus Cassandras geröteten Augen.

Mulder wischte ihr noch einmal das Gesicht ab und kam zu dem Schluß, daß es zuviel für sie wäre, mit der Tatsache konfrontiert zu werden, daß sie sich in einem verlassenen Schiff befanden, einem außerirdischen Raumfahrzeug, das unter der Pyramide von Xitaclan begraben lag. Oder daß sie wahrscheinlich in eine Rettungskapsel geraten war, die ihr automatisches System aktivierte und Cassandra in einen Tiefschlaf versetzte.

Mulder stand auf und half ihr auf die Beine. Cassandra streckte sich und bewegte versuchsweise die Arme. Das kalte, feuchte Gel begann in einer dünnen Schicht auf ihrer Haut und Kleidung einzutrocknen. Einen Moment lang schwankte sie unsicher, dann holte sie tief Atem.

Noch einmal sah sich Mulder um, doch das pulsierende Signal hatte nicht wieder angefangen. Wieder fragte er sich, ob Cassandras Auftauchen ein Notsignal ausgelöst hatte, eine Art SOS an die Sterne. Vielleicht hatte der tote Pilot vor über tausend Jahren dasselbe versucht, aber keinen Erfolg gehabt, weil seine Rettungskapsel beschädigt war.

Mulder entschied, daß es Zeit war zu verschwinden. »Dank Ihrer Nachforschungen wissen wir, daß es einen Gang hinauf zum Ausgang der Pyramide gibt … ich habe auch keine Lust, noch einmal in der Cenote herumzukraxeln.«

»Ich kann immer noch nicht sehr gut sehen.« Cassandra blieb dicht an seiner Seite, während sie die Hauptkammer verließen, und fragte dann mit zögernder Stimme: »Mein Vater … ist er mit Ihnen gekommen?«

Mulder schluckte, und sein Herz wurde schwer. Das Licht in den Gängen um sie her nahm immer mehr ab. »Ja, er ist mit uns gekommen. Wir haben versucht, ihn zu überreden, daheim in den Staaten auf uns zu warten, aber er wollte nichts davon hören. Er wollte unbedingt bei der Suche nach Ihnen und Ihrem Team helfen.« Er holte tief Luft. »Aber Dr. Rubicon ... er wurde auch ein Opfer der Leute, die versucht haben, Sie zu töten. Es tut mir leid.«

Cassandra stoppte mitten im Schritt und schwankte, lehnte sich gegen die rauhen Steine, wo Metallplatten sich gelöst hatten und zu Boden gefallen waren. Ein Stöhnen entrang sich ihr, als hätte ihr Mulder mit der Faust in den Magen geschlagen.

Dann kam kein weiterer Laut mehr über ihre Lippen – hilflos glitt sie an der Wand hinab, wo sie sich wie ein kleines Kind zusammenkauerte. Sie zog die Knie an die Brust und starrte auf ihre schmutzigen Hände.

Verständnisvoll blickte Mulder auf sie herab. Er fuhr sich rasch mit der Hand durch die Haare und berührte sie leicht an der Schulter. Sie brauchte ein wenig Zeit für sich allein.

»Ich gehe voraus und suche den Weg nach draußen«, sagte er leise. »Nehmen Sie sich soviel Zeit, wie Sie brauchen.«

Cassandra nickte, unendlich müde. Mit einem letzten Blick machte sich Mulder auf den Weg und lief die spiralförmige Rampe hinauf. Sein Herz pochte, schwer vor Mitgefühl, voll von freudigem Erstaunen über die Dinge, die er gesehen hatte ... aber auch erfüllt von Sorge, was er oben vorfinden würde – das Schlachtfeld, die Heckenschützen, die Granaten. Er hoffte, Scully hatte es geschafft. Sie *mußte* einfach am Leben und in Sicherheit sein.

Im Gang wurde es dunkler, und die Wände schienen jetzt aus verglastem Gestein zu bestehen. Die Bodenplatten wurden spärlicher, und Mulder hatte wieder vorwiegend Kalkstein unter den Füßen ... offenbar hatte er die Ebene der Pyramide erreicht. Vor sich erkannte er denselben Hohlraum, den er auf der Suche nach Vladimir Rubicon gesehen hatte, nur daß er jetzt auf der anderen Seite der eingestürzten Barriere stand. Ein Hochgefühl durchfuhr ihn – ab nach Hause!

In Erwartung der massiven Schuttmauer bog er um die Ecke und – stand Carlos Barreio gegenüber. Die Taschenlampe des

Polizeichefs durchdrang die Dunkelheit und nagelte Mulder fest wie einen Schmetterling in einem Schaukasten. Barreio hielt einen Revolver auf Mulders Brust gerichtet.

»Agent Mulder«, sagte er gedehnt. Seine Lippen formten ein humorloses Lächeln. »Ich dachte mir, daß ich Sie in der Pyramide finden würde. Leider kann ich Ihnen nicht erlauben, sie lebend zu verlassen.«

31

Ruinen von Xitaclan,
Pyramide des Kukulkan
Mittwoch, 3.27 Uhr

Instinktiv trat Mulder einen Schritt zurück, doch es gab kein Entrinnen.

Barreios Polizeirevolver war direkt auf ihn gerichtet. Den Finger am Abzug konnte Mulder nicht sehen … er würde es also zu spät merken, wenn Barreio abdrückte – keine Chance, sich wegzuducken und abzurollen. Zum wiederholten Male wünschte sich Mulder, Major Jakes hätte ihm seine Waffe gelassen.

»Dann werde ich auch mal logisch denken«, sagte Mulder und ging noch einen kleinen Schritt zurück, »und raten, daß Sie für die Ermordung der Mitglieder des Archäologenteams verantwortlich sind.« Vorsichtig begann er durch den Hohlraum zurückzuweichen.

Barreio, in dessen überschatteten Augen das Jagdfieber glomm, folgte ihm, den Revolver im Anschlag. Er antwortete mit einem rätselhaften Lächeln, bei dem sich sein üppiger Schnurrbart scheinbar freundlich sträubte.

»Sie haben also die Archäologen neue Schätze für Sie finden lassen«, hakte Mulder nach, »kostbare präkolumbische Artefakte, die vorzügliche Preise auf dem Schwarzmarkt bringen.«

Barreio hob seine breiten Schultern. »Die *Liberación Quintana Roo* braucht das Geld.«

Schnell trat Mulder einen weiteren Schritt zurück und blinzelte am unruhig flackernden Strahl der Taschenlampe vorbei. Barreio schien seinen Rettungsversuch amüsant zu finden.

»Und ich vermute, Fernando Victorio Aguilar hat die Kunden für Sie gefunden? Er steckt doch auch in der Sache, oder?«

»Er ist nur hinter dem Geld her«, knurrte Barreio. »Es ist erschütternd, einen Mann zu sehen, der keinen Antrieb hat außer seiner Habgier.«

»Ja, mir ist klar, daß Sie ein viel wertvollerer Mensch sind«, stichelte Mulder.

Das Gefälle war steil. Unaufhörlich redend wich Mulder weiter zurück, während Barreio zuversichtlich Meter für Meter nachzog und sein Opfer immer tiefer in die Falle hineinlaufen sah. »Aber warum haben Sie die Archäologen getötet?« fuhr Mulder fort. »Damit haben Sie nur die Aufmerksamkeit auf sich gezogen. Sie waren Amerikaner, die mit der Genehmigung der mexikanischen Zentralregierung hier waren.«

Barreio zuckte wieder die Achseln. »Die Regierung weiß nichts von den Problemen von Quintana Roo. Wir haben unser eigenes Land, unsere eigene Geschichte. Wir sollten ein selbständiger Staat sein wie Honduras, wie El Salvador, wie Belize.«

»Haben Sie nicht eine Broschüre für mich oder irgend etwas anderes, das ich lesen könnte? Anstatt mir hier die ganze Ansprache zu halten?«

»Wir hatten vor, die Amerikaner als Geiseln zu nehmen. Das ist alles. Politische Geiseln.«

Mulder hob eine Augenbraue. »Ich vermute, sie wurden angeschossen, als sie zu fliehen versuchten? Und dann hatten Sie keine andere Wahl, als sie in die Cenote zu werfen?«

»Manche unserer Revolutionäre glauben immer noch an die Opfer für die alten Götter«, sagte Barreio gleichmütig und schob den Revolver dichter an ihn heran. Er leuchtete mit der Lampe direkt in Mulders Augen. Mulder kniff die Lider zusammen, hielt sich schützend die Hände vors Gesicht und trat rückwärts auf eine Ecke zu. »Wir alle müssen doch Opfer bringen«, bemerkte Barreio trocken.

Innerlich fluchend registrierte Mulder, wie Barreio ihn immer weitertrieb und mit ihm spielte wie die Katze mit einer Maus. Der Polizeichef folgte ihm und schloß zum letzten Mal zu ihm auf. Barreio grinste sardonisch und ließ seine weißen Zähne in der Dunkelheit aufblitzen. Und Mulder wußte, daß seine Zeit abgelaufen war.

Als der stämmige Mann um die Ecke bog, trat Cassandra Rubicon aus dem Schatten – sie hielt eine der Metallplatten in Händen, die von den Wänden abgefallen waren. Sie hob sie hoch über den Kopf und ließ sie krachend gegen Barreios Schädel sausen... die Mütze des Polizisten fiel zu Boden, sein schwerer Körper taumelte zurück.

Immer noch halbblind ließ Cassandra die Platte fallen, verblüfft über das, was sie getan hatte. Carlos Barreio grunzte vor Schmerz, schwankte und stützte sich an der Wand ab. Er war nicht tot – noch nicht einmal bewußtlos, sondern nur für einen Augenblick benommen.

Mulder wollte nicht riskieren, nach Barreios Revolver zu greifen. Statt dessen packte er Cassandra am Arm. »Kommen Sie, wir müssen weg hier! Das ist einer der Männer, die auf Sie geschossen haben.« Sie rannte hinter ihm her, zurück in Richtung Kontrollbrücke.

»Dieser Mann hat Cait und John, Christopher und Kelly umgebracht?« fragte sie mit eisiger Stimme.

»Ich fürchte, ja.«

»Dann hätte ich härter zuschlagen sollen!«

Mulder half ihr die gewundene Rampe hinunter. Augenblicke später nahm Carlos Barreio mit einem wütenden Bellen die Verfolgung auf. Zweimal feuerte er seinen Revolver ab, und die Kugeln schlugen Kerben in die Wände, zischten als Querschläger durch die Dunkelheit.

Keuchend rief Cassandra: »Schießende Männer. So bin ich überhaupt hier runter gekommen. Ich kann immer noch nicht sehen... meine Augen – sie brennen!«

Sie spurteten zurück in den Tunnel, dessen Wände immer noch ein schwaches Licht ausstrahlten, das jedoch von Minute zu Minute abnahm. Die korrodierten, halb verfallenen Vorsprünge aus Metall und Kristall bildeten einen bizarren Gegensatz zu den Maya-Glyphen, die auf den Kalksteinflächen in den Wänden eingegraben waren: Symbole, die die alten Priester angebracht hatten, weil sie hofften, das beschädigte oder geplünderte Schiff wiederherstellen zu können.

Mulder zog Cassandra weiter. Er führte sie hinter eine der schimmernden Metallkuppeln. »Bleiben Sie hier unten«, flüsterte er.

»Haben Sie eigentlich einen Plan?« wisperte Cassandra zurück. »Oder laufen wir nur davon?«

»Davonlaufen schien mir im Moment eine ganz gute Idee zu sein.« Auf der Suche nach einem Versteck ließ Mulder seinen Blick durch den Kontrollraum wandern.

Zu spät. Carlos Barreio wankte auf die Brücke. Er schien etwas benommen zu sein und blinzelte immer wieder, als wolle er das Dröhnen in seinen Ohren abschütteln. Blut floß aus einer Platzwunde an seinem Kopf, verklebte sein dunkles Haar, rann um sein Ohr herum und an der Wange hinab.

Während Cassandra mit angehaltenem Atem hinter ihrer Deckung kauerte, wich Mulder in eine andere Richtung zurück. Carlos Barreio bemerkte die Bewegung. Sofort schwenkte er den Revolver herum und feuerte hastig, traf aber weit daneben. Mehrere Kugeln prallten von den metallenen Wandplatten ab. Eine schlug in das Innere der dunklen Rettungskapsel, die die mumifizierten Überreste des Wesens enthielt, das Mulder für Kukulkan hielt.

»Wo sind Sie?« ächzte Barreio, wischte sich Blut aus den Augen und schmierte es in seine Kleidung. Als er versehentlich die Wunde an seinem Kopf berührte, brüllte er vor Schmerz auf. »Was ist das für ein Raum?« Die ungewohnte Umgebung schien den Polizeichef mehr und mehr zu irritieren, und Mulder fragte sich, ob Cassandra ihm eine Gehirnerschütterung verpaßt hatte.

Barreio stolperte vorwärts, fuchtelte wild mit seinem Revolver und feuerte blindlings. Die Kugel traf die Kuppel aus metallischen Formen und Kristallen in der Mitte des Raumes, wo sie

Funken und eine blaugrüne Stichflamme schlug, die in einem eiskalten Glimmen wieder erlosch.

In der Hoffnung, den Polizeichef täuschen zu können, hob Mulder ein kleines Kristallstück vom rauhen Boden auf und schleuderte es in Richtung von Barreios Kopf – doch er verfehlte ihn. Barreio bemerkte die rasche Bewegung dicht vor seinem Gesicht und wirbelte herum ... hörte, wie das Steinchen gegen die Wand im Inneren des schmalen Alkovens schlug – jener Kammer, die Cassandra umfangen hatte. Mit erhobenem Revolver stürmte der Polizeichef auf das Geräusch zu.

Barreio feuerte und überschritt die Schwelle der Rettungskapsel.

Dann ... ergoß sich eine Lichtflut über ihn, ein Wasserfall aus Blitzen.

Instinktiv schirmte Mulder seine Augen ab.

Zitternd streckte Barreio die Hände aus, die Kiefer zusammengebissen, die Augen weit aufgerissen. Seine Nasenflügel blähten sich noch einmal in fassungslosem Entsetzen – dann gefror er in genau dieser Position, festgehalten von dem automatischen Stasis-System der Rettungskapsel. Das ätherische Gel erstarrte.

Regungslos hing Barreio da, ein Ausstellungsstück in einem Bernsteinmuseum: mitten in einem halb vollendeten Atemzug, den Blick immer noch hitzig, wenn auch benommen, das Blut auf seiner Wange versteinert.

Mulder bemerkte, wie das dumpfe Pulsieren in seinen Kopf zurückkehrte, als das Signal aus dem Inneren des Wracks wieder zu strahlen begann – das Notsignal, das reaktivierte SOS einer außerirdischen Spezies.

Cassandra stemmte sich vom Boden hoch. Mit beiden Händen klopfte sie sich flüchtig ab und machte ein überraschend zufriedenes Gesicht. Sehr aufrecht ging sie zu der Wand aus schimmerndem Licht und kniff beinah genüßlich die Augen zusammen.

Mulder trat neben sie und starrte in die gallertartige, feste Masse.

Die junge Frau schüttelte den Kopf und musterte Barreio mit einem kühlen Lächeln. »Wenigstens bin ich diesmal auf der richtigen Seite der Wand«, murmelte sie. »So gefällt es mir besser.«

32

Ruinen von Xitaclan,
Pyramide des Kukulkan
Mittwoch, 3.51 Uhr

Als es über ihnen donnerte, fuhr Mulder herum und sah die Decke des Kontrollraums schwanken. Als ein zweiter Schlag die Wände erschütterte, fürchtete er, daß Xitaclan von einem neuerlichen vulkanischen Ausbruch heimgesucht wurde – doch diesmal war er unter der Erde eingeschlossen, in einem zerfallenden Wrack, das nicht so aussah, als könne es ein weiteres Beben überstehen.

Beim nächsten röhrenden Schlag ging er in die Hocke. Staub rieselte von den Wänden.

»Klingt wie Explosionen«, sagte Cassandra, die sich neben ihn kauerte.

»Ja.« Mulder wurde klar, daß sie recht hatte. »Das sind Bomben. Ich glaube, Major Jakes hat das Tempo verschärft ... und ich weiß nicht, ob die alte Ruine noch viele solcher Detonationen aushalten wird. Ich bin nicht allzu erpicht, bei lebendigem Leibe begraben zu werden, was meinen Sie?«

Cassandras Gesicht wurde bleich, und sie schüttelte den Kopf. »Es ist nicht gerade mein Lebensziel, zu einem Untersuchungsobjekt für spätere Archäologen zu werden.«

»Versuchen wir es noch einmal«, beschloß Mulder und führte sie auf den oberen Ausgang zu. »Wir gehen hoch zur Ebene der Pyramide. Wenn Barreio die Schuttbarriere überwinden konnte, muß der Weg noch frei sein.«

»Zumindest jetzt noch«, sagte Cassandra.

Gemeinsam hasteten sie die steile Rampe hinauf und ließen

den Polizeichef in seinem Sarg aus Licht zurück. Wenn alles gut ging, konnte Mulder später zurückkehren und Barreio verhaften.

Mit wehenden Haaren rannte Cassandra voraus. Mulder richtete den Lampenstrahl nach vorn, als der Gang allmählich dunkler wurden und die skelettähnlichen Überreste des Wracks handbehauenen Kalksteinquadern wichen. Wie schon am Tag zuvor zuckte die Taschenlampe und verlosch sekundenweise völlig.

Geschmeidig schob sich Cassandra als erste über das Geröll, als sie die Stelle erreichten, wo die Steine in den Korridor herabgestürzt waren. Der breitschultrige Barreio hatte einen Durchlaß freigelegt, der weit genug war, um problemlos hindurchkriechen zu können.

In Sekundenschnelle war Cassandra oben und wand sich durch die staubige Öffnung. Mulder bot ihren Füßen einen Widerstand, und die muskulöse Archäologin stieß sich ab und verschwand im Dunkeln. Sie drehte sich um und streckte ihre Hand aus, um ihm hinaufzuhelfen. Mit überraschender Kraft zog sie ihn über das Geröll und in die enge Öffnung hinein. Er klomm über die Felskante und rollte neben Cassandra in einen der oberen Korridore der Pyramide von Xitaclan.

Mulder hustete und wischte sich den Sand aus den Augen.

Weitere Donnerschläge drangen von oben zu ihnen und klangen auf einmal gefährlich nah. Mulder ließ den nun wieder stetigen Lampenstrahl durch den Gang wandern und sah einen dichten Schleier aus Staub, der von den Deckensteinen rieselte. Einer der Stützbalken ächzte bedrohlich unter seiner Last.

»Beeilen wir uns lieber, bevor es hier noch gemütlicher wird«, rief Cassandra. Sie rannten den gewundenen Tunnel entlang und folgten den verglasten Steinblöcken des inneren Tempels, der das eingeschlossene Wrack wie ein Schrein umgab.

»Einen Moment!« Cassandra griff in ihre Gesäßtasche und zog ein zerknittertes Stück Millimeterpapier hervor, auf dem sie ihre Erkundungsgänge durch die unteren Ebenen der Pyramide aufgezeichnet hatte. »Lassen Sie uns die Route überprüfen. Sie werden es ablesen müssen – ich kann immer noch nicht scharf sehen.«

»Ich bin selbst vor zwei Tagen bis zu dieser Stelle gekommen«, entgegnete Mulder und erinnerte sich, wie Scully nach ihm gerufen hatte, nachdem sie Vladimir Rubicons Leiche in der Cenote gefunden hatte. »Weiter bin ich allerdings nicht gekommen. Ich wurde … unterbrochen.«

Cassandra entging die leichte Änderung in seinem Tonfall. Sie fuhr sich mit der Zunge über die spröden Lippen. »Also, in meinem Gedächtnis ist es erst eine Stunde her. Ich glaube, es geht hier entlang.« Sie bog in einen anderen Gang, der aufwärts führte.

Eine weitere Explosion wummerte und ließ den Boden der Pyramide und die dicken Steinmauern erzittern. Die handbehauenen Kalksteinquader rasselten wie klappernde Zähne gegeneinander.

»Verdammt, ist das laut«, brüllte Cassandra über den Lärm hinweg. »Aber das bedeutet auch, daß es nicht mehr weit bis zum Ausgang ist.«

»Hoffen wir's«, gab Mulder zurück – und hörte noch einen Schlag, ein Zischen in der Luft, bevor ihnen eine weitere heftige Detonation durch Mark und Bein ging. »He, das sind Mörsergranaten. Da schießt jemand mit Mörsergranaten.« Dann fiel ihm der gnadenlose Ausdruck in Major Jakes' Augen ein. »Ich glaube, die wollen die Pyramide zerstören.«

»Es geht doch nichts über Respekt vor alten Kulturgütern«, bemerkte Cassandra.

Sie bogen um die Ecke und sahen den Eingang der Pyramide direkt vor sich. Draußen wurde die Nacht von den Bränden im Dschungel und dem auf- und abschwellenden Gleißen der Phosphorleuchtkugeln erhellt.

Mulder hielt inne. »Ich bin nicht sicher, ob es eine gute Idee ist, mitten in dieses Inferno hineinzurennen.«

Im selben Augenblick sah er einen Blitz, hörte das tödliche Pfeifen und packte Cassandra instinktiv am Arm. In einem kraftvollen Hechtsprung riß er sie mit gegen die Wand. Eine der Mörsergranaten fiel auf die gestufte Fassade direkt oberhalb des Ausgangs und detonierte mit einem gewaltigen Dröhnen aus Feuer und Rauch. Die Druckwelle ließ Mulders Ohren knacken.

Eine Lawine aus Geröll, Steinen und ziselierten Trümmern ging fauchend nieder und blockierte den Ausgang. Die niedrige Decke des beengenden Korridors spaltete sich und stürzte ein, während Mulder Cassandra tiefer in den Tunnel hineinzerrte.

Würgend spuckte er eine atemraubende Mischung von heißer Asche und pulverisiertem Steinstaub aus. Sie hasteten den Weg zurück, den sie gekommen waren. »Langsam wird es lächerlich«, keuchte Cassandra. »Wir kommen nie wieder aus dieser Pyramide heraus.«

»Zurück an den Kartentisch, Mylady ... Versuchen wir es mit dem Gang, durch den ich hereingekommen bin. Aller guten Dinge sind drei.«

Tief, tief unter der Erde folgte Mulder den Bildern seines ausgezeichneten Gedächtnisses, obwohl er ein wenig mogelte, indem er seine eigenen Fußspuren im Staub des seit Jahrhunderten verlassenen Korridors ausmachte.

»Dieser Gang führt zur Cenote«, erklärte er Cassandra. »Wenn wir die erreicht haben, werden wir hinaufklettern müssen, Meter für Meter.«

»Die Cenote? Aber wir müssen doch unterhalb des Wasserspiegels sein. Sollen wir etwa schwimmen? Dann könnte ich mir bei der Gelegenheit wenigstens den Rest von diesem Schleim abwaschen.«

»Das habe ich Ihnen noch gar nicht erzählt – der Opferbrunnen ist jetzt nur noch ein großes, leeres Loch im Boden ... dank der letzten Erdstöße.«

»Erdstöße? Was für Erdstöße?«

»Sie haben lange geschlafen.«

Sie erreichten das metallene Schott, auf das Mulder gestoßen war, als er die Wand der Cenote herabgeklettert war. Als sie in der Luke stand, starrte Cassandra hinaus auf die tropfenden Korkenzieherwände aus knorrigem Kalkstein. Der leere Schacht war immer noch feucht und stank nach schwefligen Vulkangasen. »Ich habe schon viele Klagen darüber gehört, daß vorzüglich erhaltene archäologische Stätten zerstört wurden, kaum daß Schaulustige den Fundort erreichten... Doch das hier übertrifft meine schlimmsten Alpträume.«

Hoch über ihnen erhellten Lichtblitze vom anhaltenden Mörserfeuer und der Widerschein der schwelenden Waldbrände den Himmel.

»Vorsicht!« Mulder griff nach ihrer Hand, als sie hinaus auf den mit Algen überzogenen Kalksteinabsatz traten. »Die erste Hälfte des Aufstiegs müssen wir mit bloßen Händen bewältigen, aber von dort aus können wir die Seile benutzen, die wir in die Cenote gehängt haben.«

»Seile? Wozu haben Sie denn Seile gebraucht?« Cassandra sah Mulder erstaunt an.

Mulder wich ihrem Blick aus. »Nun, meine Partnerin, Agent Scully, ist mit Ihrem Taucheranzug unter Wasser gegangen, um die Cenote zu durchsuchen. So hat sie die Leichen Ihrer Mitarbeiter gefunden... und ich habe die Seile benutzt, um Ihren Vater zu bergen. Als wir ihn fanden, schwamm er hier im Opferbrunnen.«

Cassandras Lippen wurden weiß, als sie sie fest zusammenpreßte und einen Moment die Augen schloß. Dann nickte sie. »Ich bin froh, daß Sie ihn herausgeholt haben, bevor das ganze Wasser in den Boden abfloß... obwohl ich mir keine passendere Bestattung für einen hartgesottenen Schatzgräber wie ihn vorstellen könnte.«

Mulder griff hinauf zur ersten Felskante und begann vorsichtig zu klettern. Er fand den Aufstieg weniger beängstigend als den Abstieg. Auf diese Weise konnte er wenigstens hinaufblikken, seinem Ziel entgegen, statt sich unsicher und rutschend abwärts in unbekannte Tiefen vorzuarbeiten.

Cassandra, drahtig wie eine Wildkatze, fand winzige Felsvorsprünge, die selbst Mulder nicht zu benutzen wagte. Sie stiegen schräg hinauf und suchten sich ihren Weg um den ganzen Umfang der Cenote, bis sie die richtige Höhe erreicht hatten, um die ausgefransten Enden der herabhängenden Seile zu ergreifen.

Weit unten in der Tiefe hörten sie immer noch die vulkanischen Dämpfe gurgeln und zischen. Mulder wußte, daß der Ausbruch noch nicht seinen Höhepunkt erreicht hatte, sondern nur eine Pause machte, um neuen Atem zu schöpfen.

Plötzlich rutschte sein rechter Fuß – Mulder sackte ab und tastete wild nach einem Halt. Cassandras Hand schoß auf ihn zu, rasch wie eine jagende Klapperschlange, und umklammerte Mulders Handgelenk. Mit der anderen Hand hielt er sich am Seil fest. »Danke«, preßte er hervor.

»Jederzeit«, ächzte sie. »Sehen Sie nur zu, daß Sie dasselbe für mich tun.«

Sobald er wieder Halt unter den Füßen hatte, kletterten sie die letzten Meter zum Rand der Cenote hinauf, jener flachen Kalksteinkante, von der aus die Opfer in den tiefen Brunnen hinabgestoßen worden waren.

Stillschweigend verständigten sich Mulder und Cassandra darauf, dicht am Boden zu bleiben, bevor sie langsam die Köpfe hoben und über die Kante hinweg zur Pyramide des Kukulkan hinüberspähten.

Eine Seite war bereits zur Hälfte zerstört. Mörsergranaten hatten tiefe Krater in die kunstvoll gefertigten Treppen geschlagen. Vereinzelte Kämpfer liefen auf der Plaza herum, undeutliche Schatten, die sich gebückt in Deckung brachten.

Die beiden Stelen mit den gefiederten Schlangen waren umgestürzt, und nur noch eines der Zelte stand aufrecht. Wieder sah Mulder Gestalten in Tarnuniform umherhasten ... nur eine war anders gekleidet. Scully?

Doch noch bevor er sich über die Kante ziehen konnte, ertönte aus dem Dschungel ein Aufschrei in der kehligen Sprache der Maya. Lautes Stakkato von Maschinengewehrfeuer folgte, als die neu gruppierten Guerillas aus ihrer Deckung hervorbrachen. Die Revolutionäre schossen auf die restlichen Mitglieder der Kommandoeinheit, die mit Granatenfeuer antworteten.

Das Gefecht schwoll zu einem ohrenbetäubenden Getöse an. Zwei weitere Leuchtkugeln stiegen in die Nacht empor und überstrahlten das Licht des Mondes.

Mulder hielt sich fest, beobachtete die Szene und dachte mit Wehmut, wie friedlich es im Inneren des verlassenen Raumschiffs gewesen war.

33

Ruinen von Xitaclan
Mittwoch, 3.26 Uhr

X Scully hielt sich schützend die Ohren zu, als der Granatmörser ein weiteres Projektil auf die halb zerstörte Zikkurat abfeuerte. Sie kauerte sich hin, auch die Soldaten duckten sich und bedeckten ihre Ohren.

Die Mörsergranate traf zielsicher die Basis der großen Pyramide. Eine Wolke aus Feuer, Rauch und Granatsplittern blühte auf, als sie explodierte und Gesteinsbrocken in alle Richtungen schleuderte. Nach dem Einschlag bildeten sich Spalten entlang der steilen Stufen der Priestertreppe – Stufen, die Scully erst vor kurzem emporgestiegen war, um einen Panoramablick über die Umgebung zu bekommen.

Das Artilleriefeuer dauerte nun schon fast eine Stunde, doch das alte Bauwerk hielt auch Major Jakes' härtestem Sperrfeuer stand.

Bisher.

Wiederholt hatte Scully auf Jakes eingeredet und darauf bestanden, daß er die Zerstörung abbrach und davon abließ, eine archäologische Schatzkammer in Grund und Boden zu schießen. Doch ihre größte Sorge war die quälende Ungewißheit, wo Mulder sein könnte. Sie wußte nicht, wohin er gerannt war – doch sie war sich sicher, daß er sich wie immer da befand, wo es am brenzligsten war.

»Wie lange wollen Sie das noch fortsetzen?« schrie sie und hörte ihre eigene Stimme nur gedämpft in den tauben Ohren. »Vielleicht sind Menschen in dieser Pyramide!«

»Bedauerliche Verluste ...«

»Haben Sie denn gar keine Skrupel?« Scully ergriff seinen Ärmel und schüttelte ihn wie bei einem hartnäckigen Kind ... und kam sich ebenso hilflos vor. »Sehen Sie denn nicht, was Sie da tun?«

Jakes wandte ihr seinen emotionslosen Blick zu und starrte sie an. Das unnatürliche Licht ließ Farben über seine dunkle Haut spielen. »Nein, Agent Scully, ich habe keine Skrupel. Ich darf keine Skrupel haben. Das wäre zu gefährlich.«

»Das reden Sie sich nur ein, um die Verwerflichkeit Ihres Handelns zu verdrängen ... Können Sie denn nicht einmal an die Konsequenzen denken?«

Er rührte sich nicht. »Mein Verstand ist mein Werkzeug, mit dem ich in der Lage bin, scheinbar unmögliche Missionen auszuführen – aber nur, weil ich mir niemals erlaube, von Befehlen abzuweichen. Zuviel Nachdenken erzeugt Verwirrung, Unklarheit, Zweifel ... Ich bin etliche Male durch die Hölle gegangen, Agent Scully. Die Landkarten nannten es Bosnien oder Irak oder Somalia – aber es war die *Hölle.*« Erst jetzt flammte ein Gefühl in seinen Augen auf. »Und wenn ich mir je zu viele Gedanken gemacht hätte, dann wäre ich inzwischen längst wahnsinnig oder tot.«

Scully schluckte, und der Major wandte sich wieder seinen verbliebenen Männern zu.

Nach wiederholten Volltreffern der Mörsergranaten sah die alte Pyramide aus, als stünde sie kurz vor dem Einsturz. Schwere Blöcke waren aus den Nischen gerissen, in denen sie jahrhundertelang geruht hatten, sie waren polternd hinabgerollt und hatten die feinen Schnitzereien und Glyphen zerschmettert. Die Säulen der Tempelplattform auf der Spitze waren alle umgestürzt, die Standbilder der gefiederten Schlange zu Staub zermahlen. An der Ostseite der Zikkurat setzte sich eine Lawine in Bewegung, rollte röhrend die steilen Stufen hinab und verstärkte das nächtliche Getöse.

»Wir haben es fast geschafft«, murmelte Major Jakes. »Noch

ein paar Volltreffer, und unsere Mission ist beendet. Sammeln Sie die Gefangenen ein. Wir können uns zurückziehen.«

»Nein! Wir können Mulder nicht hierlassen!« Scullys Stimme war ein einziger Aufschrei. »Wir müssen ihn finden. Er ist ein amerikanischer Bürger, Major Jakes. Ihr Handeln hat ihn in eine illegale Militäraktion verwickelt – und ich mache Sie persönlich für seine Sicherheit verantwortlich.«

Wieder musterte er sie mit seinen unbewegten dunklen Augen an. »Agent Scully, ich bin überhaupt nicht hier. Mein Team ist nicht hier. Unsere Mission existiert nicht. Wir sind offiziell weder für Sie noch für sonst jemanden verantwortlich.«

In diesem Augenblick erwischte ihn eine Kugel hoch in der linken Schulter, wirbelte ihn herum und schleuderte ihn gegen Scully, so daß beide zu Boden gingen. Er grunzte, gab aber keinen Schmerzenslaut von sich.

»Die Heckenschützen kommen zurück!« schrie einer der Soldaten.

Hastig zogen sich die anderen Soldaten vom Mörser zurück, während ein neuerlicher Kugelhagel aus dem Dschungel prasselte. Die Guerillas heulten ihre Schlachtrufe in die Nacht.

Die Soldaten brachten sich hinter den Geländefahrzeugen in Deckung, legten ihre Maschinenpistolen an und schossen auf die hellen Mündungsfeuer, die dort in der Dunkelheit aufblitzten, wo die Kämpfer der *Liberación Quintana Roo* unter den Bäumen hervorstürmten.

Mit einem mühsam unterdrückten Stöhnen wälzte sich Major Jakes von Scully herunter, stand auf und umklammerte seine Schulter. Blut durchtränkte seine Uniform. Er sah zu ihr hinab, und sie bemerkte die Blutspritzer auf ihrer eigenen Jacke.

»Tut mir leid, daß ich Sie vollgeblutet habe«, sagte er ungerührt und reichte ihr die Hand, um ihr aufzuhelfen.

Ohne einen Laut von sich zu geben, sank der Soldat, der dem Mörser am nächsten hockte, in den Staub, während hellrotes Blut aus seinem Kopf spritzte.

»Noch einer«, knurrte Major Jakes. Er betrachtete seine verletzte Schulter. »Mein Team wird von Minute zu Minute kleiner.«

»Dann müssen wir weg hier!« Scully biß die Zähne zusammen. »Suchen wir Mulder und verschwinden wir!«

»Unser Auftrag ist noch nicht erfüllt.« Für Major Jakes war die Sache damit erledigt.

Die Guerillas wurden kühner und verließen den Schutz der Bäume, um den entscheidenden Stoß zu landen. Major Jakes' Soldaten feuerten, doch ihre Abwehr schien zu erlahmen ... dann schleuderte einer der Soldaten eine Granate zwischen die Kämpfer der *Liberación Quintana Roo*. Sie explodierte direkt in ihrer Mitte. Zerfetzte Leiber flogen, Arme und Beine von sich gestreckt, zurück in die Bäume, die unter der Hitzewelle der detonierenden Granate sofort in Flammen aufgingen.

Die Wucht des Gegenangriffs brachte den Ansturm der Revolutionäre ins Stocken. Major Jakes packte Scully am Arm. »Kommen Sie, ich bringe Sie zurück in Ihr Zelt. Sie bleiben dort in Deckung, damit ich mich auf meine Verteidigung konzentrieren kann.«

»Ich gehe nicht zurück in mein Zelt«, fauchte Scully. »Ich muß hier draußen bleiben und nach meinem Partner suchen.«

»Nein, das werden Sie nicht«, gab Jakes zurück. »Sie werden meine Befehle befolgen. Punkt.«

»Dieses Zelt kann mir nicht den geringsten Schutz bieten.«

»Es muß reichen. Die Angreifer werden Sie nicht sehen können. Damit bieten Sie kein anvisierbares Ziel – das ist das Beste, was ich zu bieten habe.«

»Ich habe Sie nicht gebeten –«

»Doch, haben Sie«, fuhr Major Jakes sie an. »Sie haben gesagt, ich sei für Ihre Sicherheit verantwortlich. Deshalb will ich Sie aus dem Weg haben, wo ich mir keine Gedanken um Sie zu machen brauche – und wo ich ihren ständigen Widerspruch nicht mehr hören muß.«

Mit seinem unverletzten Arm schob er sie durch die Öffnungsklappe des Zeltes. Sie schüttelte ihn ab, drehte sich um und schrie aus Leibeskräften: »Mulder!«

»Er kann Ihnen nicht helfen, sehen Sie das doch ein. Ich versuche nur, Sie zu schützen, Ma'am.«

Sie funkelte ihn wütend an. »Er muß wissen, wo ich bin.«

»Sehen Sie zu, daß Sie in dieses Zelt kommen, Ma'am.«

»Nennen Sie mich nicht Ma'am!«

Jakes' Stimme wurde schneidend scharf. »Zwingen Sie mich nicht, grob zu werden.«

Geschlagen und hilflos inmitten einer Kriegszone, kroch Scully in das Innere des Zeltes und kauerte sich zwischen die Decken. Major Jakes ließ die Stoffklappen wieder herabfallen.

Scully kam sich vor wie in einem Grab aus Stoff. Die Geräusche von draußen klangen gedämpft. Mondlicht schimmerte durch die schwere Zeltleinwand, hin und wieder abrupt aufgehellt durch das Licht der Leuchtkugeln, der Schüsse, einer weiteren Granate und weit enfernter Explosionen.

Sie vernahm den ohrenbetäubenden Lärm des Angriffs und kniete sich auf ihre Decke. Rasch hob sie ihr Kissen an und vergewisserte sich, daß kein Skorpion unter dem zusammengerollten Tuch lauerte.

Die Schießerei nahm kein Ende. Scully hörte einen Aufschrei von Major Jakes und einen dumpfen Schlag. Draußen sah sie Silhouetten, schattenhafte Gestalten – dann zerfetzte eine Kugel das Zelt und pfiff nur Zentimeter an ihrem Kopf vorbei. Kurz darauf zerriß ein weiteres kleines, kreisrundes Loch das Gewebe und hinterließ einen sengenden Geruch.

Instinktiv warf sie sich zu Boden. Sie preßte sich flach auf die Erde und lauschte dem endlosen Getöse der Kampfhandlungen.

34

Schlachtfeld von Xitaclan
Mittwoch, 4.06 Uhr

Nachdem Mulder Cassandra über die Kalksteinkante des Opferbrunnens geholfen hatte, streckte er sich aus, erleichtert, wieder auf festem Boden zu sein. Erschöpft versuchte er zu entscheiden, in welche Richtung sie rennen sollten, um das Risiko, getötet zu werden, möglichst gering zu halten.

Übelkeit breitete sich in seiner Magengrube aus, als er sah, wie die Zerstörung der Pyramide ihren Fortgang nahm. Die Kunstwerke, die in dem verlassenen Schiff begraben lagen, konnten Fragen beantworten, die die Archäologen seit fast einem Jahrhundert beschäftigten. Doch mit jeder Explosion wurden die Beweise für außerirdische Einflüsse auf die Maya-Kultur zerschlagen und zermalmt. Nun würden sich die Antworten in Schutt und Trümmer verwandeln.

Indem sie von einer Deckung zur nächsten sprinteten, stahlen sich er und Cassandra um die Reste der Pyramide herum. Er hatte vor, das Basislager auf der Plaza zu erreichen. Trotz ihrer gefährlich offenen Lage war die Plaza der Ort, an dem er Scully am wahrscheinlichsten finden würde. Und das war seine erste Priorität... neben dem Bestreben, sein eigenes Leben zu retten.

Eine weitere Granate kam im hohen Bogen angesegelt und prallte wie eine Abrißbirne gegen die oberste Plattform, wo die alten Priester ihre blutigen Opfer dargebracht hatten. Die Säulen, die den zierlichen Tempel der gefiederten Schlange gestützt hatten, waren bereits zusammengebrochen und zu einem Haufen Schutt zerbröckelt.

Cassandra rieb sich die Augen und erkannte voller Entsetzen das Ausmaß der Zerstörung. »Erst mein Team, dann mein Vater – und jetzt diese ... diese Schändung«, knurrte sie; dann richtete sie sich hoch auf, ballte die Faust und schrie in die Nacht hinaus: »Das könnt ihr nicht machen!«

Wie um ihr zu trotzen, detonierte im selben Augenblick ein weiteres Geschoß. Die Schockwelle schleuderte Trümmer von einer Treppenterrasse direkt über ihnen und löste einen heftigen Steinschlag aus.

»Achtung!« schrie Mulder und hechtete auf Cassandra zu, doch die zerplitterten Trümmer stürzten auf sie herab wie eine Lawine aus Ziegelsteinen. Ein scharfkantiger Steinbrocken, auf dem noch ein Teil einer Maya-Glyphe zu sehen war, traf Cassandra am Schädel. Mit einem dünnen Schmerzensschrei brach sie zusammen, und in ihrem zimtfarbenen Haar breitete sich eine leuchtend rote Blutspur aus.

Mulder beugte sich über sie und barg den Kopf der jungen Frau in seinem Schoß, als weitere Bruchstücke rings um ihn her niedergingen. Wie durch ein Wunder erlitt er selbst nur eine Prellung am Schulterblatt und eine Schnittwunde am rechten Bein.

Die Seite der Pyramide schien in sich zusammenzusacken, während Schutt und Steinblöcke unaufhörlich dem Boden entgegenrollten.

»Cassandra«, flüsterte Mulder und beugte sein Gesicht dicht über ihres. »Cassandra, können Sie mich hören?« Ihre Haut hatte eine graue Färbung angenommen, und Schweißtropfen traten auf ihre Stirn.

Die junge Frau stöhnte, setzte sich auf und blinzelte benommen. Sie schüttelte den Kopf und zuckte schmerzhaft zusammen. »Voll ins Schwarze«, krächzte sie und preßte sich eine Hand gegen die Schläfe. »Autsch.«

Behutsam betastete Mulder ihre Kopfhaut, um festzustellen, wie schwer die Verletzung war, doch obwohl sie stark blutete, schien es nur eine flache Platzwunde zu sein. Seine Hauptsorge war, daß sie möglicherweise eine Gehirnerschütterung oder einen Schädelbruch erlitten hatte.

»Wir können hier nicht bleiben, Cassandra«, drängte er. »Wir müssen irgendwo Deckung finden, sonst werden wir in ein paar Minuten noch ganz andere Sorgen haben.«

Er blickte sich um und versuchte, im unsicheren Licht der Leuchtkugeln die Dunkelheit zu durchdringen. »Wenn wir meine Partnerin Scully finden, kann sie Sie notdürftig versorgen.«

Er starrte zur Plaza hinüber, beobachtete die hin und her eilenden Gestalten und die Mündungsfeuer, die in der Nacht aufblühten wie tödliche Glühwürmchen. Voraus, auf der offenen Plaza, sah er einen hochgewachsenen Mann, der eine zierliche Frauengestalt – Scully! – auf das Zelt zu zerrte. Die beiden schienen sich zu streiten, und dann schob der Mann sie hinein, ließ die Eingangsklappe fallen und richtete sich auf, um neben dem Zelt Wache zu stehen.

Wollte der Mann sie beschützen ... oder als Gefangene festhalten? Mulder konnte nicht erkennen, ob es ein amerikanischer Soldat war oder einer von Carlos Barreios Freiheitskämpfern.

»Okay, los geht's!« Mulder legte sich Cassandras Arm um die Schultern und half ihr auf die Beine. Sie stöhnte und blinzelte blicklos; die Pupillen in ihren braun-grünen Augen waren unnatürlich erweitert, und noch immer strömte ihr Blut übers Gesicht.

»He, ich kann gehen«, wehrte sie ab, doch ihre Stimme klang zittrig wie die eines verängstigten Kindes. Mulder lockerte seinen Griff – und Cassandra sackte sofort in sich zusammen.

»Vielleicht bin ich Ihnen lieber doch behilflich ...« Er legte einen Arm um sie, um sie noch fester zu stützen. Zusammen wankten sie auf die Plaza zu, während Mulder den Blick stur auf die undeutliche Gestalt neben Scullys Zelt gerichtet hielt.

Das unaufhörliche Maschinengewehrfeuer ließ nicht einmal die Illusion einer Gefechtspause aufkommen. Dann übertönte eine rasche Serie von Schüssen die vereinzelten Hintergrundgeräusche. Die Soldaten spritzten auseinander, doch der Mann, der Scullys Zelt bewachte, war nicht schnell genug. Mulder sah, wie die Salve ihn fast in zwei Hälften zerriß. Mehrere Kugeln zerrten am First des Zeltes, und Mulder betete, daß Scully sich flach auf den Boden gelegt hatte.

»Wir müssen dort drüben hin«, sagte er drängend. Cassandra stolperte neben ihm her, als er sie auf die Plaza zu führte, tief gebückt, um ein kleineres Ziel zu bieten. Er rechnete jeden Augenblick damit, von einer Kugel getroffen zu werden.

Sie erreichten die weiter entfernte der beiden Stelen am Rande der Plaza. Die beiden Säulen der gefiederten Schlangen waren umgestürzt und hatten die bereits schwer beschädigten Steinplatten zerschmettert. Dabei waren einige Trümmer auf die Wasserleichen unter der Persenning gefallen – doch sie schienen sich nichts daraus zu machen.

Zum Glück war Cassandra zu benommen, um ihre Mitarbeiter zu erkennen oder auch nur zu ahnen, wer die verhüllten Gestalten sein mochten. Er half ihr, sich neben dem umgestürzten Kalksteinmonolithen niederzuhocken und in Deckung zu gehen.

Dann, völlig überraschend für Mulder, verstummte das Getöse. Eine bedrückende Stille legte sich über das Schlachtfeld... als wäre eine Decke des Schweigens auf Xitaclan geworfen worden. Mulder hielt inne und lehnte Cassandra mit dem Rücken gegen die umgestürzte Säule. Er reckte den Hals, um sich umzuschauen, und während er abwartete, schien die Stille lauter zu werden. Lauter. Bedrohlicher.

Er spürte, wie er eine Gänsehaut bekam und die Haare in seinem Nacken prickelten. Verwirrt kauerte sich Mulder neben Cassandra... bis irgendeine Kraft ihn zwang, den Blick nach oben zu wenden.

Und er sah, wie das Licht vom Himmel herabkam.

Das Leuchten kam aus dem Inneren und von den Außenwänden eines riesigen Gefährts, das in der Nacht schwebte. Mulder erhaschte es nur für einen Augenblick – doch seine Phantasie ergänzte die fehlenden Einzelheiten. Es war eine riesige Konstruktion, ein verwirrendes Licht-und-Schatten-Spiel aus Winkeln und Kurven, die eine geometrische Form bildeten, wie sie kein Architekt je erdacht hatte. Ein strahlender Glanz schuf eine Aureole, die alle Einzelheiten verschwimmen ließ.

Ein Schiff.

Er wußte, daß es ein Schiff sein mußte. Als Cassandra Rubicon versehentlich in die Rettungskapsel geraten war, mußte sie die pulsierende Botschaft ausgelöst haben, ein Notsignal, das durch die Galaxien hindurch übermittelt worden war... ein Funkfeuer, das über eine unendliche Entfernung hinweg empfangen worden war.

Und nun war das Rettungsschiff eingetroffen.

Mulder erinnerte sich an die unscharfen Bilder von Kukulkan an den Wänden des unterirdischen Kontrollraums: ein hochaufragender außerirdischer Besucher, der voll Hoffnung hinauf zu den Sternen blickte. Doch das Rettungsschiff war mehr als tausend Jahre zu spät gekommen.

»Cassandra, schauen Sie sich das an!« rief er und rüttelte sie sacht an der Schulter. »Schauen Sie nur!«

Sie stöhnte und blinzelte. »Es ist zu hell...«

Ergriffen blickte Mulder wieder hinauf. In dem Augenblick, als das leuchtende Raumfahrzeug die zerstörte Pyramide erreichte, gingen von der Unterseite des Schiffs lange Stacheln durchdringenden Lichts aus... sie glühten und schienen unsichtbare Fäden zu ziehen. Mulder sog scharf die Luft ein und schirmte seine Augen vor dem blendenden Gleißen ab.

Unter ihm erzitterte der Boden, spannte sich, wölbte sich wie eine dünne Eisenfolie, die von einem starken Magneten angezogen wird. Steinblöcke flogen von der Spitze der Zikkurat. Der Schutt wurde in alle Richtungen geschleudert, ringsumher schlugen Trümmer in den Boden wie Meteore.

Er versuchte hinzusehen, doch das grelle Licht blendete ihn, und er mußte seine Augen bedecken. Mulder hörte, wie das fremde Gefährt seine Ausgrabung fortsetzte, unbeeindruckt von der schwer bewaffneten US-Einheit, den mittelamerikanischen Guerillas und den FBI-Agenten. Der mächtige Strahl zerlegte die weiträumige Pyramide von oben nach unten, beseitigte eine Ebene nach der anderen, mühelos wie ein Kind, das ein Haus aus Bauklötzen abträgt.

Überwältigt begriff Mulder, daß seine Spekulationen richtig gewesen waren: Kukulkan war nie gerettet worden, weil seine Tiefschlafkammer versagt hatte und ihm statt dessen zum Grab geworden war – doch Cassandras Mißgeschick hatte sein Volk alarmiert, das nun ein Rettungsschiff sandte, um das Wrack zu bergen.

Der Erdboden bäumte sich auf, als das strahlende Raumfahrzeug die Überreste der Pyramide verwüstete. Panische Schreie ertönten aus dem Dschungel und von den überlebenden US-Soldaten.

Cassandra stöhnte wieder. »Bitte ... macht sie nicht kaputt!«

»Ich kann nicht viel dagegen tun«, erwiderte Mulder, während er versuchte, Einzelheiten durch die Spalten seiner Finger zu erkennen. Das Licht im Bauch des schwebenden Schiffs wurde heller, heißer. Weitere gleißende Strahlen kamen zum Vorschein. Sprachlos vor Staunen starrte Mulder auf das Spektakel und nahm alle Details in sich auf.

Schließlich lag die innere Pyramide offen da – das ursprüngliche Bauwerk, das um das Wrack herum errichtet worden war. Plötzlich wurde es wieder dunkel, so daß Mulder die Orientierung verlor, während sich das Rettungsschiff lautlos über ihm bewegte. Er vermutete, daß es mit seinen Sensoren bohrte, tastete ... und dann zuckten die blendenden Strahlen wieder hervor und trugen mit titanischen Kräften Schicht um Schicht der Steine ab, um die Überreste von Kukulkans altem Schiff freizulegen.

Die Erde brach auf und bebte – bis schließlich das durchdringende Licht aus dem schwebenden Schiff die Reste des abgestürzten Raumfahrzeugs aus dem Boden riß. Mulder wurde zur Seite geschleudert, als Metallträger und geschwungene Verschalungen das Fundament des Gebäudes durchbrachen, das einmal die große Pyramide von Xitaclan gewesen war. Trotz des

Risikos zu erblinden starrte Mulder weiter in das Licht, das heller als die Sonne war, doch er konnte nicht anders – er mußte sehen, wie das Rettungsschiff Kukulkans Wrack aus dem Boden hob... wie ein Blutpriester der Maya, der das Herz seines Opfers dem Himmel zeigt.

Ringsumher prasselten Erde und Steine nieder. Mulder duckte sich, irritiert von den heransausenden Schatten der herabfallenden Trümmer.

Die zerstörten Überreste des Wracks trotzten der Schwerkraft und erhoben sich in die Luft. Das leuchtende Rettungsschiff gewann mit verblüffender Geschwindigkeit an Höhe und zog das Skelett aus Metallträgern mühelos mit sich empor. Schutt und Staub rieselten zu Boden, ein Wasserfall aus Geröll, der das ganze Gelände überspülte.

Mit ausgedörrtem Mund stierte Mulder zum Himmel empor und begriff, daß alle unwiderlegbaren Beweise für seine Theorie zu den Sternen entschwanden... und damit für immer unerreichbar wurden. Das Rettungsschiff war gekommen – ein Soldat, der die feindlichen Linien überschreitet, um die Toten zurückzuholen. Mulder hatte keine Vorstellung, wohin das Raumfahrzeug fliegen mochte und welche Nachkommen um Kukulans mumifizierte Überreste trauern würden.

Tränen brannten in seinen Augen, als sich das helle Licht verdichtete und zu einem blendenden Komet zusammenschrumpfte, der in die Nacht davonschoß und nichts zurückließ als bunte Nachbilder auf seiner Netzhaut.

Erst jetzt fiel Mulder ein, daß der mexikanische Polizeichef immer noch in einer der Rettungskammern gefangen war. Vielleicht würde Barreio die Reise überleben, vielleicht war er aber auch schon während der Ausgrabung des Wracks getötet worden. So oder so... das außerirdische Raumschiff nahm den Rebellenführer mit auf die Reise.

Betäubt betrachtete Mulder den klaffenden Krater, der dort zurückgeblieben war, wo sich die Pyramide befunden hatte.

»Den wären wir los...«

35

Ruinen von Xitaclan
Mittwoch, 4.19 Uhr

Mit dem Gefühl, hilflos in der Falle zu sitzen, kauerte Scully im imaginären Schutz des Zeltes, während sie dem Tumult draußen lauschte, einem Getöse der Vernichtung, als wäre das Ende der Welt gekommen ... oder zumindest die mittelamerikanische Version der letzten Tage von Pompeji.

Sie hörte Explosionen und den Aufprall von Steinen, doch der Mörserbeschuß schien nicht die Ursache zu sein. Die Soldaten hatten sich offensichtlich in Deckung gebracht, und der Granatwerfer war verstummt. Einige weitere Kugeln hatten Löcher wie winzige Oberlichte in die Spitze ihres Zeltes gerissen. Von Major Jakes und seinen Männern war nichts mehr zu hören.

Sie überlegte, wie lange sie warten sollte, bevor sie einen Ausfall wagte. Es war ihr zuwider, zur Tatenlosigkeit verdammt zu sein. Jakes hatte sie eingesperrt, weil sie eine Frau war, eine Zivilistin – doch während sie hier im Zelt hockte, waren ihre Überlebenschancen nicht wesentlich größer als die der kämpfenden Männer. Ebensogut konnte sie sich auf den Weg machen, über die Plaza, zu den Ruinen, in den Dschungel, um nach Mulder zu suchen.

»Genug gewartet«, murmelte sie. »Ich verschwinde hier.«

Scully riß die Zeltklappe auf und kroch ins Freie, wobei sie sich dicht am Boden hielt und jeden Moment damit rechnete, daß einer der Soldaten sie abfangen würde. Wenn Major Jakes noch mehr unter Druck geraten war, würde er sie vielleicht sogar mit seinem Gewehrkolben k.o. schlagen, nur um sie in Schach zu halten – *zu Ihrem eigenen Schutz, Ma'am.*

Doch niemand bemerkte sie. Sie kauerte neben dem Zelt, bereit, jeden Augenblick in Deckung zu hechten. Doch es waren keine Schüsse zu hören, keine Querschläger, die über die Steinplatten jaulten.

Mit unsicheren Bewegungen erhob sie sich und blinzelte in das unsichere Licht des brennenden Dschungels. Xitaclan schien unter einem betäubenden Schock zu zittern.

Scully fand Major Jakes, wo er gefallen war. Hochkalibrige Geschosse hatten seine Brust zerrissen. Er lag ausgestreckt in seinem Blut, das die Steinplatten verfärbte wie ein weiteres Opfer für die alten Maya-Götter. Selbst im Tod blieb sein Gesicht ausdruckslos, als wäre auch das ein Teil seiner geliebten Mission.

Am Rande der Lichtung tauchte ein Soldat auf und rannte auf sie zu, im Zickzack an herabgefallenen Steinquadern und entwurzelten Bäumen vorbei, die Uniform zerrissen und verschmiert. Seine Waffe hing ohne Munition an seiner Schulter. Auch die Haken an seinem Munitionsgurt waren leer, als hätte er bereits all sein Pulver verschossen.

»Wir werden aus der Luft angegriffen«, rief er ihr zu. »Ich habe so etwas noch nie gesehen ... wir können keinen Widerstand leisten! Sie haben bereits die Pyramide zerstört.« Schweiß tropfte von seinem Gesicht, und das Weiß in seinen weit aufgerissenen Augen leuchtete gespenstisch.

Dann blickte er hinab und sah die blutüberströmte Leiche seines Kommandanten. »Oh, Scheiße«, stöhnte der Soldat und wurde verlegen. »Entschuldigen Sie den Ausdruck, Ma'am.«

»Nennen Sie mich nicht Ma'am«, murmelte sie in Erinnerung an ihre letzten Worte zu Jakes.

»Okay, Zeit für den Abzug!« Der Soldat warf Scully einen letzten gehetzten Blick zu und gab seinen unsichtbaren Kameraden ein Zeichen. »Ma'am, Sie sollten lieber versuchen, diesen Ort so schnell wie möglich zu verlassen, bevor dieses ...

Fluggerät zurückkommt. *Sie* können bei jeder offiziellen Stelle Asyl beantragen. Wir haben diese Option nicht... Wenn wir gefangen werden, sind wir tot, und es sind nur noch drei von uns übrig.«

Ohne ein weiteres Wort spurtete der Soldat zurück über die Plaza und verschwand im Schutz der Bäume. Wie von unsichtbaren Schnüren gezogen drehte Scully sich um und starrte dorthin, wo sich noch vor wenigen Stunden die stolze Pyramide von Xitaclan erhoben hatte – und wo nun ein rauchender Krater gähnte.

»Mein Gott«, preßte sie hervor und verspürte den unbändigen Drang, sich zu bekreuzigen. Der Schutt lag in Haufen herum, massive Blöcke, die durch gigantische Kräfte Hunderte von Metern weit geschleudert worden waren. Sie sah hinab auf die reglose Gestalt des Majors. »Es sieht aus, als ob Sie Ihren Auftrag erfüllt hätten, Major Jakes.«

Doch tief in ihrem Inneren argwöhnte sie, daß kein noch so heftiger Mörserbeschuß das jahrhundertealte Bauwerk so vollständig, gründlich und endgültig dem Erdboden hätte gleichmachen können. Sie dachte an die Worte des Soldaten... ein Angriff aus der Luft war eine plausiblere Erklärung. Der Luftschlag einer anderen Militärmacht, ein Bombenangriff... oder gar die Explosion einer weiteren taktischen Nuklearwaffe?

»Scully!« Eine Welle der Erleichterung durchflutete sie. Mulder... er lebte. »Scully, hier drüben!«

Sie sah ihren Partner, verdreckt und erschöpft, wie er eine andere Frau mit sich zerrte. Stolpernd bahnten sich die beiden ihren Weg über die Plaza.

»Mulder, Sie sind in Sicherheit!« Sie rannte auf ihn zu.

»Ziehen wir keine voreiligen Schlüsse«, ächzte er. Sein Gesicht war gerötet, in seinen Augen spiegelte sich der Schock – oder ein grenzenloses Staunen. »Scully, haben Sie es gesehen? Haben Sie es gesehen?« Er gestikulierte wild zu dem riesigen Krater hinüber.

Scully schüttelte den Kopf. »Ich saß im Zelt fest... ich habe überhaupt nicht viel mitbekommen«, sagte sie beschämt. »Major Jakes ist tot. Ebenso die meisten seiner Männer. Wir sind auf uns allein gestellt, Mulder.«

Dann, als wären die Guerillas wieder zu Atem gekommen, ertönten erneut vereinzelte Schüsse zwischen den Bäumen, und Scully fühlte sich auf dem offenen Platz mehr als verwundbar. Major Jakes' überlebende Männer waren bereits mit einem der Geländewagen geflohen. Sie röhrten in den Dschungel davon, ohne auf Nachzügler zu warten.

»Sie ist verletzt.« Mulder deutete auf die Frau mit den rötlichen Haaren, die er nach wie vor stützen mußte. »Sie ist von einem Stein am Kopf getroffen worden ... aber ich glaube, sie wird überleben.«

Scully betrachtete ihre Wunde und sah, daß das Blut bereits gerann und ihre Haare über der Wunde verklebte. »Mulder, ist das Cassandra? Wo haben Sie sie gefunden?«

»Das ist eine lange Geschichte – und ich kann Ihnen jetzt schon sagen, daß Sie sie nicht glauben werden. Aber sie ist hier ... als lebender Beweis.«

Bevor Mulder weitere Erklärungen abgeben konnte, begann der Boden zu zittern. Die Steinplatten wackelten hin und her – die titanischen Kräfte des Erdinneren schienen erneut zu erwachen, um ihren fürchterlichen Tanz zu zelebrieren.

»Ich glaube, daß es diesmal nicht nur eine Warnung ist«, rief Scully.

Dutzende von Steinplatten schossen zum Himmel empor, als ein Geysir sich seine Bahn brach. Unterirdische Gesteinsschichten gerieten in Bewegung und ließen die gesamte Plaza seitlich wegrutschen. Der Druck wurde so stark, daß ein riesiger Spalt den Hof in zwei Teile zerriß und die Mauer der Ballspielarena neben der Pyramidenruine umstürzte.

»Der Boden hier ist instabil genug.« Mulder schüttelte den Kopf, wie um eine Benommenheit zu vertreiben. »Bei all diesen Explosionen ... ich glaube, Xitaclan wird von der Landkarte verschwinden.«

Fontänen schwefliger Asche spritzten aus dem Pyramidenkrater hervor, ein tödliches Spektakel aus Lava und Rauch. Kalksteinfelsen platzten und entzündeten sich wie Kerzenwachs. Der Boden krängte und ließ die Seiten der ausgetrockneten Cenote zusammenstürzen.

»Parícutin ... Scully, denken Sie an diesen neuen Vulkan, der 1948 ausbrach. Ich vermute, daß die Eruptionen anhalten werden, bis wir hier ein neues nationales Wahrzeichen vor uns haben.« Mulder faßte Cassandra fester um die Taille. »Wenn es Ihnen nichts ausmacht, meine Damen ... ich möchte lieber vermeiden, daß mein Name auf einer kleinen Gedenkplakette am Eingang des Besucherzentrums steht. Verschwinden wir!«

Die Schüsse waren verstummt, nachdem sich die Guerillas vor der erneuten Bedrohung wieder in den verwüsteten Dschungel zurückgezogen hatten.

Scully deutete auf das zurückgebliebene Geländefahrzeug. »Wir könnten diesen Wagen nehmen, dann wären wir schneller ... obwohl ich keine Ahnung habe, wohin wir fahren sollen.«

»Wie wäre es mit weg von hier? Wissen Sie, wie man so ein Ding fährt?«

Scully sah ihn an. »Wir sind intelligente Menschen, Mulder. Wir sollten in der Lage sein, das herauszufinden.« Doch sie war selbst nicht allzu überzeugt davon.

»Ich wäre mir da nicht so sicher ... Das ist militärisches Gerät.«

Sie stützten Cassandra Rubicon unter den Achseln und taumelten im gespenstischen Schein der Dschungelbrände auf das zurückgelassene Fahrzeug zu.

36

Dschungel von Yucatán
Mittwoch, 5.01 Uhr

Grelle Lavafontänen schossen hinter ihnen in den Himmel, als Mulder sich abmühte, den Geländewagen in Gang zu bringen.

»Sie müssen sich beeilen, Mulder«, drängte Scully, das Gesicht hektisch gerötet.

Scully hatte Cassandra Rubicon auf einem der Sitze des Fahrzeugs untergebracht und sah die junge Archäologin aufmerksam an, während hinter ihr die Flammen fauchten und der Boden noch mehr brodelndes Gestein und siedendheißen Dampf gebar.

»Ich bin an gemietete Fords gewöhnt! Das hier ist ein bißchen komplizierter.«

Endlich erwachte der Motor zum Leben. Mulder bediente die Pedalen, den Kupplungshebel – und sie setzten sich mit der Sanftheit eines Flugzeugabsturzes in Bewegung. Sie folgten dem niedergewalzten Pfad, den die Kommandoeinheit vor einigen Stunden durch den Dschungel gebahnt hatte. Die dicken Reifen des Fahrzeugs rollten über das dichte Unterholz und zermalmten Farne und Äste ein zweites Mal.

Scully tat ihr Bestes, um Cassandras kraftlose Gestalt zu halten. Mit einem Stück Stoff untersuchte sie ihre Kopfverletzung und versuchte einzuschätzen, wie ernst die Wunde war. »Was ist das für eine Substanz, mit der sie überzogen ist?«

Die junge Frau zuckte zusammen und versuchte, sich Scullys Behandlung zu entwinden. »Mir geht es gut«, krächzte sie und sackte mit einem Seufzen zurück in ihre halbe Bewußtlosigkeit.

Mulder pflügte sich tiefer in den Dschungel hinein, doch sie bewegten sich mit nervenaufreibender Langsamkeit, da sie Baumstämmen und Felsbrocken ausweichen, schmale Bäche und flache Gräben überwinden mußten.

Flammen aus der frisch aufgebrochenen Erdspalte erleuchteten den Dschungel hinter ihnen. Gurgelnd kochte das Magma aus der offenen Wunde, die das außerirdische Rettungsschiff bei der Bergung von Kukulkans Wrack geschlagen hatte. Schmieriger, grauer Rauch kräuselte sich empor, wo die Granatwerfer Teile des Walds zerstört hatten.

Bei dem lauten Gerumpel unter ihnen und dem ständigen Zischen der vulkanischen Eruptionen bekam Mulder nur wenig von seiner Umgebung mit, obwohl er glaubte, schreiende Gestalten durch das Unterholz hetzen zu sehen. Manche der Schatten mochten Guerillasoldaten auf der Flucht sein, andere waren vielleicht weitere Überlebende von Major Jakes' Team, die versuchten, einen sicheren Treffpunkt zu erreichen.

»Diese Frau braucht ärztliche Behandlung«, rief Scully über das Getöse hinweg, »aber fürs erste dürfte sie außer Gefahr sein. Nichts Ernstes, nur ein bißchen verbeult ... allerdings sehe ich nur frische Wunden hier – keine, die schon Wochen alt sein könnten.« Sie sah Mulder voller Neugier an. »Wo ist sie denn die ganze Zeit gewesen?«

»Sie saß unten in der Pyramide fest, Scully.«

Scully runzelte skeptisch die Stirn. »Sie sieht nicht wie eine Frau aus, die tagelang in einem Verlies gesessen hat. Ich sehe keine Anzeichen für Unterernährung oder körperliche Schwächung.«

Er musterte sie eindringlich und spürte, wie ihm die Leidenschaft seiner Überzeugung das Blut in die Wangen trieb. »Ich erzähle Ihnen alles, sobald wir hier lebend rausgekommen sind.«

Behutsam hielt Scully Cassandras herumrollenden Kopf fest, damit er nicht gegen die Seitenwand des Geländefahrzeugs schlug. Weit hinter ihnen zerriß eine gewaltige Explosion die Nacht und schleuderte noch mehr Asche und Lava in den Himmel. Mulder zuckte zusammen und versuchte, dem stöhnenden Wagen mehr Geschwindigkeit zu entlocken.

Die vordere linke Seite des Gefährts krachte gegen den gebogenen Stamm eines Baumes, und Mulder übersteuerte nach rechts, bevor er es hin- und herschwankend wieder auf Kurs bringen konnte. In der Dunkelheit und dem allgemeinen Chaos hatte er den niedergewalzten Pfad längst verloren.

Lautlos fluchend starrte Mulder nach vorn und geriet erneut ins Schleudern, als er sich bemühte, ein scheinbar planeres Stück im wuchernden Dschungel zu erreichen. »Ich hoffe, wir irren nicht für den Rest unseres Lebens hier in der Wildnis umher. Ich habe ein Saisonkarte für die Spiele der Redskins.«

Er warf einen Blick auf die High-Tech-Ausrüstung und die Kontrolltafeln, mit denen das Fahrzeug ausgestattet war. »Schauen Sie mal im Handschuhfach nach, Scully ... Vielleicht finden Sie eine Autobahnkarte.«

Scully beugte sich vor und musterte einige der Bildschirme. »Major Jakes hat mir ein Aktendossier gezeigt – mit Satellitenbildern von einem riesigen Krater, der zurückblieb, als ein hiesiger Drogenboß angeblich mit einer taktischen Nuklearwaffe angegriffen wurde. *Sie* würden es vermutlich irgendeinem auf Irrwege geratenen UFO zuschreiben ... aber lassen wir das jetzt. Was ich sagen wollte: Der Major hatte präzise Karten von diesem Gebiet.« Sie kramte herum, bevor sie resigniert zurücksank. »Aber das war natürlich alles in dem anderen Fahrzeug!«

Mit einem trotzigen Gesichtsausdruck schaltete sie einen der Bildschirme ein – der einen digitalen Kompaß und eine beleuchtete LCD-Karte von Yucatán zeigte. »Na bitte«, grinste sie. »Den Zigarettenanzünder oder das Radio konnte ich nicht finden, aber das hier tut's auch.«

Mulder seufzte erleichtert.

Plötzlich sprang eine drahtige Gestalt aus dem Unterholz und stellte sich dem Geländewagen in den Weg. Der Mann sah erschöpft aus, seine Khakiweste war zerrissen, den Ozelotfellhut hatte er irgendwo im Dschungel verloren. Doch seine dunklen Augen verengten sich zu einem fanatischen Glühen, als er eine Maschinenpistole auf sie anlegte.

»Ich erschieße Sie jetzt, oder ich erschieße Sie später«, brüllte Fernando Victorio Aguilar und richtete die Waffe auf sie. »So oder so, Sie werden anhalten. Jetzt!«

37

Dschungel von Yucatán
Mittwoch, 5.26 Uhr

Mulder riß das Lenkrad herum und brachte das Geländefahrzeug zum Stehen. Aguilars vorgehaltene Waffe war ein überzeugendes Argument.

Wegen der üppigen Vegetation, der dicht gedrängt stehenden Bäume und des Gewirrs der Farne und Kletterpflanzen hatte er nicht genug Schwung und nicht ausreichend Zutrauen zu seinen Fahrkünsten, um mit diesem unhandlichen Militärfahrzeug einfach vorauszudonnern und den langhaarigen Mexikaner zu überrollen. Wenn er den Mann beim ersten Versuch verfehlte, konnte Aguilar ihnen leicht ausweichen und aus nächster Nähe schießen. Er wollte Scullys oder Cassandras Leben nicht auf diese Weise riskieren.

Cassandra stöhnte auf ihrem Sitz und kam so weit zu Bewußtsein, daß sie Aguilar erkannte. »Der!« röchelte sie, »Scheißkerl! Hat uns im Stich gelassen...« Schließlich sackte sie wieder zusammen – die Anstrengung hatte sie alle Energie gekostet, die sie inzwischen gesammelt hatte.

Schockiert stierte Aguilar sie an, dann stieß er die Maschinenpistole in ihre Richtung. »Wo haben Sie die Tochter des Archäologen gefunden, eh? Barreios Männer haben tagelang nach ihr gesucht, aber sie haben sich immer wieder in der Pyramide verlaufen.«

»Sie hat ein sehr gutes Versteck gefunden«, gab Mulder zurück. »Übrigens hat Señor Barreio die Stelle inzwischen entdeckt, aber ich bezweifle, daß wir ihn je wiedersehen werden.«

»Pech. Er war sowieso nur ein politischer Schwärmer.« Aguilar hob die Waffe und zielte genau zwischen Mulders Augen. Mulder hatte das Gefühl, als durchbohre das schwarze Mündungsloch seine Stirn.

»Was wollen Sie, Aguilar?« Scullys Stimme war schneidend.

Sofort schwenkte der Mann die Maschinenpistole in ihre Richtung. Mulder sah, daß sich sein Pferdeschwanz aufgelöst hatte – das fettige, verfilzte Haar hing ihm auf die Schultern. Aguilar grinste Scully teuflisch an. »Im Augenblick hätte ich gern ein paar Geiseln – und dieses Fahrzeug, Señorita.« Unbewußt rieb er sich mit einer Hand die Wange, als irritierten ihn seine Bartstoppeln. All seine schönen Pläne hatten sich in Nichts aufgelöst, dennoch schien Aguilar von der Situation eher amüsiert zu sein.

»Es ist zu spät, um zu behaupten, daß niemandem etwas geschehen wird, wenn Sie genau das tun, was ich sage ... aber glauben Sie mir, die *Liberación Quintana Roo* hatte vor, ihre Mission ohne Blutvergießen durchzuführen. Alles, was ich wollte, waren die Maya-Schätze, und alles, was die wollten, waren politische Geiseln. Wir hätten die ganze Sache ohne jegliche Verluste durchziehen können, aber leider haben die Umstände das nicht zugelassen – dank Ihrer dämlichen Soldaten und Ihrer eigenen Sturheit, eh?«

Mulder hörte irgendwo oben in den Bäumen Zweige knakken und blickte hinauf. Aguilar bemerkte seine plötzliche Bewegung und richtete die Waffe wieder auf Mulder. »Rühren Sie keinen Muskel«, raunzte er.

Mulder versteinerte, obwohl er immer noch das raschelnde, kriechende Geräusch in den Zweigen hoch über ihnen hörte. Hinter Aguilar bewegten sich einige Farne, doch der Mexikaner hatte seine ganze Aufmerksamkeit auf das Fahrzeug gerichtet.

»Wir haben uns Artefakte aus versunkenen Maya-Stätten beschafft«, fuhr er fort. »*Unseren* Maya-Stätten. Es war wie Stehlen, aber es schadete niemandem, niemand verlor etwas. *Bueno!* Der Dschungel hatte diese Schätze jahrhundertelang gehütet, und jetzt machten wir sie zu Geld... Barreio vergeudete seine Gewinne an politische Phantastereien von Unabhängigkeit und all die Kopfschmerzen, die damit verbunden sind... während ich das Geld gut genutzt habe, indem ich es mir gutgehen ließ – endlich einmal in meinem Leben. Ich bin auf den Straßen von Mérida aufgewachsen, Agent Mulder«, sagte er mit einem Knurren. »Meine Mutter war eine Prostituierte. Seit ich acht war, habe ich allein gelebt, mich aus Mülltonnen ernährt, Touristen bestohlen, mich unter einen Karton gekauert, wenn es regnete.

Aber dank Xitaclan bin ich zu einem einigermaßen wohlhabenden Mann geworden – und niemand kam dabei zu Schaden –, bis zu viele Leute ihre Nasen dahin steckten, wo sie nicht hingehörten!« Er schüttelte den Kopf. »Die Einheimischen waren klug genug, diese Ruinen in Ruhe zu lassen. So klug hätten die amerikanischen Archäologen auch sein sollen... und Sie ebenso.«

»Sie haben bereits angekündigt, daß Sie uns töten werden.« Scully wirkte gelangweilt. »Warum versuchen Sie jetzt, unser Mitgefühl zu erregen?«

Aguilar zuckte die Achseln. Das tödliche Ende seiner Waffe hüpfte auf und nieder. »Wir alle wünschen uns doch, daß man uns versteht«, grinste er. »Das liegt in der Natur des Menschen, eh?«

In diesem Augenblick brachen mehrere Äste über ihnen. Zu Mulders völliger Verblüffung sank von oben eine riesige, geschwungene Gestalt herab... wie der muskulöse Fangarm eines gigantischen Polyps.

Aguilar blickte auf, schrie und riß die Maschinenpistole herum – viel zu langsam, viel zu spät.

Ein Schimmer von feuchten Fangzähnen, lang wie Stilette und spitz wie Nadeln, blitzte auf, in einem breiten, geifernden Maul. Gefiederte Schuppen standen wie ein kunstvoller Kranz um knochige Schädelplatten. Das Monster bewegte sich schnell wie der Blitz.

Aguilar stürzte unter dem Gewicht der Kreatur zu Boden.

Das heimtückische Reptil umschlang ihn und ließ seine gewaltigen Muskeln spielen.

»Mein Gott«, flüsterte Scully.

Aguilar schrie vor Schmerz und Grauen. Die Maschinenpistole fiel ihm aus der Hand, während er panisch auf den gepanzerten Leib der Bestie einschlug. Als die gefiederte Schlange zudrückte, quoll dunkles Blut aus seinem Mund.

Ein hohes Kreischen entrang sich ihm, gefolgt von einem trockenen Knacken – seine Knochen zersplitterten wie dürres Holz. Das Schlangenmonster verschwand im Unterholz und schleppte sein zermalmtes Opfer mit sich, bis die Vegetation sich hinter ihnen schloß und das Gemetzel gnädig verdeckte.

Noch zweimal schrillten Aguilars Schreie durch die Nacht, dann brach seine Stimme in einem hohen, gurgelnden Jaulen. Danach war nichts mehr zu hören außer einem Rascheln ... und dem Knirschen zerbrechender Knochen und zerreißenden Fleisches.

Mit kalkweißem Gesicht versuchte Scully, das Gesehene zu begreifen, die Augen weit aufgerissen, die Lippen blaß und blutleer. »Mulder ... ich ...«

Cassandra hustete und krächzte: »Kukulkan.«

Auf der anderen Seite des Geländefahrzeugs glitt etwas mit raschen, fließenden Bewegungen durchs Unterholz. Es schwamm durch die Schlingpflanzen und Farne und schoß dann in einer Gischt aus herabfallendem Laub und moosbedeckten Zweigen empor. Es sah sie an.

Nur wenige Meter voraus bäumte sich eine weitere gefiederte Schlange – größer noch als die erste – vor ihnen auf ... eine überdimensionale gereizte Kobra. Mit einem brodelnden Zischen bleckte sie ihre mörderischen Fangzähne.

»Mulder, was ist das?« Scullys Herzschlag setzte aus.

»Ich schlage vor, daß wir uns im Moment besser nicht bewegen«, stieß er zwischen zusammengebissenen Zähnen hervor.

Die gewundene Kreatur schwankte vor ihnen hin und her. Ihre gefiederten Schuppen stellten sich auf wie Stacheln, ihr Atem war ein endloses scharfes Fauchen.

»Was will sie?«

Wie eine optische Täuschung verschwamm die schillernde Schlange bei jeder ihrer Bewegungen – als bestünde ihr Leib aus Quecksilber, als wäre sie für eine andere Schwerkraft geschaffen … für eine andere Welt.

Mulder gefror das Blut in den Adern. Er starrte die Bestie an und betete, daß sie keine seiner Handlungen als bedrohlich empfinden würde.

Das Monster richtete seine ganze Aufmerksamkeit auf die drei menschlichen Wesen und fixierte sie aus tiefgründigen Augen, die an brennende Perlen erinnerten. Seine verhaltenen Grunzlaute zeugten von einer abwägenden Intelligenz, einem Verstand von unbegreiflicher Fremdartigkeit.

Mulder erinnerte sich an die Schnitzereien, die Darstellungen Kukulkans tief im Inneren des Raumschiffes. Diese schlangenartigen Kreaturen waren die Haustiere oder Gefährten oder Helfer des antiken Außerirdischen gewesen … oder vielleicht auch etwas völlig anderes.

Kukulkan selbst war zwar schon vor vielen Jahrhunderten gestorben, und seine mumifizierte Leiche bestand nur noch aus vertrockneten Muskelfetzen, die an kahlen Knochen klebten, doch die Nachkommen seiner gefiederten Schlangen lebten noch immer hier. Gestrandet … ausgesetzt. Und doch ungebrochen vital. Im Laufe der Jahrhunderte mußten sie sich dem mittelamerikanischen Dschungel angepaßt haben und hatten so in den dichten Regenwäldern unentdeckt überdauert.

Die Kreatur vor ihnen sah sie durchdringend an und beugte sich noch näher heran … Und der Moment dehnte sich zur Ewigkeit.

»Mulder, was sollen wir tun?«

Mulder begegnete dem brennenden, opalisierenden Blick des Untiers. Einen endlosen Augenblick starrten sie einander an, und über eine Kluft hinweg, die unendlich viel breiter war als jede gewöhnliche Artenschranke, blitzte für den Bruchteil einer Sekunde eine Verständigung zwischen ihnen auf.

Mulder wagte nicht zu atmen.

Scully umkrampfte ihre Hände so fest, daß die Knöchel weiß hervortraten. Cassandra Rubicon rang nach Luft und blinzelte die Kreatur aus glasigen Augen an.

Endlich löste sich die Spannung, und die gefiederte Schlange zog sich zurück, glitt gewandt ins Unterholz. Sie verschwand so rasch, wie sie gekommen war, und ließ einige zerknickte Zweige zurück, ein paar zu Boden taumelnde Blätter.

Im Wald wurde es wieder still.

»Ich glaube nicht, daß sie uns noch Schwierigkeiten machen werden«, flüsterte Mulder.

»Ich hoffe, Sie haben recht, Mulder.« Scully würgte den Kloß in ihrem Hals hinunter. »Aber lassen Sie uns hier verschwinden ... bevor es sich eins von diesen Biestern anders überlegt.«

38

Jackson Memorial Hospital,
Miami
Samstag, 12.17 Uhr

Frisch rasiert, sauber gekleidet und gut ausgeruht... es war kaum zu glauben. Mulder kam sich vor wie ein Verwandter auf Besuch, als er das Jackson Memorial Hospital in Miami betrat, in das Cassandra Rubicon mit ihrer Kopfverletzung eingeliefert worden war.

Jetzt, wo er in die Zivilisation zurückgekehrt war, schien ihm die dichte Wildnis des Dschungels mit ihren Insekten, Skorpionen, Schlangen und ihrem elenden Regenwetter Welten entfernt zu sein... und doch war alles erst zwei Tage her. Die Strapazen saßen ihm noch in den müden Muskeln und seinen arg geschundenen Knochen.

Mit Hilfe der digitalen Karte des Geländefahrzeugs hatten Scully und er es geschafft, nach Westen zu einer der gepflasterten Landstraßen des Staates Quintana Roo zu navigieren. Dann war Mulder mit halsbrecherischer Geschwindigkeit die Straßen entlanggedonnert und hatte mit seinem Teufelsritt mehrere Indios in bunt bestickten Trachten, die am frühen Morgen zu Fuß unterwegs waren, in heilloses Entsetzen gestürzt.

Mit Hilfe eines kleinen Verbandkastens, den sie im Geländefahrzeug fand, hatte Scully Cassandras schlimmste Verletzungen provisorisch versorgt, indem sie ihr Schmerzmittel verabreichte und die Wunden desinfizierte. Mehr konnte sie nicht tun – Cassandra brauchte ein richtiges Krankenhaus.

Schließlich waren sie von einer mexikanischen Polizeistreife angehalten worden, und der Beamte wollte wissen, woher das amerikanische Militärfahrzeug kam. Statt einer Antwort hatte Scully höflich darum gebeten, zur nächsten amerikanischen Botschaft gebracht zu werden.

Während der rumpelnden Fahrt durch den unwegsamen Urwald hatten sie im Staufach Fleischkonserven und Wasserflaschen gefunden. Cassandra hatte weder sprechen noch etwas essen können, und sie schien von den Torturen so mitgenommen zu sein, daß Mulder ernsthaft um ihr Erinnerungsvermögen bangte ... und Cassandra war seine einzige Zeugin, um seine Geschichte von der Rettungsaktion eines außerirdischen Raumschiffs zu bestätigen – er konnte nicht damit rechnen, unter den Angehörigen der Kommandoeinheit einen aussagebereiten Mann zu finden. Scully und Mulder aßen jedoch ein paar von den Rationen, und als sie aufgegriffen wurden, waren sie wieder einigermaßen bei Kräften und bereit, die Heimreise anzutreten.

Cassandra war in einer mexikanischen Unfallstation behandelt worden, während Mulder die nötigen Telefonate erledigte und Scully sich um den ausgedehnten Papierkram kümmerte. Als sie in Miami eintrafen, war Cassandra zur Beobachtung und Erholung ins Jackson Memorial eingeliefert worden.

Während seine Schritte durch den Flur hallten, fragte sich Mulder, ob die Tochter des Archäologen ihn überhaupt erkennen würde – jetzt, nachdem er sich gewaschen und umgezogen hatte. Sie hatte ihn noch nie in seinem vorschriftsmäßigen Anzug mit weißem Hemd und Krawatte gesehen.

Er drückte auf den Aufzugknopf und fuhr hinauf zu Cassandras Krankenzimmer. Schmatzend schlossen sich die schweren Türen hinter ihm und versiegelten ihn allein in der kleinen Kabine ... und plötzlich überfiel ihn ein unerwartetes Grauen, als er an Carlos Barreio dachte, der als Gefangener der außerirdischen Rettungskammer mit dem Wrack in die Luft gehoben worden war ... und von dort in die Unendlichkeit des Kosmos. Glücklicherweise hatte der Krankenhausaufzug seine Endstation im vierten Stock.

Cassandra Rubicon lag auf ihrem Bett, umgeben von gebleichten Tüchern, den Kopf bandagiert wie ein Bürgerkriegsveteran. Sie sah in einen Fernseher, der unterhalb der Decke an der Wand hing, und verfolgte mit einer Mischung aus Langeweile und Belustigung eine Nachmittagstalkshow für Frauen – heute mit dem Thema: *Ist mein Mann ein Alien?*

»Ich hätte daran denken sollen, meinen Videorecorder zu programmieren«, meinte Mulder. »Diese Sendung wollte ich nicht verpassen.«

Cassandra sah ihn in der Tür stehen, und ihr Gesicht hellte sich auf. »Es gibt ein paar Dinge, die ich da draußen im Dschungel nie vermisse«, lächelte sie schwach, griff nach der Fernbedienung und drückte auf den OFF-Knopf. Nach einem letzten empörten Aufflackern schrumpfte das Bild auf dem Schirm zu einem schwarzen Nichts zusammen.

»Geht es Ihnen besser?« fragte Mulder und trat näher.

»Viel ... Und Sie sehen auch erheblich besser aus.«

Auf dem Tablett neben ihrem Bett stand ihr kaum angerührtes Mittagessen. »Sie sollten Ihren Nachtisch essen – schließlich haben Sie eine ziemlich harte Zeit hinter sich.«

Erneut lächelte sie etwas gequält. Die dicken Verbände verdeckten den Großteil ihres zimtbraunen Haars. »Nun ja, Archäologie ist nichts für Schwächlinge, Mr. Mulder.«

»Bitte nennen Sie mich einfach Mulder ... Ich habe noch immer das Gefühl, daß *Mister* Mulder der Name meines Vater ist.«

Als Mulder seinen Vater erwähnte, verdüsterte sich der Blick der jungen Frau.

»Ich muß Sie etwas fragen, Cassandra«, sagte er in ernsterem Ton, »da alles, was wir gesehen haben, restlos zerstört worden ist. Hat Ihr Team zufällig irgendwelche Notizen, Fotos, irgendwelche greifbaren Beweise von der Anlage in Xitaclan herausgeschmuggelt?«

Sie schüttelte den Kopf, zuckte schmerzhaft zusammen und verzog das Gesicht. »Nein, nicht das geringste. Mein ganzes Team ist da unten geblieben: John und Cait, Christopher und Kelly – alle tot, umgekommen, als ihre Laufbahn gerade erst anfing … Sogar … mein Vater wurde meinetwegen ermordet, wegen Xitaclan.« Sie schluckte und sah dann zum Fernseher hinauf, als wünschte sie, sich wieder durch die Talkshow ablenken und diesem Gespräch aus dem Weg gehen zu können. »Nein, Mulder, es ist alles weg, einschließlich unserer Aufzeichnungen. Das einzige, was ich habe, sind meine Erinnerungen – und selbst die sind nicht allzu klar.«

Hilflos stand Mulder neben ihr und betrachtete unverwandt seine Fußspitzen, während er nach den richtigen Worten suchte.

Cassandra schien sich in sich selbst zurückzuziehen, als suche sie nach einer inneren Kraftquelle. Als sie sprach, war er überrascht. »Es gibt immer noch tausend Grabungsstätten in Yucatán, Mulder. Vielleicht werde ich eine neue Expedition zusammenstellen, sobald ich wieder auf den Beinen bin … Wer weiß, was wir noch alles finden?«

Mulder gestattete sich ein kleines Lächeln. »Ja – wer weiß?«

39

Scullys Wohnung,
Annapolis, Maryland
Sonntag, 13.07 Uhr

Während ihr kleiner Hund zusammengerollt auf dem Sofa schlief, schaltete Scully ihren Computer ein, setzte sich an den Schreibtisch und holte tief Luft.

Das ist doch was anderes, als im insektenverseuchten Dschungel Mittelamerikas herumzuirren, dachte sie. Eine erhebliche Verbesserung.

Nun, da sie wieder zu Hause war, mußte sie ihre Gedanken sammeln, um an dem offiziellen Bericht über Xitaclan zu arbeiten, und so lange mit den Teilen dieses Puzzles jonglieren, bis sie schließlich zusammenpaßten. Es gab noch andere Fälle, andere Ermittlungen... andere X-Akten. Sie mußte den Fall Xitaclan schließen und nach vorn blicken.

Entspannt schlug sie die Beine übereinander und legte sich einen linierten Notizblock aufs Knie, um sich Stichpunkte zu machen und ihre Argumentation zu umreißen, bevor sie den Bericht in den Computer eingab. Sie notierte sich mehrere Gliederungsaspekte und ordnete ihre Ideen in weit abgesteckte Kategorien ein.

Ihr konkreter Auftrag – nach den vermißten Mitgliedern des Archäologenteams zu suchen – war erfüllt. Scully war dankbar, einen Fall als ABGESCHLOSSEN markieren zu können, zumindest offiziell. Assistant Director Skinner würde das zu schätzen wissen.

Auf einem Blatt listete sie die Namen der vier ermordeten Teammitglieder auf und fügte Einzelheiten hinzu, wie ihre Leichen unter dem Wasserspiegel der Cenote gefunden und aus dem Brunnenschacht geborgen worden waren. Sie beschrieb die offenkundigen Todesursachen – Mord durch Schußverletzungen, gebrochene Halswirbel und/oder Ertrinken – und zog die Schlußfolgerung, daß Cait Barron, Christopher Porte, Kelly Rowan und John Forbin alle von Mitgliedern der Guerilla-Organisation *Liberación Quintana Roo* ermordet worden waren.

Was sie unter »Cassandra Rubicon« schreiben sollte, wußte sie nicht. Sie war lebendig und unverletzt aufgefunden worden – doch wie es dazu gekommen war, war Scully ein Rätsel. Sie hatte immer noch keine befriedigende Erklärung für das Verschwinden der jungen Frau und die verlorenen zwei Wochen in ihrem Leben. War sie im Dschungel umhergeirrt oder hatte sich tief in den Ruinen von Xitaclan versteckt, während die übrigen Mitglieder ihres Teams tot im Opferbrunnen trieben? Mulders Gerede über ein vergrabenes Raumschiff und Tiefschlafkammern konnte Scully nicht in ihren Bericht aufnehmen, auch wenn ... nein. Es war undenkbar.

Als Nebenbemerkung ließ sie einen Satz darüber einfließen, daß im Kielwasser der Katastrophe von Xitaclan und des Debakels der verdeckten amerikanischen Militäroperation die mexikanische Regierung endlich mit ausreichendem Nachdruck gegen die Guerilla-Aktivitäten vorgegangen sei. Soldaten hatten die verbliebenen illegalen Waffen beschlagnahmt und die überlebenden Revolutionäre verhaftet, die sie in ihren Dschungeldörfern aufspüren konnten.

Die militante Bewegung *Liberación Quintana Roo* war zerschlagen. Ihr offizieller Anführer, der Polizeichef Carlos Barreio, befand sich noch auf freiem Fuß. Mulder blieb bei seiner eigenen Erklärung, was aus dem Mann geworden sei. Trotz aller Versuche Scullys, mehr aus ihm herauszuholen, hatte ihr Partner keine ausreichenden Einzelheiten zur Verfügung gestellt – und vor allen Dingen fehlten wieder einmal handfeste Beweise, um eine Aufnahme seiner Spekulationen in den Bericht zu rechtfertigen.

Was die taktische Nuklearwaffe anging, die angeblich Xavier Salidas Festung zerstört hatte... ihre Ermittlungen hatten keine Hinweise darauf ergeben, daß auf dem Schwarzmarkt weitere Waffen vorhanden waren. Die Suche nach nuklearen Sprengköpfen in der Hand falscher Personen würde jedoch von anderen Bundesbehörden wie der CIA oder dem Außenministerium fortgesetzt werden müssen.

Unter »Vladimir Rubicon« faßte Scully das Szenario zusammen, wie der alte Mann getötet worden war: Fernando Victorio Aguilar hatte ihn durch einen Schlag auf den Kopf ermordet, weil der Archäologe gedroht hatte, seinen Bericht zu funken und zusätzliche offizielle Unterstützung von der Regierung anzufordern – was Aguilars räuberischem Handel mit Artefakten ein Ende gemacht hätte.

Zögernd setzte sie die Bemerkung hinzu, Rubicons Mörder sei im Dschungel von »einem wilden Tier« getötet worden.

Dann schluckte sie, unsicher, wie sie weitermachen sollte, und kritzelte mit dem Kugelschreiber unentschlossen auf dem Papier herum, bis sie schließlich entnervt aufstand und sich eine Tasse Kaffee brühte.

Die monströsen gefiederten Schlangen waren am schwierigsten zu fassen. Ihr Auftauchen stellte das größte Problem für einen nüchternen, sachlichen Bericht dar. Scully wußte nicht, wie sie sich diese Kreaturen erklären sollte, und doch hatte sie sie mit eigenen Augen gesehen... Sie konnte ihre Existenz nicht leugnen.

Zuvor hatte ihr Mulder erzählt, daß er die unheimlichen Schlangengeschöpfe im Mondlicht beobachtet hatte, doch sie hatte gedacht, er wäre wie so oft nur ein Opfer seiner regen Phantasie geworden. Doch dann hatte sie es selbst gesehen: das schlangenähnliche Tier mit seinen schimmernden Schuppen und blitzenden Fangzähnen, aggressiv und agil wie eine Riesenkobra. Daß diese Bestie nicht angegriffen hatte... Wie im Traum schüttelte Scully den Kopf.

Schließlich raffte sie sich auf, setzte sich wieder an ihren Schreibtisch und griff nach dem Kugelschreiber. Ohne sich länger den Kopf zu zerbrechen, schrieb sie eine Erklärung nieder – die beste, die sie finden konnte.

Die gefiederten Schlangen mußten zu einer großen, bisher unentdeckten Reptilienart gehören, die heute vielleicht fast ausgestorben war, aber in geschichtlich belegten Zeiten noch in ausreichender Population durch die Wälder streifte, um die Vielzahl der legendären Darstellungen auf den Bauwerken und Skulpturen der Maya zu erklären. Im Rückblick erkannte sie, daß Mulder recht gehabt hatte – das Bild der gefiederten Schlange erschien auf so vielen Glyphen und Stelen, daß es wahrscheinlicher war, daß die alten Maya einige dieser Kreaturen lebend gesehen hatten. Mulder hatte sogar den Gedanken geäußert, daß die fleischfressenden Reptilien für die zahlreichen Berichte über vermißte Personen in dem Gebiet um Xitaclan verantwortlich sein könnten.

Sie fügte einige Bemerkungen über die Dichte der mittelamerikanischen Regenwälder hinzu und darüber, wie viele neue Arten trotz eines fortgeschrittenen Wissensstands immer noch Jahr für Jahr in den Katalog aufgenommen werden mußten. Es liege im Bereich des Möglichen, mutmaßte sie, daß ein großes Schlangentier – besonders eines, das offenbar über beträchtliche Intelligenz verfügte – bisher von wissenschaftlichen Expeditionen und zoologischen Forschungsteams nicht entdeckt worden sei.

Agent Mulder hatte sie daran erinnert, wie viele Darstellungen ähnlicher Geschöpfe in den Mythologien der Weltgeschichte zu finden waren: Drachen, geflügelte Schlangen, chinesische Wasserdrachen – und je mehr sie darüber nachdachte, desto plausibler erschien es ihr, daß diese seltsamen Tiere früher tatsächlich in größerer Anzahl und Verbreitung existiert haben könnten.

Aufgrund der Zerstörung der Tempelanlage von Xitaclan und der beträchtlichen, neu ausgebrochenen vulkanischen Aktivität war Mulder nicht in der Lage gewesen, irgendwelche greifbaren Indizien vorzulegen. Seine außerirdischen Artefakte blieben unbestätigt, sein verlassenes Raumschiff war zerstört. Scully war der Ansicht, daß sie seinen mündlichen Augenzeugenbericht mit aufnehmen sollte, aber nicht mehr tun konnte, als ihn für sich sprechen zu lassen.

Sie nippte an ihrem bitteren Kaffee und überflog ihre Notizen, während sie sich dem Computer zuwandte. Einige der Zeilen, die sie auf dem Block niedergeschrieben hatte, strich sie wieder durch, versuchte, ihre Gedanken auf dem Papier noch klarer zu ordnen, und legte dann ihre Finger auf die Tastatur.

In der Schlußfassung ihres Berichts würde sie alles noch ein wenig glätten müssen, auch blieb das Gesamtergebnis letzten Endes unbefriedigend. Scully konnte nur sagen, daß die vielen Anomalien in Xitaclan ohne Erklärung blieben.

40

FBI–Hauptquartier,
Washington, D.C.
Sonntag, 14.12 Uhr

Obwohl das FBI-Hauptquartier niemals völlig geschlossen wurde, umgab die Stille des Sonntagnachmittags Mulder mit einer friedlichen Wärme, die sich wohltuend von der Hektik eines normalen Arbeitstages abhob.

Nur eine Reihe Neonröhren schien von der Decke herab, die anderen waren grau und dunkel, aber immer noch war die sonstige Atmosphäre der FBI-Büros wie mit Händen greifbar: Tausende von Ermittlungen, Fallakten, die Telefone, die normalerweise unablässig läuteten, die Kopierer, die sonst bis spätabends surrten und klapperten.

Das Telefon auf seinem Schreibtisch blieb still – ebenso wie der Flur, die anderen Computer, die benachbarten Büros, die angrenzenden Kabinen.

Es war keine Seltenheit, daß Mulder am Wochenende hierherkam; Scully zog ihn oft damit auf, daß er kein Privatleben habe.

Nun saß er nachdenklich da, die Fenster verblendet, im einsamen Schein der Schreibtischlampe. Er rieb sich den Nasenrücken und schob seine Haufen von Büchern über Archäologie und die Mythen der Maya beiseite.

Vor ihm lag ein Stapel Satellitenfotos, die er sich durch den überlegten Einsatz zweier Eintrittskarten für die Washington Redskins verschafft hatte. Mulder hatte sich Saisonkarten gekauft, obwohl sein Job ihm selten die Zeit ließ, tatsächlich zu den Spielen zu gehen. Allerdings erwiesen sich die Tickets oft als nützliche Währung, um inoffizielle Gefälligkeiten innerhalb des FBI zu vergüten.

Er setzte sich und betrachtete die hochauflösenden Fotos, von denen einige den verwüsteten Krater zeigten, der dort zurückgeblieben war, wo einst die Privatvilla eines mexikanischen Drogenbosses gestanden hatte. Neugierig wandte er sich einem anderen Foto zu und studierte die Großaufnahme der höllenähnlichen, versengten Landschaft rund um die Ruinen von Xitaclan.

Der entstehende Vulkan hatte unter Geologen bereits für großes Aufsehen gesorgt. Dieser Teil von Yucatán hätte nach allgemeiner Meinung geologisch stabil bleiben müssen, anstatt einen aktiven Vulkan hervorzubringen – ähnlich, wie es 1948 bei dem rätselhaften Erscheinen des Parícutin gewesen war. Der Kegel des neuen Vulkans nahm bereits Gestalt an, und erste Auswertungen besagten, daß seine Eruptionen jahrelang anhalten würde.

Einen Augenblick lang fragte sich Mulder, ob zwischen Parícutin und Xitaclan vielleicht ein Zusammenhang bestand, doch er verwarf den Gedanken.

Er würde keine Gelegenheit haben, nach Yucatán zurückzukehren. Er hatte auch keinen Grund dazu, denn die ausströmende Lava und die vulkanischen Erdstöße mußten inzwischen alle Beweise vernichtet haben, bis hin zu den gewöhnlichen archäologischen Ruinen. Keine Spur von Xitaclans einstiger Herrlichkeit war mehr übrig.

Gedankenverloren griff Mulder nach dem kostbaren Jade-Artefakt, dem spiegelglatt polierten, weißlich-grünen Stein, der das Bild der gefiederten Schlange zeigte.

Diesmal erfüllte ihn die Darstellung mit einem andächtigen Schaudern, denn er hatte die Wirklichkeit mit eigenen Augen gesehen. Er fuhr mit dem Fingernagel durch die Kerben des Reliefs, betastete die Federn, die Fangzähne in dem geöffneten Maul. So viele Jahrhunderte voller Rätsel, so viele Fragen… und er kannte die Antworten.

Doch Xitaclan war zerstört, und niemand würde seinen Erklärungen glauben. Wie üblich.

Mit einem Seufzer stellte Mulder die Skulptur auf seinen Schreibtisch. Er konnte sie immer noch als Briefbeschwerer benutzen.

Akte X™-Stories

Les Martin
Akte X™ – Die unheimlichen Fälle des FBI
Gezeichnet
Roman

Les Martin
Akte X™ – Die unheimlichen Fälle des FBI
Der Kokon
Roman

Les Martin
Akte X™ – Die unheimlichen Fälle des FBI
Sophie
Roman

Les Martin
Akte X™ – Die unheimlichen Fälle des FBI
Das Nest
Roman

Les Martin
Akte X™ – Die unheimlichen Fälle des FBI
Der Zirkus
Roman

Ellen Steiber
Akte X™ – Die unheimlichen Fälle des FBI
Verwandlungen
Roman

Les Martin
Akte X™ – Die unheimlichen Fälle des FBI
Blut
Roman

Weitere Romane in Vorbereitung

vgs verlagsgesellschaft

Kevin J. Anderson

Blindfold
Die Gilde der Wahrsager

Roman

Lichtjahre von der Erde entfernt plagen sich die Kolonisten des Planeten Atlas, um ihre unwirtliche Welt urbar zu machen. Längst hat sich eine archaische Gesellschaft herausgebildet, an deren Spitze Großgrundbesitzer in der Manier mittelalterlicher Landesfürsten über Wohl und Wehe ihrer Untertanen entscheiden.
Die einzige unparteiische Instanz auf Atlas stellt die »Gilde der Wahrsager«. Diese Zwölf sind das öffentliche Gewissen, sie sprechen Recht und fällen Urteile. Doch wie unabhängig ist die Gilde wirklich? Und wer organisiert den illegalen Handel mit der telepathischen Droge Veritas, die eigentlich den Wahrsagern vorbehalten sein soll?

Kevin J. Anderson ist Autor zahlreicher Science-fiction-Werke und wurde vor allem durch seine STAR-WARS-Romane berühmt. Sein AKTE-X-Roman IM HÖLLENFEUER stürmte weltweit die Bestseller-Listen.

vgs

TRAUE NIEMANDEM!™
Die Wahrheit ist irgendwo dort draußen!™
NEU! AKTE X AKTE X AKTE X NEU!
Nr. 2
13.11.1996
AKTE
NACH EINER IDEE VON CHRIS CARTER
DAS MAGAZIN ZUR PRO SIEBEN ERFOLGSSERIE
INTERVIEW: MITCH PILEGGI
DER PLATTWURMMANN
HERAUSFORDERUNG FÜR DIE MAKE-UP-SPEZIALIS
DEUTSCHE UFOLOGEN AUF FOX MULDERS SPUREN
DER KOMPONIST MARK SNOW
AKTE
DAS MAGAZIN ZUR PRO SIEBEN ERFOLGSSERIE
INTERVIEW: CHRIS CARTER
BLITZE - FEURIGE PHÄNOMENE AM HIMMEL
BLICK HINTER DIE KULISSEN
EPISODENFÜHRER
Heft 2 ab 13. November im Zeitschriftenhandel

MOVIESTAR
MAILORDER
SHOP
DIE INTERNATIONALE MAILORDER
WIR FÜHREN ALLES ÜBER:
HORROR
FANTASY
SCIENCE FICTION
WIE ZUM BEISPIEL:
BÜCHER
VIDEO'S
ZEITSCHRIFTEN
BAUSÄTZE
USW. USW. USW.
KATALOG GEGEN 5,- DM ANFORDERN
(MIT AUSLIEFERUNG IN ÖSTERREICH)
MEDIEN P & W GMBH •SHOP• WIEHENWEG 14 • 32479 HILLE
TEL: VON 8:00 - 16:00 UHR = 05703/95904
TEL: VON 18:00 - 21:00 UHR = 02065/65213
FAX: 24 STUNDEN = 05703/95906